No Olvides Recordarme

La Trilogía del Recuerdo – Libro II

Por Kahlen Aymes

Kahlen Aymes Books, Inc

Contenido

Otros Libros Por Kahlen Aymes...F

Agradecimiento I

-1-...1

-2- 21

-3- 53

-4- 79

-5- 107

-6- 135

-7- 169

-8- 189

-9- 215

-10-...243

-11- 263

-12-...279

-13-...309

-14-...331

-1-...355

Acerca De La Autora..365

Otros libros por Kahlen Aymes

The Remembrance Trilogy & Prequel

Prequel: Before Ryan Was Mine
The Future of Our Past (Libro 1)
Don't Forget to Remember Me (Libro 2)
A Love Like This (Libro 3)

The After Dark Series

Angel After Dark (Libro 1)
Confessions After Dark (Libro 2)
Promises After Dark (Libro 3)

The Famous Novels

Famous (Libro 1)
More Than Famous (Libro 2)
Beyond Famous (Libro 3)

Próximamante en 2016-18

One Step Closer
Covered in Raine
Soulmate
Unfinished Business
So Damn Beautiful

Stripped
Rock Star After Dark

Libros en Español – Próximamente

La Trilogía Del Recuerdo & Precuela

Antes de que Ryan Fuera Mío (Precuela)
El Futuro de Nuestro Pasado (Libro I)
No Olvides Recordarme (Libro II)
Un Amor Como Este (Libro III)

La serie de Después del Anochecer

Ángel Después del Anochecer
Confesiones Después del Anochecer
Promesas Después del Anochecer

Las Novelas Famoso

Famoso (Libro I)
Más que Famoso (Libro II)
Más allá de Famoso (Libro III)

Próximamente en 2016-18

Un Paso Más Cerca
Cubierto por Raine

Alma Gemela
Negocios Inconclusos

Alma Gemela
Negocios Inconclusos

Agradecimiento

Mi sincero aprecio, como siempre, a Kathryn Voskuil, Elizabeth Desmond, Sally Hopkinson, Ali Halbmaier, Jena Gomez & Samantha Fisher por toda su ayuda y apoyo continuo.

Sin ustedes, los blogs y las novelas no habrían sucedido.

Las palabras no pueden expresar mi agradecimiento.

Gracias al equipo de Telemachus Press.

Su profesionalismo es muy apreciado.

Y Olivia…

Por aguantarme a mí y a mi siempre presente laptop.

Te Amo.

Te amo.

-Kahlen-

En memoria de mi amiga, quién ha partido demasiado pronto…

Gisela M. Gagliardi

No olvidaremos recordarte…

No Olvides Recordarme

La Trilogía del Recuerdo – Libro II

-1-

~Ryan~

Estaba sentado en mi propio infierno personal. A semanas de convertirme en doctor y sin embargo mis manos estaban atadas mientras Julia yacía en una camilla en el cuarto de al lado. Ella era todo mi mundo y podía estar muriendo mientras yo era impotente en el resultado, incapaz de hacer una maldita cosa.

Mi mente corría entre todas las preguntas. Estaban ordenando gases en sangre? Ella estaba en shock? Cuánta sangre había perdido y necesitaría una transfusión? Podía respirar por ella misma? Cuándo coño iban a hacer las tomografías que determinan la extensión del daño interno y a la cabeza? Pensé que mi cabeza explotaría y también mis pulmones.

"Que hacía ella en Boston?" No me di cuenta que había dicho las palabras en voz alta. "Qué coño está pasando ahí adentro!?" grité mientras el pánico invadía mi pecho y hacía mi voz irreconocible.

Min sacudió su cabeza con tristeza. "Todavía no sabemos. El Dr. Brighton está liderando el equipo. Sé cuánto lo respetas, así que déjalo hacer su trabajo. Tú no puedes trabajar en ella, Ryan. Porque no podrías ser imparcial acerca de alguien a quién amas de esa manera. Esto es lo mejor para Julia."

Aaron pasó su brazo alrededor de mí y me dirigió a la sala de espera, pero sacudí el brazo con impaciencia. Me sentía claustrofóbico; y comencé a hiperventilar.

"Puedes decirme *algo*? Ir a averiguar? Necesitan llevarla a radiología. Cuándo demonios ordenarán esos exámenes?" giré para mirar a Min. Todavía estaba tratando de pensar cómo iba a hacer para entrar ahí. Si fuera un residente, solo hubiese entrado y ya, pero no como estudiante. Sin importar que me graduaba con honores Cum Laude.

Mi amiga asintió y puso su mano en mi hombro antes de desaparecer entre las puertas de la sala de trauma.

Traté de ver, pero todo lo que pude ver fue un montón de doctores y enfermeras revoloteando por la sala a paso frenético. Mi corazón se detuvo cuando vi el brazo de Julia colgando del borde de la mesa, quieto como una piedra. Alguien la intubaba y alguien cortaba su ropa. Jenna estaba colgando una bolsa IV al final de la mesa y luego insertando un medicamento en el puerto con una jeringa, mientras el Dr. Brighton examinaba. Todo mi cuerpo se sentía a punto de explotar en un millón de pedazos. Mi piel me apretaba y quería arrancármela.

"Vamos a la sala de espera." Dijo mi hermano en voz baja. "Sabes que no pueden llevarla a ningún lado hasta que la estabilicen. Te traigo café?"

Sacudí la cabeza y fui a mirar por la ventana, hacia la noche y las luces de la ciudad. "No puedo, Aaron. No puedo sentarme allá y no hacer nada! Dios mío, qué voy a hacer?" Mi voz se quebró y aclaré mi garganta. "Tengo que *hacer* algo. Dime qué sabes sobre el accidente, y sin mentiras ni mierda."

"Ah, los policías que llegaron con los paramédicos dijeron que el conductor del taxi estaba tratando de virar a la calle Starrow desde Leverett Circle y el auto estaba golpeado por la parte trasera del lado del copiloto. El conductor también está aquí, pero sus heridas son menores. El tipo que conducía el otro vehículo murió; muerte instantánea. La policía dijo que encontraron contenedores de licor vacíos en su auto y que venía por lo menos a 50 millas por hora. Tenemos suerte que Julia no fue expulsada del vehículo a esa velocidad."

Cerré los ojos y puse mi mano en la parte de atrás de mi cuello frotándolo. No sabía lo que sentía. Quería gritar y llorar por la injusticia de todo esto, y sin embargo estaba atontado, congelado. Mis rodillas estaban débiles y caí en una silla de la sala de espera. Yo lidiaba con esto a diario y no me afectaba en lo más mínimo. Pero esta era mi niña y no podía manejarlo.

Había una mujer jugando en la esquina con un niño y los miré mientras construían algo con Legos. Me quedé mirándolos, queriendo enfocarme en otra cosa. Mi visión se volvió borrosa y sentí el llanto levantarse en mi pecho pero batallé para evitar que reventara. Apreté mis manos frente a mí y dejé caer mi cabeza hacia adelante derrotado. Aaron estaba sentado a mi lado y puso una mano en mi espalda.

Qué hacía ella aquí? Me saqué el anillo de compromiso del bolsillo y lo balanceé en mi mano con el brazalete. *Por favor, Dios haré lo que sea. Cualquier cosa!*

Respiré temblorosamente y me recliné en la silla. "Aaron, no puedo solo sentarme aquí."

Hubo una conmoción y las puertas se abrieron de golpe. Salté de mi asiento y fui hasta ellos. Varios doctores y enfermeras empujaban la camilla fuera de la sala, junto con la extensión para IV, un respirador, oxígeno y el electrocardiograma. Vi al Dr. Brighton y a Jenna con ellos mientras intentaba poder ver a Julia.

"Ahhh…" un bufido salió de mi pecho ante la visión. "Dr. Brighton…por favor. Puedo verla? Está consciente?"

El dirigió sus tristes ojos marrones hacia mí y sacudió su cabeza. "No tengo tiempo para hablar ahora Ryan. Necesitamos hacer Rayos X en el pecho, probablemente una tomografía computarizada de su cabeza y torso. Estoy bastante seguro que tiene una fractura al lado izquierdo del cráneo. La sangre es de una laceración superficial en el cuero cabelludo y la tenemos bajo control, pero aún no sabemos si hay hemorragia interna. No puedo perder tiempo hablando ahora, hijo. Estoy haciendo mi mejor esfuerzo por ella, lo prometo, pero su situación es crítica."

Comencé a temblar al mirarlos mientras rodaban con ella lejos de mí. Le habían cortado la ropa y le habían puesto una sábana blanca encima dejando su piel desnuda visible bajo el borde. Su cabello estaba aplastado por la sangre y tenía tantas máquinas conectadas a ella y sobre su cara que no la reconocía. "Quiero verla." Sabía que sería imposible. El tiempo era imperativo, para salvar su vida.

"Tan pronto como tengamos estas pruebas y sepamos más, Ryan. No hay tiempo que perder." Jenna se adelantó y pasó su brazo por mi cintura en un rápido abrazo.

"Esto es lo que sé." Dijo mientras retrocedía para mirarme a la cara. "La intubamos, pero todavía lucha por respirar. Pensamos que tiene un neumotórax en el lado izquierdo, quizá unas costillas fracturadas. Hombro izquierdo dislocado; tiene laceraciones y contusiones en cara, cráneo y al lado izquierdo del cuerpo. Probablemente tenga una herida en la cabeza y algo de sangrado interno, y como ya sabrás, eso es lo que las radiografías deberían decirnos. Tengo que ir con ella pero, te avisaré apenas tenga más detalles. Yo… lo siento tanto, Ryan." Dijo antes de dar la vuelta y correr detrás de ella y el resto del equipo, desapareciendo tras las puertas dobles que llevaban a radiología.

El brazo de Aaron me rodeó sujetándome mientras mis rodillas cedieron. Esto no podía estar pasando. El hombro dislocado y costillas fracturadas no amenazaban la vida, pero si ella tenía una herida en la cabeza o sangrado interno, el tiempo era esencial. Incluso el pulmón colapsado era manejable, pero todo junto…Podría perderla. Caí en los brazos de Aaron y comencé a luchar por respirar aferrado a sus hombros.

"Aaron," lloré desgarrado. "Esto no está pasando. Dime que esto no está pasando. Dios… la amo tanto. No puedo perderla."

"Tenemos varios de los mejores doctores del mundo aquí. Tenemos que tener fe, Ryan. Tenemos que creer que ella estará bien." Sus brazos se apretaron a mí alrededor y me levantó lo suficiente para ayudarme a estar firme sobre mis pies. "Ella estará bien. Todos la amamos. *Todos* la amamos, hombre." Su voz se quebró en la última frase y me abrazó con más fuerza. Si Aaron estaba llorando era porque él no creía que ella iba a estar bien. El nunca lloraba por un carajo. En todos los años que lo he conocido nunca lo había visto derramar una sola lágrima.

Me separé de él y saqué mi teléfono. Marqué el familiar número. Caminando de un lado al otro por la habitación que Julia y el equipo acababan de dejar.

"Hola?" mi padre contestó y sentí otra oleada de emociones levantarse.

"Papá…"

"Ryan? Eres tú? Pasó algo?" su voz era ansiosa y podía oír la preocupada voz de mi madre al fondo.

"Necesito que vengas a Boston inmediatamente. Julia tuvo un accidente de tránsito. Envistieron su taxi por un lado y parece que tiene una seria herida en la cabeza. Por favor. Si necesita neurocirugía, no quiero que nadie más la toque. Me estoy volviendo loco. Solo… *por favor ven.*"

"Oh Dios mío! Sí, iremos, pero si tiene una herida en la cabeza debes dejar que la traten. No me esperes, entiendes? Sabes tan bien como yo que debe ser de inmediato. Esperar podría matarla o causar severo daño cerebral. La primera hora y la segunda son críticas! Ryan!" Papá gritó cuando no contesté.

Lágrimas nuevas se formaban y no podía hablar así que solo asentí. Aaron arrancó el teléfono de mis temblorosas manos.

"Hey, papá. Sí, está bien. Llámame con los detalles de tu vuelo y yo los busco en el aeropuerto." Aaron me dio la espalda y continuó hablando por teléfono. "No, no lo está manejando nada bien. Para nada. Perdió el control. Estás seguro? Ok. Sí, llamé pero su madre no contesta. Sí, llamaré otra vez. Los amo, adiós."

Me deslicé por la pared hasta estar sentado en el suelo descansando mis brazos sobre mis rodillas dobladas. Aaron cerró la puerta y vino a sentarse conmigo en una de las sillas de la habitación vacía. El simbolismo de la situación me removió hasta lo más profundo. El frígido y vacío espacio donde Julia solía estar… frío y estéril.

Puse mi cabeza entre mis brazos y dejé salir todas las emociones que estaba conteniendo. Mis hombros se sacudían en silencioso llanto hasta que tuve que respirar y Aaron colocó su mano en mi hombro.

"Mamá y papá están en camino. Ryan, lo siento tanto. Ella estará bien."

"Tiene que estarlo Aaron. Tiene que estarlo, o no sobreviviré," murmuré ya destruido. "No sobreviviré sin ella."

"Tienes que intentar recuperar el control, Ryan. Tienes que ser fuerte por Julia. Ella no querría verte así."

"Hmmf," Solté fuertemente el aliento. "*Julia* querría que fuera honesto con mis sentimientos y siento que me caigo a pedazos… impotente; como si estuviera muriendo yo mismo. Quisiera estar allí dentro y desaparecer todo esto de ella. Tomaría su lugar si pudiera," me ahogué y puse mis puños sobre mis ojos.

Aaron tenía razón. A menos que quisiera que sus padres y Ellie enloquecieran, necesitaba controlar mis emociones. Y aún más importante, cuando me permitieran ver a Julia, tenía que estar calmado y tranquilizarla. *Si estaba consciente.*

Nos sentamos ahí por lo que pareció una eternidad. Aaron salió un par de veces por café, pero yo no me moví, rezando para que estuviera bien y reviviendo todos esos maravillosos momentos que compartimos. El día que nos conocimos, la primera vez que la besé y cuando hicimos el amor, cuando puse el anillo de compromiso en su dedo, el montón de citas para el café que estuvimos forzados a pasar separados, la mudanza a Nueva York. En todos mis recuerdos estaba hermosa y sonriendo…entera. No rota y sangrando. "Dios mío" gruñí desesperado. "*Por favor*, no."

Pasé una mano por mi cabello y me levanté a contestar el teléfono. Era el papá de Julia.

"Hola, Paul."

"Oh, gracias a Dios. Ryan. Qué sabes?" su voz cargada de pánico, el tono de su voz delatando sus emociones.

"No mucho por ahora. La llevaron a radiología para algunas pruebas. Probablemente tenga una fractura de cráneo pero no lo sabremos hasta tener los resultados. Tenía un neumotórax y un hombro dislocado, contusiones en la cabeza, cara y torso y probablemente algunas costillas rotas." Mi voz había tomado un tono clínico, en piloto automático, mientras recitaba la lista.

"Suenas como un doctor, Ryan. Qué es un neumotórax?"

"Oh, lo siento. Am, un pulmón colapsado."

Inhaló fuerte y mi dura fachada se derrumbó cuando mi voz se hizo grave. Puse la mano sobre mis ojos y respiré profundo. "Paul, estoy realmente asustado. Todo lo que quiero hacer es entrar ahí y ayudar a cuidarla, pero no me dejan. Ellos…no me lo permiten. Me siento… increíblemente impotente."

"Jesús." Paul suspiró. "Ryan, estoy seguro de que haces todo lo que puedes. Me alegra que estés con ella. Llegaré ahí lo más pronto posible. Hice trasbordo en Chicago y ya estoy abordando. Ellie llamó y me dijo que me encontraría en el hospital y Marin va en camino, también."

Él trataba de consolarme cuando su niña peleaba por su vida. Desearía ser así de fuerte, pero es que, yo la había visto. Había visto la sangre y las máquinas y a pesar de que estaba alrededor de esto todo el tiempo; esa era Julia, me devastaba.

"Sí. Mis padres también vienen en camino, si su herida de la cabeza es seria, quiero a mi padre aquí para consultar o… Dios no lo permita, operar si es necesario."

"Espero que no sea tan serio, pero estoy agradecido de que Gabriel vaya. Ya hice mis promesas a Dios. Te veo en un par de horas. Mi pequeña es afortunada en tenerte, Ryan."

Es así de serio. Cerré los ojos en una silenciosa oración.

"Yo soy el afortunado. Ella es todo para mí, Paul." Sentía mi pecho contraerse y colgué.

"Ryan?"

Volteé hacia una temblorosa Jenna reentrando a la habitación. "La llevaron a Cuidados Intensivos. Tiene una fractura en el lado izquierdo del cráneo. Pudimos salvar el pulmón, pegar sus costilla y encausar su hombro, su cerebro está un poco hinchado pero en radiología no vieron ningún sangrado en las radiografías."

"Está respirando por ella misma?" Pregunté temiendo a la respuesta con todo mí ser. "Necesitaron un tubo o el pulmón se re infló por sí solo."

Se me acercó y me abrazó. "Pudimos sacar el aire con una jeringa gruesa así que no necesitamos tubos, tiene un respirador y no ha recobrado la conciencia." Dijo en voz baja.

Le devolví el abrazo. "Sin duda por el edema. Solo podemos observarla ahora y estar seguros de atrapar cualquier fluido de sangre. No salimos de la oscuridad hasta que ella despierte. Le colocaron anticoagulantes? El coma es inducido o no?" pregunté cauteloso. Estaba cansado y comencé a frotar la parte de atrás de mi cuello. Las próximas tres o cuatro horas contarían la historia. Si ella no despertaba antes de eso, las probabilidades indicaban que nunca lo haría.

"Ryan deja de tratar de ser un doctor. Ya estás lidiando con suficiente." Comenzó Aaron pero sus palabras me molestaron. Apreté la mandíbula y me tragué las palabras que quería decirle.

"Quiero saber qué está pasando," dije.

"Ella está bajo mucha medicación. No despertó por sí misma, pero el Dr. Brighton ordenó barbitúricos para mantenerla dormida y que su cerebro pueda sanar y ayudar a desinflamarlo, no tengo que decirte los detalles," dijo Jen, se veía tan exhausta como yo me sentía y sus ojos estaban rojos e hinchados.

Ella se apartó y tomó mis manos. "Gracias, Jen. Te agradezco todo lo que has hecho. Puedo verla ahora? El Dr. Brighton está aun con ella?" la ráfaga de preguntas salió como lluvia.

"Estoy seguro que están vigilando si hay hemorragia. Es común en una herida de trauma cerebral," Aaron intervino en voz baja y más calmado que antes.

"Eso lo sé!" sacudí la cabeza y comencé a salir de la habitación, con intención de ir directamente a Cuidados Intensivos, pero Jenna puso una mano en mi hombro para detenerme.

Su voz temblaba cuando puso una mano en mi mejilla. "Ryan," dijo titubeante, sus ojos azules llenos de tristeza. "Julia tenía sangrado vaginal y era bastante excesivo."

"Tenía hemorragia interna?" Pregunté en pánico. Mi corazón se desbocó nuevamente pero Jenna negó con su cabeza.

"Ryan, am…" Levantó sus ojos llenos de lágrimas hacia mí y apartó el cabello de mi cara.

"Jen, qué pasa?" pregunté en seco. "Qué es lo que no me estás diciendo." Un miedo como ningún otro me embargó.

"Tu sabías que Julia estaba embarazada?"

Hasta ese preciso momento creí que nada podía ser peor. Estaba equivocado. Sentí la sangre drenar de mi cara y apreté mis puños con suficiente fuerza como para que mis uñas sacaran sangre.

Escuchar que Julia estaba esperando a mi hijo debería hacerme el hombre más feliz de la tierra, y en lugar de eso me dejó adolorido y vacío. Mi Julia, reposando rota y quieta, en una cama siete pisos sobre mí. Giré rápidamente al lado opuesto a Jenna para apoyar mi mano en la pared para estabilizarme. "Oh, Dios mío," Traté de recuperar el aliento. "Dios, no!"

Las lágrimas que pensé que se habían acabado empujaban su regreso a mis ojos aunque estaban fuertemente cerrados. Mi estómago dolió y mi cabeza palpitaba. Mi pecho no iba a dejarme respirar y mi garganta estaba comprimida por los sollozos que querían salir de mi pecho. "Por qué demonios está pasando esto? Por qué a alguien tan bueno como Julia?" Las palabras se desprendieron desde mi pecho.

"Aún tenemos a Julia, Ryan," señaló Aaron. "Eso es lo más importante ahora. Trata de enfocarte en eso."

Asentí y puse una mano sobre mi corazón lleno de dolor. No necesitaba preguntar si ella había perdido al bebé. Ya lo sabía.

Jenna estaba llorando abiertamente ahora. Ella asintió y tomo una toalla de papel de la caja sobre el mostrador para limpiar sus ojos y nariz. Mi mano comenzó a tirar de mi camiseta sobre mi corazón con la silenciosa esperanza de que pudiera remover el dolor que se estaba manifestando ahí. Sentí que un hoyo negro se abrió y me tragó vivo y que no había nada que pudiera hacer para salir de ahí.

"Cuánto tiempo tenía?" preguntó Aaron.

"Unas pocas semanas, quizá." Jenna contestó suavemente. "Logramos detener el sangrado con bastante facilidad y no necesitó pasar por cirugía de Dilatación y Curetaje."

Me alejé de ellos, no quería que nadie me tocara. Podía oírlos hablar pero era como si estuviera escuchándolos desde abajo del agua. "Cinco semanas desde que estuvimos juntos por última vez, pero técnicamente ellos lo medirían como siete semanas," dije más para mí mismo que para alguno de ellos. La noche que me dijo lo de Paris, la noche que puse el anillo en su dedo… la noche que concebimos nuestro hijo.

Jesús, hay algo más que puedas hacerme? O a ella?

"Ustedes no estaban usando protección, Ryan?"

"Aaron. Deja de ser un insensible imbécil," le increpó Jenna. "Este no es el momento para eso."

Traté de tragar el nudo en mi garganta, asintiendo. "Am… sí. Julia tomaba la píldora, pero ella tuvo una infección nasal y estaba tomando una ronda de antibióticos poco antes de haber estado juntos. Soy un completo idiota! Debí darme cuenta… Esto es mi culpa. Debí protegerla."

"Julia no pensaría de esa, manera, Ryan, Estoy segura que ella estaba feliz acerca del bebé. Ella te ama tanto," Jen contestó.

La gravedad de lo que esto significaba me golpeó como una ola. Sí, ella habría estado tan feliz.

Mi niño…con Julia. Yo había imaginado lo que sería verla abultarse con la evidencia de este loco amor que sentíamos el uno por el otro. Nada me hubiese hecho más feliz. Ahora, me sentía burlado ante la injusticia que todo esto representaba. Y Julia… ella habría sido la más maravillosa, entregada madre. Lo podía ver en la manera en la que cuidaba a todos a su alrededor. Estaba furioso porque ahora ella yacía cerca de la muerte, y cuando despertara… *si* es que despertaba, yo tenía que decirle que había perdido a nuestro niño. *Nuestro* bebé.

"Por eso fue que vino a Boston." Mi corazón se apretó tanto que llegó al punto del dolor. "Ella no me diría algo como eso por teléfono."

"Ryan, lo siento tanto. Ustedes serán capaces de tener más niños," la voz de Jenna temblaba mientras se limpiaba los ojos. Aaron la abrazó a su lado.

"Si ella sobrevive, quieres decir?" dije desesperanzado.

"Ryan, debería hacerte perder el sentido a golpes! Deja de pensar así. Julia necesita que tú seas fuerte ahora. Ella te necesita ahora, como nunca te ha necesitado antes. Así que saca la cabeza de tu trasero y comienza a ser más positivo! Aquí estamos todos y vamos a hacer que ella supere esto." La voz de Aaron era ruidosa y su tono duro. Debió sacarme de la neblina en la que me tenía mi corazón roto, pero no lo hizo.

"Cuando Paul y Marin lleguen aquí, no les digan acerca de esto. Tienen suficiente con que lidiar con lo de Julia. No necesitan cargar con más."

Sacudí mi cabeza en silencio, luego volteé y salí rápido de la habitación. Tenía que salir de ahí, tenía que estar solo y lidiar con la agonía antes de poder subir a estar con Julia. Tenía que correr, gritar, o ambas o explotaría.

Corrí tan rápido como pude, el frío aire de la noche en mi cara y cabello. Corrí tan rápido que las lágrima se iban hacia atrás sobre mis sienes con el viento. Finalmente, cuando alcancé un sendero que atravesaba el parque cercano al hospital, corrí más lento y me dejé caer en cuclillas. Era mitad de la noche y nadie estaba por ahí. No había ruido excepto por los grillos, unas aves y en la lejanía el tráfico.

Por qué? Gritaba mi corazón. *Por qué?! Por qué?! Mierda Por qué?!*

Mis hombros comenzaron a temblar violentamente y envolví mis brazos alrededor de mí propio cuerpo. Pronto mi angustiada voz gritaba mis pensamientos.

"Por qué, por Dios? Jesús, por qué?? Ahhhhhhhhhhh!!! Por qué pasó esto??!!" yo gritaba en la silenciosa noche. No estoy seguro de cuánto tiempo permanecí donde estaba, llorando por largos minutos. "Ella no merecía esto. Ella es tan buena," lloré destruido, pero más lento ahora.

Furiosamente limpié las lágrimas de mi cara antes de comenzar mi caminata de vuelta al hospital. *Qué estaba haciendo? Yo tenía que llegar hasta ella tan pronto como fuera posible.*

Con seguridad mi cara estaba hinchada y roja y no podía hablar sin que los signos de las lágrimas delataran mi voz, pero no me importaba.

Yo tenía un nuevo propósito. Julia iba a estar bien. Julia iba a vivir y yo iba a estar justo al lado de ella por el resto de mi vida. Esto era un desvío, un pequeño bache en el camino. Yo esperaría una recuperación completa, para mudarnos a Nueva York como lo planeamos y luego nuestra boda.

Mi visión se hizo borrosa otra vez.

Y, tendremos más bebés, Julia. Espectaculares bebés con tus asombrosos ojos.

Yo había sentido tanta alegría al saber que ella llevaba dentro a mi hijo, aun cuando fue fugaz antes de ser reemplazado por la horrible devastación de la pérdida. Compartir eso con ella era algo que yo deseaba. Desesperadamente.

Las puertas del elevador se abrieron en la UCI y me detuve para usar el anti-bacterial ubicado en el pasillo antes de las puertas dobles y luego las empujé para entrar. Jenna, quien había terminado su turno en la sala de emergencia, estaba esperando con Aaron y se movió hacia una habitación a su derecha. Yo los precedí, preparándome para la visión que estaba a punto de encarar.

Julia estaba acostada en un atolladero de cables y máquinas; sonidos de pitidos y silbidos violaban el silencio. Había compresas frías alrededor de su cabeza, su rostro estaba hinchado y amoratado. Un tubo de respiración salía de su boca y tenía intravenosas en ambos brazos. A cualquier lado que miraba había tubos. Sus brazos tendidos sobre las sábanas, pálida incluso en contraste a las sábanas blancas. Caí de rodillas junto a la cama, nuevas lágrimas salieron otra vez.

"Julia, lo siento tanto, amor. Estoy aquí, mi amor." Mi voz compungida mientras me incliné a besar su mejilla suavemente, mi mano se cerró alrededor de su mano inmóvil. "Por favor… Vuelve a mí."

Por supuesto ella no se movió, y quizá ella no podía escucharme considerando las drogas para el coma inducido, pero yo tenía que decir las palabras. Mi frente descansaba sobre la mano que estaba sosteniendo intentando que ella sintiera mi presencia a su lado.

Aaron alcanzó una silla para colocarla cerca de la cama de Julia y me la ofreció. "Ryan, voy a llevar a Jen a casa. Volveré."

"Ah," me levanté y los abracé a ambos. "Aaron, no tienes que volver esta noche. Es demasiado tarde. Yo esperaré a los otros. Ellos estarán aquí pronto."

"Mamá y papá llamaron mientras tú estabas afuera. Aterrizaron en Logan y están tomando un taxi. Papá viene directo para acá, pero enviará a mamá a buscar la habitación en el hotel y a dejar sus cosas," dijo Aaron mientras lo solté y tomé asiento en la silla.

"Okey. Gracias a ambos por estar aquí. Especialmente a ti, Jenna. No puedo ni decirte cuanto me ayudó tenerte allí dentro cuando yo no pude estarlo." La abracé de nuevo y ella se limpió los ojos cuando la liberé.

Después de que ellos se fueron, me acerqué más para poder tomar la mano de Julia y mi pulgar frotaba hacia arriba y hacia abajo la parte de arriba de sus dedos. Las enfermeras entraron a revisar sus signos vitales, aunque los estaba observando yo mismo, y para cambiar las compresas frías que rodeaban el vendaje en su cabeza. Su respiración era superficial, incluso con el respirador, pero su pulso era fuerte. Me dijeron que el Dr. Brighton entraría a las 6 AM para revisar cómo estaba ella.

No podía quitar los ojos de encima de ella o de las malditas máquinas que se mantenían recordándome la gravedad de la situación con sus sonidos. Cada segundo se sentía como un año. Me ardían los ojos y estaban secos. Presioné la palma de mis manos en ambos ojos y los froté. Rocé su mano derecha con mis labios y después me senté, dejé de ver su rostro, irreconocible por la inflamación y violentos hematomas, solo para revisar sus signos vitales.

Paul llegó primero, aún en traje, pero todo arrugado… luciendo tan golpeado como yo me sentía. Me levanté para abrazarlo. Nos sostuvimos el uno al otro con todas nuestras fuerzas. "Lo siento tanto, Paul. Daría cualquier cosa para que esto no estuviera sucediendo."

No dijo nada, pero se movió hasta el borde de la cama y miró hacia abajo donde estaba Julia. Tomó aliento bruscamente mientras asimilaba todo. "Ni siquiera parece que fuera ella," su voz se quebró en la última palabra. "¿Julia?"

Puse mi mano en su hombro y apreté.

"¿Puedes contarme qué pasa?" dijo en voz baja.

Respiré profundo, preparándome para el golpe de realidad que estaba a punto de darnos a ambos.

"Ella tiene una herida en la cabeza bastante seria." No podía creer lo clínica que sonaba mi voz mientras contaba la situación, tratando de mantener la terminología médica a un mínimo. "Le aplicaron barbitúricos para reducir el metabolismo basal de su tejido cerebral. Eso es importante porque reducirá el flujo sanguíneo y esperamos que reduzca la inflamación, que es una de las peores cosas que pueden pasar luego de un trauma en la cabeza. También vigilamos cualquier aumento en la presión de fluidos." Inhalé todo el aire que mis pulmones eran capaces de sostener y me puse la mano en la frente y me moví hasta la ventana. Su padre se sentó en la silla junto a la cama mientras yo continué. "Tiene una laceración en su frente y algunos hematomas sobre una buena parte de su cuerpo. Su hombro izquierdo estaba dislocado y tenía tres costillas fracturadas. Su pulmón izquierdo colapsó y tuvo que ser re-inflado." Me tragué el dolor que se levantaba por mi garganta. "Los medicamentos mantendrán el coma para que su cerebro pueda sanar. Los estarán reduciendo gradualmente si no hay complicaciones, con la esperanza… de que despierte y sea… Julia."

"¿Dios mío. Tú crees que tendrá un daño cerebral, Ryan? ¿Qué efectos tendrá la inflamación?" Parte de mí deseaba no saber las respuestas. Mi garganta se cerró aún más. Tanto que, no estaba seguro de poder sacar las palabras. "Am… los confines del cráneo no dejan espacio para que se expanda el tejido cerebral y eso pasa cuando el cerebro se inflama. El único espacio que tiene para expandirse es hacia abajo, y eso, ah…" puse la mano el mi cadera y parpadeé varias veces para tragarme las lágrimas, pero mi voz temblaba, "presiona el bulbo raquídeo que es el que controla las funciones involuntarias del cerebro, como la actividad del corazón y los pulmones." Cerré los ojos, al no querer encarar la posibilidad de que eso le podía pasar a Julia. "Todo lo posible se está haciendo para impedir que eso pase. Mi padre está en camino. Si ella necesitara una derivación o perno, él estará aquí para hacerlo. No confío en ninguna jodida persona para que la toque!" susurré destruido y volví hacia la cama. Me senté de cuclillas para poder mirar su rostro. Su cabeza estaba envuelta en un vendaje blanco, algo de su oscuro cabello estaba pegado a su rostro rígidamente por la sangre, y su cara estaba abultada con oscuros círculos bajo ambos ojos.

"Una derivación o perno?"

"Ahnggg…" traté de limpiar mi voz de las lágrimas y rocé con mis dedos el suave terciopelo que era la mejilla de Julia. "Hay formas de drenar el fluido, y eso debe ser realizado quirúrgicamente. La cantidad de fluido y dónde se origine determinaría cuál de esos dos procedimientos debería aplicarse. Justo ahora, eso no es un asunto por el cual preocuparnos, entonces estoy rezando para que no se convierta en uno. Si su cerebro se inflama más, podría serlo, sin embargo. Las próximas 48 horas son críticas."

"Podría morir?" Podía decir que estaba llorando, aunque estaba tratando de esconderlo. Paul era un hombre de hombres, de los de la vieja escuela, no quería mostrar sus emociones. Aun sobre su única hija. Parte de mí envidiaba su control, porque yo sentía que me estaba derrumbando a pedazos.

"No!" repliqué agudamente. "Por favor ni siquiera digas eso! No puedo ni pensar que eso pase." Bajé mi voz, más consciente del tono que estaba usando. "Lo siento, Paul. Yo solo… ni siquiera puedo contemplar el perderla. No sé qué haría."

Paul respiró profundamente y asintió. "Estoy tan agradecido por ti, Ryan. Sé que ella tendrá los mejores cuidados porque tú sabes qué demonios está pasando. Me hace sentir más seguro, de alguna forma."

"Gracias, Paul. Eso significa mucho para mí, pero me siento más impotente ahora de lo que nunca me había sentido en toda mi vida." Dejé caer mi cabeza en mis manos.

Minutos después, llegó mi padre y gracias a Dios, no tuve que explicarle nada. Él sabría solo de mirar su historia médica, lo cual asumo que hizo antes de entrar a la habitación. El Dr. Brighton dejó instrucciones a las enfermeras que le dieran acceso así como también al residente de turno.

Volví a perder el control mientras los brazos de mi padre se envolvían alrededor de mí. "Dios mío, papá!"

"Ryan, vamos a hacer todo lo que podamos. Me quedaré aquí todo el tiempo que Julia me necesite, hijo." Me abrazó con fuerza y colocó una mano en la parte de atrás de mi cabeza. "Tú madre estará aquí pronto. Ella está muy preocupada. Sabes cuánto adora a Julia."

Cuando me soltó, volteó y le ofreció la mano a Paul. "Hola, Paul. Es bueno verte otra vez, pero desearía que fuera en mejores circunstancias."

"Sí. Yo esperaba una boda bastante pronto," murmuró y mi corazón se hizo pedazos otra vez. Fui al pasillo y pregunté a las enfermeras si podía tomar unas sillas para la habitación.

Y así comenzó la vigilia, todos nosotros sentados en silencio, observando a Julia. Mi padre, Aaron y yo conferimos con los doctores y monitoreamos el equipo. Cuando la madre de Julia, Marin, llegó estaba histérica y Paul la sacó de la habitación. Yo la entendía y quería consolarla, pero no podía dejar a Julia.

Yo nunca dejé su lado. Cuando mi madre vino, solo se sentó a mi lado, frotando mi espalda o trayéndome café o sándwiches que nunca toqué.

Debía ser un nuevo día porque las enfermeras cambiaron de turno y de ropas. Jen y Aaron vinieron y se fueron, Aaron haciendo sus rotaciones y Jenna trabajando en la sala de Emergencias en el piso de abajo.

Ellie y Harris finalmente llegaron la mañana siguiente.

Ellie se veía terrible, sus ojos rojos e irritados, y se aferraba a la mano de Harris con toda su fuerza hasta que corrió hacia mí. Mis brazos se cerraron a su alrededor y mientras sollozaba en mi hombro. "Ryan, lo siento tanto. Cómo está ella?"

"No ha empeorado, así que eso es algo, pero... no es bueno, Ellie. Sus heridas son graves." Escuchando mis palabras, Marin comenzó a llorar otra vez y mi madre trató de consolarla.

Ellie se apartó, su expresión puro dolor, aparentemente ella sabía sobre el bebé. Le rogué silenciosamente no decir nada y recé para que ella pudiera leer mi expresión.

"Lamento no haber estado aquí antes. Yo am… yo estaba visitando a Julia en Nueva York, ayudándola a empacar y entonces cuando ella… vino a Boston; yo tomé un avión a Los Ángeles. Ni siquiera había llegado a casa cuando Aaron me llamó y me avisó del accidente. Harris me encontró en el aeropuerto y enseguida abordamos de nuevo."

Asentí. "Yo *lo sé.* Ellie," fueron las únicas palabras que logré sacar, pero ella entendió lo que quise decir.

"Lo siento tanto, Ryan. Tanto." Sus ojos grises estaban completamente abiertos y su mandíbula temblaba. "Julia…estaba tan feliz al respecto. Había decidido no irse a Paris."

Cerré los ojos ante el ardor del dolor que me consumía. "Gracias, Ellie. Significaría un mundo para Julia saber que ustedes estén aquí, como lo es para mí."

Volví a mi lugar al lado de la cama de Julia hasta que sentí una mano en mi hombro.

"Ryan, necesitas ir a casa y descansar un poco. Te vas a enfermar." La voz de mi padre era firme. "No vas a servirle de nada si te matas así."

"Papá… no voy a ir a ningún lado. Si ustedes se quieren ir, adelante," dije inexpresivamente, aun vigilando si había alguna señal de conciencia en Julia. "Lleva a cenar a Marin." Miré por encima de la cama a la mujer quien apartaba el cabello de la frente de Julia una y otra vez. Traté de sonreírle. "Deberías salir de aquí por un rato."

"Qué hay de ti? Vendrás con nosotros?" Marin era una mujer pequeña y yo podía ver algo de Julia en sus ojos, pero allí era donde las similitudes terminaban. Julia tenía los rasgos de Paul y su actitud.

Dejé salir mi aliento resoplando, y sacudí mi cabeza. "No voy a ir a ninguna parte. Mi lugar está aquí."

"Ellie está aquí ahora. Ella puede quedarse con Julia así como Elyse o yo. Ve y come algo y duerme. Incluso Paul volvió al hotel a descansar un poco. Tu deberías hacerlo, también," insistió mi padre.

Sacudí mi cabeza de nuevo pero no dije ni una palabra. La verdad era, que estaba jodidamente asustado y no quería irme ni por un segundo en caso de que algo pasara. Quizá ella despertaría y Dios, qué pasaba si la perdía? Nunca me perdonaría si me perdía un solo segundo con ella. Había perdido mis clases y clínica. Ni siquiera sabía si alguno de mis profesores estaba al tanto de mi situación. Yo no sabía qué día era. La graduación me importaba poco a este punto. Si algo le pasaba a Julia, si ella no despertaba, o si despertaba con daño cerebral, mi vida habría acabado de todas formas.

Todos despejaron la habitación excepto mi mamá y yo. Yo estaba agradecido por el silencio. Mamá estaba sentada en el asiento debajo de la ventana, con sus ojos tristes observándome. Me senté y sostuve la mano derecha de Julia, como lo había hecho siempre desde que entré a esta habitación el día que Julia ingresó. Estaba agradecido de poder dejar caer mi fachada y permitir que las emociones que había estado luchando por esconder, salieran a flote. El llanto salió desde mi garganta. Mi madre vino a arrodillarse a mi lado y puso su cabeza en mi rodilla.

"Ryan… Julia no querría que te hicieras daño así. Deberías ir a casa. Comer, ducharte y dormir."

"*No puedo irme*! Qué pasa si… si algo sucede?" mi voz se quebró y las lágrimas se formaron en mis ojos. Las limpié impacientemente. Ella se movió y me abrazó y yo me desplomé, llorando en su hombro, pero aun así frotando mi pulgar sobre la muñeca de Julia. "La amo tanto, mamá. Dios, ella tiene que estar bien."

"Tú tienes que tener fe, Ryan. Julia es fuerte y tiene tanto por lo que vivir. Te tiene a *ti*."

"Ha pasado demasiado tiempo," respondí. "Si ella no sale del coma pronto, son menos las probabilidades de que sobreviva." Me quité los brazos de mi madre de alrededor de mis hombros y me levanté, poniendo una mano sobre mis ojos mientras me paraba al pie de la cama de Julia. "Han reducido la cantidad de medicamentos que la mantienen dormida, pero aun así no despierta. Ella me ha dado todo y yo no puedo hacer nada. *Nada*!" Las palabras se desprendieron de mi pecho con agonía.

"Oh, Ryan, Dios no te va a quitar a Julia," dijo suavemente. "Te lo prometo."

"Mamá… tú no puedes hacer promesas por Dios." Miré al techo en un esfuerzo por controlarme. "Puedes darme un tiempo? No he estado solo con ella desde esa primera noche. Necesito hablar con ella. Por favor?"

Sus brazos me rodearon por la cintura y besó la parte de atrás de mi hombro. "Por supuesto, bebé. Cerraré la puerta y luego tú la abrirás cuando quieras que nosotros entremos de nuevo, okey? No te atrevas a despedirte de ella. Entendido? Si quieres que ella luche, tú no debes darte por vencido, querido."

Froté su brazo y asentí. "Okey."

Cuando la puerta se cerró, los sonidos parecieron hacerse más fuertes. Los del monitor de latidos del corazón, el goteo de la intravenosa, el aire zumbando a través del respirador; sonidos estériles de hospital, no la hermosa voz o la rítmica risa que yo ansiaba. La injusticia de todo esto me hacía querer gritar.

Mi hermosísima, vibrante Julia estaba tendida aquí quieta, silenciosa, inmóvil; a merced de estas *jodidas máquinas*.

Cada respiración me dolía. Mi mirada cayó al pecho de Julia, subiendo y bajando al ritmo del respirador. El Dr. Brighton habló de retirarle los tubos para ver si podía respirar por ella misma. Pero yo exigí que esperáramos hasta después de que el medicamento se disipara un poco. Si ella no despertaba, no iba a ser capaz de respirar sin esa asistencia y yo no estaba dispuesto a tomar ese riesgo. Paul, estuvo de acuerdo conmigo, confiando en mi criterio. Gracias a Dios.

Otra tomografía mostró que no había una inflamación significativa en el cerebro, lo cual era una bendición. Era algo positivo, pero hasta que ella no abriera los ojos, yo no estaría aliviado.

Caí de rodillas a su lado y recosté mi cabeza sobre su estómago. Su brazo izquierdo y sus costillas estaban lesionados, pero no le haría daño recostando mi cabeza debajo de su ombligo. Mis manos se envolvieron alrededor de las de ella y cerré los ojos mientras las lágrimas salían.

"Julia… tienes que despertar." Mi brazo derecho alrededor de su cadera la aferró. "Dios, estoy tan perdido. Por favor, no me dejes, amor." Tomé una temblorosa respiración y luché contra los sollozos que amenazaban con reventar desde mi pecho. Yo me negaba ante la posibilidad de perderla, ante Paul y ante todos los demás, pero mi educación y discernimiento me decían que era posible. "Es como si fuéramos una sola persona… Yo no puedo vivir sin ti. Te amo tanto."

Levanté mi cabeza y miré su rostro. Aún estaba inflamado y las marcas purpúreas estaban por todo su lado izquierdo. Mi corazón dolía al verla y me quedé mirándola, urgiéndola a despertar. Hablé suavemente hacia Julia y luego le hablé a Dios. "Querido Dios, por favor permite que esté bien. Te daría mi vida alegremente si tú solo permites que siga la de ella."

Me quedé de rodillas a su lado. Le hablé, repitiendo las palabras una y otra vez, sintiendo como se movía su cuerpo con cada respiración. En algunos momentos, las lágrimas corrían desvergonzadamente por mi cara y ni siquiera me molesté en limpiarlas, las mantas en la cama las absorbían cuando caían. "Por favor, Dios. *Por favor.*"

Pudieron ser minutos u horas, pero finalmente su mano se movió bajo la mía. Mi cabeza se levantó instantáneamente para encontrar sus ojos verdes abiertos y devolviéndome la mirada. Podía ver el pánico y el dolor detrás de ellos pero en ese momento, pensé que ella era la visión más hermosa que había tenido jamás. Significaba que ella estaba consciente de su entorno, así que las posibilidades de daño cerebral eran mínimas.

Gracias, Jesús.

-2-

Julia comenzó a luchar contra los tubos que invadían su garganta pero sus lesiones mantenían sus movimientos al mínimo. Hizo una mueca mientras el dolor se esparcía a través de ella, mirándome con ojos precavidos. Su ceño fruncido mientras asimilaba su alrededor. El tubo del respirador era extraño y aterrador y su mano derecha se levantó hacia su boca. Trató de hablar, pero el tubo del respirador impedía cualquier cosa excepto un ronco susurro.

Yo salté y me senté al borde de la cama, aún en shock mientras evitaba que su mano buena levantara los tubos. "Cariño, detente. Estás en el hospital y esto te ha ayudado a respirar. Lo vamos a retirar pero debes dejar de luchar con esto ahora. Sé que se siente raro, y no vas a poder hablar. Pero por favor relájate."

Mi corazón dio un salto en mi pecho. Los ojos de Julia estaban completamente abiertos y aterrorizados y la confusión invadía sus facciones. Sus ojos verdes estaban vidriosos mientras sacudía su cabeza, frenéticamente tratando de hablar pero la detuve sacudiendo mi cabeza.

Yo era capaz de remover el tubo, pero no me estaba permitido sin un permiso médico. Puse mi mano en su muslo para que me mirara a los ojos. "Está bien, amor. Voy a hacer sacar eso muy pronto." Me estiré y presioné el botón de llamada al lado de la cama.

"¿Sí?" respondió la voz en el intercomunicador.

"¿Puede venir aquí, por favor? Julia despertó y el tubo del respirador la está asustando. ¿Está por ahí el Dr. Brighton o mi padre? Necesitamos a uno de ellos, de inmediato."

Bajé mi voz otra vez. "Cariño, estaba tan preocupado… Volviéndome loco." Sostuve mi aliento, tratando de asegurarme de que ella no tuviera ningún daño cerebral mientras observaba sus reacciones ante cualquier cosa, ante todo. Coloqué mi mano al lado de su rostro y con mi pulgar acaricié su pómulo. Una y otra vez, Julia trató de quitarse el tubo, sus ojos conectados con los míos. "Solo concéntrate en mis ojos, y respira a través de tu nariz. Eso evitará las náuseas. Si puedes entenderme, podrías parpadear para mí?" Ella parpadeó una vez y asintió ligeramente.

Dejé caer mi cabeza mientras las lágrimas inundaban mis ojos. Este era el milagro por el que yo estaba rezando. Ella iba a estar bien. Yo había estado tan asustado y ahora el alivio era igual de intenso. Ella continuó luchando, tratando de hablar. El esfuerzo la hacía tener arcadas y ahogarse.

"No, corazón. Ya vienen a retirar ese tubo. Has tenido un accidente, pero vas a estar bien," dije para tranquilizarla, esperando que el sereno tono de mi voz la calmara. Me relajé cuando la habitación se llenó de gente. Ese tubo estaría afuera en cuestión de segundos. Mi padre y tres enfermeras, una de ellas rápidamente apagó el respirador y comenzó a retirar gentilmente el adhesivo que lo fijaba a la mandíbula de Julia.

"Julia, voy a pedirte que tosas. Crees que puedes hacerlo?" Preguntó, Kari, la enfermera del día.

Ella asintió, pero aun mirando nerviosamente a cada uno, su brazo sano subió hasta el tubo. Yo tomé su muñeca delicadamente y la llevé hacia la cama otra vez. "Deja de luchar, por favor."

"Okey, cuando diga tres, tose y yo sacaré el tubo," dijo Kari. "Se sentirá extraño y tendrás un poquito de dolor de garganta después. Estás lista?" Julia la miró a la cara y asintió una vez. "Uno, dos, tres," dijo y sacó el tubo. Julia tosió varias veces y sacó su mano de abajo de la mía para cubrir su boca.

Serví un poco de agua de la que estaba en la jarra al lado de la cama y se la ofrecí, pero sus manos se movieron al vendaje que estaba en su cabeza y trató de mover su brazo herido. El cabestrillo restringía su movimiento para que su hombro pudiera sanar apropiadamente.

Otra enfermera insertó una jeringa dentro del puerto de la intravenosa y los párpados de Julia se volvieron pesados instantáneamente y sus movimientos se hicieron lentos. Puse el vaso en sus labios y ella tomó un pequeño sorbo.

"La estamos sedando porque puede volver a fracturar sus costillas si se sigue moviendo demasiado," murmuró papá mientras puse el vaso de vuelta en la mesa.

"Yo *lo sé*, papá." Acaricié con la parte posterior de mis dedos su frente mientras sus ojos se cerraban. Ella estaba tratando de pelear contra el sedante, pero era imposible. Me incliné y la besé delicadamente, acariciando su sien con mi nariz y suspiré profundamente.

Me retiré y pasé ambas manos sobre mi cabello mientras la gravedad de lo que acababa de pasar me golpeaba. Mis piernas se sintieron débiles y me recosté a la pared para apoyarme tratando de enfocarme en mi padre. Él se hizo borroso ante mis ojos cuando comenzaron a arder, pero la fuerte mano en mi hombro me afirmó. "Ella va a estar bien, hijo."

"Es un milagro." Asentí, limpiándome los ojos con la parte trasera de mi mano.

Pronto la habitación estuvo vacía y Julia descansaba pacíficamente. Yo estaba sentado a su lado, sosteniendo su mano otra vez. Ella estaba muy adormilada, pero yo quería hablar con ella. Froté mi pulgar una y otra vez sobre su mano.

"Julia? estoy aquí contigo, amor. Todos están aquí. Nuestros padres, Ellie y Harris, Aaron y Jen. Todos los que te aman están aquí. Te amo tanto," susurré y usé mi otra mano para apartar su cabello hacia atrás. Ella trató de levantar sus párpados ligeramente pero el medicamento la tenía al borde del sueño. Alcé su mano y rocé mis labios sobre sus nudillos, incapaz de apartar mis ojos. Hice una mueca ante las marcas moradas que comenzaban a tornarse verdes en los bordes. Su ojo izquierdo estaba morado y su cara estaba inflamada. Me dolía pensar lo que ella debe haber sufrido durante el accidente. *Qué fue lo que ella sufrió?*

"Qué fue lo que pasó cuando ella despertó?" preguntó papá. Él estaba parado detrás de mí y yo tuve que sacudir mi cabeza para aclarar mis pensamientos. "Dio alguna indicación de saber qué estaba sucediendo a su alrededor?"

Me reí con incredulidad. "Ella parpadeó y asintió cuando le pregunté si entendía. Estoy tan *aliviado*, papá." Me levanté y sus brazos se cerraron a mí alrededor en un consolador abrazo.

"Eso es excelente, hijo. Veremos cómo lo hace en el próximo par de días, pero quiero ordenar más exámenes para estar seguros de que no haya ningún daño cerebral permanente. Ella debe tener dificultad con la coordinación muscular por la ubicación de la lesión." Palmeó mi espalda y luego la apretó. "Iré a buscar a Marin y a Paul. Fueron a la cafetería para almorzar. Deberías llamar a los otros e ir a asearte antes de que Julia despierte. Te ves desastroso, Ryan. Rasúrate por el amor de Dios. Probablemente hiciste cagar del susto a la chica."

"Ella me ha visto peor," me reí y mi pecho dolió físicamente cuando mis pulmones tomaron aire. Esta era la primera vez que respiraba en cuatro días? Me incliné para besarla en la frente y descansé mi cabeza ligeramente cerca de la de ella, dejando que su aliento se sintiera en mi rostro, como prueba de que ella estaba viva y se recuperaría.

Gracias. Nunca pediré otra cosa mientras viva, recé silenciosamente mientras me alejaba. No podía despegar mis ojos de su rostro dormido. El corte en su cuero cabelludo ocasionó 6 puntadas, y se veía grave y doloroso.

"Ryan… Ellie, Aaron y Jen?" me recordó papá.

Saqué mi teléfono para obedecer. Jenna estaba trabajando y Aaron estaba en camino a recoger a Ellie y a Harris en el hotel.

Pronto todos estaban en el hospital y sacándome por la puerta. Estaba exhausto, pero no me quedaría en casa suficiente tiempo como para dormir, solo hasta ducharme y cambiarme a un uniforme limpio para hacer mi rotación después de verificar cómo estaba Julia.

El Dr. Brighton había contactado a mis profesores y al jefe de residentes para que me permitieran compensar mi trabajo de clases y reemplazaran mis turnos en el hospital por estos últimos tres días.

Los tres días más largos de mí vida entera.

Tenía diez mensajes de Tanner en mi teléfono, así como dos de Liza y uno de Min. Min estaba preguntando por Julia, Tanner preguntaba qué demonios había pasado y Liza estaba fastidiándome con otra de sus elaboradas tramas para que la ayudara con una investigación. Ella sabía que yo estaba comprometido y que me iba a casar, pero nunca cesó en sus intentos de acostarse conmigo. No tenía auto respeto, lo cual me enfermaba el estómago.

Después de mi ducha me sentí mucho mejor, y me apresuré a volver al Hospital Mass General tan rápido como pude. Mi cabello aún estaba húmedo cuando entré a la habitación de Julia. Todos estaban alrededor de la cama bloqueando mi vista, pero la escuché hablar suavemente con sus padres y cerré los ojos ante el sonido. Una vez más, el alivio me traspasó. En los más oscuros momentos de estos últimos pocos días, pensé que nunca escucharía esa dulce voz otra vez.

Seis pares de ojos voltearon hacia mí y mi padre inmediatamente se adelantó, sus manos levantadas frente a mí indicándome con el gesto que me detuviera.

"Ryan, necesito hablar contigo en el pasillo."

"Okey, en un minuto," dije impaciente. "Quiero ver a Jul."

"Ryan, necesitamos hablar primero," dijo con testarudez. Su tono era muy bajo, como si tratara de ocultar de los demás lo que estaba a punto de decir.

"Ahora? Papá, por favor… Yo…" comencé pero él me tomó de los hombros y me dirigió al pasillo.

"Sí, *ahora.*"

Su brusquedad me enojó. "Qué demonios?" pregunté agitado. Por qué no me dejaba llegar hasta Julia? Ella se preguntaría por qué yo no estaba con ella inmediatamente.

"Julia parece tener algo de problemas con su memoria y con la coordinación de su lado izquierdo. No puede mover los dedos de sus pies pero sí siente cuando la pincha una aguja. Las funciones motoras se manifiestan cerca de donde ella se golpeó la cabeza, entonces es común con este tipo de lesiones. Estoy seguro que mejorará con el tiempo, pero puede que necesite ayuda para caminar al principio."

Pérdida de memoria? Asentí y esperé el resto de la explicación, pero él solo me miró.

"Okey. Qué clase de pérdida de memoria? Corto plazo, largo plazo, *qué*?"

"Es extraño. Parece ser selectiva. Recuerda su niñez. Paul, Marin y Ellie, pero no me recuerda a mí. Te mencionamos, Ryan, y parece no recordarte tampoco."

"*Qué*?" pregunté con incredulidad. Mi corazón se hundió hasta el fondo de mi estómago. *Cómo puede no recordarme? No podemos ni respirar el uno sin el otro, por el amor de Dios.*

"Ella está muy confundida. Necesitaba advertirte antes de que entraras allí. Sé que es una sorpresa, pero no queremos abrumarla. Tienes que tener tus emociones controladas." Puso una mano en mi hombro en un intento de consolarme. Yo aún estaba tratando de asimilarlo y temblaba ligeramente. "Esto debería pasar pronto, hijo."

"Preguntó por el bebé?" pregunté con seria inseguridad. Esta pérdida de memoria no era buena, pero yo estaba agradecido que estuviera recuperándose.

"Ni una palabra. No le ha dicho mucho a nadie excepto a sus padres. Sé que no querías perturbarlos, pero no crees que deberíamos decirle a Marin y Paul sobre el bebé, Ryan? En caso de que Julia sí pregunte. No necesitamos explosiones emocionales de ellos cuando Julia está tan frágil. Sus signos vitales son fuertes y hemos ordenado una sopa para ella. El Dr. Brighton y yo coincidimos en que debemos monitorear su pérdida de memoria y problemas de coordinación y volver a introducirla en comida sólida antes de darle de alta. Sus costillas están lastimadas, pero hoy la haremos levantarse y caminar."

Mi madre se movió detrás de mí y deslizó sus brazos alrededor de mi cintura. Yo pasé un brazo sobre sus hombros mientras sus ojos reflejaban el dolor de que Julia no me recordara.

Mi mente corría. "Okey, sí. Puedes sacarlos y contarles mientras yo tengo la oportunidad de hablar con Julia a solas?"

"No le digas demasiado, Ryan. Sé que estás ansioso y no puedes esperar a entrar allí, pero recuerda, ella no te conoce."

Froté mi mano sobre mi cara y los brazos de mi madre se apretaron a mí alrededor. "Dios mío, papá." Murmuré mientras lo asimilaba.

"Solo seamos gentiles y apoyémosla y veamos cómo progresa. Ella será capaz de lidiar con la pérdida del bebé mejor si recuerda todo por ella misma. Justo ahora, vamos a concentrarnos en hacer que esté bien físicamente. Vamos a hacer unos exámenes y tratar de descubrir qué es lo que está causando esto."

Dejé a mi madre en el pasillo y seguí a mí papá de vuelta a la habitación. Mi corazón estaba desbocado, mis palmas sudaban. Cómo demonios lo manejaría cuando mi hermosa chica no me conociera? Tomé fuerzas para lo que estaba a punto de encarar en los próximos segundos.

"Les gustaría a todos unirse a mí para tomar un café en la cafetería?" Mi padre invitó a los demás a retirarse. Algunos asintieron, otros tomaron sus cosas y se alejaron de Julia. Su cama estaba elevada a una posición sentada. Cuando sus ojos encontraron los míos, busqué alguna señal de reconocimiento. Ella me miró caminar hacia adentro, pero no habló.

"Te veo en un ratito, Jul. Te amo." Paul besó la frente de Julia. Un agradecimiento como nunca antes había conocido, me recorrió por dentro cuando ella miró hacia arriba y le sonrió y luego le habló.

"Te amo, papi." Su voz era suave y un poco ronca como consecuencia del tubo para respirar.

En su camino hacia afuera, Paul vino hacia mí y me abrazó. "Ryan, estoy tan aliviado."

Le di unas firmes palmadas en la espalda. "Sí. No ha habido un segundo desde que despertó en que no le esté dando gracias a Dios." Dije eso para que solo él pudiera escucharme. "No hay palabras para decirte cuánto la amo, Paul."

"No tienes que hacerlo, hijo. Lo sabemos." Dijo mientras esperaba a Marín para que lo acompañara.

El grueso vendaje alrededor de la cabeza de Julia había sido reemplazado con uno más delgado y casi toda la sangre había sido limpiada de su cabello y de la parte izquierda de su sien, pero la cosa más asombrosa era que sus ojos estaban claros y alerta. Mi mano fue hasta mi corazón mientras lentamente caminé hacia ella.

"Adiós, cariño. Volveremos pronto." Marin apretó su mano antes de seguir a Paul, Ellie y Harris afuera. Los ojos de Ellie encontraron los míos brevemente mientras salía. Se veía preocupada, apretó mi brazo antes de salir y luego cerró la puerta al irse.

Al fin estábamos solos.

"Hey. Nos diste un buen susto," dije gentilmente cuando sus delicados ojos encontraron los míos. Vi un montón de preguntas allí y me pregunté si ella tendría algún recuerdo de mí siquiera. La situación me hubiese vuelto loco si no pensara que eventualmente ella recuperaría todos sus recuerdos, pero justo ahora yo solo estaba jodidamente feliz de que ella estuviera viva y despierta. Eso era todo lo que importaba.

"Hola." La voz de Julia era tímida y sus ojos estaban muy abiertos mientras yo me senté al borde de la cama.

"Como te estás sintiendo?" pregunté en un tono bajo, tratando de mantener mi voz firme. Las emociones me recorrían por dentro y a una velocidad récord y yo luchaba con todas y cada una de ellas. Moría por tocarla, por sostenerla cerca de mí, pero no podía comportarme como si fuéramos amantes. Sin importar que estuviera muriendo por hacerlo.

"Estoy bastante adolorida. Me duele todo un lado y mi cabeza palpita." Ella estaba dudosa e insegura de su respuesta.

Yo ansiaba tocar su rostro, pero en vez de eso me moví lentamente y tomé su mano, mis dedos llegaron al interior de su muñeca y tomaron su pulso. Estaba firme y fuerte, y miré el tablero donde las enfermeras llevaban el registro de sus otros signos vitales. Su presión sanguínea era perfecta y la mayoría de las máquinas que generaban ruidos habían sido desconectadas.

"Le diré a las enfermeras que te den algo para el dolor." Revisé los registros y vi que el Dr. Brighton había prescrito Vicodin. "Queremos levantarte para una corta caminata pronto y necesitamos que el medicamento haga efecto antes de eso. Puede que te ponga un poco soñolienta, pero eso será mejor que el dolor que sientes sin él. Tenemos que activar la circulación en tus piernas. Mientras más rápido te levantes y todo eso, más rápido saldrás de aquí."

Traté de hacer que se sintiera segura con un tono calmado pero sentí que estaba balbuceando. Necesitaba que ella guiara cualquier conversación personal.

Sus ojos seguían cada uno de mis movimientos. No se veía asustada, pero ella buscaba algo en mi rostro que yo no podía entender del todo. Fue difícil porque yo la conocía tan bien y generalmente era muy fácil leer sus emociones.

"Tú eres… mi doctor?" Sus ojos se movieron sobre mi uniforme y el estetoscopio colgado alrededor de mi cuello, luego otra vez a mi rostro.

Traté de formar en mis labios una pequeña sonrisa, pero mi corazón se contrajo dolorosamente. *Ella no me recuerda en lo absoluto.*

"Hmmf," dejé salir el aire apenas enmascarando mi frustración mientras alcancé una silla y me senté al lado de su cama. "No, Julia. Quiero decir, soy estudiante del cuarto año de medicina, y seré doctor en unos pocos meses, pero yo soy tu…" me detuve y consideré qué decir. "Soy…" yo no quería mentir pero no quería causarle daño o abrumarla. "Nosotros hemos sido amigos por mucho tiempo. No me recuerdas para nada?"

Sus ojos se abrieron mucho otra vez mientras yo dije esas palabras y sacudió su cabeza. Se sentía apenada, como si se sintiera mal por mí. "Ellie te nombró. Tú debes ser Ryan."

No era una pregunta. Asentí y traté de tragar el nudo en mi garganta, mirando a mi regazo brevemente, sin querer que ella viera el dolor detrás de mi mirada. Mi garganta dolía cuando traté de hablar.

"Es normal que puedas olvidar un par de cosas por un tiempo. Tuviste una horrible lesión en la cabeza. Tú vas a recordar todo con el tiempo, okey, cariño? Yo solo estoy muy feliz porque te vas a recuperar." No pude contenerme, finalmente me estiré y pasé mis dedos por su mandíbula cuando ella asintió pero no se alejó de mi cuando la toqué. "Tantas personas te aman y están aquí para ayudarte. Jen y Aaron, Ellie y Harris, tus padres y los míos."

"Tampoco los recuerdo a todos ellos. Sí recuerdo a Ellie de la Universidad. Y a mi mamá y papá."

"Recuerdas a Elyse, Aaron, Jenna o Gabriel?" sacudió su cabeza ligeramente y la tristeza cubrió su rostro. Tan horrible como me sentía, tenía que ser más confuso y aterrador para ella. Cada instinto me decía que la halara hacia mí y la consolara, que calmara sus miedos con suaves caricias y besos. Apreté los dientes contra la urgencia y solo me enfoqué en las palabras.

"No. Sin embargo Gabriel tiene un gran don con su trato hacia los pacientes. Parece un muy buen doctor." Miró hacia arriba. Su brazo derecho se movió por encima de su estómago para frotar su muñeca izquierda debajo del cabestrillo.

"Gabriel es mi padre y es el neuro-cirujano más renombrado de Chicago." Una expresión impresionada cruzó su cara y yo le sonreí, tomando su mano.

"¿Ves? No escatimamos en gastos para darte lo mejor. Él y mi madre, Elyse, volaron para acá de inmediato. Aaron es mi hermano y Jenna, su novia. Aaron va a Harvard conmigo y Jenna es enfermera aquí. Ella fue parte del equipo que trabajó en ti cuando llegaste aquí el miércoles en la noche."

"¿Tú creciste en Chicago?" Asentí, agonizando internamente por tener que decirle cosas que ella ya sabía, Julia sabía todo; ella me conocía mejor que yo mismo y me dolía que no recordara todo lo que habíamos compartido. Tomé aliento y ella continuó observándome detenidamente. "Tú y Gabo se parecen. Puedo verlo en los ojos pero tienes los rasgos de tu madre."

"Eres muy observadora. Esa es una excelente señal." Dije tensamente.

"¿Qué es lo que está causando esto?"

"A este punto, no estamos seguros. Haremos una imagen por Resonancia Magnética esta mañana para asegurarnos que no haya ningún problema con los fluidos. Mayormente podría ser, por el trauma que sufriste o solo el shock de todo el asunto. No quiero que te estreses por eso. Estoy seguro que solo es temporal y que vas a estar totalmente bien."

Ella aún se veía preocupada pero asintió. "Sí. Okey."

"Hey. Puede que no quieras recordarlo todo. Peleamos mucho y Aaron te molesta constantemente." La esquina de mi boca se levantó en el comienzo de una sonrisa.

Ella sonrió e inclinó su cabeza a un lado. "Por qué pelearíamos?"

"Porque… tu eres jodidamente testaruda, por supuesto. Siempre me dices que tengo un trasero temperamental." Me reí y su sonrisa se amplió. "En serio, no peleamos tanto, pero cuando lo hacemos, cuidado! Usualmente es una explosión."

"Hmmm… Y yo gano?" Su humor se estaba aligerando. Mordió su labio y me miró con los ojos pensativos.

"Sí. Pero, solo porque yo te *dejo ganar.*" Ambos estallamos en risas y por primera vez en días, mi corazón se relajó, la opresión en mi pecho cedía. Ella hizo una mueca por el dolor que la risa ocasionaba a sus costillas rotas.

"Oh, lo siento, Cariño. No debí haberte hecho reír."

"No. Está bien. Eso es bueno. Quiero decir, sí, dolió, pero… valió la pena."

Su mano frotaba una y otra vez con creciente urgencia alrededor de su muñeca y yo detuve sus movimientos con la mía. "Te está doliendo la muñeca, Julia?" pregunté preocupado. Ella tenía varias intravenosas y una de sus venas pudo haber colapsado. Mis dedos se deslizaron sobre la piel de su mano cuando la tomé para voltearla y examinar el lugar donde las agujas se habían insertado. No había ninguna evidencia de algún problema.

"No…es raro; yo solo siento…" miró hacia abajo y luego hacia arriba de nuevo, a mi rostro, "Algo anda mal con mi muñeca. No me duele, pero siento que algo anda mal. Sé que es extraño." Puso los ojos en blanco y trató de encogerse de hombros pero hizo una mueca de dolor en vez de eso. "Estoy segura que no es nada."

Mi corazón saltó con sus palabras. Sí, de verdad algo no estaba bien, excepto por el brazalete que ahora estaba en el cajón de arriba de mi vestidor junto a su anillo de compromiso. Ella los estaba extrañando. La esperanza surgió y yo sonreí ampliamente, causando que ella me sonriera a mí.

"Qué?" preguntó ella suavemente a través de su sonrisa.

Sacudí mi cabeza. "Nada. Trata de no moverte demasiado por unos pocos días. Deberías sentirte bien del hombro muy pronto, pero tus costillas tardarán un mes o dos antes de que estés completamente sin dolor. Todo lo que podemos hacer por ellas es envolverlas y limitar tus movimientos." Me levanté y presioné el botón de la estación de enfermeras. "Podrías por favor traer el medicamento para el dolor que prescribió el Dr. Brighton para la señorita Abbott?"

"Seguro, Ryan," contestó la voz en el intercomunicador.

"Julia, se supone que debo ir a trabajar, pero volveré para ver cómo estás varias veces hoy, okey?" Su cara se entristeció un poco. "Cariño, si tú no quieres que me vaya, no lo haré. Tu eres mi paciente favorita, lo sabes."

Mordió su labio, había incertidumbre en sus ojos. "No… Está bien. Yo no querría que hicieras eso. Esto es parte de tus estudios, verdad?" Cuando asentí, ella continuó. "No quiero volver un desastre tus clases y que te atrases por mí culpa. Yo estoy… Yo estaré bien."

"Estás segura?" Honestamente, yo no quería irme, pero sabía que una vez que su memoria regresara, Julia me patearía el trasero si jodía la graduación después de que ambos sacrificamos tanto. Especialmente ahora que ella iba a recuperarse y que tanta gente estaba con ella, ella habría querido que me ocupara de mis obligaciones.

"Sí. No tienes que regresar para mi caminata tampoco. Papá puede ayudarme."

"Julia," le reñí. "Yo *quiero* ayudarte, okey?"

Ella rio sarcásticamente. "Okey. Este es tu trasero temperamental?" bromeó.

"Ah…sí," reconocí. "Y, no quiero más discusiones con tu *testarudo* trasero." Ambos nos reímos despreocupadamente.

"Okey."

"Tu *harás* que me llamen por el localizador cuando sea hora de tu caminata, verdad?" acuné su cara en mi mano y me incliné para besar su frente, cerrando los ojos cuando sentí su cálida piel bajo mis labios.

"Okey. Tómate tu tiempo. Obviamente, yo no voy a ir a ningún lado." Había miedo detrás de sus ojos, incluso cuando trataba de hacer un chiste de ello.

Tomé su mano y la miré seriamente. "Julia, yo sé que esto te asusta un poco, pero pasará, okey? Confías en mí?"

"Sí. Quiero decir, ni siquiera te conozco, pero… Siento que puedo confiar en ti."

Sonreí y sostuve su mano. "Eso es porque *sí* me conoces, cariño. Yo nunca permitiría que algo te hiciera daño, lo prometo." Era la verdad, pero yo sentía que estaba mintiéndole al no decirle lo que realmente significábamos el uno para el otro. Ella tragó grueso y sus ojos ardían en los míos, sosteniendo mi mirada. Sentí como si me estuviera ahogando y que la única salvación sería besar su boca y compartir su aliento.

"Después, cuando regreses, me contarías acerca de nosotros? Acerca del tiempo que he perdido? Me gustaría recordar." Su mirada era suave y buscaba algo y temblaba ligeramente.

"Lo harás. Lo prometo, okey? Solo necesitas tiempo. Hasta entonces, todos estamos aquí para ti."

Acaricié la línea de su mandíbula con mi pulgar en un delicado toque y me incliné a besar su frente. "Estoy tan feliz de que estés bien. Mierda, estaba muy asustado. No sé qué habría hecho," dije contra su piel e inhalé su esencia. Su pequeña mano se envolvió alrededor de mi muñeca y mientras me alejé de ella apreté su mano.

"Debemos ser realmente muy buenos amigos. Tú me haces sentir… muy segura y feliz. Fue un gusto conocerte."

Mi corazón se apretó dolorosamente otra vez. "Querrás decir que fue un gusto *verme*. Y sí, somos muy cercanos."

Sonrió y asintió. "Okey, sí."

"Descansa un poco y has tu mejor esfuerzo por no moverte repentinamente, okey corazón?"

"Órdenes del doctor?" preguntó en voz baja y mirándome hacia arriba con esos grandes ojos verdes.

"Nop, órdenes *de Ryan*. Volveré después," dije mientras me obligué a salir por esa puerta. La enfermera con el medicamento para el dolor entró mientras yo salía a buscar a los demás.

En el pasillo me encontré con otro doctor que no reconocí. Él no trabajaba en trauma, así que yo nunca antes lo había visto. Era un poco más bajo que yo con cabello oscuro y hombros amplios, quizá de unos treinta años.

"Ryan Matthews?" preguntó.

"Sí?" puse ambas manos en mis caderas mientras me detuve frente a él. "Y usted es?"

"Soy el Dr. Spencer Moore. Tom Brighton solicitó que consultara el caso Abbott."

"Es un gusto conocerlo Dr. Moore." Extendí mi mano y estreché la suya afectuosamente. "Consulta en qué especialidad?"

"Soy Psicólogo y Psicoterapeuta. Él me explicó que la señorita Abbott tuvo un grave accidente y sufrió una herida en la cabeza, y también perdió un niño, es correcto eso?"

Me las arreglé para empujar toda esa miseria hasta el fondo de mi mente, pero ahora el dolor regresó de golpe. Apreté el puente de mi nariz mientras cerré los ojos. Los abrí rápidamente y me enfoqué en su cara. "Sí. Ella tiene varias heridas."

"Y pérdida de la memoria?" asentí y él continuó, "Bueno, después de la Resonancia Magnética sabremos más, pero Tom siente, basado en las dos anteriores, que probablemente no haya razón física y que pueda ser algo psicológico. Probablemente por la pérdida del niño. Solo estoy aquí para consultar eso y ayudarla a atravesar cualquier sentimiento de confusión que pueda tener. Básicamente para ayudarla a lidiar con las cosas hasta el punto en que recupere la memoria."

No dije nada por un momento y el silencio se estaba haciendo incómodo. Froté la parte de atrás de mi cuello. "Ryan, me han dicho que la joven dama es tu prometida, así que estoy en lo cierto al asumir que el niño era tuyo?"

Bajé la mirada y asentí una vez. "Sí, era mío."

"Lo lamento mucho por ambos. Sí necesitas hablar, por favor siéntete libre de llamarme. Es importante dejarla que recuerde por ella misma y ya que no puedes hablar con Julia sobre esto, puede que necesites desahogar." Me entregó una tarjeta con los números de su oficina.

"Gracias. Mi familia está aquí, y yo solo estoy tratando de concentrarme en Julia en este momento, pero quizá. Aprecio el ofrecimiento."

"Julia…" dijo su nombre y levantó una ceja. "Un hermoso nombre."

"Ella es hermosa por todos lados. Es perfecta."

"Es afortunada de tener a alguien tan devoto. Este podría ser un camino difícil y ella necesitará todo el apoyo que pueda tener. Voy a presentarme con ella ahora. Lo mantendré informado."

"Gracias. Tengo que hacer mis rotaciones. La visitaré varias veces hoy. Un gusto conocerlo."

Estrechamos las manos y volteé al mismo tiempo que mi madre y Ellie regresaban por el pasillo.

"Cómo te fue?" Mamá preguntó gentilmente. La preocupación en su rostro era muy notable y traté de tranquilizarla.

"Bastante bien, creo. Está alerta y sus ojos están despejados. Ella va a estar bien, mamá." Pasé una mano por mi cara mientras mi visión se hizo borrosa. "Ella va a estar bien," dije más para mí que para ella.

"Y *tú* estás bien?" su mirada preocupada era escéptica.

Asentí. "Lo más importante es que Julia está viva. Tengo fe en que su memoria volverá, así que es un juego de paciencia. Papá y los otros doctores no quieren que le digamos demasiado. Es mejor dejarla recordar a su propio paso."

Ellie tomó mi mano. Sabía lo que venía ahora. "Ryan…" comenzó dudosamente pero yo no quería entrar en esta conversación justo ahora. Tenía que hacer mis rondas no necesitaba caerme a pedazos.

"Está bien. Sé que vas a decir," dije apretando la quijada y ella apretó mi mano otra vez.

"Yo nunca he visto a alguien tan enamorado como Julia lo está de ti, cariño. No hay manera de que ella vaya a olvidar todo lo que ustedes significan el uno para el otro. Yo *sé* que ella recordará." Su voz se quebró pero sus ojos nunca dejaron mi cara.

"Gracias, Ellie. Yo lo sé. A eso me estoy aferrando ahora."

"Ella quería tanto a ese bebé. Ella estaba tan feliz, Ryan. Todo pensamiento de alejarse de ti para irse a París se había ido. Todo lo que ella quería era verte. Estaba a punto de explotar por decírtelo… No podía esperar para llegar a Boston…" su voz se desvaneció.

La opresión en mi garganta amenazaba con ahogarme por eso parpadeé contra las lágrimas que quemaban mis ojos invadiéndolos. Asentí y puse la mano sobre mis ojos, usando mi pulgar para limpiar la lágrima antes de que saliera. Sentí los brazos de Ellie deslizarse por mi cintura y la mano de mi madre entre mis omóplatos. "Ahngggg…" Traté de aclarar mi voz por las lágrimas y me las tragué. "Estoy tan enojado. No es justo. No es así?"

Me apretó más y presionó su cabeza contra mi pecho sacudiéndola. "Tú vas a tener más bebés con Julia, Ryan. Y, van a ser perfectos."

Si no me desprendía de ella e iba a trabajar, iba a perder el control. Mis manos se cerraron sobre sus hombros y la aparté antes de limpiarme furiosamente una lágrima que había escapado. "Mira, Ellie, tengo que dejar de ser un debilucho y ponerme a trabajar. Le dije a Julia que volvería para su caminata, así que realmente necesito irme."

Una mirada de comprensión cruzo la cara de Ellie. "Okey. Podemos ayudar si no vuelves."

"Gracias, pero yo quiero estar ahí para ella. Nos vemos." Volteé y me fui. No había forma de que yo no regresara a tiempo. Quería que Julia supiera que podía contar conmigo. Paul y Marin iban de regreso y podía ver que ambos habían llorado. Papá estaba detrás de ellos y asintió en mi dirección, dejándome saber silenciosamente que les había dicho sobre la pérdida de nuestro bebé. Podía decir por la forma en que me miraban que quería hablarlo, ofrecer consuelo, pero yo no podía manejarlo.

"Lo siento. Yo solo… no puedo hablar de esto ahora." Con una mano recorrí el brazo de Marin, y ella puso su otra mano sobre su boca, cerrando sus ojos por el dolor. Pensé que era mejor darles lo básico y bajar a la sala de emergencias para no tener una crisis.

"Julia está hablando con un psicólogo que el Dr. Brighton llamó, pero podrían por favor calmarse antes de entrar allí? No quiero que nos vea a todos llorando porque puede que eso solo la haga hacer preguntas para cuyas respuestas no está lista." Esperé sus respuestas. Paul solo me miraba y de la cara de Marin brotaban lágrimas frescas. Tenía que irme. "Miren, me tengo que ir. Los amo a todos."

Tomé una respiración profunda tras otra en mi camino a la sala de emergencia, para cuando entré mis emociones estaban bajo control. Min, Liza y Tanner estaban ahí, también. Todos ellos tenían preguntas en sus miradas, sus expresiones estaba llenas de simpatía. Incluso la superficial Liza tenía tristeza en la cara, pero los ignoré y fui a buscar al jefe de residentes para poder comenzar de una vez con el trabajo. Era un día ocupado, con montones de pacientes y estaba agradecido por esa cantidad de trabajo. Las habitaciones estaban llenas y había algunas secciones en el área separadas por cortinas. Ninguno de ellos debería estar ahí parados mirándome con las bocas abiertas.

Volteé sostuve mi mano hacia arriba, mirándolos con reprobación. "Hola? Ninguno de estos pacientes necesita atención?" Si estaban enojados conmigo, era más difícil que quisieran hablarme. La cara de Liza se endureció, lanzó una historia médica y resopló.

Mis labios se torcieron al comienzo de una sonrisa. Excelente. Min frunció los labios al ver mi mueca de sonrisa y Tanner solo sacudió su cabeza. Tuvo el efecto deseado, sin embargo; y se dispersaron cada uno de ellos ayudando a un doctor diferente.

El Dr. Clark era el médico residente de guardia y, con una mirada escéptica, me entregó la historia médica de un chico que se había caído de su casa del árbol. Él era un hombre bajito de cabello marrón muy seco y sagaces ojos azules, a quien yo respetaba.

"El Dr. Brighton nos contó sobre Julia, Ryan," comenzó. "Todos entenderíamos si no quisieras estar aquí."

Me negué con la cabeza. "No. Ella ya está despierta y alerta. Yo estoy bien. Necesito trabajar. Al menos por un rato. La graduación no me va a esperar y Julia no querría que lo arruinara estando tan cerca. Ella serviría mi trasero en una bandeja." Eso era un maldito hecho.

El Dr. Clark se rio en respuesta. "Ella suena como exactamente lo que tú necesitas; alguien tan duro contigo como lo eres tú mismo, Matthews."

"Puede que ella sea dura conmigo, sí, pero oh tan suave, también… depende de la situación." Sonreí y abrí la cortina para encarar al chico gritando y a sus padres.

~Julia~

Mi cabeza y hombro dolían. Cada vez que me movía se disparaba un dolor por mi torso como nunca antes había sentido. El ardor en mi garganta me provocaba ganas de toser, pero yo luchaba para evitarlo. Las pocas veces que no pude evitarlo, dolía tanto que quería gritar.

Miré alrededor de la habitación. Decoración típica de hospital. Una pizarra acrílica, en la pared opuesta a la cama; los nombres de las enfermeras escritos con la estadística vital que era actualizada cada hora. El televisor en su base cerca del techo, estaba demasiado alto para verlo cómodamente. A mi derecha, dos bolsas de intravenosas goteaban silenciosamente. Mi brazo izquierdo estaba en un cabestrillo y el apretado vendaje alrededor de mis costillas comprimía mi respiración. Al menos la cama estaba elevada a una posición sentada para evitar que me resbalara y había almohadas acomodadas debajo de mi brazo. Me relajé y mi mente divagó. Dónde estaba todo el mundo? Dónde estaban mis padres y Ellie? Dónde estaba… él? Mis ojos se llenaron de lágrimas.

Esta situación era confusa y aterradora; despertar con algo atravesando mi garganta, adolorida, sin poder moverme y sin saber dónde estaba. Todo fue muy perturbador.

Conmigo había estado el rostro del ángel y esa asombrosa voz que me cantaba en un tono bajo. Él había estado sosteniéndome y rogando que despertara… arrastrándome hasta sacarme de la oscuridad. Había lágrimas en sus increíbles ojos azules cuando subió la mirada para verme. Azul profundo con círculos aguamarina alrededor de las pupilas, enmarcados en un montón de pestañas oscuras. No podía quitarle los ojos de encima mientras me decía que dejara de luchar y que yo estaría bien. Algo en esos ojos me calmaba. Yo confiaba en esos ojos.

No recordaba mucho después de eso; gente moviéndose por todos lados, toser y estar soñolienta. Cuando desperté estaba rodeada por Ellie, mis padres y otros tres que no reconocí, pero ninguna señal del impresionante hombre de antes. Mis ojos buscaron por la habitación. Mi madre alcanzó mi mano y Ellie le ofreció una silla.

"Hola, Julia," dijo. "Estás buscando a Ryan?"

"Quién?" Pregunté. Ellie le lanzó una mirada al atractivo rubio a su derecha y luego a mis padres.

"Ryan, cariño," dijo papá.

"Lo envié a casa para asearse." El otro hombre se adelantó y pude ver la misma amabilidad en su rostro y ojos… eran los mismos del hombre que debía ser Ryan.

Mi madre me miró con una gran interrogación en la mirada. "Recuerdas a Ryan, Julia?" su voz era insegura y baja. Mi mente daba tumbos y sacudí mi cabeza. "No a menos que él sea quien estaba conmigo cuando desperté."

"Sí," el hombre que se parecía a él asintió y sonrió.

"Él es bastante atractivo, no es así?" pregunté tímidamente con una pequeña sonrisa. Me sentí tonta por decirlo, era tan obvio.

Ellie se rió e inclinó su cabeza. "Sí. Bastante. Las enfermeras siempre están susurrando y mirándolo." La malicia brillaba en su mirada y el rubio a su lado tocó con su hombro en el de ella haciendo que ella mirara en su dirección.

Todos se callaron y me miraron expectantes. Los miré de uno en uno, esperando que alguien me dijera algo.

"Entonces quién es él? Somos amigos?"

Ellie miró al que llamaron Gabriel, y él sacudió su cabeza muy ligeramente.

"Sí. Todos somos amigos. Nos conocimos en la Universidad," explicó Ellie cuando la puerta se abrió y el objeto de nuestra discusión entró, aún más guapo que antes, si es que era posible. Su cabello estaba húmedo y su cara limpia y rasurada; él entró y tomó mi mano cuando todos salieron. Estaba vestido con el uniforme del hospital y tenía un estetoscopio alrededor de su cuello. Entonces, él era un doctor, este Ryan, quien Ellie dijo que era mi amigo...

Cerré mis ojos, ahora sola en la habitación después de mi conversación con Ryan, luchando para llenar los espacios vacíos acerca de él. Seguramente, si él había llorado sobre mí, yo debía conocerlo. Gabriel y el Dr. Brighton dijeron que muy probablemente todo regresaría, pero estar sentada aquí, incapaz de recordar, me hacía sentir perdida.

Recuerdo a Ellie y la primera mitad de mi primer año de universidad, pero después estaba bastante en blanco. Mi papá dejó un diario en la bandeja sobre la cama y pude ver que eran casi ocho años después. Él tenía canas y mi madre se veía más cansada de cómo la recuerdo. Me preguntaba cómo habría cambiado yo, también. El cabello de Ellie era más largo pero no se le veían cambios. *Me veía vieja?* Yo tendría 26 ahora. Y también estaba toda esa gente que yo no podía recordar en absoluto. Las lágrimas caían desde mis ojos lamentando la pérdida. Cómo era que tanto podía desaparecer así de simple?

Y Ryan... Ellie pareció insegura al hablar de él, excepto para decirme que nos conocimos en la universidad. Mi corazón aún golpeaba fuerte al recordar esa apariencia que quitaba el aliento y aún podía sentir donde sus labios habían quemado mi frente. Me sentía extrañamente atraída hacia él. Su gentileza al bromear y la suavidad de terciopelo en su tono de voz cuando hablaba me daban calma.

Trayendo mis pensamientos al presente, miré a la cama hasta que un ruido en la puerta me sorprendió. Una persona nueva caminó hacia dentro de mi habitación.

Okey, entonces este es un doctor o alguien de mi pasado? No sentí que saliera nada especial por él. Nada de la familiaridad o el magnetismo que sentí con Ryan. Se acercó y sonrió.

"Hola, Julia." su voz era profunda y clínica. "Soy el Dr. Moore." Suspiré de alivio, no era otra persona olvidada de mi pasado. "Hola. Está usted aquí para otros exámenes. Estoy un poco cansada ahora." La píldora para el dolor estaba comenzando a ponerme soñolienta.

"No. El Dr. Brighton y el Dr. Matthews me pidieron que viera cómo estabas. Quería presentarme ya que vamos a pasar un tiempo juntos."

"Es usted un fisioterapeuta?" quisiera que fuera al grano de una vez. Su metódico proceder no era mi estilo. "Estoy teniendo problemas para mover los dedos de mis pies, pero sí siento los pies. Se supone que debo levantarme a caminar así que tendría sentido que usted fuera…" él lo negó sacudiendo la cabeza entonces dejé de hablar.

"Soy psicólogo."

Mi profunda inhalación causo que se disparara un agudo dolor por el lado izquierdo de mi pecho. "Por qué? Creen que estoy loca?" pregunté arrugando la cara.

El Dr. Moore sacudió su cabeza. "En lo absoluto, pero, si no hay problema físico, ellos pensaron que hablar un poco podría ayudarte a recordar."

Resoplé inconscientemente. Estoy segura que le pareció insultante porque su cara se tensó ligeramente. "Bien, gracias, pero me golpeé la cabeza. Seguramente, esa es la razón por la que no puedo recordar, cierto? Tengo más que suficientes personas para hablar. Había nueve de ellos, la última vez que conté."

"Nadie está insinuando que haya algo remotamente mal contigo, Julia, pero yo he lidiado con casos como este antes. Solo estoy aquí para ayudar."

Lamentaba ser condescendiente pero, yo estaba escéptica. "Lo siento. No quise ser grosera, pero todo esto es un poco abrumador."

"Bueno, por eso estoy aquí. Puede que te sientas más cómoda hablando con alguien imparcial. Tu familia y amigos pueden ser más emocionales y tú no necesitas cargar con eso ahora. Necesitas concentrarte en lo que necesitas hacer para sanar, okey? Enfócate en ti misma."

"Lo intentaré."

"Entonces, el Dr. Brighton me llamará luego de tu Resonancia Magnética esta tarde y me dará a conocer los resultados, está bien? Me detendré por aquí mañana y veremos cómo te va?"

"Dr. Moore, en sus otros casos, cuánto tiempo les tomó a ellos recordar?"

"Solo he tenido dos casos como este. A uno le tomó alrededor de un mes recordar y el otro… bueno; él nunca recuperó completamente su memoria." Mis ojos se abrieron mucho y mi boca quedó abierta por la sorpresa. "Pero, él construyó una nueva vida y está muy feliz ahora. Ahora tiene nuevos recuerdos."

Sus ojos cayeron en mi muñeca izquierda, la cual yo encerraba con mi mano derecha. Yo parecía no poder dejar de tocarla y frotarla una y otra vez. Mis malditos ojos se llenaron otra vez y amenazaban con desbordarse. Yo no quería perder ocho años de mi vida.

"Por qué estás haciendo eso? Te duele?" preguntó el Dr. Moore.

Me detuve inmediatamente y retiré mi mano. "No. No me duele. Supongo que estoy nerviosa o algo. Me entristece el no poder recordar, y perder todo ese tiempo, y *gente*, duele. Me siento desolada."

Sus ojos se estrecharon ligeramente pero sonrió con gentileza. "Existe alguien o algo que te entristezca particularmente?"

Humedecí mis labios nerviosamente, no estaba segura de cuánto confiaba realmente en este doctor. "Ah… sí, supongo. Me refiero a Ryan, Aaron y Jenna, mayormente. Supuestamente todos éramos muy buenos amigos, así que no reconocerlos me molesta."

Especialmente a Ryan. Quería saber todo acerca de él y exactamente como era nuestra relación.

"Bueno, probablemente los recuerdes a todos ellos con el tiempo, pero puede que no regrese todo al mismo tiempo. Recuerdas tu trabajo? O dónde vivías?"

Sacudí mi cabeza.

"Bien, no te presiones mucho, okey? Entonces, te veré mañana. Trata de descansar tanto como puedas."

Me dejó sola y yo cerré los ojos. El medicamento me dio sueño. Tanto sueño. La enfermera entró para tomar mi presión sanguínea, pero cuando cerró las cortinas y se fue, me quedé dormida en la silenciosa habitación.

* * *

La habitación estaba oscura. El sol había cambiado de posición y se reflejaban sombras largas desde la ventana. Eso significaba que había dormido por horas y que probablemente me había perdido mi caminata con Ryan. No estaba segura por qué él me intrigaba, aparte de lo impactante que era. A pesar de que no tenía recuerdos de él, me encontraba esperando para poder verlo. Mi corazón se aceleraba ante el pensamiento. Bostecé y me tapé la boca con mi mano derecha mientras miré por la habitación.

No había muchos muebles en el cuarto, excepto por la cama, un sillón reclinable y otra pequeña silla. Giré la cabeza y me detuve. Ryan estaba dormido en el sillón grande, su cabeza colgaba a un lado y una de sus manos estaba bajo su barbilla, un grueso pedazo de cabello caía sobre su frente.

Pasaron una innumerable cantidad de momentos mientras yo me quedé allí acostada mirándolo dormir solo escuchando el firme ritmo de su respiración. No quería despertarlo. Se veía tan cansado antes y por lo que podía ver, él necesitaba el descanso.

La puerta comenzó a abrirse lentamente, Ellie y Harris entraron. Puse mi dedo en mi boca para silenciarlos y luego apunté a la figura dormida de Ryan. Se acercaron silenciosamente al borde de mi cama y Harris se inclinó para besar mi mejilla.

"¿Qué hora es?" susurré.

Harris era muy atractivo y era evidente por la forma en que tocaba a Ellie que eran una pareja. Ella merecía tener a alguien que la amara de esa manera.

"Cuatro y treinta," respondió Ellie suavemente.

"Parece que Ryan finalmente va a descansar un poco. Lo necesita," murmuró Harris.

"Sí, se veía cansado hace rato."

"Él no ha dormido en…" Ellie se detuvo y miró a Harris. "Bueno, ha estado preocupado por ti."

Asentí. Era evidente en sus acciones, su tono de voz y en su misma presencia. "Debemos ser buenos amigos. Desearía poder recordar…" mi garganta se cerró ligeramente.

Ellie puso su mano sobre la mía. "Oh, cariño, lo harás. Todos éramos grandes amigos. Has visto a Aaron y a Jen?"

"Sí, pasaron por aquí hace rato. Fue como incómodo, pero ellos parecían muy agradables. Aaron es gracioso. Jen lo golpeaba cuando me hacía reír." Sonreí.

"Suena como ellos, sí," Harris señaló a Ryan con la cabeza. "Cuánto tiempo ha estado fuera de combate?"

"No lo sé. Yo dormí un rato. Él estaba allí cuando desperté."

Un toque en la puerta develó a Jenna y a otra enfermera entrando. "Hey," dijo ella. Usó su pie para hacer algo debajo de la cama. "Es hora de la Resonancia Magnética, bebés."

La otra enfermera, Kari, me sonrió. "Vamos a revisar tus signos vitales antes de sacarte de aquí." Colocó un brazalete de presión en mi muñeca derecha y un termómetro en mi boca.

"Ustedes van a dejar dormir al Bello Durmiente aquel?" Jenna le preguntó a Ellie y Harris.

"Bueno, no ha dormido en días, así que probablemente sí." Asintió Ellie.

"Se va a poner furioso si no se le dice todo lo que está pasando con Julia. Despierten ese trasero."

Kari terminó de tomar mi presión y de leer el termómetro, justo cuando Ryan se removió en la silla.

"Sí. Despierten mi trasero." La enfermera bloqueaba mi visión, pero podía ver que estaba pasando las manos por su cabello y frotando su adormilado rostro. "Jen, Aaron dijo que terminabas a las cuatro, entonces estás aquí por el paisaje?"

"Muy bonito, idiota. Estoy aquí para hacerle compañía a Julia durante el examen. Ves, Ryan? *Yo puedo* ir con ella y tú no puedes."

"Pronto vas a cantarme Lero Lero, cierto?" dijo él sarcásticamente.

"Hey, lo que sea necesario para levantarte," le soltó ella y comenzó a mover la cama hacia la puerta por el pie de la cama, mientras Kari enganchaba las intravenosas en el mástil y tomaba su posición para empujar la cama desde la cabecera.

"Ah… estoy bastante seguro que levantarme no es tu responsabilidad," bromeó Ryan.

Jen puso los ojos en blanco y se sonrojó. "Ves que cretino tan odioso puede llegar a ser. No sé cómo lo aguantas."

Ryan estaba ya de pie y vino al lado de la cama, levantando las manos para que Jenna se detuviera.

"Hey, dormiste bien?" Sus ojos azules centelleaban y mostraba una gran sonrisa.

"No tan bien como tú, aparentemente." Le sonreí.

"Bueno, es un alivio. Puedo dormir ahora que estás mejor. Nuestros padres están por aquí en algún lado. Los buscaré para que estén aquí cuando vuelvas."

Estaba impactada por sus ojos y asentí ligeramente. "Okey."

Mis ojos se mantuvieron en los de él implorantes, esperando que él pudiese leer la pregunta flotando ahí. *Qué hay de ti?*

"Yo estaré aquí también. Quizá podamos hacer esa caminata después de todo?" dijo suavemente.

"Eso me gustaría."

"Retrocede, Casanova. Tenemos asuntos que atender," lo cortó Jenna.

Ryan le lanzó una fea mirada antes de que ella me sacara al pasillo y a mí me guiñó el ojo.

"Siempre está haciendo berrinches, este niño."

"Sí, me dijo que yo siempre le digo que tiene un-"

"Trasero Temperamental," dijimos al mismo tiempo y ella asintió.

"Eso es la atenuación del siglo!"

* * *

Más tarde esa misma noche mientras yo picaba mi cena de pollo asado y puré de papas, mis padres y los de Ryan junto con Ellie, Harris y Ryan, estaban todos allí, sentados a mí alrededor. Ryan estaba al pie de la cama y mi madre sentada al borde.

"Come, cariño. Necesitas estar fuerte."

"Ah, has probado esto, mamá? Prueba tú," dije disgustaba y le di la bandeja. "No me estoy muriendo; no tengo una condición cardíaca, entonces por qué tengo que comer esta porquería?"

"Estoy segura que no es tan malo." Dijo mamá mientras tomaba el tenedor y probaba un poco. Su cara se arrugó y tomó una servilleta para devolver lo que mordió. "Agh."

Mi cabeza se inclinó a un lado. "Exactamente."

Ryan sonrió y sacó su teléfono, golpeteando algo en él. Yo lo observaba preguntándome, qué estaba haciendo. No puso el teléfono en su oído sino que lo volvió a meter en su bolsillo. Yo levanté las cejas pero él solo sonreía ampliamente.

"Julia, necesitamos hablar de lo que va a pasar ahora," dijo Gabriel en un tono serio, "El Dr. Brighton siente que si podemos hacer que camines y comas, podrías ser capaz de ir a casa en uno o dos días. Hemos estado hablando y preguntándonos qué querías hacer tú?"

Miraba todas esas caras en expectativa mirando en mi dirección y no estaba segura de lo que debía decir. "Supongo… no sé cuáles son las opciones."

"Bueno, puedes venir a casa conmigo en San Francisco, o ir con tu madre a Kansas, tan pronto como estés lista para viajar. Ellie se ha ofrecido a llevarte de vuelta a Nueva York y quedarse contigo por un tiempo." Papá estaba preocupado y mi madre hacía eco a su expresión.

"Por qué estamos haciendo esto?" Interrumpió Ryan. "Julia *no* va a irse a Nueva York ahora." Sonaba enojado y se veía agitado. "Ni siquiera debería haber discusión sobre esto. Sus doctores están aquí en

Boston y *yo…*" se detuvo. "Bueno, aquí somos tres con entrenamiento médico. Quién podría cuidarla mejor? Podemos manejar nuestros turnos para que siempre haya alguien con ella. Ya yo discutí esto con Aaron y Jen, así que podríamos olvidarlo, por favor?"

Mi boca quedó abierta. Sonaba como que él ya lo había planeado todo.

"Ryan," Gabriel le reprendió. Él miró a su hijo y luego a mí. "Julia, yo sé que no los recuerdas, entonces te sentirías cómoda haciendo eso? Entenderíamos, si no es así."

"Ah…" comenzó Ryan, "Julia, yo realmente creo que esta es la mejor solución."

"Ryan, *ya es suficiente,*" dijo Gabriel duramente, "Julia?"

Miré de mis padres a Ryan y luego a Gabriel.

Ellie dio un paso al frente y tomó mi mano. "Vamos a apoyarte en lo que decidas hacer."

"Joder!" Susurró Ryan y enterró las manos en sus bolsillos antes de reclinarse contra la pared y mirarme fijamente.

Por qué está tan molesto?

Elyse fue hasta su hijo y puso su mano en su brazo. "Ryan, cálmate. Esto es solo una discusión."

"Pensé que tú estarías de mi lado," dijo en voz baja, y nunca apartó su mirada de mí.

Abrí la boca para hablar pero luchaba con lo que iba a decir; abrumada con todo y asombrada con el nivel de devoción que se estaba mostrando por mí. El fuego azul de los ojos de Ryan retenía mi atención. Su mandíbula estaba tensa y los músculos en ella trabajando en sobre marcha.

"No lo había pensado, pero aprecio su voluntad de ayudarme."

"Julia, todos te amamos," dijo suavemente Elyse.

Miré a mis padres, preguntándome si se molestarían si yo decidiera quedarme en Boston. Honestamente, yo sabía que Ryan cuidaría de mí y yo debería estar con él. No entendía por qué me sentía de esa manera; yo solo sabía que era así. Quizá fue la gravedad de su respuesta o su convicción, pero lo que sea que fuera, era real.

"Me gustaría quedarme con los doctores. El Dr. Moore dice que él puede ayudarme a recordar." Miré a mi regazo y peleé contra el dolor y el vacío que me sobrepasaban. "No puedo explicarles la tristeza que siento al no recordarlos." Mis ojos buscaron a Ryan y luego a Harris. "Y, Aaron y Jen. Cómo podría regresar a un trabajo y a una vida acerca de los que no sé nada? Creo que lo mejor para mí es resolver esto, así que si está bien, creo que me quedaré aquí."

"*Conmigo*? Julia, te mudaremos con nosotros para poder cuidar de ti." La voz de Ryan estaba cargada de pánico y me di cuenta que no había dicho dónde me quedaría. Él pensó que quise decir Boston, pero quizá era en otro lugar.

Asentí muy ligeramente y el inhaló profundamente en un suspiro. "Okey." Miró directamente a su padre. "Bueno."

La habitación parecía tensa, todo el mundo estaba en silencio hasta que la puerta se abrió, no muy gentilmente.

"Servicio a la habitación!" Aaron entró con una bolsa de papel y un vaso de anime con una pajilla. "Una hamburguesa Yuppie y Coca Cola para nuestra pequeña Jul." Su inmenso cuerpo y brillante sonrisa llenaron la habitación. Mi boca se abrió ante la sorpresa mientras Ellie tomó la bolsa y comenzó a sacar la comida y colocarla frente a mí. Mi estómago gruñó ruidosamente ante el maravilloso olor.

"Conseguiste los aros?" Ryan preguntó. Los aros de cebolla eran mis favoritos.

"Amigo. Soy *yo*. Qué crees? Tu dijiste aros, te conseguí aros."

Era sorprendente lo inmensa que era esta hamburguesa. "Nunca seré capaz de comer todo esto," dije mientras alcancé uno de los aros de cebolla.

"No espero que lo hagas, Jul. Ryan ayudará con eso. Son operaciones de procedimiento ordinario."

Mi madre abrió cinco o seis paquetes de la salsa de tomate y las vació en el envoltorio vacío de la hamburguesa. Hundí el aro de cebolla en eso y lo mordí. "Vaya. Esto es bueno."

Todos se rieron cuando traté de levantar la hamburguesa con una mano. Tenía queso suizo, champiñones y tocino. Otro de mis favoritos. "Aaron, cómo supiste que mi cena no le gustaba ni a los perros?"

"En serio? Ryan me envió un texto pidiéndome pasar por Uburger y que te despachara. Aunque tengo que irme, Jenna está esperando."

"Gracias por traer esto, Aaron. Te debo una," dije con la boca llena.

Se rio. "Tres palabras, Jul. Muffins de Mora," dijo Aaron mientras caminaba hacia la puerta. "Muffins de mora. Jen tiene un montón de habilidades pero no puede cocinar como tú."

Recordaba que yo cocinaba más que mi madre mientras crecía. "No hay problema. Cuando me pueda mover, okey?"

Ellie, Harris, Elyse y Gabriel se fueron poco después que Aaron. Dejándome en la habitación con mis padres y Ryan. Él estaba sentado al borde de la cama y yo empujé comida en dirección a él. Él sonrió tomó un aro de cebolla y lo comió.

"Supongo, que llevaré a cenar a tu madre, Julia." mi padre acarició la parte de atrás de mi cabeza. "Estamos tan agradecidos de que estés bien, bebé."

Yo quería un tiempo a solas con Ryan así que esperaba que él no se fuera tan pronto. Él había tenido un largo día y probablemente tenía deberes que hacer.

"Am, okey. Mamá…" La miré y le sonreí tratando de hacerla sentir bien. "Ve a comer con papá. Yo voy a estar bien ahora que tengo comida de verdad," bromeé y levanté mi vaso atrayendo la pajilla a mis labios. "Te amo."

Cuando ellos se fueron, Ryan se quedó en la cama conmigo. "Quieres que encienda el televisor?"

Bajé mi bebida y sacudí la cabeza. "Ah Ah. Que es un texto?"

"Qué?"

"Aaron dijo que le enviaste un texto acerca de la comida. Eso es como un código para algo?" Mordí de nuevo la hamburguesa.

"Oh." Se rio. "Es escribir en tu teléfono. Funciona como una llamada, pero no hablas, escribes. Las palabras salen en la pantalla de la persona a la que llamas… o más bien escribes, como en este caso."

"Suena raro."

"Tú eres la reina de los textos. Lo hacemos constantemente."

"De verdad? Hmmm…" Ryan sonrió y asintió. Le di los dos tercios restantes de mi hamburguesa a él. "Quieres esto?"

Sonrió y la levantó. "Como si necesitaras preguntar." Mordió un gran pedazo y tomó otro aro de cebolla. Se sentía fácil estar con él aunque apenas lo conocía. Tomo la soda y tomó por la pajilla. "No te preocupes, no tengo piojos."

Me reí. "Algo me dice que ya tendría pegados tus piojos si los tuvieses."

Sus labios se expandieron en una amplia sonrisa. "Definitivamente."

"Entonces… vas a contarme acerca de nosotros?" pregunté insegura. Él se sentó hacia atrás y encontró mi mirada. Ryan no parecía presto a contestar, como si estuviera considerando qué decir.

"Nos hemos conocido desde el primer año en pregrado."

"Ellie me había dicho eso. Pero compartimos comida y piojos, entonces… qué más?"

Sonrió, dio otra mordida y se encogió de hombros. "Como te dije. Nos hemos conocido por mucho tiempo. No creemos que deba decirte demasiado. Sería más seguro para ti recordar todo por ti misma. No podrías solo confiar en mí?" Sus comentarios eran ligeros y tranquilos.

"Es que es eso." Froté mi muñeca y sus ojos siguieron mis movimientos. "Yo sí confío en ti, aun cuando no sé nada acerca de ti, pero tengo*curiosidad*. No puedes saber lo frustrante que es no saber nada acerca de tu propia vida."

"Te lo dije hoy, somos unidos. Has sido mi mejor amiga desde el minuto en que nos conocimos, okey?" Puso el último pedazo de hamburguesa en el papel y fue a lavarse las manos.

"Cómo nos conocimos?" pregunté. Él estaba contándome un poco así que decidí mantenerlo hasta donde él le había puesto freno.

"En psicología 101. Una pérdida de esfuerzo académico. Tú no soportabas esa clase."

"De verdad?"

"Sí. A mí tampoco me gustaba, excepto porque solíamos escribir notas uno en el cuaderno del otro. No puedo decirte mucho o te reirás y te lastimarás."

No pude evitar sonreír ante la expresión de su rostro, pero después se volvió serio y me miró intensamente a los ojos. Tuve la fuerte urgencia de tocarlo y deseaba que se acercara para poder hacerlo.

"Hmmm… así que mejores amigos, ah?"

Humedeció sus labios y miró a otro lado. "Sip."

"Cómo?" seguí presionando, observando las emociones deslizarse por su rostro. Él tenía unas muy marcadas cejas y quijada, una nariz perfectamente derecha. Mi corazón se aceleró cuando mi mirada llegó a sus llenos labios.

"Te estás sintiendo bien? Todavía te duele la cabeza, cariño?" preguntó Ryan.

"No, no me duele. Por qué no quieres contestarme?" persistí con el ceño fruncido.

"Julia, vamos a concentrarnos en que te sientas mejor, hmm?" se deslizó más cerca y acarició con su pulgar mi barbilla, y la electricidad se disparó a través de mí como un cohete. "Tenemos un montón de tiempo para que descubras el pasado."

Agh! "Por qué no me lo dices tú? Éramos compañeros? Amigos con beneficios?" sus ojos se abrieron y se alejó ligeramente. "Conocidos distantes?"

"No, no y *no*." Se levantó. "Lista para la caminata?"

"Dime. Entonces caminaré."

"Julia, tú vas a ser mi muerte. Qué parte de *no queremos influenciar tu memoria* no entiendes?" su voz era apremiante y gentil, se derretía a mi alrededor como miel.

"Es la gran cosa? Fue tan malo?"

"No. No fue para nada malo." Él suspiró y se sentó otra vez, tomando mi mano en la suya. "Como dije, *somos unidos*. No puedes dejarlo así, por favor? Tú recordarás pronto y entonces no será un gran misterio."

Miré hacia abajo a la mano que sostenía la mía. Ryan frotó su pulgar sobre mis dedos.

"Hey," dijo suavemente y me apretó más fuerte cuando no lo miré. Nos sentamos así por unos pocos segundos hasta que finalmente él habló.

"Cuando me fui a la escuela de medicina, tú me dijiste que yo era la persona más importante en tu vida. Y tú eras lo mismo para mí, y eso no ha cambiado, okey?"

Mi corazón se apretó dentro de mi pecho. Sabía que él era importante. Lo supe desde que puse los ojos en él. Asentí pero aún no lo miraba a los ojos. Él se inclinó y rozó con su boca mi sien. "Nos cuidamos el uno al otro y yo siempre estaré aquí para ti, Julia."

Giré ligeramente mi cabeza para que mi nariz descansara contra su mejilla. Él olía a jabón y colonia. Absolutamente delicioso y extrañamente familiar. Su mano vino por un lado de mi cuello para colocarse en la parte trasera de mi cabeza. "Okey." Contesté suavemente.

"Ahora… qué tal esa caminata?"

-3-

*L*os últimos días han sido alegres, dolorosos, asombrosos, y fenomenalmente largos. Julia había mejorado progresivamente y yo pasaba tanto tiempo con ella como podía. Habían retirado las intravenosas y el catéter y ella estaba comiendo bastante bien considerando su aversión por la comida de hospital. Aún tambaleaba cuando hacía su caminata, pero la sacaron de la UCI la mañana siguiente a su despertar.

Su memoria no había mejorado, pero yo continuaba diciéndome que lo haría con el tiempo. Hablábamos y bromeábamos y era amargo y dulce a la vez cuando ella preguntaba cosas de las que ya sabía la respuesta. Se sentía como cuando nos conocimos por primera vez, instantáneamente conectados pero sin decir o mostrar los verdaderos sentimientos.

Respiraba profundo y trataba de convencerme a mí mismo; *ella recordará*. Cuando lo hiciera, recordaría la pérdida del bebé también? Eso me cagaba del susto. Julia era tan fuerte, pero esto era más de lo que ella había lidiado jamás. El Dr. Moore, el Dr. Brighton y mi padre estaban de acuerdo en que la pérdida del embarazo fue lo que con seguridad detonó la pérdida de memoria. El consenso era aún no presionar sus recuerdos. No había razón física. Su tejido cerebral se veía perfectamente normal y todas sus habilidades cognitivas estaban intactas. Yo estaba muy agradecido por eso, al menos. Pudo haber sido mucho peor.

Las pasadas semanas se sentían como un año y yo estaba literalmente exhausto. Difícilmente iba a mi casa y mi cama se había convertido en una extraña porque yo pasaba cada noche en el hospital con Julia. Mientras que al principio fue incómodo, ella pronto lo aceptó. Cuando Marin o Ellie se ofrecían a quedarse, yo solo mi iba para ducharme, comer o trabajar.

En las tardes, cuando todos se habían ido, yo sacaba mi laptop y estudiaba desde el sillón en su habitación. Julia pasaba el tiempo leyendo o dibujando, y de vez en cuando, me hacía preguntas acerca de lo que yo estaba haciendo. A veces, conversábamos; jugábamos cartas o jugábamos una versión de 20 preguntas al revés. Ella me preguntaba cosas acerca de mi pasado y el suyo. Era divertido y nos reíamos mucho, pero yo batallaba para no decirle más de lo que debía. Igual que siempre ella estaba genuinamente interesada en todo lo que yo tenía que decir. El lado positivo era que pasaba mucho tiempo con Julia y que Liza no me acosaba cuando estaba en la habitación de Julia.

Me apresuré a recoger todo lo del departamento antes de traer a Julia esta tarde. Jen no era muy del tipo ama de casa y Aaron era un completo vago. El lavaplatos estaba lleno de platos sucios y los baños estaban asquerosos. Me encogí completamente al verlo. Mi madre estaba aquí trabajando para ayudarme a organizar el lugar, y no estaba feliz con el estado de las cosas. Fue a mi habitación por mi ropa sucia, dejándome con las ganas de haberlo hecho yo antes que ella.

"Dios mío Ryan! Ustedes viven como cerdos! Era así siempre que Julia venía de visita?" preguntó asqueada.

"Ahora es peor porque yo no he estado por aquí. Jen limpia un poco, pero la mayoría de las veces lo hago yo y he estado con Julia cada minuto, mamá! Puedes darme un respiro?"

"Considerado que te estás graduando con honores y que has sido tan bueno con Julia, te dejaré ir solo con una advertencia," sonrió y salió con sus brazos cargados de ropa. "La habitación de Aaron y Jenna está peor que la tuya."

Ellie llamó hace un rato, ella y Harris estaban en camino acá para ayudar con la limpieza. Los departamentos que ella compartió con Julia siempre estaban impecables. Aaron y yo aún vivíamos como lo hacíamos en Stanford.

"Sí, y Ellie me va a estar jodiendo sin parar por este desastre," dije mientras llené el lavaplatos con agua. Nuestro departamento era viejo y no tenía lavaplatos. Era un edificio pequeño, caluroso y con closets extremadamente pequeños. Jen se quejaba constantemente acerca de los closets. Ella y Aaron planeaban mudarse a una casa luego de la graduación. Aaron estaba centrado en medicina interna y podría tener un consultorio privado apenas terminara su residencia. Yo esperaba que todos termináramos suficientemente cerca para poder vernos seguido. Julia quería estar cerca de Ellie también, pero su carrera iba a dirigir su elección.

Metí las manos en el agua y continué lavando los platos, perdido en mis pensamientos. Me detuve.

Qué pasa si Julia no recuerda? En tres meses era mi graduación, me graduaría y había planeado ir a Nueva York para estar con ella. *Ella aún me querría?*

Mi corazón se desplomó. Ella había sido receptiva a mi presencia, incluso al punto de dejarme dormir en el gran sillón en su habitación toda la noche. Marin y yo peleábamos sobre quién se quedaría, pero ella cedió después que una noche se quedó con Julia y yo dormí en la sala de espera al final del pasillo de todas formas.

"Ellie entenderá, Ryan. Todos sabemos dónde has estado esta semana."

Ella me abrazó desde atrás por la cintura mientras yo trabajaba. "Nadie espera nada más."

Ella se alejó y rascó mi espalda por encima del uniforme. "Julia va a tener su propio Doctor y amo de casa todo en uno. Que suertuda, suertuda chica."

Enjuagué un sartén y lo coloqué en el escurridor de metal al lado del lavaplatos mientras mamá fue a separar la ropa. Yo me encogí de hombros pero no dije nada.

"Ryan, sé que no lo has mencionado, pero necesitas hablar? Acerca del bebé? Estoy preocupada por ti, cariño." Mi madre hizo una pausa, su voz se quebró ligeramente.

Por un segundo, yo me detuve también; pero entonces tomé la siguiente cacerola que necesitaba lavar y la metí al agua.

"Mamá, aprecio la oferta, pero yo solo… supongo que me he concentrado en que Julia se sienta mejor. Nada habría sido peor que perderla a ella, así que realmente no he lidiado con…" mi voz tembló y respiré profundo. "el bebé todavía. Después de las primeras veinticuatro horas, ha sido muy surrealista. Es Julia quien me ha preocupado, además de nuestro pasado perdido, eso es todo lo que puedo soportar ahora."

"Comprendo, cariño. Solo quiero que sepas que tu padre y yo estamos aquí para ti. Ambos te amamos tanto."

"Lo sé, mamá. Estoy agradecido por todo lo que han hecho. Tener a papá aquí fue mi salvación." Continué lavando los platos y ella puso una carga en la lavadora mientras Ellie y Harris atravesaron la puerta.

"Hey!" Ellie dijo felizmente y vino a abrazarme. "Cómo estás?"

Harris la siguió al entrar. "Hola, Ryan, Elyse. Gabo me pidió que te avisara que ya sacó las maletas del hotel y les reservó el vuelo de las 5:30."

"Ustedes se van?" giré hacia mi mamá. "Tan pronto?"

Ellie me palmeó en el estómago antes de comenzar su búsqueda por los artículos de limpieza, sacando una cubeta y desinfectante de la estantería de abajo del fregadero. Le lanzó un plumero a Harris.

"Esclavista," murmuró él pero se sacó el abrigo y fue a la sala a trabajar.

Mi madre vino a la cocina y sacó una silla. "Papá tiene que volver a sus pacientes y tú tienes todo bajo control ahora."

Asentí, secando los platos que acababa de lavar, y guardándolos de una vez. No podía mirarla a los ojos. Me preocupaba cómo sería cuando Julia estuviese aquí con tres personas que apenas conocía.

"Sí, lo sé. Es solo que Paul y Marin también se van, y aun cuando Julia dijo que estaría bien con nosotros, no quiero que se sienta sola aquí."

"Ryan, Julia nunca va a poder sentirse sola cuando te tiene a ti, okey?" Ellie sonrió y luego arrugó su nariz asqueada. "Santo Dios! Este lugar está horrible!"

"Espero que tengas razón, Ellie." Murmuré y fui al closet de la cocina a sacar la mopa y trapos que necesitaba para terminar el trabajo.

"Ryan, Jul te ama; aun cuando no puede recordar, relájate!" Harris gritó desde la otra habitación. El departamento era tan pequeño que cualquier palabra que dijéramos podía ser fácilmente escuchada.

"Cuándo vas a hacer de Ellie una mujer honesta?" pregunté, en un intento por cambiar el tema.

"He tratado. Pero ella quiere esperar."

"Qué? Por qué?" pregunté incrédulo.

"Pregúntale a ella," dijo y parecía un poco molesto, pero continuó con su tarea de desempolvar el televisor y el centro de entretenimiento.

Ellie llenó la cubeta con agua caliente del lavaplatos y agregó desinfectante antes de contestar. "Harris, vamos! Acabas de firmar el contrato con la disquera!" dijo ella exasperada. "Tú sabes que te amo."

"Difícilmente soy un estrella de rock, El," dijo entre dientes.

Ella se tensó. "Quizá lo serías si empezaras a pensar como una."

"Quizá no estás segura de poder manejar su nuevo estilo de vida antes de comprometerte? Eh Ellie?"

Pregunté y ella puso la cubeta de jabonosa agua frente a mí.

"Qué tal si cierras el hocico?" Dijo y me frunció el ceño.

Vaya, un golpe directo.

"Cuándo le vas a devolver a Julia su anillo de compromiso? Y el brazalete? Ella está constantemente frotando su muñeca, y lo único que puedo hacer es contenerme de detenerla, por el amor de Dios."

Lo había pensado mucho en los últimos días. Ella solo había tenido el anillo por unas pocas semanas antes del accidente y la mayoría de ese tiempo habíamos estado separados. Yo ansiaba verlo brillando en su dedo y extrañaba ver el brazalete en su muñeca. Mi corazón se contrajo ante sus palabras.

"Todavía no. Ya sabes lo que dicen los doctores."

"Ella *sí recordará*," agregó mamá casi inaudiblemente, "Tengo fe. Ryan, ve a quitar tus sabanas, por favor."

Fui a cumplir la orden y ella me siguió, cerrando la puerta tras nosotros. Tomé las almohadas y comencé a quitar los protectores, y me preguntaba para qué querría hablarme a solas.

"Ryan, quieres que me quede por un tiempo? Puedo dejar que Gabo vaya a casa sin mí. Si me necesitas…" Me di cuenta de lo extremadamente afortunado que era al tener unos padres tan maravillosos que me apoyaban así.

"Oh, no, está bien, mamá." Me incliné y quité las sábanas de la cama y las lancé en la pila con lo demás. "Solo estoy un poco nervioso por traer a Julia acá. Ella debe sentirse un poco aprehensiva bajo las circunstancias." Me senté en la cama y pasé mi mano por mi quijada. "No ha sido fácil para mí ver esas miradas con interrogantes en su rostro, el vacío cuando algo que ella no recuerda se menciona. Eso… me duele," lo dije en un tono calmo, pero mi corazón se apretaba un poco. Tenía que verse en mi cara.

"Ryan, puedo ver que ella confía en ti. Su cara se ilumina toda cuando tú entras en la habitación. Ella sabe que hay algo entre ustedes dos." Se sentó junto a mí. "Todo va a funcionar, bebé. Le devolverás su joyería?" "No estoy seguro que sea el momento todavía. El Dr. Moore e incluso papá piensan que debemos ser cuidadosos con eso de acelerar las cosas. Y tiendo a estar de acuerdo. Cuando ella recuerde, sabes que va a doler infernalmente. Porque…"

"Lo del bebé, lo sé." Ella pasó su mano por mi cabello. "Pero tú la ayudarás a salir de eso, Ryan. Todos podemos sentir cuánto la amas y ella lo hará, también. Tú has sido tan fuerte y valiente, cariño, pero está bien afligirse." Dijo tristemente.

"Yo viviré," dije secamente, tratando de disminuir el dolor causado por sus palabras. Yo no era fuerte. Estaba más débil de lo que nunca había estado en mi vida. Ella no había estado allí la primera noche y no había visto como me desplomé por completo. "Mamá, de verdad, estaré bien. Julia es mi enfoque ahora."

"No querrás decir siempre? Nada ha cambiado, querido." Sonrió con tristeza. "Ella siempre ha sido lo primero en tu pensamiento. Solo no trates de sobreprotegerla de la verdad, Ryan. Puedes hacer mucho más daño que bien, y aún más importante, puede que Julia no agradezca eso."

"Sí, he pensado en eso, también. Nosotros siempre nos decimos todo; ha sido excepcionalmente duro no poder hablar con ella."

Ella miró sobre el escritorio a la foto que Julia me había regalado en Navidad hace cuatro años.

"Vaya, esa es una hermosa fotografía. Asombrosa en realidad. Ella podría ser una modelo."

Sonreí y me incliné para recoger las cosas. "Lo sé. Soy un afortunado bastardo, no es así?" Me reí. "Estoy enamorado de esa foto."

"Por qué no la había visto antes?"

"Es muy personal…es solo mía. Yo de verdad no la comparto con nadie." Su gentil risa se unió a la mía. "Entiendo, pero si no quieres presionar sus recuerdos, probablemente deberías quitarla por ahora. Julia estará aquí, cierto?"

"Sí, voy a darle mi habitación y a quedarme en el sofá. Hay un montón de cosas que necesito esconder, supongo que: nuestra música, su teléfono con nuestros mensajes, las fotos." Tragué el nudo en mi garganta, tratando de evadir la tristeza que crecía dentro de mi pecho. "Me siento tan perdido. Mierda, ni siquiera sé si puedo ocultar todo de ella, aunque trate. No me siento bien haciendo esto."

"Solo saca la foto, Ryan. Colócala dentro de una gaveta y no te preocupes mucho. Deja que lo que deba suceder suceda. Entiendo que no quieras presionar, pero quizá tampoco debas esconder cosas."

Asentí. Lo que decía tenía sentido. "Voy a ir con la corriente y veré como le va a ella. Estoy asustado, mamá. Qué pasa si ella nunca recuerda? Qué haría yo si…"

Me tomó en brazos. Los míos estaban llenos, así que no pude abrazarla, pero su mano presionó la parte trasera de mi cabeza y me besó la mejilla. "Ella lo hará, cariño. Tú eres inolvidable."

"Oh, sí? Quién dijo eso?" pregunté suavemente, parpadeando para evitar que salieran las lágrimas que quemaban mis ojos.

"*Julia.*" Solté las sabanas y la abracé fuerte.

* * *

Ellie se hizo cargo y tuvimos el lugar limpio en tiempo récord. Ella y Harris se irían en la mañana. Después, yo planeaba ordenar comida si Julia quería. Otra vez, era un riesgo, porque sería como los últimos meses en Stanford después que Ellie comenzó a ver a Harris. Podría causar que su memoria tuviese regresos por ráfagas, pero mamá tenía razón. Yo no podía controlarlo todo y quería que Julia se sintiera lo más cómoda posible, incluso si era incapaz de ser yo mismo. No podía actuar como su amante, lo cual requeriría concentración de mi parte. Todo acerca de ella me llamaba. Ella estaba tan frágil, lo cual invocaba fuertemente mi necesidad de protegerla.

Todos los padres se iban en los vuelos de las horas más tempranas de la tarde. Marin y Paul estaban ansiosos por tener que dejar a Julia, pero confiaban en que yo la cuidaría bien. Marin era un manojo de nervios más que Paul, pero él me conocía mejor y nos había visto juntos más tiempo.

Íbamos a encontrarnos en el hospital; Aaron iba a llevarlos al aeropuerto Logan y yo traería a Julia a casa.

Cuando llegué con mi madre, papá y Paul estaban esperando en el pasillo fuera de la habitación de Julia. Me sentía nervioso y codicioso al mismo tiempo, lo cual era una locura después de todo lo que habíamos vivido.

"Hey," dije, "Qué está pasando?"

"El Dr. Brighton acaba de examinar a Julia y ya le dio permiso de ir a casa." Asentí. El Dr. Brighton acababa de llamarme con la actualización así que ya yo sabía eso. "Marin está ayudándola a ponerse la ropa de calle."

"Paul, gracias por estar aquí; sé que significa mucho para Julia."

Su expresión estaba llena de tristeza. "Gracias, Ryan. Estaba a punto de decirte lo mismo a ti."

Lo miré directo a los ojos. "Te prometo que cuidaré bien de ella."

Él se estiró y me dio una palmada en el brazo. "Eso lo sé, hijo."

Volteé hacia mi padre. "Papá…" comencé y sentí a mi garganta apretarse ligeramente, la gratitud que sentía por tenerlo aquí vigilando el caso de Julia llenaba todo mi cuerpo.

El constante cúmulo de emociones estaba comenzando a hacerme sentir como un debilucho, pero no lo podía detener. "Gracias."

Puso sus brazos alrededor de mí y yo lo abracé también. "Por supuesto, Ryan. Todos amamos tanto a Julia. Dónde más íbamos a estar cuando nos necesitan así?"

"Estás seguro que no quieres mudar tu consultorio a Nueva York?" me reí mientras nos separábamos.

"Ja! Tu madre no dejaría Chicago, aun si yo lo quisiera. Quizá algún día, Julia y tú se muden a tu ciudad natal."

Paul se reía. "No hay forma de que ella deje Nueva York. Aunque me encantaría tenerla más cerca de casa, también, ella nunca dejará su trabajo! Ella ama esa mierda glamorosa." Dudó antes de continuar. "Ryan, aun planeas ir a Nueva York para tu residencia?"

"Am… sí, a menos que ella tenga una objeción. Ya no soporto estar lejos de ella, especialmente después de esto." No había pensado que ella podía considerarlo una intromisión ahora. "Supongo que debo hablarlo con ella." El terror me invadió mientras respiré profundo.

"Ryan, detente. Julia va a quererte con ella. Tres meses son mucho tiempo. Para entonces su memoria habrá regresado." Paul me aseguró. Traté de sonreír pero un sudor frío cubrió mi frente. Agitado, froté la parte de atrás de mi cuello. "Ellie me dijo que había hablado con la jefa de Julia. Cuál era su nombre? Meredith?"

"Sí, Meredith," contesté. "Le pedí a Ellie que la llamara ya que yo era todo un desastre como para lidiar con eso en ese momento. Ella ha sido grandiosa. Eso ha sido una bendición. Julia puede concentrarse en mejorar ahora sin tener que preocuparse por su trabajo."

La puerta se abrió y salió una enfermera, cargando una bata de hospital. "Todo listo! El Dr. Brighton ha liberado a Julia. Volveré con una silla de ruedas," dijo sonriendo al pasar.

Miré hacia adentro y Julia estaba sentada en la cama vistiendo un par de pantalones de Yoga negros y una blusa azul de botones. Su abrigo acomodado a su lado, pero no podía usarlo por el cabestrillo. Tendría que colocarlo sobre su hombro.

Las dos mujeres estaban inmersas en la conversación. Mi estómago se contrajo, preguntándome si se había mencionado algo acerca del bebé. Dos pares de ojos llenos de lágrimas voltearon en nuestra dirección mientras entrabamos a la habitación. Los llenos labios de Julia temblaron en las esquinas en el inicio de una sonrisa.

"Ryan, estás aquí." Sus ojos se iluminaron y mi corazón saltó.

"Por supuesto que estoy aquí. Estás atrapada conmigo." Sonreí y miré a su madre. "Hola Marin. Cómo te va?"

"Oh, solo estoy siendo tonta, triste por tener que dejar a mi bebé." Usó ambas manos para limpiar sus lágrimas.

"Mamá, por favor," dijo Julia en voz baja y me miró con ojos cautelosos, limpiando sus lágrimas con la parte de atrás de su mano. "Difícilmente soy una bebé."

"Estoy de acuerdo," toqué su barbilla con mi pulgar. "Difícilmente." Fui recompensado con que sus mejillas se ruborizaron respondiéndome. *Hermosa.*

"Entonces chicos, qué planean hacer esta noche?" preguntó Marin.

Mi madre se movía por el cuarto, recogiendo las cosas de Julia y colocándolas en un bolso.

"Am…" arrugué las cejas y me encogí de hombros. "Nada extenuante. Instalaremos a Julia y luego Ellie y Harris vendrán a cenar."

Las cejas de Julia se levantaron especulativamente mientras bromeó conmigo. "Oh? Vas a cocinar, Matthews?" Yo estaba parado cerca de donde ella estaba sentada y ella me empujó con su hombro bueno. Mi corazón se detuvo. Era nuestro empujón y ella me llamó por mi apellido. Había sentido ese empujón cientos de veces y mi sonrisa se amplió de emoción ante el familiar gesto. Al menos subconscientemente, ella aún era mi Julia.

"Pfft! Nunca. Si tu estuvieras en condiciones, te haría hacerlo, pero como la cosa está así, ordenaremos comida." Todos se carcajearon fuertemente.

La enfermera apareció con una silla de ruedas y retrocedió mientras Paul ayudó a Julia a sentarse. Cada instinto en mí me decía que fuera hasta ella, pero él quería y necesitaba ayudarla en todo lo que pudiera antes de dejar Boston.

Envolví mi brazo alrededor de la cintura de mi madre y los seguimos hacia fuera. Marin caminaba al lado de Julia, sosteniendo su mano mientras yo observaba cómo la enfermera empujaba la silla por el pasillo. Yo no podía quitarle mis ojos de encima, y estaba agradecido con toda esta gente quienes la amaban tanto.

La mano de mi madre subió por mi espalda y apretó mi cuello por la parte de atrás, adoración maternal brillaba en sus ojos. "Me haces sentir tan orgullosa, Ryan. Aaron también, no podía haber pedido mejores hijos."

"Mamá, no te pongas toda sentimental conmigo, ahora," bromeé. "Ya soy un completo desastre como estoy."

"Dale un respiro, Ryan. Su prerrogativa es ponerse sentimental acerca de sus brillantes hijos. La mía también." Dijo papá con una mueca de seriedad.

Salimos por las puertas rotativas mientras la enfermera trajo a Julia en la silla de ruedas por la entrada.

Aaron estaba reclinado contra el auto estacionado en el bordillo, con una juguetona sonrisa en la cara.

"Ahí esta ella!" Resonó Aaron mientras me lanzaba las llaves y caminaba hacia Julia. "Cómo estás pedacito? Te ves bien. Ese cabestrillo te hace lucir ruda," bromeó. Sus hematomas estaban volviéndose amarillentos y más tenues, con solo una tonalidad de azul purpúreo mostrándose en su traslucida piel. En poco tiempo, el único recordatorio tangible serían sus costillas fracturadas.

Y la pérdida de memoria.

Su sonrisa era brillante. "Estoy realmente bien, Aaron. Gracias por dejarme quedar en el departamento."

"Hubiese pateado el trasero de Ryan hasta el bordillo si hubiese dejado que fuese de otra manera, bebé."

Aaron dijo de forma entusiasta y riéndose. Ella sonrió sacudió su cabeza y me miró. Le guiñé el ojo. "Agárrate de mí, Jul," dijo, y la levantó fácilmente de la silla. Ella arrugó la cara un poco mientras él la puso de pie gentilmente. Fue difícil para mí no hacer nada, pero yo no quería abrumarla. Ella necesitaba espacio para despedirse de sus padres y de los míos.

Observé mientras sus padres la abrazaban de despedida. Marin lloró hasta que Paul la apartó y entonces ella se derritió en sus brazos. Me dolía el corazón por Julia mientras vi una lágrima silenciosa rodar por su mejilla. Mi madre la tomó en sus brazos, también llorando como los demás.

Tragué el nudo en mi garganta y miré a Aaron. Él miraba al suelo, claramente conmovido también. Papá acarició suavemente la mejilla de Julia. "Avísame si estos chicos te dan algún problema, okey? Les patearía el trasero a los dos," bromeó. Julia soltó una risa entre sus lágrimas, lo que hizo que tuviera que envolver su brazo bueno a su alrededor para minimizar el dolor. "Lo siento, Julia," dijo mi padre mientras besaba un lado de su frente.

"No, está bien. Gracias; por todo."

Me moví hacia adelante y abrí la puerta del pasajero de mi auto. "Estás lista?" Pregunté reservadamente.

"Sí," sus ojos estaban claros como el cristal y brillaban, los restos de sus lágrimas aún en sus pestañas.

Deslicé mis brazos a su alrededor para que ella apoyara su peso mientras descendía hasta mi auto. "Gracias. Los amo a todos." Dijo mientras cerraba la puerta.

Marin lloró en mi hombro mientras nos despedimos. "Agradezco a Dios por ti, Ryan. Gracias por estar ahí para Julia."

"No podría estar en ningún otro lado. Ella es mi mundo entero. Tú sabes eso." Dije en voz baja, para que solo ella oyera. Estreché la mano de Paul y abracé a cada uno de mis padres. "Espero verlos a todos en mayo para la graduación, okey?" No podía contener mi ansiedad por deslizarme en el auto junto a Julia y llamé a Aaron. "Harris y Ellie vendrán a las seis. Cuándo terminará Jen?"

"Creo que a las cinco, así que nosotros estaremos ahí. Disfruta el día, hermano. Te lo has ganado." Me dio una palmada en la espalda mientras caminé frente a él rodeando el vehículo.

"Gracias. Que todos tengan un vuelo seguro y avísennos cuando lleguen a casa, por favor. Los amo… a todos."

La deliciosa esencia de Julia me rodeó al entrar y me detuve para respirar profundo. Ella me miró con expectación y luego volteó para sacudir su mano despidiéndose de los que estaban en el bordillo.

Mis manos apretaron fuerte el volante mientras arrancaba. Podía sentir su mirada como si fuera un toque físico. "Qué?" pregunté.

Sus ojos pasearon sobre mí, asimilando todo, pero sacudió su cabeza. "Estás bien? Estás seguro que quieres hacer esto?"

"Julia, basta. Por qué preguntas eso?"

"Soy un desastre," se quejó.

"Puedes ducharte en mi casa. Solo tendrás que ser cuidadosa con tus heridas. Si quieres esperar, Jen estará en casa pronto y te ayudará a lavarte el cabello."

Julia frunció el ceño y desvió la mirada. "Me siento como una maldita inválida."

"Es solo hasta que sane tu hombro. Podrás moverte mejor cuando te quiten el cabestrillo."

"Sí pero estas costillas, duelen infernalmente."

La frustración de ser dependiente cruzó sus facciones. Hubo una época, dos semanas antes, cuando ella podría haberse apoyado en mí y dejarme ayudarla con las tareas más personales, pero ahora, yo necesitaba la ayuda de Jen. Ella y Aaron habían sido muy considerados. Nos habíamos organizado para que Julia nunca estuviese sola. Y el hospital había estado arreglando y reacomodando nuestros turnos. No hizo daño que mi tutor fuera el tratante de Julia y Jefe de personal.

Mi teléfono sonó y lo saqué. Liza. Mierda. Apagué el teléfono y lo metí en mi bolsillo mientras conducía.

"Ryan, no tienes que detener tu vida solo porque yo estoy aquí. Contesta tus llamadas. Yo me taparé los oídos." Su delicada sonrisa iluminó mi mundo y puse los ojos en blanco.

"Es solo Liza. Tu sabes quién es ella."

Me detuve y miré en su dirección. Ella mordía su labio y sacudía su cabeza. "Nop. No lo sé"

"Ah, ella es solo una chica que me acosa para que la ayude a estudiar," dije despectivamente.

"Ah…" murmuró. Podía sentir sus dudas pero la conocía. Los engranajes en su cabeza estaban girando. Luché con qué decir y decidí que era mejor no decir nada. "Ella quiere ser más que una compañera de estudios?"

Mierda. "Supongo, sí, pero yo no tengo ningún interés. Nunca lo he tenido. Ella me ha perseguido sin ningún tipo de pudor desde Asquerosa Anatomía en el primer año."

Julia inclinó su cabeza y consideró esto por un momento. "Eso realmente debe apestar para ti." Ella estaba mordiendo su labio para esconder una sonrisa, pero los hoyuelos en sus mejillas se acentuaron. "Quiero decir, tener a mujeres persiguiéndote todo el tiempo. Que completamente agotador!" Bromeó. "Pobre bebé."

"De hecho, sí lo es. Es molesto y sus insípidas excusas se hacen más ridículas cada vez."

"Por qué no solo le dices que *no*?"

"Hmmf! Lo he hecho! Más veces de las que puedo contar."

"Seguramente hay algo atractivo en ella. Debe ser lista si va a Harvard."

De cualquier manera, cómo coño esta conversación aterrizó en esa tipa? "Julia, ella está profesando su estupidez constantemente o su falta de habilidades para estudiar para hacer que yo, y probablemente otros diez tipos la ayuden. Honestamente, pienso que es más holgazana que calenturienta. Ella no quiere trabajar y es más fácil que alguien lo haga por ella."

Sus ojos se abrieron mucho y luego comenzó a reírse. "Hmm…Subestimas tu magnetismo, Matthews."

Sonreí. "Oh? Dímelo tú."

"Nop." Ella acentuó la P cuando lo dijo y miró hacia afuera de la ventana.

"Julia, vamos. Me rompí la espalda durmiendo en ese jodido sillón durante una semana por ti, lo mínimo que puedes hacer es acariciar mi ego un poco."

"Como si necesitara ser acariciado." Me retó. "Las enfermeras estaban babeando por ti todo el tiempo. Creo que me hubiesen dejado morir, de no ser porque tú dejarías de venir todo el tiempo." Puso sus hermosos ojos en blanco otra vez. "Dónde está Ryan? Cuándo vendrá de nuevo Ryan?" Las imitó con una voz cantadita. "Eso fue lo que escuché toda la maldita semana!"

Me carcajeé. Si no supiera cómo es todo, sonaba celosa y yo estaba jodidamente emocionado. Aunque no recordara, aún me deseaba.

"Y? Qué les decías?" pregunté, levantando mis cejas cuando nos detuvimos en el semáforo cercano al departamento.

"Que yo no estaba a cargo de tu calendario social, pero que su mejor oportunidad de atraparte era entre la una y las cuatro de la madrugada," sonrió maliciosamente.

Me estiré y tomé su mano en la mía. "Eso suena muy bien…"

Ella sonrió mientras la luz cambió. "Ryan, debes tener una novia, no es así?"

"Por qué piensas eso? He estado muy ocupado con los estudios y mis… amigos."

"Porque sí. Yo solo sé que tienes una. Eres demasiado bien parecido para no tenerla."

Resoplé. Bueno. Ella aún piensa que soy atractivo, pero cómo coño iba a esconder que ella era mi novia? "Crees que tú tienes novio?"

"No. Porque si lo tuviera hubiese estado conmigo en el hospital."

"Sí. Probablemente cada minuto." Mordí el interior de mi mejilla para evita la sonrisa.

Llegamos y estacionamos en la parte de atrás. Después que la ayudé a salir del auto. Ella se detuvo poniendo su mano derecha en mi pecho y mirándome a los ojos, su expresión era seria. Dejé mis brazos alrededor de ella.

"No crees, que como alguien que comparte comida y piojos contigo, deberías contarme acerca de tus novias? Dijiste que éramos unidos, Ryan." Me reprendió secamente.

"Julia, no hay alguien de quien hablarte!"

Mierda! Eso era lo más cercano que podía llegar de la verdad. "Podríamos olvidar este tema ya. Me aburre que jode."

Ella se veía herida e inmediatamente lamenté lo cortante de mi tono.

"Solo pensé… bueno, si fuera yo, yo querría saber si una mujer extraña se está quedando contigo."

La solté y saqué su bolso del asiento trasero, y su cartera, pasando ambas sobre mi hombro y colocando mi otro brazo alrededor de su cintura para que se apoyara mientras lentamente subíamos las escaleras y entrábamos al edificio.

"Si fueras tú, no estaríamos teniendo esta ridícula conversación. Y tú no eres una extraña!" Dije exasperado. "Mira, yo solo tengo tiempo para la universidad, el trabajo y tú ahora, así que podríamos dejarlo hasta ahí? Yo prometo no molestarte con tus novios tampoco."

Abrí la puerta y esperé que ella entrara. "Eso es porque ya tu sabes todo acerca de mí, Ryan. Estoy tratando de saber sobre ti. Quiero conocerte mejor."

"Sí me conocieras un poco mejor, seríamos la misma jodida persona."

Ella inhaló sorprendida. "Quizá eso era cierto antes, pero no se siente así justo ahora."

Abrí la puerta del departamento para ella. Ella se inclinó en el marco y me miró hasta que usé mi brazo para hacer el gesto de que entrara. Retiré el abrigo de sus hombros cuando me pasó, colgándolo en la entrada. Ella se movió por el pequeño departamento, notando los grandes sofás de cuero que dominaban el espacio y en la pequeña cocina con la mesa de madera y el arco que separaba la sala de la cocina y la chimenea.

"Esto es agradable,"

"Tú y Ellie lo decoraron, así que es tan agradable cómo es posible. Jenna no tiene cabeza para ese tipo de cosas. A ella le interesa más el football y el rock."

"Ella me agrada. Es muy astuta y lista. A mí también me gustan el football y la música."

Sí, lo sé.

Ella estaba más distante después de mi última acotación y yo lo odiaba. Caminé detrás de ella y puse ambas manos en sus hombros teniendo cuidado con las heridas.

"Necesitas algo? Tienes hambre o sed?"

"Dímelo *tú*. Me refiero, a que si somos la misma jodida persona." Dijo sobre su hombro y se fue a la sala, dejando caer mis manos a mis lados.

Me uní a ella cuando se puso cómoda en el sofá e ignoré el sarcasmo subyacente en su voz. "Necesitas Vicodin para el dolor?"

"No. No es tan malo y Ellie traerá vino después. No voy a poder tomar ni un poco si tomo esa maldita droga."

Tomé el control remoto y me senté, mirando hacia ella sin encender el televisor. "Mira, Julia, lo siento. Solo estaba jugando antes. Yo solía decir esas cosas antes todo el tiempo y era gracioso. No quise molestarte."

"No estoy molesta," pero miró hacia abajo hasta que subí su cara por la barbilla con mi pulgar. "Lo siento, también. Debería ser más agradecida. Después de todo lo que has hecho por mí."

Suspiré pesadamente. Gratitud no era la emoción que estaba buscando. Por supuesto, que estaba cuidando de ella, eso es lo que haces por alguien a quien amas más que a la vida misma.

Agh! "Yo no tengo novia!" *Tengo una prometida, que justo ahora, me está volviendo loco!* Busqué en su mirada esperando que se relajara y que no se preocupara. "Por supuesto, te diría si la tuviera. Nosotros nos decimos todo. Eso no va a cambiar, okey? Tú *sabrás* todo acerca de mí, pero no en una tarde. Necesitas descansar." Ella asintió ligeramente y yo deslicé mi mano de su barbilla para rodear un lado de su cara. Su mano se cerró alrededor de mi muñeca. Deseaba tanto tomar su boca que dejé que mi pulgar se deslizara por su labio inferior. Sabía que era peligroso, pero no pude contenerme. Me incliné para besar su frente en vez de eso y la solté gentilmente.

Encendí el televisor y busqué algo que ver. A Julia le gustaba ver el canal de cocina, así que lo encendí y Rachel Ray estaba haciendo la cosa esa de cocina en treinta minutos. Julia se recostó contra las almohadas y levantó sus piernas luego de que gesticulé con mis manos que las colocara sobre mi regazo. Dejé el control sobre la mesa y desaté sus zapatos, dejándolos caer uno por uno al suelo, con un ruido seco, mis manos se cerraron alrededor de sus pies y comencé a masajearlos sobre sus calcetines. Quería cualquier excusa para poder tocarla.

"Nunca entendí por qué te gusta esta porquería. Tu puedes cocinar mucho mejor que ella."

"Pero *tú* no puedes," sonrió ligeramente y sus labios se torcieron en las esquinas.

"Qué? Yo sé que no puedo. Por eso te tengo a ti. Cuál es el punto?" Yo miraba la pantalla mientras Rachel lanzaba un montón de cosas a un sartén de espagueti tostado, fruncí la nariz de asco. "De todas formas, qué es esa mierda?"

Ella se reía delicadamente. "Mi punto es que quizá yo estaba esperando que *tú* cultivaras alguna habilidad."

Mi cabeza se disparó rápidamente hacia ella. "Julia? Recordaste algo?"

"No." Sacudió su cabeza y suavemente tocó mi brazo con su pie. "Pero es razonable, no es así? Quizá yo no estaré por aquí para siempre."

"Supongo que tiene sentido que tu quisieras que yo fuera capaz de alimentarme solo, pero no te hagas ideas de no vas a estar por aquí para siempre. Esa mierda no pasará." Apreté su pie y mi corazón se infló por la sonrisa que se expandió en su rostro. "Entonces, que es esa porquería que está haciendo?"

"Ah... parece un versión de risotto pero con pasta en vez de arroz. Apuesto que es bueno."

"Nah, me quedo con tu Pad Thai mil veces."

"Eso es algo que hago mucho?" Asentí lentamente, no estaba seguro si debí haber dicho eso.

"Okey, lo haré tan pronto me deshaga de este cabestrillo. Cuándo será eso?"

"Probablemente una semana más o dos. Son las costillas las que tardarán más en sanar. Necesitaremos tenerte vendada, y si te mueves demasiado cuando te quite el cabestrillo, regresará." Le advertí.

"Será así de duro con todos sus pacientes *Dr. Matthews*?"

"No," dije sencillamente y continué viendo televisión y frotando sus pies.

"No?" sus cejas se alzaron y la esquina de su boca se torció en un lado.

"Eso fue lo que dije, Abbott." Traté de sonar despreocupado. "Si necesitas un aparato para la audición, puedo arreglar eso, también." No pude evitarlo, me carcajeé.

"Jódete," se reía conmigo.

"Esta noche no, cariño," le lancé. Ella trató de no reír y de mantener la cara seria, pero no pudo completar ese trabajo.

"Cariño, creo que me confundes con esa chica acosadora. Cuál es su nombre? Lucky? Linda? Lucy?" Su voz era muy entretenida.

Me reí de nuevo muy fuerte, mis hombros se sacudían con el esfuerzo.

"Podría serlo, para lo que me importa. Seguro! Lucy! Ese es." Yo aún me reía y ella comenzó a reírse de nuevo. El rítmico sonido de su risa hacía que mi corazón cantara.

"Ow, deja de hacerme reír!" me pateó de nuevo.

"Oh, cariño, lo siento! Deja de patearme, Julia!" agarré sus pies "Deja de moverte, no quiero que te lastimes las costillas, cariño, pero siento absolutamente que debería estar haciéndote cosquillas ahora." Le quité el calcetín y comencé a pasear mis dedos por la parte del centro de su pie, ella sentía cosquillas fácilmente por todos lados, y yo sabía dónde sacar la mayor reacción de ella. Ella gritó en protesta. Traté de sostener su pierna con mi mano opuesta para que no se pudiera mover. Esto era divertido pero no quería que se lastimara. Dejé correr mis dejos por el arco solo una o dos veces para que supiera que hablaba en serio, los músculos de mi brazo trabajando fuerte para tenerla quieta.

Ella estaba chillando para que me detuviera cuando Aaron y Jenna entraron para encontrarnos riendo en el sofá frente a la TV. Se veían en shock.

"Te vas a portar bien?" Me reí.

"Sí! Para! Ryan!"

"Ryan! Vas a lastimarla!" Me gritó Aaron desde el otro lado de la habitación. Jen entró a su habitación, lanzándome una mala mirada.

"Se ve como que está sufriendo, A? Estamos jugando, por el amor de Dios! Apenas la toqué."

Mi mano fija en su pierna, miré a su cara luego de que Aaron señaló seriamente con la cabeza en su dirección. Los ojos de Julia estaban llenos de lágrimas y entré en pánico, sentándome derecho rápidamente.

"Julia, te hice daño, cariño?" Me moví a su lado instantáneamente, arrodillándome en el suelo frente al sofá.

Ella sacudió su cabeza. "Solo un poco por la risa. Estoy bien." Suspiré de alivio y pasé una mano por mi cabello.

"Mierda, Ryan! estúpido idiota!" gritó Aaron. "Debería sentarte de culo de un golpe!"

Lo ignoré. "Lo siento. Eso fue estúpido de mi parte, Julia. Aaron tiene razón. Debí ser más cuidadoso."

Ella miró a Aaron sobre mi hombro y luego volvió a mirar mis ojos. "No, estoy bien. Chicos ustedes son tan sobreprotectores; es como si fueran mis hermanos mayores o algo así."

"O *algo así*." Bromeó Aaron. Me pregunto si Julia entendería su tono. Mi cara se sintió caliente y mi piel se sonrojó. Julia también lo vio. Su mano se estiró para tocarme en el hombro. "Ryan, estoy bien. No me hiciste daño."

Fruncí el ceño. Tuve que haberla lastimado un poco, estaba furioso conmigo mismo por haberme dejado llevar por el momento y olvidar qué tan gravemente herida estaba. "Yo sé que tuvo que dolerte, Julia, y lo siento de verdad. No pasará otra vez."

"Hey, estábamos divirtiéndonos. No soy una muñeca de porcelana, Puedo aguantar una pequeña sacudida."

"Todavía no. En un mes o dos, quizá."

Ella se estiró y tocó un lado de mi mandíbula.

"Estoy *bien*." Dijo suavemente.

"Okey." Tomé su mano de mi cara y besé el interior de su muñeca y me levanté y volteé hacia Aaron. Él iba camino a la cocina a abrir el refrigerador.

"Los viejos llegaron bien?"

"Sí. Papá pidió que le avisáramos por lo menos cada dos días acerca de cómo le va a Jul." Sacó dos cervezas y me ofreció una. Entré en la cocina y la tomé.

"Qué sabes acerca de este otro Doctor? Moore, cierto?" Aaron preguntó abriendo su cerveza y luego tomó un largo trago.

"No mucho. Es un psicólogo al que Brighton consultó. Apenas he hablado con él." Estábamos manteniendo el tono bajo y miré sobre mi hombro. Jenna estaba sentada con Julia en el sofá y conversaban. Julia asentía con la cabeza cuando volví a mirar a Aaron.

"El hecho es que ya sabemos por qué ella ha olvidado las cosas."

Bajé la cerveza y me incliné sobre el mesón, volteando para poder ver a la sala. "Sí. Ellos piensan que si ella habla con alguien más, los recuerdos pueden regresar gradualmente. Sería un gran golpe que todo regresara de una vez."

Aaron me miró por un largo momento sin hablar.

"*Qué?*" pregunté.

Se encogió de hombros. "Nada, hermano. Solo… cómo estás *tú?*"

Por qué todo el mundo estaba preguntando eso?

"Bien. Es difícil. Tengo que estar recordándome que ella ya no me conoce."

"Ella te recordará, amigo. Ustedes dos son enfermizos. No hay forma de que ella no vaya a recordarte, Ryan." Tomó otro trago de la cerveza. "Pero me refiero a que cómo estás lidiando con la pérdida…?"

Lo detuve. "Aaron, podemos enfocarnos en Julia? Eso es todo lo que puedo manejar. Eso, y llegar a la graduación."

"Estoy pensando en proponerle matrimonio a Jenna, pero me preocupa el efecto que pueda tener en Jul," dijo Aaron en voz baja.

"Julia no querría que dejaras eso en espera. Ella los ama a ambos y ha estado diciendo por años que tú deberías ponerle un anillo a la mano de Jenna. Después de todo has estado con ella más tiempo del que nosotros hemos estado juntos. Esto está bastante retrasado, hombre. Tienes suerte de que ella no te haya pateado el trasero hasta la salida." Sonreí burlonamente.

"Es por todo ese buen sexo que le doy." Bromeó.

"Ahórrate los detalles lascivos!" Yo los había escuchado follando y rebotando en la habitación contigua a la mía demasiadas veces para contar y no era una experiencia que yo disfrutara. "Intenta con un poco de ternura. Ella podría apreciarlo."

"Okey, escucho una canción sentimental por ahí en algún lado. Pronto bajarán ángeles celestiales tocando sus arpas y violines! No me voy a creer que ustedes dos no se ponen bajos y sucios de vez en cuando, hermanito."

"Cierra la jodida boca," respondí y ambos reímos.

"Qué vas a hacerme de cenar, cariño?" Aaron dijo ruidosamente y me golpeó en el hombro antes de ir a sentarse en el gran sillón al otro extremo del sofá.

"Sí, qué vas a hacer de cena?" Julia me levantó las cejas mientras lo seguí. Era tan tierna cuando me quería molestar y mi corazón se aceleraba. Yo amaba pasar rato con nuestros amigos, pero si fuera por mí, pasaría toda la noche solo con ella.

"Ah, Jul… Lástima que no estás para eso. Me vendría muy bien algo de comida casera!" dijo Aaron. Jen se movió hasta su regazo y lo golpeó en las costillas. "Hey!" protestó él y se estiró para acercarla y besarla. "Tus talentos en otras áreas lo compensan, nena."

Jenna reía cuando Aarón puso la mano en la parte de atrás de su cabello.

"Lo haría si pudiera usar ambos brazos, Aaron. Qué solía cocinar?"

Los ojos de Julia seguían los afectuosos gestos entre ambos y me pregunté qué estaría pensando.

"Todo." Respondí por él.

Hubo un toque en la puerta. Deben ser Ellie y Harris.

"Parece que toda la pandilla está aquí," Dijo Jenna detrás de mí. "Ahora podemos decidir qué comer. Qué te provoca, Julia?"

"Am, no tengo tanta hambre, así que lo que ustedes quieran estará bien para mí."

"Julia!" Gritó Ellie desde la entrada. Harris hizo una mueca de sonrisa cuando pasaba, obviamente burlando a su muy entusiasta novia.

"Es bueno verte, Harris."

"No nos perderíamos esto, Ryan. Gracias."

Las chicas se juntaron en la sala y Aaron, Harris y yo nos sentamos en la mesa de la cocina.

Ordenamos comida China de un local que entregaba a domicilio, y nos sentamos en la sala con platos en nuestros regazos y abrimos tres botellas de vino. Observé a Julia detenidamente mientras se reía y hablaba con todos, escuché la interacción cuidadosamente buscando alguna señal de su memoria. Ella le hizo a Jenna un montón de preguntas acerca de cómo se conocieron Aaron y ella; y Ellie charló acerca de Harris, su trabajo en Los Ángeles y cosas que hacíamos en la universidad. Cuando todos terminaron, junté los platos y los llevé a la cocina mientras Ellie me seguía con los contenedores vacíos.

"Hey, cómo lo estás llevando?" preguntó en voz baja.

"Bien. Estoy Bien." Lavé los platos y los dejé en el escurridor mientras hablamos.

"Julia parece estar haciéndolo bien. Esta curiosa acerca de las cosas. Especialmente sobre ti."

Detuve lo que hacía para mirarla. "Qué fue lo que dijo?"

"Quiere saber acerca de tu relación con ella. Presiente que no son solo amigos. Chiquillo."

"Le dije que éramos amigos muy unidos. Unidos, Ellie. Como mejores amigos."

"Yo sé todo eso, pero ella sigue regresando al tema. A Jen le está costando no hablarle de ti. Todo lo de Aaron está conectado a ti."

"No todo. Jen y Aaron han estado juntos desde antes de que yo estuviera con Julia."

"Ya lo sé, pero entiendes lo que digo. Cómo actúa ella cuando están solos?"

"A veces relajada, a veces nerviosa, siempre curiosa. Sé que ella siente que hay algo más entre nosotros. No soy grandioso con eso de actuar indiferente en lo que a ella concierne, y es una fuerza tangible la que nos atrae a estar juntos."

"Estás seguro que fingir es lo correcto? Quizá deberías solo decirle, ayudarla a lidiar con el dolor de la pérdida del bebé y luego continuar con las cosas. Puede hacerle daño si la alejas."

Respiré profundo. No era nada que yo no hubiese considerado. "Ella recordará cuando esté lista. No es acerca de mí, es acerca de ella. Ella solo necesita tiempo sin presión. No me alejaré necesariamente. Solo que no estoy apresurando nada."

"Hey! De qué están susurrando ustedes ahí?" Llamó Jen.

"Nada! Solo estamos limpiando!" Contestó Ellie y volvimos a la sala.

Julia estaba sentada con sus piernas dobladas debajo de ella en el sofá, se veía adormilada con su cabeza inclinada sobre su brazo derecho. Aaron tenía a Jenna sobre su regazo de nuevo en el sillón y Ellie fue a reunirse con Harris frente a la chimenea. Había mucho espacio en el sofá al lado de Julia, pero, en vez de eso, yo elegí, sentarme en el piso frente a ella, reclinando mi espalda en el sofá.

"Entonces? Vamos a jugar un juego o algo." Se aventuró Aaron. "Lanzar la moneda, Pictionary, Trivia?"

"Nada de lanzar la moneda para Julia, Aaron. Lo siento."

"Sí, y ella te patearía el trasero en Pictionary," Harris reía ante lo obvio.

Sentí que Julia se inclinó hacia mí ligeramente, su cálido aliento rozó la parte de atrás de mi cuello, causando que se me erizara la piel de todo el cuerpo.

"¿Verdad o reto?" preguntó ella suavemente.

Volteé para mirarla, buscando algún grado de reconocimiento, antes de hablar. Ese era nuestro juego sexual y muy difícilmente jugábamos la versión vainilla con otros. Era tan íntimo, tan personal. *Solo nuestro.* Aun si quisiera intentar, no era una buena idea, y yo en serio no quería hacer eso frente a los otros. "No lo creo. No esta noche." Sacudí mi cabeza mientras respondí en voz baja.

Los demás vieron nuestra interacción en silencio, aun cuando no podían escuchar lo que decíamos. Se reclinó hacia atrás y suspiró. "¿Por qué no?" insistió.

"Julia, yo sé qué tratas de hacer. Ya déjalo."

Fue como si todos los demás desparecieran de la habitación cuando sus ojos se fundían en los míos. "¿Y qué estoy tratando de hacer?"

"Hacerme… que todos nosotros, te digamos cosas que quieres averiguar sobre tu pasado. Cosas que no puedes recordar." *Y yo no puedo jugar eso contigo sin excitarme.* Miró hacia abajo pero no habló, así que continué. "Si pudieras recordar sabrías, que yo solo tomo verdad como el diez por ciento de las veces de todas maneras, así que no es como que vas a enterarte de algo."

"Tú no eres el único aquí, Ryan. Alguno de los otros tomará esa opción."

"No," dije con firmeza. "Fin de la discusión."

"Sabes que, tú no eres mi padre," dijo agudamente.

"No, gracias a Dios. Pero vigilo que se haga lo mejor para ti. Por favor confía en mí, Julia." Alcancé su mano y la envolví con la mía. "Solo date un tiempo, bebé."

"¿Bebé?" preguntó mientras su ceja derecha se levantó. Ella descubrió el término afectuoso y yo no podía retractarme. Dejé caer mi frente en la parte de arriba de su mano, la que yo había estado sosteniendo y solté una bocanada de aire antes de volver mi mirada lentamente a la de ella.

"Aaron te llamó bebé en el hospital y no pensaste que era algo. Por qué es diferente conmigo?" Mi voz baja tomó un tono más profundo contra mi voluntad.

Ella mordió su labio y tragó. "Solo, *lo es.*"

Tuve que arrancar mis ojos de su rostro.

"Así que… parece que será Trivia! Arregla la maldita cosa, Aaron. Ellie, hay más vino?"

-4-

"Julia?" Ryan me llamó desde la otra habitación. Mi corazón retumbó ante el sonido de su voz diciendo mi nombre. La semana pasada fue atemorizante, maravillosa, extraña y la vez… familiar. Fue rara. Yo estaba con tres personas que apenas conocía, pero me sentía tan cómoda, en casa, cuidada y amada. Ryan insistió en que tomara su habitación y me sentí increíblemente culpable, sin embargo fue misteriosamente consolador tener su esencia alrededor de mí toda la noche. Cuando el Dr. Brighton me removiera el cabestrillo y me dijera que podía comenzar a moverme un poco más, yo insistiría en tomar el sofá.

Suspirando profundamente, miré la habitación por vigésima vez en la semana, tratando de aprender lo que pudiera de las cosas que encontraba allí. Las cosas materiales parecían no tener importancia para Ryan.

Su guardarropa consistía en jeans y camisetas, uniformes y zapatos. Tenía unas pocas lindas camisas de vestir y tres pares de pantalones de vestir colgados en el closet. Y dos pares de zapatos de vestir en el suelo del closet. El teclado de Ryan era costoso, pero sentía que era más por funcionamiento que por estatus. Eso y la guitarra descansando contra la pared de la esquina, me sugerían que era un músico serio. Ansiaba escucharlo tocar, ver sus dedos deslizarse por las teclas. Algo me decía que él era brillante.

Aparte de su escritorio, libros de referencia médica y laptop, no había mucho más. Estaba sospechosamente falto de fotos u otro arte decorando los muros. Solo podía imaginar que él se concentraba tanto en los estudios que no tenía tiempo de que le importara la estética. Por lo que había visto, él pasaba la mayoría de su tiempo estudiando. Tan dedicado. Tan real.

Había una intensidad entre nosotros que iba más allá de una amistad y yo estaba extrañamente impresionada y excitada por eso. Él era tan hermoso, me robaba el aliento y sus gentiles bromas lo hacían más y más encantador con cada día que pasaba. Bromeábamos con una cómoda camaradería pero con un vibrante trasfondo que nunca se iba. Sentía como si lo conociera desde siempre, pero siempre me emocionaba tanto verlo. Ansiaba que llegara cada momento en que estábamos juntos y lo extrañaba cuando no estaba en casa. Nuestras conversaciones se habían convertido en la mejor parte de mi día, pero siempre me encontraba a mí misma deseando más… solo deseando. Eso me dejaba incómoda, ligeramente vulnerable y nerviosa. Pensaba en él constantemente y anhelaba poder saber la verdad sobre nuestro pasado. Yo estaba sentada en su cama, perdida en mis pensamientos, cuando él tocó en el marco de la puerta y asomó su cabeza.

"Cariño, estás bien? Estás lista para irnos?" Su voz estaba cargada de la preocupación que se reflejaba en su rostro. Ryan entró a la habitación y se paró inseguro frente a mí. Miré hacia arriba, notando su casual vestimenta de jeans, camiseta manga larga y con un monótono diseño en la parte inferior izquierda y en la manga. Totalmente atrayente; una fina capa de barba comenzaba a salir en su rostro haciéndolo aún más sexy. Cuánta testosterona debería tener él para que le creciera la barba en solo unas pocas horas? El pensamiento hacía vibrar mi cuerpo y me ruboricé.

"Estoy bien." Le levanté una ceja en señal de pregunta y le sonreí. "No tienes que ir al hospital hoy?"

Se encogió de hombros y me sonrió. "Bueno, puedo trabajar si quiero, pero pensé en pasar tiempo juntos luego de tus consultas."

Se inclinó y deslizando un brazo alrededor de mí, me alzó para ponerme de pie.

"Ryan, me puedo levantar por mí misma." Tuvo la gracia de sonrojarse, soltándome e instantáneamente me arrepentí de mis palabras.

"Sí, pero sé que aún te duele al subir o bajar."

"Sí?" pregunté. Él solo me miró, sus ojos se estrecharon. A él no le gustaba cuando yo trataba de esconder mi incomodidad, entonces decidí cambiar el tema. "No te aburrirás esperándome?"

"Nah." Sacudió su cabeza ligeramente. "Voy a llevar mi laptop. Tengo una investigación que hacer," descartó mi objeción con facilidad. Debí saber que él encontraría una forma de trabajar al menos parte del día.

Los dedos de Ryan se extendieron gentilmente sobre mi espalda mientras me guiaba por el pasillo y hacia la sala. Él tomó mi largo abrigo de lana negra y me ayudó a pasarlo por mi brazo derecho y cubrir mi hombro izquierdo. "Hoy te desharás de este maldito cabestrillo, no te preocupes."

"No puede ser suficientemente rápido. Le prometí a Aaron muffins de mora y me lo recuerda a diario." Ryan sonrió mientras se colocaba su propio abrigo. Me estiré para pasar mi mano por la parte frontal del suave cuero, el olor y suave material bajo mis dedos pasearon por mi cabeza. Su mano se cerró cálidamente sobre la mía y mis ojos volaron a los de él.

"Julia? Qué pasa?" preguntó; con un entendimiento no verbalizado en sus ojos. Estás recordando? Luché con la elusiva y rápida imagen de algo que me conectaría con nuestro pasado, pero fue fugaz. Se había ido antes de solidificarse en mi mente. *Maldición*! Cerré los ojos por una fracción de segundo.

Sacudí mi cabeza ligeramente. "Am, nada, supongo. Qué tenías en mente para después?"

"Iremos con la corriente, okey? Veremos qué tan cansada estás."

"Sí, seguro. Eso está bien." Él era tan jodidamente sobreprotector pero yo de verdad quería salir del departamento por un rato. "Creo que estaré bien. Se sentirá bien hacer algo."

Iríamos a ver al Dr. Brighton para un chequeo y luego tenía una cita con el Dr. Moore. *Dr. Moore.* No estaba segura qué pensar de él. Él hacía preguntas diseñadas para dejarme pensando, pero más que todo discutíamos cosas que yo sí recordaba. Yo no entendía cómo iba a resolver eso mi problema actual. Hablamos de mi niñez, mis padres y mis amigos mientras crecía. No lo entendía pero quizá era un método toda esa locura. Era muy temprano para saberlo. Para darle algo de crédito, él solo me preguntaba dos veces cómo me hacía sentir todo, típico de un psicólogo… Cómo me hacía sentir que había olvidado la mayoría de mi experiencia universitaria, mi carrera y a mi mejor amigo? Okey, es en serio?

Resoplé y Ryan lo notó. Me abrió la puerta y esperó con sus ojos recorriendo mi rostro. "Qué?"

"Te diré en el camino."

Aaron estaba acostado en el sofá viendo televisión.

"Adiós, Aaron." Dije sobre mi hombro.

"Diviértanse," respondió. "Hey! Ryan. Podemos ir al gimnasio después? Tienes tiempo?"

"No estoy seguro. Yo te llamo."

Seguramente estos dos hombres pasaban mucho tiempo ejercitando. Aaron era más grande, pero Ryan era más gallardo, con músculos más definidos en sus brazos, piernas y trasero. Dejé que mi imaginación corriera libremente bajo su ropa. Podía ver la línea de sus pectorales a través de la camiseta que usaba, y sus amplios hombros y estrechas caderas alimentaban bien los pensamientos. Obviamente sus abdominales serían también claramente definidos. Tragué grueso y esperaba que él no me hubiese atrapado mirándolo. Él no pareció notarlo, gracias a Dios. El calor corrió por mis mejillas y presioné las palmas de mis manos en ellas mientras Ryan cerró la puerta del auto luego que entré, y caminó por el frente del auto para luego deslizarse en el asiento del conductor a mi lado.

Metió la llave en la ignición y me miró antes de encenderlo. "Y bien?" preguntó esperando.

"Qué?" hacía frío afuera y yo temblaba. Ryan encendió la calefacción. Siempre tan a tono con mis necesidades. "Qué estabas pensando allá adentro? Dijiste que me dirías en el auto?"

Sonreí, notando la seriedad de su expresión. Se veía preocupado. "Oh, solo pensaba en mi última sesión con el Dr. Moore."

Entró a la autopista acelerando y mirando sobre su hombro para entrar en el tráfico. "Sí. Y?" Estaba impaciente.

"Nada, realmente. Parece inútil hablar de las cosas que sí recuerdo. Pensé que el punto era ayudarme a recordar lo que olvidé, no viajar por mis recuerdos."

"Bueno… probablemente él quiera que se te vaya haciendo más fácil. Solo dale un poco de tiempo, okey?"

Suspiré. "Ryan, de verdad no hay nada mal conmigo. Quiero decir, no estoy histérica, no estoy loca… de verdad necesito un psicólogo?"

Sus cejas cayeron sobre sus ojos mientras consideraba la pregunta. "Julia, entiendo tu frustración, pero no creo que él te esté conteniendo, dile que quieres concentrarte en otras cosas."

"Por qué no solo *me lo dices*, Ryan? Siento… agh!" Suspiré y me tiré en el asiento.

"Necesitas recordar por ti misma."

"En la entrada cuando toqué tu chaqueta, tuve una rápida imagen. Recordé cómo se sentía y olía. Lo vi en mi cabeza por un segundo pero luego se desvaneció antes de tener la imagen completa."

"Al menos tienes algo. Creo que todo volverá, cariño."

Estaba frustrada y enojada. No podía recordar algo tan simple como una chaqueta de cuero. "Qué fue lo que pasó que no quieres que lo sepa? Eres un asesino en serie o algo? Lo era yo?"

Él estalló en risas lo cual me enfureció aún más. "Lo dudo!" Cuando miré hacia afuera por la ventana del pasajero, Ryan se enserió. "Solo han pasado dos semanas desde el accidente. Debes darte tiempo de sanar. Esperas demasiado y demasiado pronto." Dijo gentilmente.

No le hablé por el resto del viaje y cuando llegamos al estacionamiento del hospital, me ayudó a salir del auto, tomándome en sus brazos y besando mi sien. Cerré los ojos y respiré su olor. Él olía a colonia y jabón, fresco y almizclado. Saboreé la sensación de sus cálidos labios en mi frente. Su boca era suave y se movió cuando él habló.

"Lamento haberme reído. Fue insensible de mi parte. Has pasado por muchas cosas y todo esto es confuso y frustrante… pero todo va a estar bien, nena." Su mano frotaba mi espalda hacia arriba y abajo y yo deseaba envolver mis brazos alrededor de él y descansar mi cabeza en su pecho. "Todo va a estar bien. Vamos a ir a divertirnos después de toda esta necesaria mierda, lo prometo."

Mi corazón hacía saltos mortales ante su cercanía, mi cuerpo reaccionaba en toda clase de deliciosas maneras. Honestamente no entendía como pude haber estado tan cerca de él y ser solo su amiga. Él era demasiado maravilloso en todos los aspectos y de verdad le importaba lo que yo sentía, lo cual era una combinación letal.

Jodidamente irresistible.

Besó mi frente otra vez y luego movió su boca hasta mi mejilla. Su aliento me cubrió en una ola de calor y finalmente me dejé inclinar contra él. Tuve la abrumadora urgencia de levantar mi mentón para sentir esos dóciles labios sobre mí. Mi mano derecha tomó en un puño su camiseta por debajo de su abrigo abierto. Ryan se alejó y pasó sus dedos por mi mandíbula. "Vamos a llegar tarde. Tenemos que irnos."

Tragué el nudo en mi garganta y asentí. "Okey."

Tomó mi mano y caminamos hasta el hospital y a la oficina del Dr. Brighton sin hablar. Yo confiaba implícitamente en Ryan, sintiéndome segura y protegida cuando él estaba conmigo. Miré su perfecto perfil desde la esquina de mi ojo y me di cuenta que quería que fuera más que mi mejor amigo. *Mucho más.*

* * *

Dos horas después yo estaba sentada en la oficina del Dr. Moore esperando para iniciar nuestra sesión, y Ryan estaba en la sala de espera trabajando en uno de sus casos. Froté mi brazo derecho con el izquierdo. Estaba agradecida que ese cabestrillo que confinaba mis movimientos finalmente se había ido. Mi hombro estaba algo rígido pero el único dolor que sentía era por mis costillas que estaban sanando.

Pasarían varias semanas antes de que estuvieran completamente sanas, pero el duro vendaje había sido reemplazado por una faja elástica que se ajustaba con velcro. Era apretada y yo sentía que agregaba como cinco kilos debajo de mi sweater tejido. Lo peor de todo, era que aun necesitaba ayuda para ponerla y quitarla.

Pobre Jenna. Se había convertido en mi enfermera personal, ayudándome con los baños, a vestirme y siempre tan considerada. Era graciosa, muy amable e ingeniosa. Ella me agradaba mucho, pero me sentía impotente y ridícula por necesitarla tanto. Nunca me había dado cuenta cuánto daba por sentadas las pequeñas cosas. No poder hacer las cosas por mí misma era completamente humillante.

El Dr. Moore mi dio una mirada de disculpas y se encogió ligeramente de hombros. Usé el tiempo que él estuvo al teléfono para observar su cabello oscuro y traje. Se veía cuidado y profesional, guapo en una forma rígida. Tenía una cara agradable y humor ligero que probablemente funcionaba bien en su profesión. Me encontré comparando su liso cabello negro con aquel impresionante y salvaje cabello castaño dorado, el de él era más corto que el de Ryan por varios centímetros y ordenado, su cuello era más estrecho y su piel más rojiza. Sus facciones no eran tan clásicamente hermosas y sus ojos estaban ubicados más profundamente en su rostro. Me ruboricé cuando me di cuenta qué estaba haciendo.

"Escucha, Dave, tengo un paciente. Hablamos después. Adiós." Colgó y colocó sus manos sobre el escritorio mientras se inclinó sobre sus codos. "Lo siento, Julia. Eso fue grosero."

"No, está bien."

"Cómo te sientes?"

Aclaré mi garganta, "Aún adolorida, pero mucho mejor."

"Eso es excelente, pero me refería a lo emocional. Cómo estás manejando las cosas y cómo es quedarte con tus amigos?" Sonrió cálidamente, escuchando con atención.

"Es bueno. Ryan es muy protector y Aaron siempre es dulce. Jenna me ha ayudado, pero me siento mal por ella; soy toda una carga. A veces me siento tensa y me siento culpable por interrumpirlos y odio que no pueda recordar. Quiero conocerlos, entiende lo que digo?" estaba divagando.

"Seguro. Es comprensible. Debe ser desorientador."

"Am… lo clasificaría más como frustrante. Es peor porque nadie me dice nada. Las conversaciones se afectan. No es justo que ellos tengan que vigilar todo lo que hacen o dicen. Los pone incómodos y lo odio. Por qué es necesario eso?"

"Todos sentimos que es por tu bien. Tú recordarás, si y cuándo estés lista. Nadie quiere forzarlo o apresurarlo."

"Cómo se sentiría si tuviera un gran hoyo en su vida y nadie le diera nada para avanzar? Me refiero a, ocho años? Me… duele haber perdido tanto."

"Solo puedo imaginarlo. Siento que estés pasando por todo esto pero creo que por lo menos parte de todo volverá con el tiempo. Trata de no presionarte tanto." Sus ojos se estrecharon ligeramente mientras se sentó hacia atrás en su silla y tendió sus manos frente a él. "Hay algo en particular de lo que quieras hablar hoy, Julia? Algo con lo que creas que puedo ayudarte."

Suspiré. "Puede hacer que Ryan me diga qué demonios pasa? Constantemente busco en mi cerebro, tratando de recordar. Se siente como que hay algo más entre nosotros."

"Qué te hace decir eso?"

"Solo… Todo. Es un sentimiento. La forma en que me mira y me cuida. El tono de su voz cambia cuando me habla a mí. Cómo me hace sentir."

"Cómo es eso?" Preguntó.

Dudé. Mis sentimientos por Ryan eran personales. Había muchas y complicadas capas, así que en vez de tratar de articularlas todas, elegí la más obvia y discreta. "Acalorada," solté, avergonzada.

El Dr. Moore sonrió ligeramente. "Qué crees que significa eso?"

Comencé a sentir que caminábamos en círculos y me puso tensa. *Mierda.* No acabo de decirlo? "Lo encuentro extremadamente atractivo."

"Le has dicho cómo te sientes?" Preguntó, tangiblemente inseguro.

"No." Luché para encontrar palabras para explicarlo. "Quiero decir… Si él de verdad solo me ve como a una amiga, yo quedaría humillada. Puede usted decirme y ahorrarme toda la angustia?"

Él ignoró mi petición completamente.

"No crees posible que esta nueva situación de vivir juntos, la cercanía y proximidad y cuánto confías en él sea lo que causa esos sentimientos? Ambos son personas muy atractivas y no creo que Ryan sea indiferente a eso tampoco, Julia. Es natural en esta situación, siendo él uno de tus cuidadores; ambos pueden sentirse de esa manera."

Agh! Ryan mi cuidador? Acaso ahora estaba en un jodido asilo?

"Por supuesto. No soy retardada, por el amor de Dios, pero yo siento que con Ryan, es más que una responsabilidad o una amistad. Más que atracción sexual. No lo veo como a un enfermero. Muy lejos de eso; y él estaría furioso si lo hiciera." Sus ojos se abrieron ante mi presunción sobre los sentimientos de Ryan. "De verdad tenemos que hacer esto? Por qué debo explicarlo? Decirle que encuentro a Ryan atractivo no me va a ayudar a recordar. Y, se siente como algo que solo debería compartir con él… cuando esté lista."

"Te sientes suficientemente cómoda con él como para hablar de eso?"

Me encogí de hombros. Honestamente, la idea me aterraba, como que desnudaría mi alma. Qué tal si de verdad solo *éramos* amigos? Me vería como una inmensa tonta y me dolería más de lo que estaba dispuesta a afrontar. "Er… todavía estoy trabajando eso."

El doctor asintió. Traté de leer algo en su rostro, descubrir qué sabía él. Por supuesto, él había hablado con Ryan y Gabriel. Ambos eran doctores en mi caso. Al menos, Ryan pudo haberlo sido, considerando que ya casi salía de la escuela de medicina. "Bueno, ha logrado tanto, y me siento muy orgullosa de él," aventuré tentativamente, "siento como que tengo algo personal con él. Él me llena en maneras que no comprendo."

"Él lo ha hecho muy bien. No crees, que como su amiga, te sentirías así también?"

Agh! Siempre más preguntas abiertas y nunca malditas respuestas. "Por supuesto," dije derrotada. Esto no iba a ninguna parte. "Pero no tan intensamente."

"Y qué respuesta has sentido provenir de él, Julia?" Preguntó con precaución.

"Él es protector y atento. Cuida que tenga todo lo que necesito. Cuando me toca es como si una corriente eléctrica pasara entre los dos. Creo que él también lo siente. Al principio estaba impresionada pero ahora… lo deseo. Él parece…cauteloso al acercarse a mí, y se niega a hablarme de nuestro pasado."

"Bueno, él es muy inteligente, Julia. Hemos discutido esto y Ryan no quiere hacer nada que cause que tu pérdida de memoria se vuelva permanente. Él prácticamente es un doctor y está de acuerdo." Involuntariamente puse los ojos en blanco y el doctor hizo una mueca de sonrisa. "Qué crees que te puede ayudar a recordar."

No más psico-bla-bla de mierda, con seguridad.

"No lo sé. Si lo supiera no cree que ya lo habría hecho? No se ofenda, pero no creo que la terapia vaya a ser una jodida cura milagrosa."

"Julia, no hay necesidad de ponerse beligerante. Sé que estás molesta y frustrada. Yo estoy aquí para ayudarte." Se levantó y caminó alrededor de su escritorio para sentarse en el borde frente a mí, con una pierna arriba colgando desde la esquina. Se sentía como que estaba entrometiéndose, demasiado cerca, y repentinamente, estaba recordando esa línea de la película de Patrick Swayze. *Este es mi espacio para bailar, este es tu espacio para bailar. Tú no vienes al mío, yo no voy al tuyo.* Incliné mi cabeza ante el pensamiento, y miré la tela de mis jeans para que él no viera la gracia que me causaba pintada en mi cara. Él parecía suficientemente inofensivo. Muy agradable, pero tan malditamente condescendiente.

Cuando no contesté, continuó. "Probablemente tengas razón, no necesitas ser analizada, pero estaré disponible si necesitas hablar. Ya no necesitamos vernos más en mi oficina. Puedes llamarme cuando necesites hablar y podemos hacerlo como amigos. No quiero que te sientas presionada por nadie, incluyéndome."

Okey, qué? "Ah… seguro, supongo que eso estaría bien."

Sonrió. "Bueno. Entonces llámame Spence."

"Spence…?" intenté. Sonaba tan jodidamente tonto, quería reírme. Los viejos con pantalones plisados se llamaban Spence.

"Eso no fue tan difícil, o sí?" Preguntó fácilmente y sonrió.

"Totalmente," dije con simpleza y él sonrió por mi honestidad.

"Antes de terminar hoy, quería saber si has tenido recuerdos sobre tu trabajo?"

Sacudí mi cabeza. "No realmente. Ellie me dijo que trabajo para Vogue, me parece surrealista. Eso por sí solo es asombroso; pero no recuerdo nada del trabajo. Lo cual, es algo bueno, considerando que no recuerdo mi educación." Dije sardónicamente. "Hmmf." Solté el aliento.

"Solo tómalo un día a la vez. Le dejaré saber al Dr. Brighton que no necesitarás ninguna otra sesión formal, pero por favor llámame, Julia. Y si está bien, yo te llamaré para ver cómo estás de vez en cuando."

"Seguro. Supongo."

"Has hablado con tus padres o con el Dr. Matthews?"

"Solo acerca del día a día. Gabriel habla con Ryan acerca de mí también, así que él tiene doble dosis. El pobre."

Sonrió y asintió entendiendo.

"Sí. Tienes quién te lleve a casa?"

Las esquinas de mi boca se levantaron. "Ryan me está esperando."

"Por supuesto."

Me levanté y tomé mi abrigo, pero el Dr. Moore se levantó y me lo quitó, sosteniéndolo para que pudiera meter los brazos.

"Gracias. Aprecio su ayuda." Le ofrecí mi mano pero él la uso para atraerme a un apretado abrazo.

"Ha sido un placer. Fue muy agradable conocerte."

"Para mí también…Spence." Forcé la palabra.

"Que tengas una buena tarde." Puso una mano en mi hombro y la deslizó por mi espalda para darme una gentil palmadita.

Le di las gracias de nuevo y fui a la sala de espera. Justo como lo imaginaba, Ryan estaba inclinado sobre la computadora con una libreta en una mesa a su derecha, escribiendo notas al mismo tiempo.

Miró hacia arriba mientras me acerqué. "Oh, hey! Cómo te fue?"

"Bueno… no estoy loca." Sonreí. Él me sonrió de vuelta, apagando su laptop y juntando sus cosas para guardarlas ordenadamente en su bolso.

Se rió suavemente. "Que mierda. No teníamos que pagarle a un idiota ciento cincuenta dólares la hora para que nos dijera eso."

Me hizo sonreír. "Él no es tan idiota. Es agradable, pero se sentía como la inquisición española." Ryan se levantó se puso su abrigo y colgó su mochila sobre su hombro.

"Estoy seguro. Lista? Puedes hablarme de eso en el almuerzo. Pensé en ir a Downtown Crossing, quizá almorzar en Goodlife. Suena bien eso?"

Asentí una vez. No tenía idea de lo que eran ninguno de esos lugares. Obviamente, por cómo lo decía, habíamos estado ahí juntos antes. Mis ojos ardieron y rápidamente parpadeé en rebelión contra las posibles lágrimas. *Otra cosa más que no puedo recordar.*

Era hermoso a principios de Abril, pero el aire aún era helado y la brisa lo hacía incluso más frío, a pesar de la brillante luz del sol. Busqué en mi cartera y saqué mis gafas de sol y me las coloqué. "Sí. Suena bien."

"No quiero excederme."

"Puedes dejar de preocuparte? Me siento mucho mejor, Ryan. De verdad."

"No. No puedo parar; así que acostúmbrate," bromeó ligeramente.

Empujé su hombro con el mío. "No hay trasero temperamental hoy? Me gusta." Estaba sonriendo tan ampliamente que mi cara dolía. Yo anhelaba seriamente tiempo a solas con Ryan. Quizá así el sería menos resguardado y yo tendría oportunidad de averiguar más sobre mi pasado y nuestra relación.

Su brazo se deslizó por mi cintura para acercarme más a él mientras caminábamos.

"No hay trasero temperamental hoy." Reía otra vez y yo amaba el sonido. Hacía que mi corazón golpeara fuerte y deslicé mi brazo que ahora estaba sin cabestrillo alrededor de él devolviendo el gesto. Se sentía… perfecto. "Me estoy sintiendo muy feliz hoy. Y *muy* agradecido." Su brazo me apretó más cerca de él y yo no quería que me dejara ir nunca.

El humor era ligero, pero sentí un significado más profundo encubierto en su declaración. Yo estaba disfrutando el humor feliz de Ryan, y emocionada por pasar la tarde juntos, así que no presioné.

En el restaurante, él escogió un puesto al lado del bar que era tipo cabina y los asientos estaban divididos por paneles de madera, lo cual haría más fácil hablar. Estaba bastante ocupado y lleno, con música rock suave que sonaba al fondo. Mis ojos buscaban algo familiar. Ryan me ayudó a quitarme el abrigo y lo colgó en un perchero al lado de la cabina e hizo lo mismo con el de él.

Arrugué un poco la cara cuando me deslicé en la cabina y los ojos de Ryan se estrecharon al observar.

"Detente," le reñí. "Estoy bien."

Se reclinó en su asiento y me estudió con sus intensos ojos azules. "No dije nada."

"Sé lo que estás pensando. Ya para."

Él se inclinó hacia adelante para alcanzarme. Sin pensarlo, automáticamente puse mi mano en la suya y sus dedos se cerraron alrededor de los míos. "Qué estoy pensando exactamente?" Su tono era de broma y una de sus cejas se alzó. Su boca se torció cuando trató de esconder la sonrisa.

"Puedo manejar un poco de dolor."

"Hmmm," fue todo lo que dijo.

La mesera vino, nos dio los menús y tomó nuestra orden de bebidas antes de irse para dejarnos examinar el menú. Decidí que era el momento de comenzar la conversación.

"Ryan, hemos estado aquí antes?"

"Sí, varias veces," dijo tranquilamente, sin levantar la mirada del menú. Mi corazón se entristeció porque no pude recordarlo. La mirada en sus ojos me decía que él estaba procesando la misma cuestión. "Mayormente de noche. A Jen le gusta el DJ. La comida es buena, también."

Su decepción era obvia, pero la escondió rápidamente, mirándome mientras continuaba hablando. "Qué te provoca?"

"Quizá el envuelto de humus, suena bien."

"Sí, lo es." Cerró el menú y tomó su vaso de agua.

"Podemos venir alguna tarde? Puedes ser que sea más familiar así," dije esperanzada. Me estudió cuidadosamente, su expresión se suavizó y asintió.

"Seguro que sí. Así que cuéntame acerca de tu sesión con el Dr. Moore." Sus ojos se precipitaron a los míos. "Sí quieres." Agregó.

"No fue nada. Más preguntas. Llegamos a la conclusión de que no necesito un terapista."

Las dos cejas de Ryan se levantaron en sorpresa. "De verdad? Pensé que te vería por un rato más."

"Nop. Va a tomar un nuevo rumbo. Menos formal, supongo."

"En qué sentido?" Ryan se tensó ligeramente. "Am, ah… de qué estuvieron hablando?"

Me ericé. Si quería que Ryan fuera honesto conmigo, necesitaba ser honesta con él, yo también. Justo cuando estaba a punto de hablar, la mesera llegó y tomó nuestras órdenes. Ryan ordenó mi envuelto y carne a la barbacoa para él. Lo que ilustraba con su práctica sugería la cercanía que yo sentía entre los dos. Tomó su cerveza y esperó a que yo continuara.

"Bien, le conté sobre lo frustrada que he estado por lo que he perdido. Especialmente las cosas contigo," dije insegura, vigilando si veía la chispa de algo que confirmara mis sospechas. Mi corazón se comprimió mientras observaba su reacción. Él llevó sus ojos a los míos y de nuevo alcanzó mi mano. "Le dije que sus preguntas hacían poco para ayudarme a recordar y que desearía que alguien me dijera algo."

"Y… su respuesta?" Sus palabras fueron cuidadosamente desplegadas, guarecido.

"Que era por mi propio bien. Básicamente lo mismo que tú has dicho. Pero estoy tan cansada de escuchar eso, Ryan!"

Su pulgar frotó la parte de arriba de mi mano una y otra vez. "Lo sé. Te lo diría si pensara que es lo que necesitas, pero no haría nada que te hiciera daño. Tú me crees, no es así?"

Sabía que era verdad, pero eso no lo hacía más fácil. "Sí," suspiré. "Puedo lidiar con eso de no saber acerca de algunas cosas, pero contigo…Ryan, yo quiero saber acerca de nosotros."

Apartó su mirada de mí viendo hacia el restaurante. "Cómo qué? Las cosas que hacemos cuando estamos juntos? Te diré cualquier cosa que quieras saber acerca de mí, Julia. Pasamos mucho tiempo juntos en la universidad, fuimos a conciertos y fiestas… hicimos algunos viajes juntos. A veces los otros venían con nosotros. Todos nosotros… éramos bastante unidos."

Él no iba a darme más que un viaje por una serie de eventos y esconder lo real bajo capas y capas de hechos superficiales. Él trataba de distraerme confundiendo el asunto, tratando de distraer la atención de cualquier cosa remotamente personal.

"Qué clase de viajes?"

"A esquiar o de campamento. Vacaciones de primavera en Tahoe o Cancún. Cosas así. Eventos deportivos, conciertos. Montones de cosas." La lista salió rápido, incómoda e inseguramente.

"Sí. Supongo que con toda la historia habrá bastante," dije calmadamente. Finalmente, el volteó para encararme, los músculos de su quijada trabajaban mientras apretaba sus dientes. Parecía que esto era tan difícil para él como lo era para mí. Sentí la tristeza detrás de sus ojos que iba más allá de la frustración que yo sentía.

"Qué hay de tú música? Tocabas para mí?"

"Sí. Frecuentemente."

Sentí la respuesta incluso antes de que él la dijera.

"Tú tienes una hermosa voz para cantar, Julia. Yo amo tanto escucharte cantar como a ti te gusta escucharme tocar. La música era algo que compartíamos. No he tocado en semanas."

Mi garganta se cerró ante esa admisión. Era importante.

"Qué pasó después que viniste a Boston? Seguíamos en contacto? Todavía nos veíamos?"

"Julia…" se detuvo y pasó una mano por su cabello, parecía un hábito nervioso cuando estaba agitado. "Sí, seguro. No tanto, pero aún somos amigos, no es así? Eso no te dice que nos manteníamos en contacto?"

"Es eso lo que realmente somos?" pregunté un poco agudamente, incluso para mis propios oídos. La impaciencia que sentía se desbordaba por mis palabras. "Amigos?"

"Siempre," respondió seriamente, "pensé que eso había quedado establecido."

Asentí. Pero estaba decepcionada, quería escuchar algo más profundo y me imagino que se mostraba en mi expresión y podía escucharse en la sequedad de mi tono. Instantáneamente me arrepentí. Quería que el día de hoy fuera especial.

"Entonces por qué esa duda? Podemos solo divertirnos hoy, por favor?" Sus palabras eran un eco de mis pensamientos y asentí en respuesta. Ryan se relajó visiblemente. "No me contaste el resto de lo que pasó con el Dr. Moore."

Okey, el dirigió el tema en una trayectoria diferente a la que yo quería ir. "Él quiere ser mi amigo, también."

Ryan no habló por un momento, sus ojos cobaltos eran contemplativos, como si no estuviese seguro de qué decir.

"Qué? Cómo es eso?" Preguntó casi contra su voluntad. Mi corazón creció pero decidí no presionarlo más y en lugar de eso disfrutar su obvia preocupación. Yo quería sentirme más cerca, hacer que él compartiera más, no crear muros que lo alejaran.

Incliné mi cabeza a un lado y me encogí de hombros. "Qué diablos voy a saber yo. Quizá nos pueda acompañar en los viajes para acampar y toda esa mierda," dije con falso sarcasmo que no le pasó desapercibido a Ryan. Él sabía que yo lo estaba azuzando, y luché para no reírme de su expresión de incredulidad. Me mordí el labio y miré hacia arriba. En el fondo, yo sabía que había más de lo que él me estaba diciendo. Quería ponerlo a prueba, aunque fuera ligeramente.

"Pfft," se unió a mi broma, una hermosa sonrisa atravesó su cara. Mi corazón se disparó y me reí. "No si esperas que yo esté ahí." Él puso los ojos en blanco.

"Me dejarías ir sin ti, Matthews?"

"Ni aunque se congele el infierno." Dejé que la risa que brotó de mi pecho, saliera con toda su fuerza. Eso tendría que ser suficientemente bueno por ahora. Dijo mucho cuando él sonrió en respuesta.

"Vaya. Debes ser realmente un muy *buen amigo*, Ryan."

"Hmmf," resopló y me carcajeé otra vez.

Me recliné hacia atrás cuando la mesera trajo nuestra comida y la puso al frente de nosotros. Mi estómago rugió cuando tomé el tenedor.

"Te lo pongo de esta manera… Yo haré lo que sea necesario para mantener tu adorable y pequeño trasero lejos de problemas."

"Spence te llama *mi cuidador*, si puedes creerlo."

"Así es la cosa? Espero que se lo hayas aclarado."

"De hecho, sí," dije mientras cortaba mi comida, preguntándome si Ryan habría notado que usé el nombre Spence. "De verdad crees que mi trasero es adorable?"

"Así que ahora es Spence, no?"

Me encogí de hombros y tragué el primer pedazo.

"Como dije, amigos, pero no te preocupes. Solo tengo espacio para un solo despótico trasero como mejor amigo y parece que la posición ya la llenaron." Mi mandíbula sobresalió y traté de pelear contra la sonrisa.

"Buena respuesta." Sus ojos brillaron entretenidos y finalmente atendió su almuerzo.

~*Ryan*~

Julia estaba mirando TV con Jen, Aaron estaba en el gimnasio y yo estaba clavado frente al maldito computador otra vez. Llamé a mi hermano para dejarle saber que no podría acompañarlo a pesar de que realmente necesitaba el ejercicio.

Julia y yo pasamos la tarde paseando en las tiendas del centro. La pasamos realmente bien, pero estar cerca de ella estaba mellando mi control. Me encontré a mí mismo tocándola varias veces, fue un infierno no acercarla más, presionar su cuerpo contra el mío y besarla como lo había hecho un millón de veces antes. Su risa me atrapaba y estaba perdiendo mi resolución de mantener mi distancia. El aire frío enrojecía sus mejillas y el viento apartaba el cabello de su hermosa cara, ahora casi libre de moretones. Mis manos picaban por meterse entre esos cabellos más y más a medida que el día pasaba, una mezcla de cielo e infierno.

Secuestrado en mi habitación con la excusa de estar estudiando, traté de organizar mis pensamientos. Si me unía a las chicas ahora, traería a Julia a mi regazo y la envolvería en mis brazos. La extrañaba tanto como cuando ella y yo habíamos estado separados, pero quizá era peor tenerla así de cerca y no poder hacerle el amor o mostrarle mis sentimientos. Era una agonía.

Miré el reloj. Solo pasaba de las 10 PM. Empujé mi laptop de vuelta al escritorio, puse mi cabeza en mis manos y cerré los ojos. Me ardían por mirar tanto a la pantalla y estaba cansado. Julia debía estarlo también. No estaba seguro cuanto tiempo permanecí así, cuando un suave toque a la puerta me hizo levantar la cabeza.

"¿Sí?"

La puerta se abrió ligeramente. "Ryan?" Tienes hambre?" La suave voz de Julia la precedió es su entrada a la oscura habitación. Se había cambiado a pantalones de pijama de algodón y una pequeña camiseta blanca. Su cabello estaba en un nudo sobre su cabeza. Se veía tan cálida y provocativa. No pude evitar recordar las noches en que yo le había quitado esa misma ropa de su exquisito cuerpo y le había hecho el amor por horas sin fin.

"Ah, seguro. Podría comer, pero no te pongas a hacer nada por mí, cariño."

"Aaron llamó y me dejó saber que quería que yo cocinara." Dijo riéndose delicadamente. "Sabe que me quitaron la camisa de fuerza hoy," con una sonrisa aun curvando sus carnosos labios. Mis ojos miraron fijamente cuando los lamió una vez. "Así que… alguna petición?"

Giré en mi silla mientras ella permaneció en la puerta. "No te dijo Aaron que quería?"

"Ah ah. Jen dice que él se comería cualquier cosa."

Pasé una mano por mi cabello. "Sí. Eso es un hecho." Se veía tan atrayente, todo lo que quería era tomarla cerca de mí y enterrar mi cara en su cabello. "Ah, bueno, entonces… podrías hacer Pad Thai?"

Sonrió. "Okey. Te ves cansado, cariño." Esa dulce voz se derritió a mí alrededor como miel, y mi corazón golpeaba rápidamente dentro de mi cuerpo ante ese término afectuoso. *Quizá ella si me recordaba.*

"Lo estoy. Tú no lo estás? Tuvimos un gran día."

"Un poco. Traeré el tuyo cuando esté listo."

"Yo puedo salir."

"Creo que deberías tener tu habitación de nuevo, Ryan. Yo tomaré el sofá desde ahora."

"No," lo descarté sin un segundo de duda siquiera.

"Siempre tienes que discutir? Yo me acomodaría bien y ya me siento mucho mejor ahora."

"No," dije otra vez. "Julia…" pero esta vez fue su turno de descartarme.

"Lo discutiremos en unos minutos. Tengo que ver qué tienes en la cocina."

Sonreí y froté la parte de atrás de mi cuello agotado. Le había dado a Jen una lista de productos para que Julia tuviera todo lo que necesitara, en anticipación a una ocasión como esta.

"Qué?" Ella captó mi sonrisa y se detuvo en su salida de la habitación.

"Nada. Probablemente encuentres todo lo que necesitas ahí. Es solo una corazonada."

Su cara se dividió en una hermosa sonrisa. "Tú crees? Debo tener un ángel guardián," me burló.

"No, yo lo tengo. Jenna."

"Oh. Eso fue dulce de su parte."

La puerta del departamento se abrió ruidosamente desde el otro lado. "Juuullllliiiiaaaaaa!" llamó Aaron. "Escuché que sanaste, cariño, y tengo hambre!"

Julia reventó en carcajadas, pero paró en seco poniendo sus brazos alrededor de sus costillas y haciendo una mueca.

Fui hacia ella y la alcancé, sintiendo la banda elástica de su vendaje en el medio de su cuerpo, metido en la parte de debajo de su brasier. "Bastante sexy, ah?" y puso los ojos en blanco.

"Sí." Miré hacia abajo a sus profundos ojos verdes, abrumado por la necesidad de tomar su boca con la mía. Ella no tenía idea de cuánto me afectaba. Si ella estuviese usando un saco de patatas yo igual pensaría que ella es la mujer más sexy que ha existido. Tocarla hacía que mi cuerpo saltara a la acción incómodamente. Traté de esconderlo y volver al escritorio. Apagando el computador y dejando la habitación en la oscuridad, para darme tiempo de recuperar el control.

"Quieres ayudarme? O, solo pasar el rato conmigo mientras cocino?" Su esperanzada voz atravesó la oscuridad. Me di cuenta que había pasado más de tres horas encerrado en esta habitación.

"Guíame tú," dije y la seguí hasta la cocina. Aaron se adelantó para abrazarla.

"Aaron, con cuidado, todavía le duele."

"Amigo, por favor." Sus brazos envolvieron su pequeña forma gentilmente. "Tuviste un buen día hoy? Jen dijo que saliste a pasear luego de tus consultas."

"Sí, fue un día agradable." Sus ojos encontraron los míos mientras me incliné en la barra que servía de mesón. "Divertido." Ella se movió hasta el refrigerador y sacó pollo, huevos, cebollín, ajo, pasta de tamarindo y cilantro. "Ryan? Los fideos están allá arriba?" apuntó al gabinete de arriba del lavaplatos donde ella había acomodado las pastas, arroz y enlatados cuando nos mudamos en el verano antes de comenzar las clases. Asentí y la bajé para que ella no se hiciera daño.

Julia tomó otras cosas y las colocó en el mesón, luego llenó un tazón de agua y lo colocó en el microondas para que hirviera. Cuando estuvo caliente, le agregó algo de pasta de tamarindo. La había visto hacer Pad Thai tantas veces; probablemente pude haberlo hecho yo mismo.

Jenna y Aaron se sentaron en los banquillos del mesón mientras Julia comenzó a cortar el cebollín y llenó un tazón de vidrio que yo saqué de abajo del mostrador con agua caliente. Yo abrí los fideos de arroz y los coloqué allí para que se remojaran.

Julia me miró y sonrió mientras seguía trabajando. "Si no supiera como es todo, diría que hemos hecho esto antes. Jenna gracias por proveer la cocina tan bien."

"¿Estás bromeando? Estos dos hicieron la lista y yo estuve feliz de ir a comprar todo siempre que no tenga que cocinar." Ella sacudió su rubio cabello por encima de su hombro y Aaron la palmeó en el trasero.

"Hmmm… alguien quiere tofu?" Julia levantó la mirada de lo que estaba cortando para preguntar.

Tomé un tazón de cereal y un tenedor y los coloqué al lado de los huevos. "Para mí no es necesario. Y ustedes?" pregunté a los otros.

Después que acordamos que no era necesario el tofu y que yo saqué el wok del cajón debajo del horno, tomé dos cervezas del refrigerador y le di una a Aaron. Jenna me dio una mirada directa. Sonreí y la entendí, pasándole la que yo acababa de abrir, volteé y agarré otra. Julia probablemente tomaría una píldora para el dolor antes de dormir, así que encontré una botella de Perrier y la vertí en un vaso. Saqué un limón del refrigerador y lo coloqué en la tabla de cortar.

Julia se puso en cuclillas para buscar en uno de los gabinetes de abajo al mismo tiempo que yo cortaba el limón y lo exprimía en el vaso. El resto iría a la comida. "No te lastimes, Julia. Yo puedo sacar todo."

"Estoy bien, Ryan. Excepto que… no hay aceite de maní."

"Oh, mierda. Eso significa que no puedes hacerlo?" estaba seriamente decepcionado y enseguida decidí enviar a Aaron a la tienda.

"Creo que puedo improvisar. Tienes mantequilla de maní?" Ella abrió el gabinete donde estaba guardada y la sacó junto al aceite vegetal. "La única otra cosa que necesito es pimienta roja entera."

Las especies estaban guardadas en uno de los cajones cercanos a la estufa y ella fue automáticamente hasta allí y sacó lo que necesitaba. Mis ojos volaron hasta Aaron, quien asintió y sonrió entendiendo… Julia estaba recordando dónde estaba todo. Jenna me guiñó el ojo y yo le sonreí. La emoción me recorrió y yo inhalé un gran aliento de alivio. Julia ni siquiera se dio cuenta que lo recordó.

Aaron se inclinó y susurró, "Un pequeño paso para el hombre…"

"Ni que lo digas," estuve de acuerdo mientras mi cara se dividió en una gran sonrisa de mierda. Julia estaba trabajando en el wok, lanzando el pollo cortado al aceite caliente y Jen se acercó y alborotó mi cabello besándome la mejilla antes de hacer levantar a Aaron por la mano.

"Hey, tonto," dijo ella señalando con la cabeza a la sala. Quedando solo yo en la cocina con Julia, me senté en uno de los banquillos de la cocina, meciendo mi cerveza mientras la veía trabajar.

Ella era tan eficiente y estaba entregada como siempre… práctica y metódica. Sabía exactamente lo que estaba haciendo y rápidamente drenó los fideos en el escurridor, vertiéndolos para sacarles el agua antes de ponerlos en el wok. Caminó y colocó en el tazón y dos huevos frente a mí sin decir ni una palabra.

"Tenedor?"

Me lo pasó y fue hacia la estufa. Los batí con el tenedor antes de entregárselo a ella.

"Gracias." Julia hizo los fideos a un lado y esparció los huevos batidos en el sartén revolviéndolos rápidamente antes de mezclar todo.

Sacándolos del calor, tomó el limón y lo exprimió obre los fideos, causando una gran salpicadura y con su otra mano tomó hierbas frescas y las echó arriba de todo. Eso olía maravilloso y después que tuvo la comida en los platos, colocó uno frente a mí y apagó la estufa.

Usó la parte de atrás de su mano para apartar el cabello de su rostro, tomó dos platos más y se los entregó a Aaron y Jenna en el sofá. "Julia! eres mi sueño hecho realidad," Aaron dijo riendo. "Gracias! Huele increíble."

"Es un placer." Su hermosa risa era música para mis oídos y luego vino a recoger su plato para sentarse a mi lado. No pude quitarle los ojos de encima mientras levantó su vaso hacia mí. "Por un gran día," tocando mi hombro gentilmente con el de ella.

Sonreí, empujé su hombro con el mío también y toqué el cuello de mi botella con su vaso. "Sí lo fue," concedí.

"Realmente pasé un buen rato hoy, Ryan. Gracias por tomar tiempo para estar conmigo."

"No tienes que agradecerme. Yo disfruto estar contigo." Llené mi tenedor y luego mi boca con la deliciosa comida. El sabor del maní, cilantro, pimienta roja, ajo y pollo explotaron en mi lengua. "Mmmm… Tan bueno, Julia."

"Trabajas demasiado duro." Yo estaba sentado a su derecha y ella pasó su mano por mi espalda para apretar mi hombro derecho. Su inocente toque me dejó deseando más.

"Es solo por un poco más de tiempo," dije, tratando de concentrarme en lo que estaba diciendo y en la comida frente a mí, en vez de en cómo me hacía sentir ella.

"Mmmmm, pero después tendrás que hacer la residencia, verdad?" Asentí, sabiendo sin ninguna duda cuál sería la siguiente pregunta en salir de sus labios. Me sorprendió que no llegáramos a hablarlo la semana pasada.

"Bien, ya has decidido a dónde irás?" preguntó pensativa y tomó otro trago de su vaso. "Y… qué hay de Aaron?"

"Él se va a quedar en Boston, en el Hospital Mass General." Intencionalmente dejé fuera los detalles de mi destino y que ellos se casarían en un futuro no muy distante. Ella y yo estábamos más cerca de eso que ellos, y temía que mencionar eso fuera demasiado para ella y que no lo pudiera manejar.

"Sí, Y? Qué hay de ti?" preguntó. Su persistencia no había cambiado con la perdida de la memoria. Tomé otra mordida para retrasarlo y para el momento en que había tragado, ya sabía qué decir. "Am… bueno, Tengo varias ofertas de varios hospitales." *Al menos esa parte era verdad.* "Así que no estoy seguro." *Esa parte no lo era.*

"Oh, entiendo." Lo hacía? Entendía que la seguiría hasta el fin del mundo y de regreso otra vez? Todo lo que quería era estar con ella todos los días por el resto de mi vida. Ya nada más importaba.

Nos miramos el uno al otro en un serio silencio y compartimos algo no verbalizado. La conexión era innegable.

"Esto es realmente excelente, Julia!" dijo Jenna desde la otra habitación, rompiendo el hechizo efectivamente. "Gracias."

Continuamos comiendo por unos minutos y ella retiró su plato con casi la mitad de la comida aún en él. Estaba claro para mí; su mente estaba trabajando en lo que acababa de pasar entre nosotros, tratando de recordar algo. Sentí tristeza por nosotros dos. Quería consolarla pero no estaba seguro de cómo hacerlo, considerando las circunstancias. En lugar de eso, traté de alivianar el humor.

Traje su plato hasta que estuvo frente a mí cuando acabé mi comida y ella sonrió burlonamente.

"Qué? Es demasiado bueno para desperdiciarlo," dije y comencé a terminarme su comida usando su tenedor. Una vez más, un comportamiento tan típico de nosotros. Estas eran pequeñas pistas que podía darle sin revelarlo todo ante ella.

Ella bostezó y me di cuenta que tan tarde era. "Julia, por qué no vas a mi habitación y duermes, cariño? Yo limpiaré la cocina."

Ella sacudió su cabeza. "No. Tú trabajas tan duro, y todo lo que yo hago es andar por aquí. Yo la limpiaré. Y ya te dije que yo me quedaré en el sofá desde ahora."

"No. Todavía estás sanando. No lo voy a hacer."

"Por favor, Ryan," rogó. "Necesitas dormir en tu propia cama. Yo estaré bien en el sofá."

"Todavía tengo que terminar el reporte de esa investigación, así que todavía no puedo dormir. Puedes tener la cama. Si la luz de la pantalla no te molesta puedo usar el escritorio. De otra forma traeré las cosas a la mesa." Estaba conteniendo mi respiración. Esperando que ella aceptara mí oferta. Quería estar cerca de ella tanto tiempo como fuera posible, incluso si no podía tocarla como deseaba. Escuchar su respiración mientras dormía sería suficiente.

Llevé ambos de nuestros platos al lavaplatos. "Por favor, Julia. Yo quiero que estés cómoda. Necesitas un Vicodin?"

"Quizá, pero odio tomar esas malditas cosas. Me ponen tan cansada, y me gustaría quedarme despierta contigo por un rato."

Se movió detrás de mí y se estiró a mi lado para tomar el wok sucio y ponerlo a un lado en el lavaplatos.

Volteé y acaricié con mis dedos su mejilla porque no podía contenerme. "No deberías sentir dolor. Jenna te ayudó con la faja? Está suficientemente apretada?"

"Sí a ambas preguntas. No necesitas preocuparte tanto por mí, Ryan. Honestamente," dijo en voz baja.

"No es mi intención exagerar, pero *siempre* me preocupo por ti, Julia. No puedo evitarlo. Vamos. Dejemos esto para mañana." Tomé su mano y la llevé a la habitación. Jen ya estaba dormida, su cabeza descansaba en el pecho de Aaron mientras él cambiaba los canales.

"Ves? De todas formas el sofá está ocupado." Bromeé. "Buenas noches hermano."

"Buenas noches. Gracias otra vez, Jul."

Ella asintió y caminó lentamente detrás de mí por el pasillo. Cerré la puerta y fui a encender el computador. Ella esperó cerca de la puerta hasta que la luz de la pantalla iluminó la silueta de la cama, la encontré ahí y levanté las mantas de la cama esperando a que ella entrara. "Necesitas ayuda para acostarte? Te duele?"

"Estoy bien. Está mejorando." Dijo valientemente pero su rostro mostraba el dolor cuando descendió a la cama. La arropé y fui a buscar agua para que pudiera tomar su medicina. Después de eso, volteé para irme. "Buenas noches, cariño." La habitación reflejaba un brillo azul que hacía que sus ojos y cabellos se vieran casi negros, un contraste más agudo con su piel de alabastro.

Julia tomó mi mano. "Hey, podrías sentarte aquí por un minuto? Quería hablarte si tienes tiempo." Ella dio una palmada al lado de ella en la cama y yo me senté enseguida sin voluntad de resistir.

"Qué pasa?" Busqué entre sus facciones ensombrecidas, sus ojos brillaban en la tenue luz, pero me preguntaba que pensaba ella. "Estás bien?"

"Estoy bien. Quiero ir a Nueva York a buscar algunas de mis cosas y ver mi departamento. Llamé a Ellie y ella también está de acuerdo en que podría ayudarme a recordar."

Me puse rígido en protesta. "Julia, no lo creo, cariño. Todavía no. Todavía estás sanando y este fin de semana tengo que trabajar los dos días. Tengo que revisar mi horario pero no creo que pueda ir por lo menos en dos semanas. Podríamos solo esperar y ver cómo te va?"

Una de sus manos estaba aún sosteniendo la mía y la otra se deslizó por mi brazo opuesto, deteniéndose cuando llegó al antebrazo, sus pequeños dedos apretaron. "Bueno, no tienes que venir."

"Oh, sí, tengo que hacerlo." Dije renuente. No había manera en el infierno en que la dejara ir sola.

"Ryan," suspiró. "No soy una niña y no voy a hacerme daño tomando el tren a Nueva York." Su voz era insistente. "También hablé con mi papá. Él piensa que estaré bien y ya sabes cuan protector es él. Si tu esperas que yo crea que solo somos amigos, debes dejarme ir."

Estuve callado por un minuto y me estiré para colocar su cabello hacia atrás. "Sé que esto es difícil para ti y que sientes que estoy dándote órdenes y esa no es mi intención. Trata de entender mi punto de vista. Casi te pierdo y no voy a tomar riesgos contigo ahora. Iremos, pero no puede ser en este momento, okey?"

"Jen y yo hablamos más temprano. Aaron va a trabajar este fin de semana también, pero ella no. Yo sabía que tú no querrías que yo fuera sola, así que le pedí que fuera y ella aceptó. Me dará un tiempo para conocerla mejor a ella también. Tendremos un fin de semana de chicas."

"Estás planeando encontrarte con Ellie también?"

"Quizá. Por favor confía en mí. Solo nos iremos por tres días. Ese es todo el tiempo que Jenna tiene libre."

"Cariño, no tiene nada que ver con mi confianza en ti." Quería estar enojado con ella solo por sugerirlo, pero no podía. Comprendía completamente su necesidad de cuidarse ella misma. A una parte de mí le aterraba que ella se quedara en Nueva York y no quisiera regresar a Boston, pero sabía que debía dejarla encontrar su independencia. En mi pecho sentí como unas bandas de acero se cerraban y me comprimían la respiración y hacían doler mi corazón. El pánico arrasaba en mí. Ella lo sintió porque su pequeña mano encontró mi quijada y tomó mi barbilla, forzándome a mirarla. Luché para ocultar las emociones.

"Hey. Estaré bien." Su pulgar se movió sobre mi barbilla y mi labio inferior, sentí levantarse un gruñido en mi pecho mientras el deseo se fusionaba con la necesidad de protegerla que estaba sintiendo. "Ryan."

"Ah… vamos a hablar de esto mañana, cariño." Ella estaba cansada; y el Vicodín lo aumentaría así que en minutos si yo no ponía distancia no podría contenerme de besarla o de decirle toda la verdad acerca de cuanto significaba ella realmente para mí. Mi boca ya estaba seca y mi pulso aumentaba, empujando mi sangre a lugares donde no quería que ella lo notara. "Necesito terminar este trabajo y tú necesitas descansar".

"*Tú* necesitas descansar," casi lo susurró. Su voz era suave y gentil, llena de preocupación. "Tú no eres el único que se preocupa, lo sabes."

"Lo haré. Muy pronto." Me incliné y puse mis labios contra su frente inhalando la dulce esencia de su piel y shampoo. Me permití abrir los labios y darle otro beso en su sien.

"Compartiré la cama contigo." Las palabas eran apenas audibles y me pregunté si era producto de mi imaginación. "Es suficientemente grande. Podemos tener una fiesta de pijamas."

"Mmmm… ya veremos." Quería aceptar de inmediato, pero yo no era suficientemente fuerte como para resistir tenerla tan cerca. En cualquier caso mis sentimientos se notarían constantemente. Si yo me concedía esa indulgencia, ella tendría que estar muy dormida primero así la tentación no sería tan agonizante. "Buenas Noches…" *mi amor*, gritó mi mente.

Joder, pensé mientras me senté frente al computador. Necesitaba trabajar seriamente, pero estaba tan jodidamente distraído. Tomé mi cabello en mis dos puños. Sabía que ella necesitaba recuperar su independencia, pero estaba jodidamente asustado de dejarla ir. Serían tres días infernales. La miré sobre mi hombro, acostada en la cama. Julia tenía extendido su brazo en mí dirección, incitándome a ir hasta ella. Lo mejor que pude hacer fue evitar salir corriendo a esa cama y apretarla contra mí.

Me senté ahí en la oscuridad escuchando su profunda respiración hasta que estuve seguro que estaba dormida. Nunca sentí tanto maldito instinto de protección. Quería sentir su corazón latir junto al mío, necesitaba su aliento sobre mi cara y tocar su suave piel con mis ansiosos dedos.

Traté de enfocarme en el artículo que tenía al frente. La pantalla se hacía borrosa frente a mí y me di cuenta qué tan exhausto estaba realmente. No quería irme a colapsar en el sofá de la otra habitación. Tomó toda mi fuerza, pero finalmente, eso fue exactamente lo que hice.

-5-

~Julian~

La luz brillaba a través de mis párpados cerrados así que rodé a un lado y puse mi brazo sobre mi cara. El dolor se disparó por mi cuerpo. Gemí en protesta y abrí los ojos. A pesar de mis argumentos yo estaba en la habitación de Ryan, en su cama… *sola*. Él no aceptó mi ofrecimiento de fiesta de pijamas y debió haberse ido a la sala cuando terminó de estudiar.

Estaba llena de decepción. Tan confuso como todo esto había sido, él era el único punto de luz, mi estabilidad en lo que pudo haber sido una pesadilla. Sabía que podía contar con él incondicionalmente. También sabía que éramos más que amigos. Lo sentía en el corazón, lo sentía en mi cuerpo… y en mi propia alma. Mi visión se hizo borrosa por la emoción. Por qué no podía encontrar a Ryan en mi mente, cuando era obvio que él era la persona más importante en mi vida? Me dolía y, peor aún, le dolía a *él*. El dolor en su rostro cuando me preguntaba si recordaba y yo tenía que decirle que no, me aplastaba. Me senté. Más dolor palpitaba por mis costillas, incluso aunque traté de usar solo la fuerza de los músculos en mis brazos y no la de mi estómago o espalda, pero de algún modo, no dolía tanto como mi corazón. Limpié dos lágrimas de mi cara y me levanté lentamente. Quería ver a Ryan y más, *sentirlo*.

Abrí la puerta del baño y el departamento estaba en silencio. Nadie se había levantado y mientras caminé a la sala, mis ojos fueron al sofá, la manta y almohada que Ryan usaba estaban dobladas ordenadamente sobre los cojines. Me dolió el corazón. Debió haberse

107

ido al hospital temprano aunque no hizo mención de eso la noche anterior. *Él trabaja tan duro. Es tan dedicado y consagrado. Tan impactante y generoso.* Comencé a pasar las manos por mi cabello pero, levantar el brazo sobre mi hombro era demasiado doloroso y me detuve arrugando la cara.

Fui a la cocina y los platos de la noche anterior estaban lavados, secos y guardados. Me ruboricé. *Ryan.* Me ocupé haciendo café y sacando las cosas necesarias para hacer los muffins de mora que le había prometido a Aaron. Me hacía sentir útil hacer algo por ellos. Abrí el refrigerador y encontré los huevos, leche y moras. Había limones en el compartimiento donde estaban las moras y tomé tres de esos también. Los muffins eran fáciles y decidí hacer los de limón y sésamo también. Provista, por supuesto, habría semillas de sésamo en el cajón de las especies. La abrí y pasé mis dedos por las etiquetas hasta que las encontré. Mis dedos dudaron mientras algo apareció en mi mente. Me detuve. Yo sabía exactamente dónde encontrar todo. Mi sonrisa brillaba mientras asimilaba ese conocimiento. Aún sonreía cuando Jenna Salió por el pasillo. Yo batía la mezcla, y volteé para precalentar el horno.

"¿Por qué sonríes, niña?" preguntó Jenna mientras tomaba dos tazas y las llenaba de café recién hecho. Ella puso una a mi lado y llevó la otra al mesón desayunador, sentándose en una de las sillas. Se veía agitada pero su piel tenía un sano matiz rosado y sus ojos brillaban entretenidos.

"Ah… me he dado cuenta que sé dónde está todo. Es grandioso. ¿No es así? Quiero decir… he cocinado aquí antes y recordé, ¿cierto?"

Jenna sonrió y asintió. "Eso y que tú organizaste esta cocina; cuando nos mudamos aquí, condujiste hasta aquí con Ryan y te quedaste con nosotros una semana." Tomó un sorbo de su café mientras yo agregaba las moras a la mezcla y las cubría. "Mierda, probablemente no debería decir nada. Ryan me pateará el trasero pero él se dio cuenta anoche. Debiste haber visto su cara."

"Él no me diría nada realmente."

"Lo sé. Él piensa que hace lo correcto."

"¿Y, tú no?" Llené los moldes de muffins mientras hablábamos.

"No lo sé, Julia. Creo que no debo opinar. Todos queremos lo mejor para ti."

"Bueno, él es muy evasivo cuando le hago preguntas directas."

"Le hablaste de tu decisión de ir a Nueva York?" Preguntó.

"Anoche."

"Y?"

"Y… él no quiere que vaya sin él. Él siempre ha sido así de protector o es por el accidente?"

Ella resopló. "Él es, ah… bueno, supongo que siempre ha sido muy protector contigo, pero el accidente lo ha hecho más, naturalmente."

Dejé los muffins en el horno, puse el cronómetro y luego lavé el tazón para usarlo en la siguiente mezcla.

"Julia, esos son suficientes muffins. Aaron no necesita más de dos docenas."

"Oh, estoy haciendo de otro tipo. Pensé que, ya que tú y yo nos vamos el fin de semana les dejaría a los chicos comida. Voy a hacer lasaña también."

"Eres demasiado buena y nunca voy a poder superarlo. Aaron no está acostumbrado a estar tan consentido."

Algo se disparó por mi mente. Un sentimiento de querer hacer feliz a Ryan, de cuidarlo, me impresionó. La cuchara se me resbaló de los dedos al suelo, regando la mezcla por todos lados. Perdí el aliento de repente.

"Estás bien?" Preguntó Jenna, llena de preocupación.

Asentí y traté de doblarme para levantar la cuchara pero hice una mueca con el esfuerzo.

Jenna se levantó y la recogió, y la dejó en el lavaplatos y comenzó a limpiar la mezcla que estaba ahora regada por el suelo y el gabinete.

"Estaba preguntándome si Ryan estaba acostumbrado a estar consentido, eso fue todo. Lo estaba?" Fui cuidadosa y mis ojos buscaron algo en los de ella.

Su boca se abrió y luego se cerró. Lanzó el trapo en el lavaplatos. "Oh, sí. Al menos, más que Aaron." Sonrió y levantó su ceja sugestivamente. "Yo trato de compensar mi falta de habilidades culinarias y lo consiento de otras formas."

"Ah." No profundicé pero entendí el punto. Ellos eran tiernos juntos, se complementaban. Aaron era juguetón y tonto, muy inteligente, pero esa parte de él no estaba muy en la superficie. Jen era sarcástica y centrada pero muy en el fondo era muy dulce. "Cualquiera puede cocinar, Jen."

Ella sacudió su cabeza. "No como tú. Yo soy una buena enfermera y tengo la cabeza bien puesta sobre mis hombros, pero tú… eres talentosa en varias maneras. *Muy* artística."

Ryan me llevó libretas de dibujo y lápices cuando estaba en el hospital, pero me sentí rara con ellos. No había nada que quisiera dibujar excepto a Ryan, pero eso parecía intrusivo y personal. Dibujé a un par de enfermeras e hice retratos de algunos de sus hijos, pero no podía hacer un gran trabajo ya que uno de mis brazos estaba inútil y no podía sostener la página apropiadamente. Arrugué la cara al recordar lo horrible que quedaron.

"Por lo que he visto, mi talento no es tan impresionante." Puse los ojos en blanco.

"Julia, eres muy dura contigo misma. Tu brazo estaba en un cabestrillo, ¡por el amor de Dios!"

Rallé un poco de cáscara de limón en la mezcla luego me aseguré que los huevos y la leche estaban bien batidos. No quería que el jugo o la cáscara cortaran la leche. No porque hubiese hecho mucha diferencia, el reloj sonó y Jenna sacó los muffins del horno. Yo tenía listo un paño de cocina y los colocó allí.

"Debería lavar esto?" Preguntó.

"Si no es molestia." Volteé los muffins frescos y luego agregué las semillas de sésamo a la mezcla de limón.

Después de un par de minutos, yo estaba llenando el molde con la nueva mezcla y colocando la cubierta que les había hecho. "Por qué limón, Julia?" Jenna estaba sentada comiendo un muffin de mora caliente. "Quiero decir, por qué no de banana o manzana?"

Abrí el horno y metí el molde. "Am… solo porque así lo siento. Por qué?"

"Por nada." Dijo, pero algo en su cara me hizo dudar.

"Jen, qué pasa?"

"Nada."

Asentí comprendiendo su pregunta. "Oh… entiendo. Son los favoritos de Ryan, no es así?" Mi corazón sabía la respuesta.

Ella lanzó el último pedazo de muffin en su boca y asintió. Yo explotaba de felicidad ante este pequeño conocimiento.

"Esta es una excelente señal. Siempre haces ambos cuando estás aquí. Vas a hacer a tu chico muy feliz cuando los vea."

"*Mi* chico?" Pregunté con precaución.

Ella se reía. "Dah, Julia."

* * *

Hice arreglos para tomar el tren de las 4:15 a Nueva York. Dependiendo cómo me sintiera al llegar allá, nos quedaríamos solo por la noche o el fin de semana entero. Terminé de empacar mi bolso e iba saliendo del baño cuando escuché la intervención de Ryan enojado.

"Qué estás haciendo? Jen, sabes que esto no es una buena idea!" su voz era alta pero de repente bajó el tono. Dudé en el pasillo deseando escuchar lo que decía. "Maldita sea! No quiero que vaya sin mí!"

"Ryan, estará bien. Yo no dejaré que le pase nada."

"Jenna! no es por eso. Qué tal si recuerda? Yo tengo que estar con ella cuando eso pase. Yo *tengo que estar* ahí." Dijo tenso, con algo parecido a la desesperación escondida entre sus palabras. No podía ver su rostro, pero podía imaginar el dolor en él.

"Incluso si Julia se queda aquí, puede que no estés con ella cuando recuerde. Sé realista. Podrías estar en el hospital o en el campus. No hay garantía, Ryan. Al menos ahora estás usando la palabra *cuando* en vez de *si*."

"No tienes que tentar al destino, verdad?"

"No depende de mí. O de ti. Ella tomó la decisión." La voz de Jenna era resignada y normal. "Si no voy con ella, eso no la detendrá y lo sabes."

Él suspiró profundamente y pude oír las pisadas en la cocina. "Mierda, lo sé," lo dijo en una voz tan baja que apenas pude escucharlo. "Es solo que me preocupo jodidamente demasiado."

"Todo estará bien."

Fui hacia ellos, caminando más fuerte de lo necesario para que me oyeran entrar. Ryan estaba inclinado al mesón, vestido con su siempre presente uniforme. Jenna estaba en jeans camiseta roja y botas marrones hasta la rodilla… claramente lista para irnos. Su bolso descansaba junto a la puerta y yo coloqué el mío al lado.

Ryan se empujó desde el mostrador y caminó hacia mí mientras yo me quedé al lado de la puerta. "Hey. Cómo te sientes?" Él apartó el cabello del lado izquierdo de mi cara gentilmente. Yo ansiaba presionar mi cara contra su mano.

Le sonreí cálidamente. "Estoy bien. Lista para salir."

Sus ojos se suavizaron ligeramente. "Por favor espera hasta que yo pueda llevarte." Su mano izquierda apretó la mía mientras sus ojos me miraban implorantes. *"Por favor."*

Incliné mi cabeza a un lado. "Ya lo hemos discutido. No es gran cosa, Ryan, okey? Hasta dejé comida hecha para no tener que preocuparme de que Aaron y tú mueran de hambre mientras no estoy."

Él miró al techo. "Estabas preocupada por mí." Dijo en voz baja, más para él mismo que para mí.

Puse una mano en su brazo y Jenna salió discretamente de la habitación. Miré a sus profundos ojos azules y reconocí el profundo nivel de pánico aunque él estaba tratando de esconderlo de mí. "Yo estaré bien. Estoy más preocupada por ustedes. Crees que puedan encender le horno a trescientos cincuenta grados y recordar sacar la lasaña en una hora?" dije en tono de broma.

Él miró hacia abajo a nuestras manos y frotó la mía entre sus dos manos. "Julia, por favor entiende que no puedo dejar que te pase nada.

No me gusta lo que siento ante el prospecto de no estar contigo en caso de que algo pase. Qué pasará si me necesitas?"

Retiré mi mano de las suyas y puse mis brazos alrededor de él, presionando mi cabeza a su pecho. Sus brazos me envolvieron instantáneamente e inhaló profundamente, y su barbilla descansó sobre mi cabeza.

Nos paramos ahí sosteniéndonos el uno al otro hasta que finalmente yo encontré mi temblorosa voz. "Yo te necesito. Tú lo sabes. Pero no para que me lleves a Nueva York." Lo apreté entre mis brazos y sus manos se movían hacia arriba y hacia abajo por mi espalda. Quería que entendiera que yo sentía la profunda conexión entre nosotros, y aún sin recordar, él se había vuelto tan importante para mí. "Todo estará bien. Por favor no te preocupes."

"Por supuesto que voy a preocuparme. Como un loco," dijo renuente, presionando sus labios a la parte de arriba de mi cabeza. "Me llamarás esta noche cuando llegues allá?"

Me moví hacia atrás y lo miré a la cara. "Okey. Lo prometo." Mis dedos encontraron la parte frontal de su camisa y la halé un poco. Sus manos aún permanecían en mis brazos cuando Jen pasó y fue a la puerta.

"Lista, Julia? No queremos llegar tarde."

"Ellie va a encontrarse con ustedes?" preguntó Ryan, sin quitarme los ojos de encima nunca.

"Desearía que pudiera, pero es demasiado dinero para solo dos noches."

"Necesitan que las lleve a la estación? Puedo hacerlo" sus palabras eran lentas y medidas; los músculos de su mandíbula no paraban de tensarse. Quería calmarlo, pero el vacío en nuestra relación me dejaba preguntándome cómo.

Emociones que no reconocí se levantaron en mi pecho, causando que mis ojos ardieran. Parpadeé ante las inesperadas lágrimas y luché para aclarar mi garganta. "Ahmmm… nop. Jen llamó un taxi."

"Sí, y ya está aquí." Dijo ella y abrió la puerta. "Dile a Aaron que hablaré con él después, podrías, Ryan?"

Él no le contestó, todavía totalmente enfocado en mí. "Necesitas dinero?" Preguntó suavemente, sus dedos sostenían mis hombros y luego se deslizaron por mis brazos.

Alcancé el borde de su mandíbula, y sacudí mi cabeza. "Estoy bien." Me paré en las puntas de mis dedos y lo besé donde mi mano había estado dejando que mis labios permanecieran ahí cerré los ojos. Él temblaba ligeramente y de repente no había nada que yo quisiera hacer más que quedarme ahí con él. "Nos vemos pronto." Dije con un tenso esfuerzo.

Asintió sin decir una palabra y luego miró a Jenna sobre mi cabeza.

"Cuídense. Llámenme si algo pasa."

Ella puso los ojos en blanco y sostuvo la puerta para mí.

"Estaremos bien. No seas tan negativo. Ve a ejercitarte con Aaron o algo. Él te extraña en el gimnasio. Come la fabulosa comida que te hizo Julia y solo tómalo con calma. Vamos, Julia. Larguémonos de aquí."

Me sentí nerviosa camino a la estación y Jen habló sin parar de las compras que iba a hacer el día siguiente. La mirada en la cara de Ryan cuando nos fuimos me dio mucha tristeza. Él estaba siendo tonto y sobreprotector, pero de alguna forma entendía su tristeza. Yo la sentía también, era familiar. Como si dejarlo fuera algo que yo hacía mucho.

Yo tenía muchas preguntas y quizá en el camino a Nueva York, Jenna estaría dispuesta a compartir conmigo sobre eso. Mi teléfono vibró en mi cartera y mientras lo saqué Jenna resopló. "Acaso él no puede esperar siquiera hasta que estemos en el jodido tren?"

Ella tenía razón; era un texto de Ryan. Los mensajes de texto fueron algo que él me enseñó cuando volvimos del hospital. Era una forma divertida de mantenerse en contacto.

Por favor cuídate y llámame luego. Te extrañaré. –R

Froté mi dedo contra las palabras en la pantalla.

"Qué?" preguntó Jen sarcásticamente. "Se quemó con la estufa?"

Sonreí y sacudí mi cabeza, después me carcajeé. Jenna tenía un sentido del humor tan seco, y era imposible ser seria. "Ah, no. Al menos no todavía. Dice que me extrañará."

"Mierda no. Nada como establecer lo obvio. Los hombres son unos jodidos bebés. Lo has notado? Actúan todos rudos pero realmente todos son una pila de suavidad y plumas. A veces con un gran centro cremoso."

Una ola de calor subió por mis mejillas. "Ryan parece… muy fuerte. Tan exitoso y trabajador. Ambos, Aaron y él son así."

"Sí. Ambos son sobresalientes. Ryan es el más sensible de los dos. Siempre está tan a tono con las necesidades de los otros. Incluso a la gente que no soporta, él los ayuda."

Ah sí, Liza. Sabía lo que insinuaba así que la atrapé. "Estoy segura que será un buen doctor. Él me contó de esa compañera de estudios que él ayuda, si es eso a lo que te refieres."

"Perra acosadora. Es patética la forma en que ella trata de envolverlo en sus miserables intentos de conseguir que la ayude."

"Me sorprende que él caiga en eso."

"Oh, no lo hizo. Él sabe qué busca ella, pero él siente responsabilidad con los pacientes. Quiere que ella sepa lo que está haciendo."

"Bueno… esa no es su responsabilidad."

"Ryan hace que todo sea su responsabilidad. Todavía no te has dado cuenta?"

"Hmmm… quizá por eso se siente tan responsable por mí. Por mi recuperación."

"Estás bromeando? Difícilmente, Julia. Contigo es algo completamente diferente sin duda."

Miré hacia abajo al mensaje nuevamente y comencé a tipiar la respuesta. Mi corazón se llenó con la esperanza por sus palabras.

Yo ya te extraño, también. Gracias por entender. Estaré bien. Lo prometo.

"Jen," comencé mientras colocaba mi teléfono de vuelta a mi cartera, "Crees que… qué tal si nunca recuerdo? Crees que Ryan y yo seguiremos siendo de la manera que somos?"

Frunció sus labios y lo consideró por un momento.

"Yo…yo quise decir, él me dijo que éramos unidos. Crees que podamos serlo otra vez?" Tartamudeé.

Su mano vino a descansar sobre la mía. "Ustedes siempre serán unidos. Solo una observación, nada parece haber cambiado mucho. Ve la manera en que él es contigo."

"Sí, pero puedo ver su dolor. No quiero hacerle daño. No lo puedo explicar, pero cuando él sufre, yo también."

Su mano apretó la mía. "Sí. Entiendo." Ella no estaba diciendo mucho y yo quería gritar de la frustración. Consternada me mordí el labio, mientras el taxi estacionaba en la estación, esperando que este fin de semana ayudara. Yo deseaba desesperadamente encontrar una conexión con Ryan, algo que arrojara algo de luz al verdadero estatus de nuestra relación. Sintiendo lo que sentía por él en este corto tiempo, cómo podría haberlo conocido por ocho años y ser solo su amiga? *Y por qué demonios no me dicen nada?*

~Ryan~

"Ryan, trae tu culo para acá y come algo de esto, hombre. Si no lo haces lo voy a desaparecer todo y Julia me pateará el trasero!"

Me levanté con las manos en las caderas, mirando hacia afuera por la ventana a las marcas de los neumáticos del taxi que se llevó lejos a Julia y Jenna. La opresión en mi pecho me impedía tener hambre, aunque olía delicioso. "Solo guarda un poco, cerdo. Comeré después."

"Okey, pero no sabes lo que te estás perdiendo. Ella hizo bastoncitos de pan y ensalada también. Brownies y muffins. Hombre, te juro por Dios que si no te casas con esa chica pronto, me voy a casar yo con ella."

Mi corazón se hundió. Sí ese era el plan y cada día yo rezaba para que al despertar pudiera ver el reconocimiento en sus hermosas facciones, sus ojos verdes brillando con los recuerdos que significaban nuestro mundo.

"Por lo menos tómate una cerveza." Dijo Aaron.

"Pensé que querías hacer ejercicios. No debes beber primero. Bebe después idiota." Fui y saqué una silla me recosté y extendí mi piernas frente a mí.

La cara de Aaron se hizo seria pero continuó enterrando el tenedor con la comida a su boca. Realmente olía muy bien.

"Okey, entonces sin cerveza. Qué tal un muffin?"

"Qué? Ahora eres mi madre?" murmuré irritado. No era justo desquitarme con él y realmente lo que me haría sentir mejor era encontrar una salida para toda esta agresión contenida. "No me siento como para un muffin de mora, Aaron. Ella los hizo para ti de todas maneras."

"Supongo que lo hizo." Asintió y tragó. Se estiró y levantó el paño que cubría los muffins en la mesa. "Pero, para quién demonios hizo estos, ah?"

Levanté la mirada y vi el plato lleno de muffins de limón, justo como siempre los había hecho con un extra de migas arriba. Respiré profundo, y tomé uno, levantándolo para oler el aroma.

"Así que, si no está recordando, entonces cómo demonios supo no ponerle esa cosa de migas a los míos y ponerle extra a los tuyos?" sonrió y me empujó por el hombro.

Me encogí de hombros. "Solo está recordando a nivel subconsciente, pequeñas cosas como esa. Yo necesito que recuerde todo, Aaron. La soledad me está matando." Sentí como el dolor asechaba mi voz. "Estar cerca de ella y no tenerla... estoy en el infierno."

"Por qué? Ella está *aquí*."

Le fruncí el ceño. "Olvídalo. No lo entiendes y no estoy de humor para explicarlo. Vayamos al gimnasio cuando termines de comer. Tengo la necesidad de golpear algo. Me sostendrías la bolsa de arena?"

"Sí, pero también quiero hacer pesas, okey?"

"Sí seguro."

Los ruidos de mi estómago finalmente me vencieron y me comí el muffin que tenía en la mano y fui a ponerme la ropa de gimnasio. Mientras me ataba los zapatos mi teléfono vibró y lo saqué de los pantalones que acababa de tirar al suelo. Había un mensaje de Julia pero antes de que pudiera leerlo mi teléfono repicó.

"Hola, Ellie," contesté. "Me gustaría que hubieses ido a Nueva York. Jen y Julia se fueron hace como una hora."

"Desearía poder. Quería llamar y ver cómo estabas. Cómo lo estás llevando?"

Me recosté en la cama hasta que estuve acostado mirando al techo con las piernas dobladas por la rodilla en el borde. "Estoy bien, supongo. Extraño cómo éramos y la quiero de vuelta. Necesito saber que me ama. Es una tortura. Soy tan pendejo."

"Oh, Ryan," dijo en voz baja. "Ella confía completamente en ti. Puedo decirlo cuando hablo con ella. Está preocupada por ti. Sabe que sufres lo cual le dice que hay más entre ustedes."

"Supongo que no estoy haciendo un gran trabajo para esconderlo," dije disgustado.

"Tú sabes que ella te ama, Ryan. Ella espera recordar en Nueva York."

"Sí? Bueno, me temo que ella recuerde la pérdida del bebé y que yo no esté allí para cuidarla. Ella no puede pasar por eso sin mí, Ellie. Yo no lo soportaría."

"Oh mierda, Ryan! Debí pensar antes en esto!" Su voz estaba llena de ansiedad.

"Que pasó?"

"Justo antes de que Julia se fuera a Boston, se hizo una prueba de embarazo. Ambas salimos tan rápido que estoy segura que aún está en el baño…"

"Jodeeeeer!" Me senté derecho mientras lo dije, mi pulso se aceleró. Podía escuchar la sangre correr a mis oídos como un tren fuera de borda. "Si ella ve eso, la golpeará como una tonelada de ladrillos."

Pasé una mano por mi cabello y miré mi reloj. Su tren no llegaría a Nueva York hasta las 8:45 PM.

"Uh, llama a Jen. Ve si ella puede ganarle a Julia para entrar al baño y deshacerse de eso. Asegúrate de decirle que saque la caja de la basura también."

"Sí. Okey." Inhalé tan profundamente que parecía que mis pulmones estallarían. "Eso podría funcionar. Le escribiré. Julia haría preguntas si la llamo."

Pude escuchar suspirar a Ellie también. "Desearía poder estar ahí con ella este fin de semana, pero con Harris tocando y en tan poco tiempo, solo no pude escaparme."

"Está bien. Me alegra que Jenna estuviera libre. Ellie, qué más encontrará?"

"Esperemos, que solo busque algo de ropa. Puede que le dé un vistazo a algo de su oferta de trabajo en París, ella estaba en el medio de todo el trabajo de empacar sus cosas, pero además de eso, algunas fotos, Ryan. Ella tiene fotos de ustedes dos puestas por todos lados. Algunas de nosotros seis. Más de Elyse, Gabriel y sus padres."

"No debí dejarla ir."

"Ella va a recordar alguna vez, Ryan. Quizá es mejor temprano que tarde."

"Espero que lo haga, pero estoy destrozado. Sé que la matará. Le dolerá tanto. Daría cualquier cosa por evitarle eso."

"Cualquier cosa? Incluso los últimos ocho años?" Perdí el aliento. "Ustedes tendrán más bebés. Ella lo superará si aún te tiene a ti." No dije nada, lo que alentó a Ellie a continuar. "Cómo estás lidiando con eso?"

Mi visión se hizo borrosa cuando el dolor se levantó dentro de mí. "Yo… no."

"Tú no qué?"

"Yo… no estoy lidiando con eso. Como que lo he empujado hasta el fondo. No puedo soportar pensarlo. No sabía lo mucho que deseaba que ella tuviera a mi bebé hasta que lo había perdido." Las lágrimas corrieron silenciosamente por mi cara y mi voz se quebró.

"Quiero *todo* con ella. Las palabras no pueden… Un niño habría sido…un maravilloso regalo. La amo tanto." Furiosamente me limpié las lágrimas de la cara y aclaré mi garganta. "Escucha, tengo que escribirle a Jen y Aaron me está esperando."

"Ryan, lo siento tanto." La simpatía en su voz llenaba sus palabras. Ella también estaba llorando.

"Sí. Gracias. Te llamo si pasa algo, okey?" me limpié la cara con la parte de atrás de mi mano libre y me levanté de la cama.

"Okey. Si necesitas hablar, llámame a cualquier hora. Los amo a ambos."

"Yo también. Gracias."

Después de colgar, fui al baño y me lancé agua fría en la cara brevemente antes de escribirle a Jenna.

Prueba de embarazo en el baño. Entra allí primero y deshazte de ella. La caja también. Cuento contigo para que me salves la vida.

Mi corazón corría a cien millas por hora cuando su respuesta llegó cinco minutos después.

A la mierda. Okey, te avisaré cuando esté hecho.
Gracias.

Volví a la otra habitación, suspiré con un poco de alivio. Aaron se había cambiado y esperaba impaciente. "Qué te demoró tanto, precioso?"

"No empieces conmigo. Como te dije, estoy listo para moler a golpes algo y no estoy de humor para parloteo superficial."

"Cuál es tu jodido problema? Toda esa energía sexual retenida te está comiendo vivo," dijo mientras me siguió por la puerta. "No te desquites de esa mierda conmigo. Haz algo al respecto."

Condujimos al gimnasio en silencio y al llegar ahí ambos saltamos a las máquinas para correr por veinte minutos de calentamiento. Teníamos una rutina que variaba dependiendo de nuestras necesidades. Hoy, yo tenía mucha frustración que liberar, así que sería boxeo y kick-boxing. Aaron me dejó ir primero, abrazando la bolsa contra su cuerpo.

Extendió sus piernas para tener un buen agarre y luego me señaló con la mano que podía comenzar.

Mientras golpeaba la bolsa una y otra vez, variando mis golpes en fuerza y ángulo, una cosa ocupaba mi mente. *Julia.* Cuánto la extrañaba, cuánto la deseaba, cómo me volvía loco no poder tocarla y no saber qué recordaría en Nueva York. Me sentía impotente enojado, frustrado, herido y completamente lujurioso. Se me ponía duro solo por estar cerca de ella, sintiendo el calor que se irradiaba entre nosotros dos, y su olor. Sentía hambre de ella como nunca la había sentido; extrañando la conexión aún más que el sexo. Necesitaba lo que solo ella podía darme, me dolían lugares que solo ella podía aliviar.

El gimnasio de la universidad estaba en el centro de estudiantes y siempre estaba lleno sin importar la hora. No era inusual ver a alguien que conociéramos. Por la esquina de mi ojo noté a Liza y a Claire paradas en la puerta de la sala de pesas donde Aaron y yo trabajábamos en la bolsa de golpear. El sudor comenzaba a brotar de mi cuerpo a cántaros y yo atacaba la bolsa sin piedad.

"Parece que tienes un club de fans," murmuró Aaron y asintió hacia la puerta sobre su hombro.

"Perras estúpidas," gruñí entre golpes. "Después de cuatro años pensarías que ya tendrían una idea."

"Ellas *están* buenas," dijo Aaron, me detuve para limpiar el sudor de mis ojos con la toalla que estaba alrededor de mi cuello. Era incómodo con los guantes puestos, y estaban comenzando a quemarme.

"No lo había notado," dije y volví a mi ejercicio.

"Ryan, vamos. Julia ha estado lejos todo este tiempo y la amo de corazón, pero tú eres un tipo. Los tipos tienen necesidades. No tiene que significar algo y ellas están ciertamente bien dispuestas."

No dije nada, solo golpeé más fuerte. Él se sacudió con el golpe y reajustó su posición. No podía creer que él siquiera hiciera esa sugerencia. Él no había dicho nada como eso desde antes de graduarnos en Stanford. No desde que Julia y yo éramos amigos y yo estaba frustrado como el infierno. No te vayas por ahí ni por joder, Aaron.

"Y ahora… pareces tan miserable. Quizá necesites relajarte un poco."

"Eso es lo que estoy haciendo," dije a través de mis dientes apretados y continué golpeando la bolsa con todas mis fuerzas.

"Tú sabes lo que quiero decir."

"No." Nunca pensé que mi hermano me diría esta mierda y no quería escucharla.

"Te vas de aquí en un par de meses. Dios sabe que lo necesitas. Estás a punto de explotar, hermano. Julia no recuerda. No tendría que saberlo."

"Aaron, dije que es *suficiente!*" grité enojado. Estaba tan furioso que sentía que mi cuerpo se iba a despedazar.

"Ryan…" comenzó, pero yo golpee la bolsa con tanta fuerza que él se tambaleó hacia atrás y casi cae.

"Cállate! Solo cierra la jodida boca!" Sentí la rabia y el dolor desbordarse. Cómo podía él siquiera sugerir una cosa así? "Te voy a aplastar toda la maldita cara si dices una palabra más, me escuchaste?!"

"Solo estoy cuidándote! Te veo sufrir, idiota! Te estás matando tú mismo. Mejor lo piensas dos veces antes de volver a amenazarme hombrecito, porque te puedo Partir. El. Culo!" Vino hasta mí y me empujó por el pecho. Sin pensar, llevé mi brazo hacia atrás y lo dejé volar con toda la fuerza que pude juntar, golpeando su cara en la sien.

Él cayó hacia atrás sobre los colchones y las lágrimas llenaban mis ojos.

"Noooo!" Le grité. "Quizá está bien para ti joder a Jenna, pero yo nunca le haría eso a Julia!" Otros estaban mirando pero me importaba una puta mierda. Liza y Claire se acercaron para ver qué estaba pasando, con sus ojos muy abiertos y las bocas abiertas. "Es imposible para mí siquiera pensar en alguien más! Tú sabes eso, así que cierra la jodida boca! Nos mataría a ambos, por el amor de Dios! Estoy enamorado, maldito!! Tanto que no puedo ni jodidamente respirar. Ella es todo lo que yo quiero! Ella significa todo para mí y yo solo quiero de vuelta lo que éramos!" Yo estaba gritando, mi pecho subía y bajaba. Tambaleé tres pasos hacia atrás y comencé a darle la espalda, él aun en el suelo, me miraba hacia arriba con una mirada de asombro en su rostro. *"Eso es todo lo que quiero,"* dije suavemente, la derrota y mi corazón roto se escuchaban en mi tono.

Me fui hacia los casilleros, desatando los guantes con mis dientes. No podía respirar y estaba horrorizado con las caras de asombro de los que vieron, pero más que todo porque acababa de golpear a mi hermano.

"Ryan!" Escuché la insípida voz de Liza chillando detrás de mí. Me enfermaba que me persiguiera después de lo que acababa de presenciar. Por el amor de Dios. Estoy seguro que ella escuchó toda la confrontación y me perseguía como perra en celo después de escucharme decir que yo estaba enamorado de alguien más. Incluso Claire se veía asqueada de la actuación de Liza. Jodidamente increíble. "Ryan, espera," me llamó otra vez.

Sostuve una mano en el aire después de meter el guante que acababa de quitarme debajo de mi brazo. Caminé más rápido hasta que fui capaz de alcanzar la santidad del vestidor para hombres donde ella no podría seguirme.

Me quité el otro guante y lo arrojé al suelo al lado de mi casillero, pateé mis zapatos y lancé mi ropa haciendo un montón. Tomé una toalla y fui a la ducha. Todo el tiempo con mi cabeza corriendo y mi corazón doliendo. *Acababa de golpear a mi hermano.* Lo golpeé por sugerir lo que Tanner y cualquier otro hombre con sangre en las venas habría sugerido si uno de sus amigos estaba en mi situación. Excepto que mi situación no era lo que se consideraría algo típico. Me incliné con una mano en la pared para apoyar mi peso mientras el agua caliente caía sobre mí y me paré ahí por varios minutos sin moverme.

Mi cabeza estaba hacia abajo y mis ojos cerrados, así que no oí a Aaron seguirme. Cuando habló me impresioné y mi cabeza se disparó hacia arriba.

"Lo siento, Ryan," comenzó Aaron, "sé bajo cuanto estrés estás y sé cuánto amas a Julia. Es solo que a nadie le gusta verte sufrir. Solo pensé que si pudieras bajar la presión, entonces te sentirías mejor. Yo nunca te había visto así de jodido y estaba intentando lo que fuera. No sugería que la dejaras; solo que cerraras los ojos y fueras egoísta por veinte minutos. Fue estúpido."

"Julia, es todo lo que me importa. Nada puede hacerme sentir mejor excepto ella," dije suavemente, tomando el jabón. "Y cuando *cierro los ojos*, ella es todo lo que veo tras mis jodidos párpados, así que lo que estás sugiriendo es completamente imposible. A veces, siento que nadie puede entender cuánto la amo. Nadie lo entiende. Ni siquiera tú." Me enjaboné el cuerpo rápidamente, anhelando llegar a casa y llamarla. "Julia era la única que lo sabía y ahora solo estoy aterrado de que ella no recuerde cuanto significamos el uno para el otro. Eso me está matando. Yo he perdido esos ocho años tanto como ella lo ha hecho," admití con honestidad.

"Ella aún lo entiende; incluso si no lo sabe todavía. Te hizo muffins de limón, amigo."

Con los ojos cerrados tragué el nudo en mi garganta y asentí. "Lamento haberte golpeado, Aaron. No hay excusa para mi comportamiento. Yo ya estaba alterado cuando llegamos aquí. Ellie me llamó diciendo que la prueba de embarazo positiva de Julia estaba en el mostrador del baño y me volví un poco loco." Mi voz era un poco tensa, pero no podía evitarlo. Si flaqueaba un poco perdería el control por completo. Estaba exhausto y emocionalmente desgastado.

"Mierda. A veces me enfoco tanto en la recuperación de Julia que me olvido del bebé. Lamento haber sido un insensible imbécil. Lo lamento sinceramente, Ryan."

Cerré el agua y salí de la ducha envolviendo una toalla alrededor de mi cintura al mismo tiempo. Él aún estaba vestido y seguramente regresaría a levantar pesas por otra hora.

"Me voy a casa. Puedes hacer que Tanner o alguien más te lleve a casa cuando termines?" sequé mi cabello con una toalla y me peiné bruscamente.

"Sí. Fácilmente." Me dio una palmada en el hombro después que me vestí y salimos del vestidor. No hablaríamos de esto de nuevo.

~Julia~

"Hey, Julia! Que bueno verte! Dónde has estado?" El portero sin nombre me dijo mientras Jenna yo atravesábamos el lobby de mármol camino a los elevadores del alto edificio en el cual aparentemente yo vivía.

"Supongo que sí vivo aquí," le dije en voz baja a Jenna. "Hola!" dije y levanté mi mano en saludo hacia el portero.

"Estuvo en Boston con Ryan todo este tiempo?"

Okey, así que él conocía a Ryan. Por supuesto que lo conocía

"Ah, sip." Con una gran sonrisa y asentí felizmente.

"Bien, es bueno tenerla de vuelta. Hemos extrañado su bella cara. Quién es su amiga?"

"Oh, ella es Jenna. Amiga desde la universidad."

Jenna le extendió la mano y él la tomó muy dispuesto. La miró y sonrió. "Y usted es?" preguntó.

"Adam, señora."

"Un gusto conocerlo, Adam."

Fue bueno que Jenna entrara en la conversación, porque yo estaba algo distraída, mirando el edificio y tratando de sacarle algo a mi memoria. Los altos ventanales de vidrio, los techos altos y las aplicaciones de latón reflejadas en los pisos de mármol.

Yo temblaba ligeramente cuando subimos por el elevador y luego recorrimos el pasillo. Otra vez tratando de recordar algo y mortificada porque no lo hacía. Sin embargo, el olor floral se me hizo familiar. Eso era algo. Por lo menos.

"Realmente necesito usar el baño, Julia. Te importaría si lo uso yo primero?" Jenna mencionó eso mientras yo abría las pesadas puertas de madera y caminaba hacia adentro del departamento.

"Sí, seguro," dije despreocupadamente. Ella se fue por el pasillo mientras yo miraba el lugar. Había fotos de mis padres y de nosotros seis en pequeños marcos en la sala, alguna donde solo estábamos Ryan y yo... más solo de Ryan. Los muebles eran grandes y modernos y las plantas estaban muertas. Caminé hasta una de ellas, y toqué las hojas secas.

Había velas en varios lugares, todas ellas de alguna manera quemadas. La esencia de vainilla permanecía y había arte contemporáneo en los muros y un gran espejo sobre la chimenea. Una mesa de arte debajo de la ventana con una gran lámpara sobre ella. Los colores eran algunos de mis favoritos verde, gris pardo y marrones. La cocina era pequeña con topes de mármol y aplicaciones de acero inoxidable. Seguramente este lugar era costoso y me pregunté más acerca de mi trabajo en Vogue.

Lancé mi bolso al sofá y fui a la habitación. La puerta estaba abierta y podía ver la cama tamaño Queen desde el pasillo. Tenía un montón de ropa de cama blanca y abultadas almohadas, pero estaba llena de ropa y maletas abiertas. *Yo hice este desastre al prepararme para ir a Boston?* No podía creer que yo hubiese dejado este desastre así, y comencé a meter los trajes que estaban es sus ganchos dentro del closet. Jen entró y se sentó. "Algo?" preguntó.

"Am, los olores son familiares pero no reconozco las fotos… o el departamento realmente. Se siente familiar, pero no tengo recuerdos de él." Miré la habitación. Más velas usadas en la mesa de noche y un gran sillón tapizado al lado de la ventana y una pequeña mesa con una lámpara decorativa color verde musgo. "Siempre fui así de desastrosa? No se parece a mí."

"No, no lo creo, Julia," dijo, pero no se explicó.

"Pensé que entraría aquí y los recuerdos me inundarían," dije tristemente. "Era lo que deseaba, supongo."

Caí en la silla y subí las piernas, doblándolas debajo de mí e inclinando mi cabeza sobre mi puño.

"Lo siento, linda. Quizá con más tiempo aquí, recordarás algo." Movió una pila de sweaters para poder sentarse en la cama sin arrugarlos.

"Sí." Mi teléfono sonó en mi cartera en la otra habitación y salté para agarrarlo antes de que cayera la contestadora. Me arrepentí cuando el dolor se disparó de repente y caminé más cuidadosamente hacia el sonido. Por supuesto, era Ryan.

"Hey."

"Estás ahí sana y salva?" Su voz sonaba cansada.

"Sí. Bien. Cómo ha estado tu noche?"

"No preguntes."

"Suenas exhausto. Al menos, mientras estoy aquí, recuperas tu cama, hmm?" bromeé tranquilamente.

"Supongo."

"Ryan, que es lo que anda mal?"

"Nada, cariño. Estoy bien. Solo estoy esperando que me digas." Sabía a lo que se refería. Él quería saber si había recordado algo.

"Oh, bien, no, no he recordado mucho. Algunos olores son familiares, pero nada realmente en concreto."

Su pesado suspiro atravesó el teléfono. No estaba segura si estaba molesto o aliviado. "Bueno, recordarás cuando estés lista. No te preocupes por eso. Solo me alegra que ya estés ahí segura. No vas a salir esta noche o sí?"

"Realmente no tengo ganas. Me duelen las costillas. Puede que Jen me ayude a entrar a darme un baño. Eso es, sí es que tengo una bañera. Todavía no he entrado el baño." Me reí suavemente pero él no.

"Si tienes bañera, cariño."

"Has estado en ella?" presioné.

"Sí. Toma un baño, una píldora y ve a la cama. Jen debe dormir en el sofá. No quiero que nada choque contigo y te lastime."

Me hundí en la silla de la mesa de arte y noté el portafolio negro que estaba ubicado a un lado. Me incliné y tracé los dedos de mi mano libre sobre el borde. "Detente, Ryan. No puedo hacer que duerma en el sofá cuando fue tan amable de venir conmigo."

"Julia, no discutas. Puedes solo hacer lo que te pido por una sola vez?" dijo irritado. Me sonrojé incómodamente ante el tenso tono de su voz.

"Por qué estás molesto conmigo?"

"No lo estoy. Solo quiero que te cuides. Te digo estas cosas por tu propio bien, no solo para escuchar el sonido de mi voz."

"Okey entonces qué te está molestando?" Yo persistía. "Algo pasa. Dime qué es?"

"Julia… Solo déjalo así. Estoy bien," respondió. El silencio colgaba como un globo sobre la conversación. Él se estaba alejando de mí y no me gustaba cómo eso me hacía sentir.

"Por qué me mientes? Estoy preocupada por ti."

"No te preocupes, solo estoy muy desgastado. Ejercité muy fuertemente y ahora voy a comer e ir a la cama. Me alegra que estés segura, cariño." Su voz se suavizó y se hizo ligeramente cálida.

"Okey. Quizá tú deberías tomar un baño también. Estás adolorido?"

"Todavía no. Probablemente lo esté mañana. Ahora voy a comer algo de esa lasaña. Olía realmente bien cuando Aaron la estaba comiendo más temprano. Gracias por los muffins de limón, cariño. Sabías que me encantan?"

"Me lo imaginé porque algo me dijo que los hiciera."

"Me alegra que los hicieras. Te extraño. Demasiado." Mi corazón se comprimió mientras las palabras se desprendieron de su pecho involuntariamente.

"Yo, también." La verdad detrás de eso era profunda. Un dolor familiar me apretó el pecho. "Siento como que te he extrañado así antes. Duele, no como la forma normal en que una persona extraña a otra. Es muchísimo más."

"Sí, duele."

"Ryan, dime. Solo *dime*."

"Julia, te llamaré en la mañana. Has lo que te dije y descansa. Por favor?"

Él era jodidamente exasperante cuando se cerraba así, y siempre cuando yo me estaba acercando.

"Okey. Buenas noches, entonces."

"Buenas noches."

Cuando la llamada terminó, lancé el teléfono al sofá, me doble y tomé mi portafolio, intentaba llevarlo a la habitación y darle un vistazo con Jenna, pero estaba abierto y varios dibujos cayeron regados por el suelo.

Ryan, Ryan, Ryan. Eran todos de Ryan. Mis ojos se llenaron de lágrimas y me arrodillé lentamente, juntándolos cuidadosamente para que no se dañaran. Levanté uno examinándolo cuidadosamente. Con la parte de atrás de mi mano limpié la lágrima que se había deslizado por mi mejilla derecha, cuidando que las lágrimas no cayeran sobre los dibujos y los arruinaran. La mayoría eran a lápiz, pero había unos en carboncillo y otros en acuarelas.

Atrapé un sollozo en mi garganta mientras los miraba, tan amorosamente creados, tan detallados y perfectos. Era difícil creer que eran míos. Mis dedos recorrieron la firma. Sabía, con seguridad que estos habían sido hechos por mi mano, y la falta de recuerdos dolía.

Jenna debió haber escuchado porque salió de la habitación. "Julia, algo anda… mal?" Se detuvo cuando me vio en el suelo con los dibujos regados. "Dios mío." Murmuró.

La miré hacia arriba con más lágrimas cayendo por mi rostro. "Mira todo esto… Solo *míralos.*"

"Sí. Lo sé. Estás bien?"

No estaba segura de sí lo estaba o no. "Cuándo dibujé estos?"

Ella se sentó en el suelo conmigo, cuidando de no dañar los dibujos, puso un brazo sobre mi hombro. Había lágrimas en sus ojos. "Todo el tiempo. Comenzaste en la universidad."

Puse una mano en mi boca para callar un sollozo. "Yo lo amaba y él no me correspondía?"

"No Julia, el hombre camina en las nubes por ti. Tú ya sabes eso, no?" preguntó suavemente. Cuando no contesté ella se levantó y dejó la habitación. "Ya vuelvo," dijo sobre su hombro. Volvió en segundos, trayendo un porta retrato. Estaba parada sobre mí cuando yo estaba en el suelo y se sentó en el sofá. Lo sostuvo frente a mí, y yo lo tomé cuidadosamente con ambas manos.

"Ahhh…" Jadeé cuando lo miré. Era un poema o una carta y comenzaba, *Te amo porque…* me senté temblando en silencio leyendo las palabras que él había escrito a mano, las lágrimas caían desinibidamente de mis ojos como lluvia. Jen no dijo ni una palabra, solo esperó mientras yo leía. Al final las palabras se dispararon directo a mi corazón y mi mente recordó rápidamente velas y luz de chimenea, cálidos brazos a mi alrededor y mis manos enredadas en cabello dorado oscuro.

> Tú respiras tu vida en la mía
> Haces que todos mis sueños se conviertan en realidad.
> Tú eres mi Julia. Solo mía, por siempre…
> Porque todo esto es demasiado más…
> Te necesito. Te deseo. Te adoro. **Te amo**…
>
> Más que a mi propia vida.
> -Ryan

Mi mano flotó sobre el vidrio, sobre sus palabras y me quedé ahí impactada, con mi corazón latiendo tan rápido que parecía que iba a estallar. "Dios mío." Finalmente me las arreglé para respirar y mirar a Jenna. Sus cejas estaban arrugadas y apretaba sus manos. "Estoy… abrumada. Sabes cuando escribió esto?"

Se movió hasta el suelo junto a mí. "Creo que para la fecha en que te mudaste a Nueva York. Julia, recordaste algo?"

"Solo un poco. Nada que pueda articular realmente. Yo… lo amo. Eso es lo que recuerdo. No puedo decir cosas específicas, pero él… es…*todo*."

Los ojos de Jenna se llenaron de lágrimas y puso una mano en mi hombro. "Oh, Julia. Estoy tan feliz de que te dieras cuenta de eso. Él ha estado tan perdido."

"Esto…" mi mano paseó sobre el vidrio otra vez, "Y los dibujos han ayudado. Significa tanto para mí que me acompañaras y me hayas ayudado así." Puse una mano sobre su hombro y apreté. Coloqué el marco en el sofá y tomé dos dibujos. "Siento… tristeza cuando veo algunas de estas imágenes. No todos, pero algunos de ellos me causan dolor. Yo sufría por él."

Asintió. "Él estará tan molesto conmigo, pero no te dejaré sufrir por no contarte."

Limpié una lágrima de mi cara y sonreí. "Gracias."

"Ryan y tu eran amigos. Ambos salieron con algunas personas, pero él y tú siempre estuvieron juntos. Algunas veces, cuando él salía con alguien más, tú te quedabas y dibujabas. Estabas triste, pero nunca supimos que tan enojada estabas. Ellie y yo te invitábamos a salir pero tú te quedabas sola cuando él… bueno cuando él…"

Asentí. No necesitaba que ella dijera las palabras. El dolor me atravesó y pude recordar cómo se sentía entonces; que me dejara atrás mientras él se iba a hacer el amor con alguien más. Se sentía tan real; era como si estuviese pasando en ese mismo momento, fresco y crudo. Mi cara se arrugó y la cubrí con ambas manos.

"Ryan te ama, Julia. Como puedes ver ahora… Él te ama tanto."

"Lo sé." La verdad en esas palabras salió entre mis apenas controlados sollozos. "Quizá no puedo recordarlo todo, pero puedo *sentirlo*. Veo imágenes fugaces de esos momentos, él solo me llena. Por qué no salíamos? Por qué salía con otras? En ese entonces me amaba?"

"El resto de nosotros veíamos lo que pasaba entre ustedes y tratamos de hacerlos reaccionar, pero Ryan y tú son tan parecidos, ninguno de los dos estaba dispuesto a arriesgar su amistad por una aventura amorosa que podría terminar mal. Después de que Aaron y Ryan fueron aceptados en Harvard, el prospecto de no estar cerca el uno del otro los obligó a admitir que estaban enamorados."

Comencé a llorar otra vez. Las compuertas se abrieron y mis hombros se sacudían. "Oh, Dios! él debe estar sufriendo tanto ahora."

"Estás viva, Julia. Él está tan agradecido. Gracias a Dios el no hace un grandioso trabajo escondiendo su amor. Tú lo sientes."

Asentí y traté de tragarme las lágrimas. "Lo hago. Necesito que él me lo diga, que también me deje amarlo."

"Él lo hará con el tiempo. La primera vez que ustedes estuvieron juntos como pareja, tú lo dibujaste y el trajo ese dibujo con él a Boston. Esa fue la primera vez que Aaron o yo supimos sobre tus dibujos. Le contaste a Ryan acerca de los que hiciste las noches que estuviste sola y él lo compartió con nosotros. Él estaba maravillado y tan orgulloso de ti. Yo nunca he visto a un hombre tan enamorado, Julia. Así que, sécate esas lágrimas. Todo va a estar bien. Él ha estado enamorado de ti desde que te conoció."

Ella me abrazó tan fuerte como mi herida lo permitía y yo a ella. "Gracias, Jen. Necesitaba escuchar eso."

Pasamos varios minutos mirando los dibujos. "Es casi un pecado que alguien sea tan impactante. Ciertamente lo capturaste a la perfección, Julia. Es como ver una serie de fotografías en blanco y negro. Ese era Ryan al teléfono?"

"Sí. Quiere que tome un baño y vaya a la cama. Suena realmente bien ahora. Estoy molida." Quería estar sola con mis pensamientos sobre Ryan, y buscar los recuerdos en mi mente.

"Okey. Necesitas ayuda?"

"Creo que estaré bien, pero gracias."

"Puedo ayudarte a entrar en la bañera si quieres. Ryan me mataría si te resbalas y te re-fracturas las costilla."

"Solo necesito un poco de tiempo a solas. Te importaría?"

"Para nada. Lo entiendo. Solo voy a buscar una almohada y mantas para el sofá."

"Podemos compartir la cama."

"Hmmf! No, no puedo." Sonrió y me mostró su teléfono.

Por favor deja que Julia duerma en la cama. No quiero que vuelva a lastimarse por compartirla. Te lo voy a compensar. Te quiero y gracias por cuidarla. –R

Asentí y dejé la habitación. Después de sacar ropa limpia del vestidor, fui al baño. Más velas y suaves toallas adornaban las blancas paredes. Miré en el cajón de la peinadora, encontré el encendedor y encendí la vela más cercana a la bañera y abrí la llave del agua, agregando sales de baño. Apagué la luz de la peinadora, dejando el baño iluminado con la luz de la vela. Me desvestí lentamente evitando cualquier innecesario movimiento y pensé en colgarlas detrás de la puerta, pero levantar mis brazos dolería con seguridad. Descubrí una camisa azul oscuro de botones colgada allí. Era demasiado grande para pertenecerme, la traje a mi nariz para inhalar la esencia. Estaba desvaneciendo, pero era de Ryan. Respiré profundo, inhalando su esencia. Estaba colgando de la parte de atrás de la puerta de mi baño, llenado mi portafolio, llenando mi corazón Quería que él llenara mi vida. En*todas y cada una de las maneras posibles.*

Mientras bajé lentamente a la bañera y me recliné en el agua cálida, supe qué usaría para dormir esta noche.

-6-

Maldición, fue un largo día! Mis rotaciones comenzaron a las 5 am y después tenía clases hasta las 2. Había pasado dos horas en la biblioteca, trabajando en una asignación sobre un diagnóstico. La investigación que involucraba esa mierda era infinita y tratar de hacerlo en casa, olvídalo. Eran casi las diez y yo solo quería ducharme y caer en la cama. Los rugidos de mi estómago me recordaban que no había comido desde las once de la mañana. Subí las escaleras pensando que quizá, solo quizá, podría convencer a Julia de prepararme algo simple. Quizá omelet y tostadas. Lo que se le ocurriera sería delicioso.

Desde que ella y Jen habían vuelto de Nueva York el fin de semana pasado, las cosas se habían vuelto rutinarias. Todavía discutíamos sobre dormir en el sofá y algunas veces la dejaba ganar, más que todo, porque significaba que podía acostarme donde ella había estado y estar rodeado de su olor. Reflexioné sobre mi debilidad. Aaron no había mencionado el episodio en el gimnasio pero yo sabía que se sentía terrible. No le quedaban dudas de mi perspectiva. Sexo no es amor, pero después de Julia, era imposible separar ambas cosas.

Ella estaba constantemente dentro de mi cabeza.

Yo estaba trabajando mucho y nuestro tiempo juntos era escaso. Salvo una caminata en el parque la tarde del jueves y unas pocas horas viendo televisión juntos anoche, difícilmente nos habíamos visto el uno al otro. Me preocupé cuando Jenna me contó que había encontrado el poema que le escribí la misma navidad que le regalé el brazalete. Estaba furioso por no haberlo recordado y no pedirle a Jenna que lo escondiera para que Julia no pudiera verlo. Jenna me riñó.

"¿Y cómo se supone que iba a hacer eso? Espera aquí Julia mientras remuevo toda evidencia de tu vida anterior. Eres jodidamente afortunado de que saqué la prueba de embarazo a tiempo."

Jen dijo que no habían hablado mucho acerca de eso, así que yo no tenía idea de qué pasaba por su mente o qué había recordado. Quizá ellas sí hablaron y Jen no me lo decía. Viéndola, Julia tenía que saber cuánto la amaba, aunque no lo habláramos. Yo no pregunté y ella no me dijo voluntariamente nada, pero algo cambió entre nosotros. El tono de su voz, la manera en que encontraba razones para tocarme más y más cada vez, todo indicaba que ella *sabía*. Me estaba volviendo jodidamente loco.

La carga de trabajo era una bendición disfrazada. Aunque la extrañaba terriblemente, me ayudaba a concentrarme y tener las mierdas bajo control. Todavía ardía por ella. Las noches me mataban. Sabiendo que ella estaba suave y cálida a solo una corta distancia por el pasillo. Me encontré quedándome en la biblioteca o el hospital hasta más tarde para hacerlo soportable. Eso confundía a Julia infernalmente pero era otra cosa de la que no hablábamos. Me arrepentía, queriendo envolverla entre mis brazos, aliviar su miedo y confusión, pero estaba aterrorizado de no ser capaz de controlar el abrumador amor y deseo que sentía. Ella tenía que ver qué tan hambriento por ella estaba y yo no quería cargarla con más de lo que ya ella lidiaba.

Llegué al departamento y coloqué mi laptop y mi bolso al lado de la puerta, y suspiré exhausto. Las luces estaban bajas, Aaron estaba sentado al lado del sofá, mirando algo en ESPN. Mis ojos recorrieron el departamento.

Aaron me escuchó entrar. "Prepara tu trasero, vamos a salir," dijo sencillamente.

"No hay manera. Muero de hambre y todo lo que quiero hacer es ducharme e irme a la cama." Me asombraba como el trasero de Aaron no estaba arrastrándose todo el tiempo como el mío, pero por supuesto su programa para medicina interna no requería tantas horas de entrenamiento en hospital como el de mi especialidad en trauma.

"Dónde están las chicas? Y por qué estás tan arreglado?" Mis ojos notaron sus jeans oscuros y su camisa color vino tinto.

"Jen se está arreglando y ah… bueno… Julia salió con Moore." Él se encogió al decirlo. Sentí como si me hubiesen dado una patada en el pecho. Cada uno de los músculos de mi cuerpo se tensaron quedando congelado en el sitio y volteé a mirarlo. Nunca consideré que ella podría aceptar su oferta.

"*Qué* dijiste?" pregunté en voz baja.

"Am… ella salió."

"Qué coño?! En una cita?" Exploté.

"No sé si lo llamaría una cita, amigo. Ella iba saliendo cuando yo llegué a casa y ah… se veía asombrosa, Ryan."

Mi corazón comenzó a correr mientras caminaba por la habitación, no muy seguro de que hacer conmigo mismo. Sentí pánico, dolor y rabia recorrer cada célula de mi cuerpo. "Cómo?"

"Qué quieres decir con, cómo? Ella salió por la jodida puerta y subió a un taxi."

"Demonios, Aaron! Quiero decir, cómo es que tiene una cita con uno de sus malditos doctores?" yo estaba furioso, el calor se levantaba por debajo de mi piel. Quería arrancarme toda esa mierda del cuerpo.

"Dijo que estaba aburrida, ya que siempre estaba encerrada en el departamento. Probablemente no significa una mierda. Cálmate y ve a cambiarte de ropa."

Mis manos se entrelazaron en la parte de arriba de mi cabeza. "Sin embargo dijiste que ella se veía bien. Entonces, por qué si no era una cita? Cómo la dejaste *ir, Aaron*?! Por qué demonios no me llamaste?"

"Van a encontrarse en el Four Seasons, así que ella tenía que verse bien. Es una adulta. *No podía* detenerla, Ryan! Así que…" se encogió de hombros, "Vamos a colarnos en su fiesta."

El jodido Four Seasons?!

Ya yo estaba en camino por el pasillo, sacándome la camisa del uniforme. Mi cara no había sido rasurada en 18 horas, pero qué demonios, me importaba una mierda. El Four Seasons era un hotel elegante con restaurante y música pero aun así un maldito hotel.

Será mejor que él no le ponga un dedo encima o le aplastaré la cara a golpes.
Jenna salió de su habitación cuando yo pasé.

"Entonces, supongo que Aaron ya te dijo," dijo categóricamente y me hizo una mueca de sonrisa con una ceja levantada.

No le contesté solo pasé de largo y di un portazo en mi habitación. Saqué unos pantalones de vestir negros y una camisa de vestir de botones blanca del closet y me los tiré encima lo más rápido que pude. No usé corbata pero me puse el blazer que iba con los pantalones y pasé algo de agua por mi cabello. Ese era todo el tiempo que iba a pasar haciéndome presentable. Apresuradamente me coloqué unos calcetines negros y metí los pies en los zapatos negros de vestir y vestí un cinturón de cuero negro que combinaba en el pantalón. Abrí la puerta de la habitación verificando el dinero en mi billetera de regreso a la sala.

"Okey… vámonos." Ambos se levantaron y me miraron como si fuera un alien del espacio exterior. "Dije, *vámonos!*"

Jenna comenzó a reírse y eso solo sirvió para enfurecerme más aún. "Nunca te había visto estar listo tan rápido, niño bonito. Mierda, qué fue eso? Como unos treinta segundos?"

"Conduce tú, Aaron. Yo traeré a Julia en un taxi." Mi corazón galopaba, mi respiración era superficial. Tenía tanta rabia que mis manos temblaban.

Nos metimos en la camioneta de Aaron. Jenna quedó en el centro y yo entré a su lado ajustando el collar de mi camisa una vez que estaba adentro sentado.

"Cálmate, Ryan. Ella solo quería salir por una noche." No contesté, frotando mis manos por mi cara. "Qué planeas hacer?" preguntó Jenna directamente. Parecía por su expresión que a ella no le gustaba mi elección de las pasadas semanas y pensaba que yo estaba recibiendo lo que merecía.

"No sé qué coño estoy planeando, Jen! Si ella quería salir una noche, debió decirme."

"Cuándo, Ryan? Últimamente no estás en casa. Julia piensa que la estás evadiendo así que por qué te lo diría?" Preguntó. La agudeza en su voz estaba cargada de desaprobación. "Y decirte qué? 'Hey mejor amigo,

Ryan, estoy aburrida, sola y ardiendo como el infierno?' me refiero a que, se pensaría que tiene la peste por la forma en la que las estás evadiendo. No puedes soportar que haya tenido una probadita de la verdad en Nueva York."

"Jenna," Aaron la riñó. "No creo que estés ayudando en esta situación."

"Él debería saber por lo que ella está pasando, Aaron. Además, qué te dijo ella de nuestro viaje?"

"No mucho," murmuré, manteniendo mis ojos pegados al camino frente a nosotros, calculando mentalmente cuanto tardaríamos en llegar al hotel.

"Mmm, bueno, quizá deberías preguntarle. Tu sabes que ella vio la carta."

Mi corazón se hundió. "Mira, aprecio que te preocupes por Julia. Lo hago. Pero qué *demonios* sabes tú acerca de lo que *yo estoy pasando*. Vivo en agonía. Estar cerca de ella y no poder tocarla o decirle cómo me siento me está matando. Pues no me digas que me calme una mierda cuando ella sale y busca con quien reemplazarme." La miré seriamente.

"Pero tú si puedes tocarla y decirle cómo te sientes, si no fueras tan jodidamente obstinado! Ella no quiere reemplazarte gran idiota. Eso estoy tratando de decirte! Sigue con tu cabezota enterrada en la arena si eso es lo que quieres. Por mí está bien."

Cruzó los brazos y no dijo otra palabra. Estábamos cerca del hotel y me detuve a pensar en lo que iba a hacer.

"Aaron, puedes dejarme bajar y encontrarnos dentro? Jen, aleja a Julia de la mesa solo por un momento, por favor. Tengo unas cosas que decirle a ese pendejo."

"Ryan, no hagas una escena," advirtió Aaron.

"Esa no es mi intención. Pero le voy a dejar claro qué coño está pasando. Él siempre ha sabido que estamos juntos. Es decir, quién demonios se crees que es?"

Aaron se detuvo en el bordillo y abrí la puerta. "Ryan, respira profundo. Piensa en Julia. Ella solo quería salir del departamento," dijo él.

Espero que eso sea todo lo que ella quería, pero las palabras de Jenna daban vueltas en mi cerebro. Mantuve mi distancia y quizás ella pensó que no me importaba. Mierda, yo nunca le dije que estábamos juntos de esa forma, pero se sentía como si ella supiera. Después de Nueva York tenía que saber.

Inhalé tan fuerte que parecía que mis pulmones explotarían. "Te veo adentro." Halé el cuello y puños de mi camisa en un último fallido intento de calmarme. *Causa perdida.*

Entré al hotel y fui directo al salón Bristol Lounge y le dije a la anfitriona que iba a verme con alguien que ya estaba allí. "No pensamos que podríamos llegar, pero su fiesta para dos se convertirá en una fiesta para cinco. Podría acomodarnos." Traté de calmar mis nervios pero mis manos aún estaban temblando. La agitación de los nervios me hizo pasar las manos por mi cabello varias veces mientras esperaba su respuesta.

"Sí, señor." Con su mano indicó el salón. "Puede verlos? Quizá ya ellos estén en una mesa que sea apropiada? Si no es así podemos moverlos." Mis ojos revisaron el salón y muy pronto encontré a Julia y Moore en una mesa cerca de la ventana. El lugar era elegante con mantelería blanca y música suave que venía de la pista de baile que estaba al frente del salón. Era una mezcla de ritmos latinos y rock suave con montones de guitarra acústica. Algo que particularmente Julia amaría. Mi corazón se hundió hasta mi estómago y mi piel se sentía como si estuviera en llamas. Podía sentir el calor hervir en mi pecho y subir por mi cuello y mi cara. Mi mandíbula sobresalía en determinación.

"Los veo, y creo que la mesa es suficientemente grande. Puede por favor solo traer una silla más?" dije educadamente tratando de enmascarar lo furioso que estaba. Caminé hacia ellos y observé la escena. Julia estaba sentada de espaldas a mí; su hermosa trenza fluía hacia abajo sobre el escote de la espalda de su vestido negro en elegantes ondas hasta el medio de su espalda, y la cremosa piel de sus hombros estaba ahí para que el mundo la viera. Una neblina roja cubrió mi visión, apreté los diente y mis uñas se clavaron en las palmas de mis manos hechas puños.

Moore estaba hablándole suavemente con una engreída sonrisa en sus delgados labios, sus ojos recorriéndola. Los pensamientos que pasaban por su cabeza eran claros en su expresión. Quería partirle la jodida cara. Apenas estaba en control cuando finalmente alcancé la mesa.

Él me vio primero, se puso rígido y se detuvo en mitad de la oración. Me detuve a unos pocos pasos detrás de Julia y esperé. Cuando el dejó de hablar completamente y se quedó mirándome, ella finalmente volteó y miró sobre su hombro.

Su boca quedó abierta y una expresión de conmoción cruzó sus delicadas facciones. "Ryan," jadeó mientras sus ojos encontraron los míos. Qué esperaba que yo hiciera bajo estas circunstancias?

"Buenas noches, Julia. Dr. Moore." Saqué la silla que estaba junto a la de ella. "Puedo unirme a ustedes por unos minutos?" me senté sin esperar una respuesta.

El otro hombre abrió su boca y la cerró rápidamente.

"Por supuesto," murmuró Julia, aún impresionada mientras sus ojos miraban mi chaqueta, la camisa blanca y luego volvió a mi rostro. Frunció el ceño y luego sacudió ligeramente la cabeza. "Q…Qué estás haciendo aquí?"

"Aaron y Jen iban a salir y yo moría de hambre. No he comido desde esta mañana." Le hablé a ella pero mis ojos se estrecharon en el otro hombre. "Aaron sugirió este lugar. Que coincidencia encontrarlos aquí."

"Sí. No lo es?" Moore empujó su silla hacia atrás un poco y lanzó su servilleta sobre la mesa.

"Nosotros acabamos de ordenar, por qué no se unen a nosotros para cenar?" Julia miró ansiosamente a su cara. Ella sabía malditamente bien que esto no era ninguna coincidencia.

Mis ojos estaban pegados a Moore y las esquinas de mis labios se torcieron en las esquinas ligeramente con su invitación. Qué creías? Que ella iba a decirme que los dejara a los dos solos? Jodidamente difícil.

"Eso sería agradable, gracias. Te ves preciosa, nena," hice mi voz acariciante a propósito. "Spencer, te importaría?" Mis ojos lo desafiaban a decir que *no*. Me quedé en la silla junto a Julia, mis labios aun torcidos ante su enojada expresión. La mesera trajo otra silla y la ubicó al otro lado de la mesa.

"No, para nada," con una apretada sonrisa. "Julia y yo solo estábamos hablando."

"Oh? Interrumpí una sesión de terapia? Y, en el Four Seasons, nada menos." El sarcasmo se desbordaba en cada palabra.

Julia me dirigió una mirada que decía que yo estaba rebasando los límites. Afortunadamente, Aaron y Jen se acercaron a la mesa.

"Julia, que adorable encontrarte aquí," dijo jovialmente Aaron, ella se removió incómoda en su silla.

"Hola, Julia. Es agradable verlo Dr. Moore," dijo educadamente Jenna mientras tomaba su asiento entre los dos hombres. "Ya han ordenado?"

Julia se inclinó hacia mí cuando la mesera nos trajo los menús. "Pensé que no llegarías a casa hasta tarde."

"Ah ja. Supongo que las *diez* es tarde cuando te despiertas a las *cinco de la jodida mañana*," dije cortante en voz baja, para que solo ella pudiera escucharme. Se puso rígida y volvió a su posición original. Instantáneamente me arrepentí de decir las palabras que la alejaron.

Mierda.

La conversación superficial continuó hasta que ordenamos y luego me recliné y miré a Moore fijamente. Puse incómoda a Julia, pero es que apenas podía contenerme de volar sobre la mesa y estrangular al pequeño bastardo. Yo sabía en qué andaba, incluso si Julia lo ignoraba.

Justo a tiempo, Jenna entró en acción.

"Julia vendrías conmigo al baño? Se ha roto mi cremallera y necesito tu ayuda para colocar un alfiler atrás." Las esquinas de mi boca se levantaron mientras asintió y ambas se levantaron de la mesa.

"Oh, por supuesto. Por favor excúsennos," dijo Julia y se fueron, todos nos levantamos mientras se iban. Mis ojos detallaron el resto del vestido, como abrazaba sus perfectas curvas y dejaba sus largas piernas visibles desde seis pulgadas sobre la rodilla, hasta los zapatos de tacón alto que yo amaba en ella.

Normalmente, yo estaría completamente excitado, pero estaba lívido de que ella se vistiera sí para otro hombre.

"Bueno, bueno, bueno," Aaron comenzó y frotó sus manos mientras retomábamos nuestros asientos. "Esto debería ser divertido. No había visto a mi hermanito tan agitado en años." Levanté una mano para indicarle silenciosamente que me dejara hablar.

"Qué cree que está haciendo Dr. Moore? Esto está seriamente cerca de cruzar los límites de la ética profesional," dije fríamente.

Él se acomodó en su asiento, alisando la parte frontal de su camisa con su mano izquierda. "Julia ya no es mi paciente. Somos amigos, así que no tiene nada que ver," contestó, su tono era plano. Mi pecho se comprimió. "Ryan, esto es evidencia de cómo ha cambiado Julia. Seguramente, te lo hubiese contado si fueran tan cercanos como tú crees."

Me enfurecía más y más con cada sílaba que completaba. "Usted no sabe nada de nuestra relación o de los sentimientos que hay entre nosotros. Ella es mía y le haría bien recordarlo. Si piensa que permitiré que un pequeño pendejo haga avances hacia ella, entonces, está seriamente equivocado. Le diré todo, incluso a riesgo de lastimarla antes que perderla."

Aaron se sentó hacia atrás, mirando entre los dos, frotado su mandíbula y sonriendo inocentemente.

"Eso logrará exactamente lo que temes. Julia puede tener diferentes sentimientos ahora. Ella me cuenta que ustedes solo son amigos. Puede que tengas que aceptar que eso es todo lo que ella quiere ahora."

"Hmmf." Resoplé. "Jodidamente equivocado. Ella no le dice todo. Nunca debí escucharlo."

Él se encogió de hombros. "Claramente, ella tampoco le está diciendo todo, Ryan. El hecho es que ella no está lista para recordar la pérdida. No sería lo mejor para ella decírselo o consumar su relación, lo cual puede ser un catalizador. Ella ha llegado a importarme como a usted. Simplemente estoy tratando de ofrecerle amistad y guía."

"Trayéndola a un *hotel*? Está loco si cree que no me doy cuenta qué se propone. Debería sacarle la mierda a golpes aquí y ahora. Nunca la tocará mientras me quede un aliento para impedirlo," gruñí. Quería matar al bastardo. Mi respiración se aceleró y mi corazón se sentía como si fuera a escapar de mi pecho. "Nunca ponga en duda que nuestra relación ya se ha consumado miles de veces. Ella sabe que me pertenece a mí aun si no lo recuerda. Ella perdió a mi hijo. *Mío*." Mi garganta se estrechó y mi visión se hizo borrosa.

"Cálmese, Ryan. Está exagerando. Entiendo que sus emociones estén fuera de control pero está mal interpretando completamente mis intenciones. Este es un lugar agradable y ella merece una noche fuera. Por lo que Julia me cuenta usted nunca está cerca y siempre la aleja. Ella está confundida con las señales mezcladas. Ella necesita pasar tiempo con alguien más… emocionalmente accesible."

"Bastardo," solté, "Julia está al tanto de mis obligaciones en este momento. Usted no sabe nada de sus necesidades." Iba a decirle que la conocía mejor que nadie más, pero las chicas volvieron a la mesa. Julia me miró a la cara y sus cejas cayeron en señal de preocupación. Tragó como con un nudo en la garganta y miró a Moore. La rabia me llenó porque a ella le importara cuál sería la jodida reacción de él.

La mesera trajo nuestras comidas y ordené una botella de vino blanco que sabía era uno de los favoritos de Julia. Jenna luchaba por mantener la conversación y Julia y Moore hablaban de cosas sin importancia, pero sobre todo, pasé la comida agonizando. De repente mi voraz apetito había desaparecido.

Bebí tres copas de vino, pero no comí más de tres bocados.

"Ryan, pensé que morías de hambre," Julia se inclinó hacia mí y su perfume se hizo más pronunciado, yo le regalé ese perfume el año en que nos conocimos y ella había usado ese desde entonces. Mis ojos pasearon por la traslucida piel de su hombro, sus brazos desnudos y luego sobre la cremosa curva de sus pechos que era visible sobre el vestido.

"He perdido el apetito," dije simplemente. "Te ves… asombrosa."

Sonrió suavemente. El cumplido la complació mucho. "Gracias."

"Tú sabes lo impactante que eres y no creo que lucir hermosa evite que me sienta furioso."

"Por qué estás molesto?" Ella sonrió y luego mordió su labio en un intento de no reírse. Sus ojos centellaron y la vela en mi corazón permaneció elevada y quieta.

"Deja de azuzarme, Julia. Qué demonios estás haciendo aquí con él?" Ella comenzó a responder pero el mesero llegó a retirar nuestros platos. Le hice una señal con la mano para que se acercara. "Tendrá un pedazo de papel y una pluma, por favor?" Los ojos de Moore aterrizaron en mí varias veces durante la comida y luego su mirada siempre se asentaba en Julia. Decidí mostrarle que ella si recordaba a muchos niveles que ella me pertenecía por su propia voluntad.

Escribí el título de la que se había convertido en *nuestra canción* desde aquella navidad en Estes Park, Colorado cuando le di el brazalete hace cuatro años; desde la primera vez que hicimos el amor escuchándola. *Dios, acaso ella recordaría la letra, recordaría por qué siente su muñeca vacía?*Le di la nota y en un tono muy bajo le pedí entregarla a la banda.

"Qué estás haciendo?" cuestionó Julia.

"Nada," dije. Sabía que ella había sentido que la alejaba, pero yo quería su reacción verdadera cuando escuchara la canción.

"Bueno, deberíamos retirarnos por esta noche?" preguntó Moore rígidamente. "Julia, yo puedo llevarte a casa."

Me reí amenazadoramente. "No lo creo. Ella vive conmigo, así que obviamente se irá conmigo. No te esfuerces." El vino me había relajado hasta un punto, pero aún estaba al borde. La expresión restringida de Julia decía que la confrontación la estaba afectando, pero yo necesitaba que nos quedáramos donde estábamos hasta que la canción comenzara. "Además, estoy disfrutando la música y estoy seguro que a Julia le gustaría estar fuera por un rato, no es así, cariño?"

Sus ojos se iluminaron y asintió.

"Seguro. Spence… quieres quedarte?" preguntó.

Esperaba que lo hiciera. Si él se iba, no iba a presenciar lo que yo sabía que estaba a punto de pasar.

"Qué demonios, quedémonos *todos*!" Mostré una sonrisa que no alcanzó mis ojos.

"Oh Dios," murmuró Aaron.

"Oh mierda," agregó Jen. "Esto tiene que ser bueno."

"Okey, me quedaré," respondió Spencer.

Ayudé a Julia con su silla y coloqué una mano en la parte de atrás de su cintura. Encontramos una mesa más cerca de la pista de baile. Necesitaba coraje líquido, así que fui al bar y ordené una ronda del trago favorito de Julia.

Coloqué los shots de limón frente a cada uno, levanté mi vaso y esperé a que Julia levantara el de ella.

"Esto me gusta?" preguntó con una suave risa.

"Sí. Aunque, Ellie los detesta." Ambos tomamos nuestras bebidas y ella arrugó su cara.

"No esperaba que fuera agrio, pero es bueno."

La música era suave y cuando Moore se levantó y se dirigió a Julia. Me tensé. Él de verdad amaba el peligro. Mi mandíbula se apretó cuando él extendió una mano hacia ella. Todo lo que podía pensar era que sus manos estaban a punto de estar sobre el cuerpo de Julia.

"Julia, bailamos?"

"Ah…" mordió su labio. Pude sentir su mirada pero no la miré. "Okey."

Lo observé llevarla a la pista de baile, suspirando profundamente.

"Ryan, es solo un maldito baile," Jenna me previno.

"Lo sé," asentí, con los ojos aun sobre Julia. "Pero él la desea."

"Ella es una hermosa mujer. Los hombres van a desearla, y… las mujeres a ti, también. Solo mira a esas dos en el bar. Te están desvistiendo con los ojos justo ahora." Yo ni siquiera lo había notado. "Quizá debería sacar a bailar a alguna. Dale de su propia medicina," sugirió.

"Jen, esto no es un maldito juego," le soltó Aaron. Aparentemente, nuestro pequeño altercado en el gimnasio había clarificado su forma de pensar.

"Sí, eso solo confundiría más las cosas," concordé, nunca quité los ojos de la pareja en la pista de baile. Él sostenía su mano en la de él, mientras la otra descansaba ligeramente sobre su cintura. Algo más y estaría saliendo de mi asiento como una ráfaga. "De cualquier forma, no estoy interesado."

Aaron se levantó. "Okey, bien, le mantendremos un ojo encima, entonces." Llevó a bailar a Jenna, dejándome solo en la mesa. Alcancé el vaso casi lleno de Jen, y me lo bebí en un solo trago. Ordené otra ronda mientras la canción terminaba y todos volvieron a la mesa. Julia se sentó y yo halé su silla más cerca de la mía.

"Pasaste un buen rato?"

"Estuvo bien," solo dijo eso. Moore tomó la silla a su izquierda así que ella quedó efectivamente siendo el sándwich entre ambos, pero la mesa era redonda así que él y yo estábamos uno frente al otro.

"Mmmm…" contesté mientras lancé el dinero a la mesera que trajo los tragos.

"Salud, Spencer." Levanté mi vaso y esperé que él levantara el de él. Su nombre se sentía como ácido en mi lengua.

"Gracias, Ryan."

"No hay problema." Ambos bebimos al mismo tiempo.

"Es tu intención embriagarte?" Julia preguntó, con irritación envolviendo cada palabra.

"No. Mi *intención* es *atontarme* para que al ver a algún bastardo poner sus manos sobre ti no me enfurezca tanto." Nos miramos el uno al otro sin titubear, con nuestros ojos trabados. La piel de sus mejillas se enrojeció hasta que finalmente ella desvió la mirada y se unió a la conversación de los demás.

Mientras los acordes de la canción comenzaron, me recosté en la silla y esperé que comenzara la letra. La guitarra acústica y el bongo llenaron la habitación con las suaves y sedosas notas.

Sus ojos volaron a los míos, el deseo se levantó dentro de mí como una cosa tangible, mi cuerpo reaccionando ante la intensidad de sus labios separándose y su manó alcanzó la mía.

Me estimuló a actuar. Mis dedos se cerraron alrededor de los de ella y me levanté de mi silla, lentamente levantándola conmigo, mis ojos nunca se apartaron de los de ella.

No hablamos, solo sostuvimos nuestras manos mientras nos movíamos a la pista de baile. La tomé en mis brazos, atrayéndola cerca de mí y llevé mi cara hacia su cabello. Mis manos la presionaban contra mí, sus abultados pechos presionados contra mi pecho. Sus manos se deslizaron por dentro de mi chaqueta para tomar en sus puños la parte de atrás de mi camisa. Sentí que si no la besaba, moriría justo ahí. Mis ojos buscaron su boca y ella levantó su cara en silencioso permiso mientras cerraba sus ojos.

Dejé que sucediera. Lo deseaba. Lo necesitaba como el aire para respirar. Nuestros cuerpos se balanceaban juntos mientras nuestras bocas se alimentaban mutuamente una y otra vez. Las palabras de la canción comunicaban lo que yo necesitaba que ella supiera… mientras mi boca iba por más. Beso tras beso, no conseguíamos que fuera suficiente, nuestros labios apenas se rozaban y finalmente se probaron, absorbiendo uno al otro como si muriéramos de hambre.

Presioné mi rigidez a la suavidad de su estómago porque no pude evitarlo y ella gimió en mi boca. "Ang…" deslicé una mano por la parte de atrás de su cabeza y por dentro de su cabello, con nuestras bocas inclinándose una sobre la otra para poder estar más cerca, nuestras lenguas deslizándose una dentro de la boca del otro como lo habían hecho millones de veces antes. Tan familiar. Tan absolutamente delicioso.

"Julia…" arrastré mi boca por su mandíbula y hacia arriba por su sien mientras la música terminaba. Era tan ardiente entre nosotros que yo estaba seguro que todos los demás en la habitación debían estar en llamas, pero lo único que pude hacer fue descansar mi frente sobre la de ella y mirarla profundamente a los ojos. Mis dedos acariciaron suavemente su mejilla mientras me alejé ligeramente. "Dios, nena…"

"Mmmm, ah."

"Salgamos de aquí." Susurré con mi boca flotando sobre la de ella. Ella asintió muy ligeramente y el movimiento logró presionar sus labios de nuevo a los míos.

Dejé un solo suave beso más en su boca abierta, antes de soltarla, entonces entrelacé nuestros dedos y la guie de vuelta a la mesa. Me detuve brevemente para hablar con los otros mientras Julia recogía su cartera de mano de la mesa. Aaron y Jen sonreían, no necesitaba preguntarle a Julia si estaba bien que nos fuéramos, podía sentirlo en la forma en la que aferraba mi mano, y en como su otra mano estaba alrededor de mi bícep.

"Nosotros nos vamos. Nos vemos en casa chicos." Miré hacia abajo a Moore, quien se veía, avergonzado y constreñido. Hice una mueca de sonrisa casi contra mi voluntad. "Buenas noches."

"Adiós." Dijo Julia mientras nos movíamos a la salida, con mi mano aún enredada en la de ella posesivamente.

La saqué y le pedí al empleado que nos consiguiera un taxi. La briza pasó y ella tembló. Le di al empleado un billete de diez dólares y me saqué la chaqueta para colocarla sobre sus hombros; luego envolví mis brazos alrededor de ella.

Ella no habló pero se derritió contra mí, descansando su cabeza sobre mi hombro luego que subimos al taxi.

Inhalé profundamente. Esta era mi bebé en mis brazos. Finalmente en mis brazos; como antes. Ella llevó su cara hasta mi cuello y yo apreté mi agarre.

"Conozco esa canción," susurró.

"Sabía que la reconocías cuando tomaste mi mano bajo la mesa. La mirada en tu rostro hablaba fuertemente por sí sola."

"Me hace sentir…" se detuvo y yo esperé ansiosamente. "Como que necesito estar más cerca de ti."

"A mí también. Esos besos fueron asombrosos, cariño," susurré contra su cabello. Su mano se apretó en mi brazo y asintió.

Cuando el taxi estacionó fuera del departamento, renuentemente la solté para pagar. Le ofrecí mi mano y ella la tomó, y salió para estar a mi lado.

Una vez que estuvimos dentro, deslicé la chaqueta fuera de sus hombros y la colgué en el respaldo de la silla de la cocina. Ella caminó a la sala y se sentó en el sofá en la oscuridad.

No estaba seguro sobre qué había recordado ella o qué estaba sintiendo, pero quería estar más cerca de ella, lentamente alcancé su mano otra vez. "Julia… quieres hablar?" mi cuerpo dolía y lo único que quería hacer era presionar su espalda contra los cojines y besarla una y otra vez.

"No lo sé." Sus ojos buscaban en los míos entre la oscuridad. "Temo que si hablamos de lo que acaba de pasar allá… desaparecerá."

"No, no lo hará, nena." Apenas pude hacer que salieran las palabras.

Ella se estiró y tomó la mano que yo le ofrecí. Mi pulgar frotaba la parte de arriba de su mano una y otra vez. Estaba seguro, de que si trataba de hablar mi voz delataría mis emociones. Quizá la asusté y ella solo necesitaba algo de espacio, pero el silencio era como un inmenso y jodido signo de exclamación sobre la sesión de besos del salón de baile.

Yo ansiaba su boca y su cuerpo. Deseaba sentir sus manos en mi cuerpo, hundirme en su suavidad, perderme en nuestro increíble amor… aun así, solo nos sentamos en la oscuridad. No sabía qué decir para hacer las cosas bien. El aire vibraba alrededor de nosotros en silenciosa anticipación, pero ninguno de los dos se movió.

No podía soportarlo. Tenía que escapar porque si no lo hacía, iba a hacerle el amor aquí mismo en este sofá. Mi cuerpo palpitaba con el dolor de mi corazón, ambos al punto del dolor físico. "Julia, cariño, creo que necesito… ah, estar solo por un ratito."

Aunque ella luchó, yo pude ver el dolor detrás de sus ojos. Ella mordió su labio y pasó su mano por su cabello. "Te vas?" dijo, el palpitar en su voz aterrizó en mi corazón y en mi estómago como una piedra. "Estás enojado conmigo? Yo no quise…"

Consideré qué decir. Enojado no era la palabra adecuada. Herido, devastado, roto quizá, pero cualquier rabia que sintiera no era dirigida a ella. Aclaré mi garganta, tratando de controlar las emociones.

"No, no estoy enojado, corazón." Me incliné para besar su frente y luego hablé contra ella. "Yo solo… voy a tocar el piano por un rato. Después de toda esa mierda con Moore y luego el baile, estoy bastante tenso y agitado." Rocé la parte de atrás de mis nudillos por su mandíbula y me alejé para mirarla a los ojos. Ella era tan hermosa, literalmente me dejaba sin aliento. Me dolía mirarla. El pesar, el dolor... el *deseo*, todo ahí para que yo pudiera verlo.

Ella tragó con tanta dificultad que pude ver su garganta contraerse, pero asintió. "Lo siento."

Detuve mi intento de apartarme de ella. "Hey." Subí su cara por la barbilla con mi dedo índice. "Vivir así de cerca, está destinado a ser duro. Eres increíblemente hermosa y yo soy solo humano. Es por eso que no he estado por aquí tanto. Pensé que lo haría más fácil. Lo siento. Debí saber que me necesitabas."

Y... estoy tan enamorado de ti que apenas puedo respirar. Te deseo malditamente tanto que siento que voy a explotar.

Sus ojos verdes se derritieron cuando me miró, inclinándose hacia mí ligeramente. El calor que su cuerpo irradiaba hacia el mío hacía mi deseo aún más pronunciado. No quería nada más que tomarla en mis brazos y hacerle el amor hasta que quedara sin aliento y agotada. Mi pito estaba tan hinchado, que creí que reventaría la cremallera de mis pantalones. Palpitando, ansiaba el alivio que solo Julia podía darme. Se sentían como años desde que sostuve su cuerpo desnudo por última vez y me hundí profundamente en su suave calor.

"¿Debería irme? ¿Volver a Nueva York? ¿Lo haría más fácil para ti?"

No dudé. "Julia, no. Solo es difícil estar así de cerca de ti, sintiéndome como lo hago. Como dije... soy solo humano."

"*Sé* humano, entonces," casi lo gimió, y mi respiración se detuvo en mi garganta. No pensé que sería capaz de hablar sin que mis emociones drenaran, pero tampoco podía estar así de cerca de ella. Estaba perdiendo el agarre de mi cuidadosamente vigilado control. Acaricié su mejilla con mis nudillos otra vez.

"Nena, sabes que no podemos hacer esto justo ahora. Lo siento."

Volteé y caminé por el pasillo hasta mi habitación, cerrando la puerta cuidadosamente detrás de mí. Sabía que ella estaba confundida. *Joder, yo estaba confundido* y era una aberración dejarla después de lo que pasó en la pista de baile. Me incliné contra la puerta tratando de escuchar qué estaba haciendo ella. No había ni un solo sonido.

Me alejé de la puerta, mi cuerpo aun ardía por los eventos de la tarde. Mi mente también. Lleno de su sabor, su olor, la sensación de sus partes suaves presionadas tan íntimamente contra mí y esos besos que removían el alma.

Todo en mí me decía que solo la tratara como si fuera mía, como si fuéramos nosotros, como si estuviéramos destinados a estar juntos. Ella recordó la canción, y quizá yo no había jugado limpio, pero maldita sea! No iba a dejar que ese hijo de puta hiciera una movida con ella, era mía. Inhalé profundamente y giré la perilla de la puerta abriéndola silenciosamente, necesitaba saber que ella estaba bien. El departamento estaba oscuro y callado.

Acaso se fue? Entré en pánico, pero entonces escuché el sonido de su suave llanto desde la sala. No podía quedarme lejos y rápidamente salí por el pasillo. Julia aún tenía puesto su vestido, acurrucada en el sofá y abrazando una almohada fuertemente contra su pecho. Ansiaba consolarla, pero qué le diría? No estaba seguro, pero tenía que decir algo. Me senté en el suelo al lado del sofá, mirando hacia ella necesitando ver su hermoso rostro.

"Vete," murmuró con la cara en la almohada y giró para darme aún más la espalda. "Solo… déjame sola, Ryan, *por favor.*"

Estiré una mano tentativamente hacia ella y comencé a frotar su espalada. Ella se puso tensa, pero yo continué mi masaje gentilmente hasta que ella comenzó a relajarse finalmente.

"Julia, lo que menos deseo en el mundo es lastimarte. Yo…" quería tanto decirle que la amaba. "Yo te adoro. Tu sabes eso, no es así?"

"Entonces por qué haces esto? Por qué no me dices nada? Se siente como que tú quieres que yo sepa. Se sentía como si me desearas cuando estábamos bailando." Su voz temblaba y mi corazón dolía por nosotros.

Suspiré pesadamente y dejé caer mi cabeza. Inclinando mi codo en el sofá, sostuve mi cabeza en mi mano, deslizándome más cerca.

"Podrías voltear?" Pregunté suavemente. "Julia, por favor." Finalmente, cambió ligeramente de posición y bajó la almohada. El maquillaje dejó un rastro en sus mejillas y sus ojos aún estaban vidriosos. Me estiré para limpiar sus lágrimas con mis pulgares, frotándolos contra su piel una y otra vez en lentas caricias. "*Sí.* Quisiera poder decirte. Y, sí te deseo. Tú sentiste qué tanto." Pausé. "Después de esta noche, para mí es aparente que Moore tiene motivos ulteriores, así que no quiero confiar en él, pero... obviamente le importas. Pienso que él de verdad cree que tú necesitas recordar por ti misma. En eso al menos, confío en él."

"Qué pasaría si me dices? Qué es a lo que todos le temen?"

La miré a los ojos y limpié un sendero dejado por una lágrima.

"Si intentamos forzarlo, podría ser demasiado para ti y, o nunca recuperarías la memoria o quizá no me perdones. Yo no podría soportar perderte."

"Perdonarte por qué?" Ella tenía la pequeña arruga sobre su nariz cuando frunció el ceño y sacudió su cabeza. "Yo no entiendo."

Mi ceño cayó mientras consideraba qué decir. Miré hacia abajo por un minuto antes de contestar, considerando cuanto debería decirle, pero ella merecía algo. Ella estaba sufriendo y yo no soportaba ver sus lágrimas. Tragué y me obligué a mirarla. "Por hacerte recordar algo que tú querías olvidar." Con mi mano recorrí su hombro y su espalda. "Puedes confiar en mí? Créeme, no hay nada que yo quiera más en el mundo que, que tú recuerdes, pero tenemos que tomar las cosas con calma. Yo no voy a herirte de *ninguna manera.*"

"Sé que nos amamos, Ryan. No puedes al menos reconocer eso? Por qué todo el mundo insiste en que solo somos buenos amigos? Yo siento que somos demasiado más."

"Éramos amigos primero, pero sí... hubo un montón más." Su mirada era intensa y brillante con la luz de la luna que atravesaba la ventana. "Por favor no presiones por más esta noche, cariño. Sé que esto es difícil, pero dará resultado, mi amor." Sus ojos se abrieron e inhaló violentamente. Pasé un dedo por un lado de su cara, mis ojos cayeron a su boca. Mis pensamientos volvieron a los besos de la pista de baile hace rato. Yo quería más con tantas ganas que mi boca se secó. "Sí. *Mi amor*, okey?" asintió tan ligeramente que apenas lo vi, pero sus ojos se llenaron de unas lágrimas que removían mi debilitado corazón.

"*Siempre*. Ahnggg," aclaré mi garganta. "Necesito ir a tomar una ducha. Quieres dormir en mi habitación esta noche?"

"Contigo? Quiero estar cerca de ti."

Me puse rígido y ella lo sintió. No quería nada más que envolverme alrededor de ella, pero sería una tortura detenerme ahí.

"Ahnnn, Julia," gruñí. "No creo que eso sea muy sabio, nena."

Ella asintió con cierta tristeza en su expresión. "Okey. Pensé que ibas a tocar el piano?"

"Después de mi ducha." Quería sostenerla, hacerle el amor, besarla por horas. Tenía hambre de tocarla; la soledad entre nosotros era como una rabiosa tormenta. Solo de mirarla sabía que ella también lo sentía.

"Estaría bien si escucho por un rato?" susurró y pasó un dedo ligeramente por mi mandíbula. Presioné mi mejilla contra su mano, queriendo sentir más de su toque.

Allá va mi necesario tiempo a solas, pero te necesito a ti más.

"Sí, *por favor*." Sonreí apenas visible y me incliné para besar un lado de su cara, respirando su esencia mientras mis ojos se cerraban. Perfume, fresias y Julia. "Estaré fuera de la ducha en un par de minutos. Si quieres tomar un baño cuando yo termine, esperaré que tú termines antes de comenzar a tocar. Sí?"

Ella asintió y pasó una mano por mi brazo mientras me levanté, sus dedos se cerraron alrededor de los míos mientras me alejé.

Dios, la amo. Estar cerca de ella así era lo que yo quería, aun así era tan doloroso. Fui al baño y me quité la ropa, colgué mi camisa detrás de la puerta y dejé mis pantalones y bóxer caer al suelo. Dejé correr el agua.

Mi pene todavía dolía. Pensé en masturbarme para encargarme de eso, pero no era solo tensión sexual. Sí, estar cerca de ella, saber lo asombrosos que éramos juntos en la cama, y no ser capaz de tomarla era una tortura, pero más que eso, la *extrañaba*. Había una profunda tristeza detrás del deseo y tratar de sacudírmelo no me llenaría. De todas maneras dudaba que pudiera venirme así. Necesitaba a Julia y solo a ella. La *deseaba solo* a ella.

Entré al frío rocío de agua y jadeé por la impresión. Estaba cansado y emocionalmente desgastado. Mientras mi erección se relajó, fui calentando el agua para aliviar el dolor en los músculos de mi espalda y cuello. El estrés de las largas horas en el hospital, las obligaciones estudiantiles y esta preocupación constante estaban volviéndome loco lentamente. Normalmente, me perdería en su suavidad, su aterciopelado toque, sus palabras calmantes y sus besos. Extrañaba esos besos casi más que todo lo demás. Esta noche en la pista de baile casi me deshago.

"¡Jesucristo!" dije en voz baja mientras volví a encender el agua fría y la dejé golpearme directamente en la cara. Me paré bajo la ducha hasta que comencé a temblar.

Abrí la puerta de la ducha, tomé una toalla y la puse sobre mi cabeza y comencé a frotar vigorosamente. Agradecido de que había retomado el control de mi cuerpo y suspiré de alivio mientras envolvía una toalla alrededor de mi cintura y llené la bañera para Julia. Agregué algo de las sales de baño que le encantaban, un sobrante de las veces que ella me visitaba. Mi corazón golpeaba fuerte al recordar los muchos baños a la luz de las velas que tomamos juntos. Me apresuré a ponerme unos pantalones y una camiseta, y luego abrí la puerta de mi cuarto, llamándola suavemente.

"Julia, dejé el agua corriendo para ti, cariño."

Ella no se había movido del sofá, pero ahora se levantó y caminó por el pasillo descalza en sus pantimedias. "Gracias." Dejó correr su mano por mi torso cuando pasó y aun sobre la camiseta su toque me quemaba. Los músculos de mi estómago se tensaron en respuesta mientras desapareció en el baño.

Pasé las manos por mi cabello húmedo y me senté frente al teclado, contemplando qué tocaría. Era obvio que la música detonaba cosas en su memoria. Yo estaba entrenado en piano clásico, pero muchas veces, escogíamos canciones contemporáneas y algunas veces ella cantaba. Eso era lo que yo más amaba. Ella tenía una maravillosa voz para cantar que se desperdiciaba mayormente en los confines del baño. Las esquinas de mi boca se levantaron ligeramente mientras dejaba mis dedos correr por las notas y la serie de acordes solo para calentar. Me senté en silencio por unos minutos, escuchando los sonidos del baño. El agua salpicando me producía ganas de atravesar la puerta y mirar su cuerpo desnudo, tocarla, tenerla… Mi cuerpo tembló de deseo.

Sacudí mi cabeza para aclararla. *Maldición, Ryan. La música, recuerdas?*

Esta era una oportunidad de darle una pista sin decirle hechos de su vida. Miré al techo mientras busqué en mí cerebro la canción correcta. *La sabía.* Comencé a tocar la suave y lenta melodía de una con la que ella estaba muy familiarizada. De hecho, era una canción de la que ella me había regalado las partituras porque quería escucharme tocarla. Era una tonada simple pero la letra era poderosa.

Debí saber que no podía tocar esta canción sin ahogarme. Cerré los ojos y dejé que mis dedos hallaran la melodía, perdiéndome en los recuerdos. Mi garganta se apretó; mi corazón latiendo pesadamente dentro de mi pecho. La puerta del baño se abrió silenciosamente, sacándome de mis pensamientos mientras mis dedos se detuvieron en las teclas.

Julia vino vistiendo solo la camisa que dejé colgada en la parte de atrás de la puerta. Estaba impactado con su sencilla belleza con el cabello recogido sobre su cabeza, y los botones de arriba abiertos justo sobre sus pechos, dejando las curvas desnudas a mi vista. Mis dedos ardían por estirarme y tocarla, por atraerla hacia mí, pero me obligué a continuar tocando mientras ella se movió hasta la cama detrás de mí, fuera de mi campo de visión.

Ella no habló, solo se sentó y escuchó. Mi mente volaba, preguntándome si reconocía la canción. No la escuché venir detrás de mí, pero sus dedos se enredaron en mi cabello y su otra mano descansó sobre mi hombro. Apenas pude evitar reclinarme hacia su suavidad para sentir sus curvas contra mí. Tomé un tembloroso aliento cuando su boca abierta se posó sobre la piel de la parte de atrás de mi cuello, su lengua lamiendo mi piel mientras se alejaba.

"La tocarías de nuevo, Ryan? Es tan inquietante y hermosa…"dijo en voz baja, sus labios flotando sobre mí. Podía sentir su aliento bañar mi cuello y oreja.

Estaba perdido bajo su toque. Qué podía hacer si no ceder a su voluntad? Asentí y comencé la canción otra vez mientras ella se movió con cuidado hasta mi lado y se sentó mirando hacia mí con el banco abrazado entre sus piernas, las puntas de la camisa blanca caían entre sus firmes muslos. La miré cuando la música comenzó. Julia inclinó su frente sobre mi hombro y una de sus manos sobre mi brazo. Mi cabeza se disparó a un lado cuando ella comenzó a cantar la letra, su otra mano frotaba mi espalda hacia arriba y hacia abajo.

Yo estaba muriendo. Las palabras eran tan poderosas y su voz me acariciaba; tenerla tan cerca y sentir sus manos sobre mí era como una experiencia religiosa. Apenas podía mantener mis temblorosas manos sobre las teclas.

Cuando la última nota se desvaneció, nos quedamos sentados en el banco, su cabeza aun descansaba contra mí. Besé su cabello y luego ella movió su cabeza lentamente hacia adelante y atrás contra los músculos de mi hombro.

"Recuerdas algo acerca de esa canción? Aparte de la letra?" Pregunté en un ronco susurro con mis labios aun contra su cabello. Olía tan tentadoramente que mi cuerpo se reavivó nuevamente, pero su cercanía era algo que yo tenía que tener.

"Sí. Yo te regalé las partituras, cierto?"

Mi corazón saltó. "Ah ja. Hemos hecho esto antes. Yo toco, tu cantas." Pasé mi brazo alrededor de ella, acercándola más. "Estás bien?"

"No," comenzó a decir. "No creo que lo esté." Su voz era débil y temblorosa. No estaba seguro si era por tristeza o deseo.

"Julia, qué puedo hacer para hacer esto más fácil?"

Se encogió de hombros pero no levantó su cabeza su mano se estiró para deslizarse por mi muslo hacia abajo hasta llegar a la parte interna de mi rodilla.

"Esta noche, bailando… se sentía que era lo correcto estar en tus brazos, Ryan. Quiero más."

Cerré los ojos. *Yo también quiero más pero no sé si podré detenerme ahí.*

Mi mano se deslizó hacia arriba por su espalda, hasta la parte de atrás de su cabeza y enredé mis dedos entre sus cabellos. "Julia…" respiré.

Ella respiró temblorosamente, y su voz tembló. Mi cuerpo me traicionó y comencé a temblar, aunque luché para detenerlo.

"Ryan, quiero que me toques. Tú me haces…" Se detuvo y apretó mi muslo, levantando su cabeza para mirarme a los ojos. "Deseo…Quiero decir, cuando estoy cerca de ti, yo solo…" sus párpados se cerraron solo un poco y su boca se abrió ligeramente.

Podía ver el mismo deseo en su cara que yo había visto mil veces. Sabía exactamente lo que ella quería decir a pesar de que estaba luchando con las palabras. "Yo solo estoy…"

"Jodidamente *vibrante*?" pregunté con un gruñido.

"Sí," respondió sin dudarlo. "Me tocarías?" Tomó mi mano y la llevó hasta su pecho y trató de arquearse. El movimiento aún le causaba dolor. Sus ojos se cerraron y se mordió el labio. Dejé que mi mano se deslizara por la curva de su suave seno, sobre la tela de mi camisa y ella dejó salir un pequeño quejido. Mi cuerpo surgió en respuesta.

Giré y deslicé mis brazos alrededor de ella completamente, por debajo de sus piernas, trayéndola para sentarla sobre mí con las piernas abiertas alrededor de mi regazo, mirándome, pero con cuidado de no lastimarla. Mis músculos se flexionaban, pero ella era tan pequeña, que levanté su peso fácilmente.

"Eres tan fuerte," susurró, acariciando mi nariz con la suya y sus pequeñas manos se movían desde mi pecho hasta mis hombros. Sus labios estaban separados y su dulce aliento recorrió cálidamente todo mi rostro. Mi extensión se hinchó aún más levantando mis pantalones. No podía esconder mi deseo y tampoco quería hacerlo. Ella necesitaba saber cuánto la deseaba. Miré a sus profundos ojos verdes y descansé mi frente sobre la de ella.

"No sabes lo que estás pidiendo," susurré y aparté los cabellos sueltos en el lado izquierdo de su rostro. Me incliné para besarla donde había estado la herida de su cabeza, arrastrando mis labios por su pómulo y hacia abajo por su mandíbula. "Julia," susurré sobre su sedosa piel. "Dios, no sé si soy suficientemente fuerte para esto. Hueles tan bien."

Su cabeza cayó hacia atrás y gimió. "Ahhhhh…"

Mi mano izquierda hizo su camino hacia abajo por su espalda hasta su trasero y aunque sabía que no encontraría nada debajo, aun así terminé jadeando cuando mi mano apretó su nalga desnuda. La apreté más cerca, y le di un beso mojado, con la boca abierta en la curva de su cuello. Cuando sus manos se deslizaron dentro de mi cabello, con sus dedos apretando y halando, yo estaba perdido. Mis labios encontraron los de ella en un hambriento beso, mi lengua nunca dudó al enterrarse hasta la cálida profundidad de su boca.

Oh Dios mío. Ella me devolvió el beso con todo lo que tenía. Nuestras bocas comiéndose y succionándose una a la otra como si nunca fuéramos a parar. Con mis dos brazos la empujé más hacia mí y podía sentir el calor que salía de su centro y se filtraba hasta mis pantalones.

"Ahnnnn, Dios, Julia," gemí cuando ella arrugó ligeramente su cara. "Cariño, no podemos. Tu cuerpo no ha sanado suficiente, todavía." Mi boca flotaba sobre la de ella, sin querer perder ese contacto. "No quiero lastimarte."

"Vale la pena el dolor, Ryan. Por favor. Estoy… *muriendo.*" El aliento me abandonó inmediatamente mientras sus labios encontraron los míos otra vez. La besé más suavemente esta vez. Nada podría hacer que yo la lastimara. Sin importar cuanto doliera mi cuerpo o cuánto la deseara.

Algo parecido a un sollozo salió de ella y sus manos se deslizaron hacia abajo por mi pecho, masajeando los músculos. "He estado deseando tocarte de esta manera, Ryan. Eres tan hermoso."

"Julia… no sabes lo que me haces," gruñí mientras una de sus manos se cerró alrededor de mi pene sobre el pantalón. Mi cabeza cayó en su hombro mientras ella apretaba y halaba unas cuantas veces arriba y abajo por mi extensión, frotando su pulgar en la cabeza cuando llegaba arriba. "Detente, no lo voy a soportar," supliqué pero ella solo continuó el movimiento. "Agh…"

Mis manos se acomodaron en la parte de atrás de sus muslos y la levanté conmigo cuando me puse de pie, alejándonos del banquillo. Liberé sus piernas dejando que sus pies tocaran el suelo, pero aun apoyando su peso en mí con mis brazos alrededor de su espalda.

"Ryan, no…" me rogó. Sus manos vinieron a tomarme por las mejillas. "Por favor… no." sacudió su cabeza frenéticamente.

"Julia, tus costillas se lastimarán si hacemos el amor. No podrás aguantar el empuje sin dolor." Enterré mi cabeza en su cuello mientras hablé, "Santo Dios," gruñí.

Me senté en el banco frente a ella y recorrí con mis manos los lados de su cuerpo por debajo de mi camisa. No la desabotoné más de lo que estaba porque la visión de ella y su desnudez me volvería loco. Mis pulgares frotaron ambos de sus pezones mientras ella respiraba entrecortadamente. La besé en el medio del pecho y arrastré mi boca hasta su pecho izquierdo y mordisqueé el pezón a través de la tela.

"Ryan, Dios… esto es una tortura."

La volteé suavemente para que su espalda estuviera hacia mí y dejé que mis manos siguieran recorriendo su cuerpo, que se deslizaran sobre su cóncavo estómago, y los suaves rizos sobre su sexo. Mi cuerpo estaba tan duro que dolía, la piel que cubría mi pene estaba tan tensa, que pensé que se rompería. Con un gruñido dejé mi cabeza caer hacia adelante hasta que descansó contra su espalda justo bajo su hombro. Era una bendita y dolorosa tortura que nunca quería que terminara.

Mis manos, se cerraron sobre sus caderas y la impulsé hacia atrás. "Cariño, siéntate en mi regazo." Cuando hizo lo que le pedí mis brazos se envolvieron a su alrededor y volví mi cara hacia su cuello. "Voy a tocarte pero trata de no moverte demasiado… Quiero que esto sea todo placer. Por favor quédate quieta."

Mis manos se deslizaron hacia abajo por sus muslos hasta sus rodillas y las presioné hacia afuera para que se abrieran, trayendo mi mano de vuelta subiendo por la parte interior, por su aterciopelada piel. Podía sentirla temblando y casi me muero. "Oh, nena… extrañaba tocarte así." Las palabras escaparon de mi pecho en un gruñido gutural, pero no pude detenerlas. Separé mis piernas con las de ella enredadas sobre las mías, eso la abrió completamente para mí. Ella se inclinó hacia atrás sobre mi pecho y dejó caer su cabeza en la curva de mi cuello en anticipación.

Su respiración se cortaba mientras mis manos continuaban su recorrido sobre su torso, una mano se movía hacia arriba a su seno para apretar y juguetear con el endurecido pezón y la otra se deslizaba hacia abajo de su estómago y mucho más abajo.

La cálida humedad entre sus piernas era reveladora y gruñí contra ella, besando su cuello con la boca abierta, succionando su piel mientras dejaba que abajo mis dedos separaran la sensible piel. Ella jadeó cuando metí mi dedo medio dentro de ella para traer algo de la humedad hacia arriba, al lugar que ardía por mi toque, y comencé un lento y pulsante ritmo.

"Ahhhh…" respiró. Su espalda se arqueó y la sentí encogerse un poco de dolor.

"Julia, es acerca de placer… te haré venirte, pero quédate quieta o me detendré. No dejaré que esto te lastime." Me costó reconocer mi propia voz, era baja y animal. Decirle a la mujer que amaba que iba a hacerla venirse, hacía cosas asombrosas dentro de mí.

Volteó su cara hacia mí, mientras mis dedos trabajaban en ella, lentamente; su respiración se hizo más profunda y sus manos aferradas a sus lados. No quería parar de tocarla nunca. Quería prolongar esto para siempre y podía sentir lo sensible que ella estaba, jadeando cada vez que mis dedos se movían. Hice más lento mi ritmo, deseando que se formara lentamente, hacerlo asombroso cuando ella finalmente llegara al extremo.

Cerré los ojos y dejé que mis dedos trabajaran en sus pechos y su sexo. Escuchando sus gemidos y jadeos, sentí que yo podía llegar al orgasmo sin que ella me tocara siquiera. "Julia… sientes cuánto me posees?" gemí contra la suave piel de su cuello, su pulso golpeaba salvajemente contra mis labios. Tan dulce y viva. "Pero tú eres mía. Te pertenezco, pero tú siempre serás mía."

"Ryan… oh," gimió fuertemente y giró levemente la cabeza para poder besarnos. Su boca era frenética bajo la mía mientras yo succionaba su boca hacia la mía. Mi mano se cerró alrededor de su pecho y apreté suavemente, su pezón duro como la piedra y la humedad en los dedos de mi otra mano; hermosa evidencia de lo que podía hacerle. Mi corazón crecía, explotando de amor y orgullo porque esta magnífica criatura me pertenecía a mí. Aunque ella no recordara nuestro pasado, ella era mía y quería que lo supiera.

Empujé dos dedos dentro de ella y la sentí apretarse alrededor de ellos mientras los movía hacia adentro y hacia afuera de su apretada carne. "Uhhnnn, Ryan, no pares…" suplicaba sin aliento mientras yo buscaba ese punto ultra sensible dentro de ella que yo sabía que la llevaba a la inconsciencia mientras mi otra mano se movía hacia abajo para retomar lo que la otra dejó. Ella comenzó a estremecerse y sus piernas temblaban.

"Eso es. Sí, cariño…Julia, te deseo tanto. Todo acerca de ti es tan jodidamente hermoso." Moví mis dedos más lento, aligerando el toque pero sin detenerme, los espasmos dentro de ella se calmaron pero no desaparecieron por completo. Besé la tierna piel de su cuello otra vez y me moví hasta debajo de su oreja. Podía saborear el salado y casi desvanecido rastro de transpiración en mi lengua. Lamí la línea de su cuello y luego abrí mis labios y succioné, sintiendo la necesidad de dejar marcas en su piel. No importaba si alguien más lo veía. Ella sabría que estaba ahí, que yo había marcado su piel como mía. "Quiero… quiero dejar una marca."

"Lo que quieras," jadeó, su cuerpo aun temblando con los restos de la sensación del orgasmo. Succioné la piel detrás de su cuello fuertemente y luego suave. Alterné así por un minuto o dos y levanté la cabeza para tratar de ver en la oscuridad de la habitación. La piel era púrpura en un pequeño punto detrás de su cuello.

"Lo siento, cariño, pero tú me haces querer cosas que nadie más ha hecho que desee."

"Yo quiero tocarte," susurró. "Ryan, por favor."

Me levanté y la puse sobre sus propios pies en el suelo, y recorrí sus brazos con mis manos. Se volteó y se colocó de puntillas, con sus manos descansando sobre mi pecho. Levanté mi mano a un lado de su cara, con mi pulgar inclinando su cara hacia la mía y mis dedos envueltos en la parte de atrás de su cabeza, me incliné para besarla otra vez. Estábamos hambrientos. Para mí era la agonía de casi haberla perdido y las semanas atrás cuando la tuve cerca sin poder tocarla como hubiese querido hacerlo. Reduje la presión de mi boca sobre la de ella y me alejé ligeramente, pero sus labios se pegaron a los míos absorbiendo mi labio inferior entre sus labios. Cerré los ojos cuando mi respiración se cortó.

"Julia, vamos a acostarnos. Necesitas descansar." La guie hasta la cama y levanté las mantas. "Ven. Voy a arroparte."

Ella se deslizó entre las frescas sábanas y tomó mi mano. "Por favor, no te vayas."

Yo quería cada segundo con ella. Así que la dejé atraerme a la cama. Mi cuerpo aún dolía pero estaba tratando de tenerlo bajo control.

"Quiero hacerte sentir bien, también," susurró. "Eres tan increíble. Sabes exactamente cómo tocarme."

Me acomodé de lado hacia ella y descansé mi cabeza sobre mi mano. "Sí," fue todo lo que dije, mis ojos detallaron su ruborizada cara, aun en la oscuridad podía ver el color subiendo por sus mejillas. Estiré mi mano y toqué con la punta de mi dedo la punta de su pezón aun erecto.

"Has tenido mucha práctica." No era una pregunta. "Tocándome, quiero decir."

Observé el camino que mi mano recorría por su cuerpo hacia abajo y otra vez hacia arriba, deslizándola por la abertura de la camisa y tomando su pecho desnudo en mi palma. "Un poquito," admití suavemente, con seriedad, mientras mis ojos encontraban los de ella.

"Ryan, por qué no me dijiste que éramos *este tipo de* unidos?"

No podía decirle toda la verdad. No podía decirle que la pérdida del bebé le dolería como el infierno. Quería ahorrarle el dolor.

"Quería que me recordaras, que *nos* recordaras… y no quería asustarte."

Mi pulgar frotaba su pezón una y otra vez y mi cuerpo estaba listo otra vez. "Solo parecía importante. Todavía es así."

"Lo siento. Estoy intentando. Yo quiero recordar."

"Lo sé. No quiero que se pierdan todos los hermosos recuerdos entre nosotros." Mi voz se hizo profunda. "Me entristece, pero no lo lamentes, cariño. Volverá con el tiempo."

Incliné mi cabeza hacia la de ella y acaricié un lado de su cara con mi nariz. Quería distraerla. Además, no podía evitarlo. Deslicé mi mano hacia abajo y retomé los lentos movimientos que inicié en el banquillo del teclado. Ella un estaba mojada, y el orgasmo lo había acentuado aún más. Observé su rostro mientras las profundas sensaciones dentro de ella comenzaban a surgir otra vez mientras estábamos acostados allí en silencio. Mis dedos moviéndose lentamente, con suavidad una y otra vez.

Los ojos de Julia quemaban los míos. Mis ojos cayeron a su pronunciada pequeña boca y quise probarla. Subí los dedos y los metí en mi boca sorbiéndolos. Ella jadeó y yo gruñí.

"Ahnngg… Julia, eres tan dulce. Eres lo más delicioso que jamás he probado." Mi garganta se apretó y traté de tragar el nudo que las emociones levantaron en mi garganta. El amor era abrumador y difícilmente iba a saber cómo salvarme. "Quiero más. Quiero que te vengas en mi boca, Julia."

"Ryan, yo…"

"Shhhh… no digas nada. Solo déjame…" me moví y la levanté más sobre la cama y me incliné para besar su boca suavemente, lamiendo su labio superior antes de chuparlo con los míos. "Déjame," susurré contra su boca. "Quiero escuchar cada una de tus respiraciones, cada gemido… cada pequeño quejido que hagas en lo profundo de tu garganta, Julia. Me pone tan duro, te juro que estallaré."

Separé sus piernas con mi rodilla y me moví hacia abajo, mirándola a los ojos. Levanté las puntas de la camisa hasta que estuvo desnuda de la cintura para abajo y después separé sus piernas gentilmente para poder mirar hacia abajo al tesoro que yo buscaba. Ya podía oler su excitación.

"Julia… Dios! Me excitas tanto." Me incliné para besar su estómago bajo su ombligo y los músculos de su estómago se tensaron mientras me recosté entre sus piernas y comencé con besos mojados en el interior de sus muslos. "Relájate, nena. Yo ya sé lo bien que sabes y lo deseo con tanta fuerza. Quiero cada pequeña gota."

"Oh, Dios…" jadeó.

"Por favor trata de no moverte, mi amor."

"No puedo, Ryan. Es imposible." Susurró mientras volteaba su cabeza a un lado.

Su mano se hundió en mi cabello y la otra se estiró hacia mí sobre el colchón. La tomé y entrelacé nuestros dedos. Posé mi mano libre sobre la parte plana de su estómago sobre su hueso pélvico e incliné mi cabeza hacia la deliciosa piel que yo anhelaba.

Automáticamente, sus piernas se abrieron más, permitiéndome mejor acceso e involuntariamente movió sus caderas para frotarse contra mi boca. Fue extremadamente ardiente y me puso más duro que el acero. Me encontré moviendo mi propia cadera contra el borde de la cama en sincronía con ella mientras absorbía toda su dulzura, hasta que estuve gimiendo contra ella. Aunque le dije que no se moviera, me volvió loco. Yo moría de hambre y ella sabía tan bien. Me decía a mí mismo que fuera más lento pero estaba tan excitado por lo que estaba pasando, que no estaba completamente en control. Sintiendo su sedosa protuberancia palpitar en mi lengua, escuchar sus pequeños jadeos mientras se acercaba al extremo, y la fricción de mi pene contra la cama, sabía que me vendría con ella.

Me moví más abajo para poder empujar mi lengua dentro de ella y luego lamerla con largos movimientos. Sus temblores y contracciones alrededor de mi lengua me llevaron más allá del extremo. "Julia… vente para mí, nena," gruñí contra su sensible piel mientras yo mismo me vine con fuerza. Había pasado tanto tiempo y yo ardía tanto por ella que estaba atónito entre las oleadas de placer. Exploté poderosamente una serie de veces, todo el tiempo lamiéndola y sorbiéndola. "Ahnnnn, Agh…"

"Ah…Ah…Ah… Ryan," gimió suavemente y la mano que aun sostenía la mía se apretó mientras su cuerpo se arqueó violentamente mientras su orgasmo la poseía. "Ahhhhhh…" jadeó. "Ahhhhh…"

Volteé la cara para besar la parte interna de su muslo con la boca abierta mientras su cuerpo aún tenía contracciones con las réplicas de su placer.

"Me vuelves loco. Julia, te amo. Te amo más que a nada en el mundo entero. Me escuchas? Sé que se supone que no debo decírtelo pero joder, no puedo contenerme después de eso."

Ella haló nuestras manos entrelazadas, pidiendo en silencio que fuera hasta ella. El frente de mis pantalones estaba empapado con mi semen. No estaba avergonzado por eso y me arrastré hacia ella sobre mis manos y rodillas, con cuidado de no presionar ese desastre contra ella. Sus manos se cerraron a los lados de mi cara mientras me miraba a los ojos. Sus ojos estaban oscuros por el deseo y una expresión de extenuada satisfacción relajaba sus facciones. "Eres tan impactante. Nunca quiero mirar otra cosa por el resto de mi vida," dije suavemente.

"Ryan… no puedo creer que seas real. Eres tan perfecto." Su boca alcanzó la mía y yo no tenía deseos de negarle nada. Mi boca se cerró sobre la de ella en una serie de deseosos besos. Nuestras bocas eran perfectos espejos mientras alternábamos absorbiendo nuestras lenguas el uno al otro, inclinando nuestras cabezas para poder llegar más profundamente en nuestras bocas. "Yo te amo, también." Finalmente susurró ella mientras me daba un último beso en la boca. "Lo hago."

Me hice hacia atrás y la miré a los ojos, apartando su cabello hacia atrás mientras mi corazón hacía saltos mortales dentro de mi pecho. *Acaso recordó?*

Descansé mi frente contra la de ella y cerré los ojos, mientras ambos tratábamos de controlar nuestra respiración. "Te he extrañado tanto. Estar cerca de ti y no poder tocarte ha sido un infierno viviente."

"Desearía que mis costilla ya no dolieran. Quiero sentirte dentro de mí," gimió sensualmente contra mi boca.

"Oh cariño…" *Ella iba a deshacerme.* "Yo también. No hay nada que quisiera más." Me moví para recostarme junto a ella y me levanté sobre un brazo para poder mirarla. Sus manos se movieron para bajar la camisa y cubrir su desnudez. "Tienes frío?" Me levanté suficiente para tomar las mantas y colocarlas sobre ella.

Sacudió su cabeza. "No, yo solo quisiera…" sus brillantes ojos tenían cautivos a los míos mientras me recosté a un lado de ella.

"Qué quisieras, amor?" pregunté, trayendo su mano hasta mi boca. "Dime."

"Que yo pudiera hacerte sentir así a ti también."

"Cariño, detente. La manera en que te moviste contra mi boca fue tan ardiente."

"No podía evitarlo. Se sintió tan bien." Prácticamente podía oír cómo se ruborizaba en su voz.

Sonreí gentil, recorriendo un dedo por la línea de su mandíbula. "Me decía que anhelabas mi toque tanto como yo tu sabor. Oh Dios…" respiré. "Julia, yo me vine, okey? Ni siquiera tuviste que tocarme y me hiciste venir." Sus ojos se abrieron y su boca quedó abierta. "Eso es lo que tú me haces. Trasciende cualquier cosa que yo haya experimentado jamás," le dije en voz baja, mi voz era densa por la emoción, y las esquinas de mis labios se levantaron ligeramente. "De hecho, necesito cambiarme y limpiar el desastre." Me incliné para besarla otra vez. "Estarás bien mientras hago eso?"

Su pequeña mano vino a mi mandíbula y recorrió sus dedos a través de ella. No habló, solo asintió.

"Okey. Volveré enseguida." Salí de la cama y fui al baño y me quité los pantalones sucios y usé una toalla húmeda para limpiarme. Volví a la habitación y al guardarropa para sacar otro pantalón. Luego de ponérmelos, me detuve y mi mano buscó el cajón superior, donde su brazalete y anillo de compromiso estaban escondidos en la parte de atrás. Lo abrí y saqué el brazalete, frotando mis pulgares sobre los relucientes diamantes en nuestras iniciales entrelazadas.

Tenía que devolverlo a su muñeca después de esa forma de amarnos que acabábamos de compartir. Quería que ella supiera que era mía y, francamente, quería que mi posesión se mostrara abiertamente. Moore entendería el mensaje, de una u otra forma. Si lo de Julia usando el brazalete no funcionaba, me daría un gran placer partirle su arrogante cara. Volví a la cama y ella estaba acostada de lado, sus manos sostenían las mantas cerca de su pecho y sus ojos estaban cerrados, su respiración profunda y tranquila. Profundamente dormida.

Me arrodillé y cuidadosamente devolví el brazalete a su muñeca izquierda. De vuelta a donde pertenecía. La satisfacción brotó seguida de un intenso amor y posesividad. Me incliné para besar su frente y apartar su cabello hacia atrás. Había caído desde donde estaba arreglado en la parte de arriba de su cabeza durante nuestra sesión amorosa en la cama.

Julia, eres tan hermosa. Y eres mía. Cerré los ojos y respiré su olor. *Te amo.*

Me deslicé bajo las mantas y la atraje más cerca de mí. Acercándola para calentar su pequeño cuerpo. Se abrigó en mí, sus piernas envolviéndose inconscientemente con las mías y su cabeza vino a descansar sobre mi pecho.

"Ryan…" murmuró, y yo estaba feliz. Por primera vez en un mes, iba a dormir bien en la noche.

-7-

Algo cálido y maravilloso me rodeaba cuando mis ojos se abrieron y mi mano se movió sobre el brazo que me apretaba asegurándome desde atrás. Los finos vellos que cubrían su piel eran suaves contra mis dedos. *Mmmm…Ryan.* Los deliciosos recuerdos de la noche anterior inundaron mi conciencia. Él era hermoso y asombroso. Y me amaba.

La punta de su nariz acariciaba gentilmente un lado de mi cuello. Su dulce aliento cubría cálidamente mi piel justo antes de que sus labios encontraran el lugar sensible bajo mi oreja.

"Buenos días," dije mientras apretaba su brazo.

"Mmmm… Sí, lo es," se movió para descansar su cabeza sobre su brazo acostado de lado, aún con el brazo que yo sostenía envuelto alrededor de mí, pero sus dedos se movieron para tocar mi pómulo y luego deslizarse suavemente por mi ceja. Lo miré maravillada. Su cabello estaba desordenado y reflejaba brillos dorados por la luz del sol que se filtraba por la ventana y sus ojos azules; intensos. "Cómo estás esta mañana?" Se inclinó para besar mi boca abierta.

Inmediatamente respondí, mi boca aferrada a la de él con hambriento ardor. Su mano de deslizó hasta la parte de atrás de mi cuello, con su pulgar trazando la línea de mi mandíbula mientras lo besaba. Estaba siendo cuidadoso de no aplastar mi cuerpo con el suyo. El beso fue tan delicado. Yo deseaba más, pero conmovía mi corazón lo mucho que él consideraba mis heridas y mis necesidades. Deslicé mis brazos alrededor de su cintura y hacia arriba por los fuertes músculos de su espalda. Traté de acercarlo más, ansiando sentir los duros músculos de su cuerpo contra el mío. Finalmente, su lengua entró en mi boca con un gruñido de rendición; cada uno daba y el otro tomaba, y viceversa. Fue la perfección.

Mis caderas surgieron hacia las de él pero Ryan se resistió, suavizando el beso y alejándose. Sin decir nada, acarició mi cara con su nariz afectuosamente.

"Maravilloso," murmuré girando hacia él. "Cómo podría no serlo?" si lo tenía a él a mi lado, apretándome contra su cuerpo, rodeada de su esencia por todos lados y sus labios moviéndose desde mi mejilla por mi barbilla hasta mi boca. "Gracias por lo de anoche," susurré contra sus labios esperando que me besara y que nunca se detuviera.

"Cual parte?" se apartó para mirarme fijamente. "Por interrumpirte con ese imbécil o lo de después, hmmm?" Las emociones danzaban en sus ojos y cuando arrugué mi nariz, sonrió suavemente. Estiré el brazo para tocar su cara con mi mano izquierda y se disparó un reflejo de arco iris por la habitación, a través de sus facciones, las paredes y el techo. Inhalé sorprendida.

"Ahhh…" Mi aliento se esfumó mientras mis ojos iban desde el brazalete de diamantes hasta encontrar sus ojos. Su mano inmediatamente se cerró sobre la mía y la llevó hasta su boca. La sostuvo allí, con sus labios moviéndose suavemente sobre mi piel y luego sobre el brazalete, sus ojos nunca abandonaron los míos. Robaba el aliento.

Nuestras iniciales entrelazadas como amantes, diamantes que brillaban desde el centro y a los lados, tan delicado y asombroso. Mis ojos se llenaron de lágrimas mientras mi mente voló a un lugar oscuro iluminado por la luz de las velas, amor y felicidad. El sentimiento me abrumaba. Cerré los ojos, causando que se derramara una lágrima de cada uno de mis ojos.

"No llores, mi amor," dijo Ryan mientras besaba la parte derecha de mi frente. "Julia, por favor no llores."

Giré para que pudiera envolverme completamente entre sus brazos. Ignoré el dolor que recorrió mis costillas, enterré mi cara en la curva de su cuello y lo apreté con mis brazos alrededor de él. "Oh

Ryan… Es tan hermoso. Es perfecto. He estado extrañándolo, no es así?" pregunté con mi voz desbordante de emoción.

"Sí." Asintió muy ligeramente y luego besó nuevamente el interior de mi muñeca. "Casi desde el momento en que despertaste. Yo también he extrañado verlo ahí." Sus palabras eran suaves y reverentes, derramándose como cálida miel sobre mis sentidos. Esa voz me deshacía. "Tanto, que ni siquiera puedo explicártelo."

Su mano acariciaba mi cabello, bajando por mi brazo y hasta mi cadera y luego de vuelta, su toque suave y reverente, como si yo estuviese hecha de cristal. Lo observé a través de mis lágrimas. Su expresión era suave, pero tragó grueso como si su garganta doliera y cerró los ojos por uno o dos segundos.

"*Lo sé.*" Dije en un susurro.

"Lo haces? Estás recordando algo?"

Mi garganta se cerró mientras buscaba algo en el fondo de mi mente, cerré los ojos y la escena se desplegó. "Sí. Era un lugar que no reconozco. Estaba oscuro, excepto por la luz de las velas. Recuerdo como me sentí cuando la pusiste en mi muñeca." Mi voz se quebraba con las palabras y lo miré. Finalmente, estaba teniendo algo a lo que podía aferrarme. "El amor entre nosotros en ese momento era algo…tan asombroso."

"Sí. Fuimos a esquiar en Colorado. Solo nosotros dos. Fue nuestra primera navidad como pareja y queríamos estar solos. Fue… asombroso."

Su mano acunó mi cara otra vez, limpiando con su pulgar una lágrima fugitiva por mi pómulo y sus labios acariciaron con la suavidad de una pluma los míos.

Asentí silenciosamente. "Allí me diste ese hermoso poema también."

Su rostro se dividió con una brillante sonrisa y asintió. "Recuerdas lo que me diste tú a mí?"

Intenté pero no pude fijar nada. Ryan podía ver el esfuerzo en mi cara. "Bueno, has recordado algo, y eso es suficiente por ahora. Por primera vez, tengo realmente la esperanza de que volverás a mí," dijo suavemente, su tono era bajo y aterciopelado. Mi corazón retumbaba dentro de mí.

"Ryan, lo siento tanto. Esto tiene que estar siendo un infierno para ti." Jugué con la parte frontal de su camiseta mientras sus manos seguían acariciando mi cuerpo hacia arriba y hacia abajo.

Él suspiró profundamente. Sabía que él no me diría qué tanto había sufrido, así que busqué en sus ojos implorando, rogándole silenciosamente por la verdad. "Solo estoy agradecido de que estés bien. Tenerte… viva… y completa, es lo más importante."

Cómo pude haber olvidado un hombre tan increíble como este? Cómo pude olvidar la magnificencia de un amor como este? Me llenaba al punto de explotar. Incliné mi cabeza para poder besar su barbilla, ya estaba cubierta de la barba de todo un día. No hacía cosquillas; era suave y se sentía agradable. Él olía divino. "Se siente tan bien."

"Tú también. Te he extrañado de tantas maneras." Las palabras salieron de él como si no pudiera evitarlas, su tono era bajo y gutural. "Anoche… fue…"

"Mmmm…Sí," dije, sonriendo contra su piel. Él se movió, apretándome más cerca de él. Yo gemí suavemente.

"Estabas tratando de darme celos?" Había una dura inflexión en su tono. No estaba molesto conmigo, pero no era exactamente la reacción que yo estaba buscando.

"No, quiero decir… no lo estaba, pero me alegra que resultara de esa manera. Yo si te extrañaba y tu necesitabas un poco de motivación." Le sonreí. "No fue una *cita*."

"Hmmf." Resopló. "Pudo haberme engañado."

"Mira lo que me consiguió. Aquí estamos, enredados el uno con el otro. Todo lo que yo quería era tiempo contigo."

"Fue difícil mantenerme alejado, pero era más fácil que estar…cerca."

Me alejé, confundida. "Entonces, por qué anoche?"

Él me miró con seriedad. "Tú sabes *por qué*. Anoche… Anoche me rendí ante todo aquello contra lo que había luchado. No pude contenerme y fue increíble. Se siente tan bien poder decirte que te amo en voz alta."

"Aun no entiendo por qué tendrías que luchar contra algo. Debiste solo habérmelo dicho. Todavía deberías."

Las manos de Ryan detuvieron sus gentiles caricias sobre mi cuerpo y se recostó sobre su espalda alejándose de mí. La mirada en su rostro me dejaba saber que la conversación se había acabado. "Preferiría saber qué demonios estabas haciendo con ese cabrón," dijo con falsa agudeza. Él bromeaba, pero era más un intento de cambiar el tema.

No podía evitar sonreír. Me encantaba el celoso Ryan. Me causaba toda clase de mariposas en la boca del estómago. "Dios, tienes todo un repertorio de sobrenombres para Spencer esta mañana," bromeé, "Pensé que habías dicho que no estabas molesto." Ahora era mi turno de apoyarme sobre el codo y bromear. Arrugué la cara y Ryan lo notó.

"Julia, por favor deja de hacer cosas que te lastiman," dijo, y rodó de la cama para levantarme a una posición sentada cerca del borde.

"Y bien?" pregunté sin dejarlo cambiar el tema.

"No estaba enojado contigo, pero ese pendejo cruzó el límite." Encendió la computadora, asumí que quería revisar su correo y luego me miró sobre su hombro.

"Estaba aburrida. Extrañándote. Cuando él llamó yo quería hablar de mi viaje a Nueva York. Él es la única persona con la que puedo hablar sobre ti. Jen y Aaron, incluso mis padres, están haciendo lo que pediste y mantienen las bocas cerradas. Spencer es el único que puede ser imparcial."

Su rostro se endureció, su boca formó una dura línea. "Me estás jodiendo? Pudiste haber hablado *conmigo*," murmuró.

Me levanté y fui a pararme detrás de él, colocando mis manos sobre sus hombros. Sus músculos estaban tensos y apreté ligeramente.

"Tú no me dirías nada. Lo estás evadiendo justo ahora."

"Él sabe la verdad, pero él tampoco te la dice, cierto?"

"No," dije derrotada.

"Acordamos que sería mejor no presionarte, pero él está tratando de crear un abismo entre nosotros. Él te desea. Ya no confío en él." No se movió, ni relajó su postura. Ni volteó hacia mí para tomarme entre sus brazos como yo quería que lo hiciera.

"Ryan, de verdad estamos discutiendo por alguien que no significa nada? Él no puede influenciar mis sentimientos. No me conoces mejor que eso?"

Fue como si no escuchara lo que dije. "Tú ya tenías que saber cuánto significas para mí."

Me encogí de hombros. "Hasta cierto nivel. Eres muy cariñoso, pero yo temía que solo estuvieras siendo un buen amigo, sintiendo la obligación de cuidar de mí. Yo quería *más*. Cada vez que te preguntaba algo específico, lo ignorabas o lo negabas."

Ryan giró hacia mí. Sus ojos centellaban con un fuego interno. "Yo *nunca* te negué. Ni siquiera *una sola vez*. Eres mi jodida adoración." Mi corazón se apretó en mi pecho por el dolor y el amor reflejados en su rostro. Quería abrazarlo, pero él se levantó rápidamente y se fue a su vestidor, abrió el cajón de arriba y buscó en la parte de atrás hasta que encontró algo y cerró de un golpe el cajón. Estuvo frente a mí en dos segundos. "Quieres saber qué somos?" Con los ojos en llamas; Ryan llevó mi mano izquierda hacia adelante y deslizó un anillo de compromiso de diamantes en mi dedo anular. Su voz se suavizó con sus siguientes palabras. "Nosotros somos todo, Julia. *Todo*."

"Oh Dios mío," jadeé mientras miraba hacia abajo al hermoso anillo. Las lágrimas inundaron mis ojos. De repente yo estaba entre sus brazos y él enterraba su cabeza en mi cabello a un lado de mi cuello. "Ryan… Estoy…" entre las emociones y las implicaciones del anillo, quedé sin palabras.

"Sé que no recuerdas cuando te lo propuse, y si no quieres usarlo, lo entenderé. Yo solo…" dijo mientras sus brazos se apretaban a mi alrededor con ternura, "quiero que todo el mundo sepa que eres mía. Necesito que *tú* lo sepas."

Nos sostuvimos mutuamente sin hablar, su corazón latiendo fuertemente contra el mío. Él era cálido y seguro. Me sentía muy amada y completamente atesorada. Finalmente, encontré mi voz. "Creí que anoche habíamos establecido que nos pertenecíamos el uno al otro."

Mis brazos estaban alrededor de su cuello y moví mis manos para enredarlas en los cabellos de la parte de atrás de su cabeza. El amor me absorbió por completo y yo me aferraba a eso con todas mis fuerzas.

"Supongo que lo hicimos," dijo, mientras su agarre se debilitaba y se movía un poco hacia atrás.

Sin poder evitarlo, mis brazos lo sujetaron otra vez.

"No, no me sueltes." Mis ojos ardían y mi voz a la par. "No me sueltes. Nunca voy a quitármelo."

"Extrañaba sostenerte así." Sus brazos eran mi hogar, su agarre sobre mí era posesivo y yo no quería nada más que ser suya, más que la comida, el agua o el aire. Nada importaba más que Ryan. "Shhh, Julia." me calmó mientras yo me aferraba a él. "Sé que toda esta cosa ha sido muy confusa. He deseado una y otra vez poder hacer que todo fuera mejor para ti."

Fue mi turno para hacerme hacia atrás y mirarlo a la cara. "Lo haces. No ves lo maravilloso que eres? Desde el momento en que vi tu rostro, yo supe que esto éramos nosotros." Sonreí entre las lágrimas. "Aunque seas tan testarudo."

Besó mi mejilla y luego mi sien y todo el tiempo me sostuvo con la misma fuerza. "Estás recordando por ti misma y creo que eso continuará. Te diré cualquier cosa que sienta que es segura, podemos ir con la corriente?"

Yo debería acceder. Después de todo ahora yo tenía un brazalete y un anillo de compromiso lo cual era un asombroso regalo. Si él quería tomar las cosas con calma, yo estaría feliz con las cosas como eran por ahora. "Sí. Lo que tú quieras."

"Hmmmf," respiró. "No andes por ahí diciendo eso, cariño." Sus manos se deslizaron hacia abajo para tomar mi trasero y sonrió mientras lo apretaba suavemente. "Qué deberíamos hacer hoy? No tengo que trabajar hasta las tres."

Me soltó y entró al baño. Pude oír el agua correr en la ducha y luego él apareció en la puerta. "Aaron te va a acosar para que hagas el desayuno, pero no quiero que te molestes con eso. Salgamos."

Sentí mi labio inferior extenderse en protesta. "Realmente te he extrañado."

Sus ojos se suavizaron y oscurecieron. Asimilé su cuerpo, recargándose fácilmente en la puerta, sus brazos se extendieron para apoyarse contra el marco. El borde de su camiseta se había levantado y podía ver el sendero de vellos que marcaban el camino hacia el sur y que desaparecía en su pantalón deportivo negro. Desvié la mirada, con las mejillas sonrojadas. *No puedo creer que me avergüence mirarlo así después de lo que me hizo anoche.*

"También yo." Sus ojos se estrecharon ante la mirada de lujuria que seguramente ya había visto en mis ojos. Mis partes femeninas estaban experimentando toda clase de palpitaciones y cosquilleos, dejándome temblorosa. Ryan tenía que saber cómo me afectaba; la mirada de lujuria en su cara me decía que así era. "Yo aún debo trabajar pero trataré de pasar menos tiempo en la biblioteca. Ahora que las cosas están… más claras, quizá estar contigo no sea tanta tortura." Sonrió, bromeando. Él era tan encantador que yo nunca tuve oportunidad de resistirme.

Pasé una mano por mi cabello y fui a mirar hacia afuera por la ventana. "Nunca quise torturarte," dije en voz baja.

"No querías?" dijo muy seguro. "No me creo eso, Julia." Su tono era entretenido así que no estaba molesto. "Tú sabías lo que estabas haciendo cuando saliste con él."

Lo miré y le sonreí. "Bien, quizá si esperaba que no te gustara." Me encogí de hombros. "Solo un poco, quizá."

"Claaaaaaroooo. Ve a vestirte, amor. Es un precioso día, así que vamos por un café."

Algo acerca de cafés y domingos y teléfonos celulares pasó por mi mente con sus palabras. "Sí. Es domingo, cierto?"

"Sí, exactamente." Ryan sonrió y desapareció dentro del baño. Resistí la urgencia de seguirlo a pesar de la puerta abierta. "Y que hermoso domingo, es este!" Gritó mientras escuché el cerrar de la puerta de la ducha.

* * *

Ryan estaba en la cocina con Jenna y Aaron cuando terminé de vestirme. Solo había dos baños, uno en cada habitación, lo que hacía necesario turnarnos. Yo vestí un jean y un sweater de casimir de color violeta, y a pesar de haber secado mi cabello, aún estaba algo húmedo. Estaba ansiosa de pensar que pasaría tanto tiempo como fuera posible a solas con Ryan. Él estaba reclinado contra el mesón hablando con ellos que estaban sentados a la mesa, luciendo asombroso en sus jeans y camisa azul de botones abierta sobre una camiseta blanca. Se estaba riendo con Aaron cuando me vio entrar por el pasillo.

"Hey, Jul, te ves fresca hoy," bromeó Aaron. Algo en sus ojos me decía que Ryan había compartido algo de nuestra noche. Me sonrojé.

"Am, gracias." Murmuré insegura. "Pasaron un buen rato anoche?" Ryan se impulsó desde el mesón y vino frente a mí para tomar mis manos.

"Sí, debieron ver como salía Moore con el rabo entre las piernas…" Aaron comenzó, pero Ryan lo cortó.

"Aaron!"

Aaron puso los ojos en blanco. "Qué, amigo? Estás bromeando, verdad? Después de que se la robaste frente a sus propias narices, deberían haber visto su cara." La profunda risa de Aaron salió desde su pecho.

"Sí! Maldición, no tenía precio!" Agregó Jenna. "Pensé que su cabeza iba a explotar!"

Ryan estaba tratando de no reírse hasta que ya no pudo evitarlo y se unió a Aaron y Jen. Yo sonreí y lo empujé delicadamente en el brazo. "Dejaste claro tu punto. El pobre tipo probablemente no me hable nunca más."

"Ojalá yo pudiera ser tan afortunado," dijo Ryan con seriedad. Mi corazón creció y él apretó mis manos. La mirada en su rostro era posesiva y yo estaba emocionada y satisfecha al mismo tiempo.

"La tendrás," dije seriamente.

A Aaron no le pasó desapercibido el significado de eso y silbó. "Supongo que es seguro decir que algo trascendental pasó anoche. Ryan no tiene esa preocupada y miserable mirada en su cara. Lo que sea que hiciste, Julia, sigue haciéndolo."

Me reí suavemente. *No fue lo que yo hice, fue lo que Ryan hizo.* No podía decirlo en voz alta así que solo asentí. "Eso planeo."

"Aaron, déjalos en paz. Estás avergonzando a Julia," le reprendió Jenna. Aaron y ella estaban vestidos para el gimnasio, sin duda tomando ventaja de una de esas raras mañanas en que ambos estaban libres.

Ryan deslizó sus brazos a mí alrededor y me dio un suave y ligero beso en la boca. De repente, él era todo lo que existía en mi mundo. Le devolví el beso y él incrementó la presión y así nuestras bocas juguetearon una con la otra.

"Julia," respiró contra mis labios y luego a un lado de mi frente. "Sabes tan bien. Estás lista para irnos? Si no nos vamos ya, *no lo haremos.*" Gruñó, seguido de un ruidoso rugido de su estómago.

"Eso te pasa por no cenar anoche." Besé su mandíbula permitiendo que una de mis manos se deslizara por su abdomen. La piel en su cara era lisa y olía a almizcle y jabón. Sus brazos me apretaron en un delicado abrazo y me encontré a mí misma deseando que él no fuera tan jodidamente gentil. Yo quería que me aplastara contra él. Sentir sus fuertes músculos contra mis partes suaves.

"Tenía otras cosas en mi mente." Su cálido aliento pasó por mi oreja cuando susurró las palabras y luego renuentemente me soltó, tomando mis manos en las suyas. "Okey, nos vamos de aquí. Aaron, te veré en el hospital. Disfruta tu día libre Jen."

"Sí, sería agradable tener todo un día libre con Aaron, pero tomaré lo que pueda. Ustedes diviértanse." Le di una mirada de empatía. La comprendía porque Ryan prácticamente había sido inexistente las últimas dos semanas. Ella me guiñó rápidamente un ojo al salir.

Asimilé la belleza del día. Ryan había abierto la puerta del pasajero y yo entré al auto. El aire olía fresco y frío, la esencia de las lilas que adornaban las calles era fuerte en el aire. El cielo estaba de un azul vibrante y muchas nubes flotaban en él.

Estaba agradecida porque la graduación de Ryan estaba cerca. Él trabajaba increíblemente duro y eso no cambiaría cuando comenzara su residencia. No estaba segura de cuál era nuestro arreglo antes del accidente, excepto que yo vivía en Nueva York y él vivía en Boston. Solo esperaba que él viniera a Nueva York porque yo realmente deseaba averiguar sobre mi trabajo allí y comenzar a tener una vida productiva otra vez. Me entristecí un poco y él notó la mirada en mi rostro.

"Hey, qué anda mal?" preguntó mientras navegaba por las pintorescas calles del vecindario.

"Nada. Solo… me preguntaba acerca de las cosas."

"Cariño, dejarías de preocuparte, por favor?" Levantó una ceja; sus mejillas tenían un brillo rosado y sus ojos azules brillaban. La sonrisa en su hermosa boca era relajada, haciendo que el golpeteo de mi corazón y de mi pulso aumentara erráticamente. No pude evitar devolverle una sonrisa. Él tenía razón, no debía preocuparme. No hoy.

"Okey. Pero eso no significa que no voy a estar asediándote por información, Matthews."

"Dios no permita que eso suceda *jamás*!"

"Bueno, ya que estás tan seguro de mí, sería un infierno para mí decepcionarte," contesté secamente.

Su sonrisa se amplió y sacudió su cabeza. "Nunca."

El pequeño café cerca del campus de Harvard estaba lleno de los aromas que nos asaltaron apenas atravesamos la puerta y mi estómago retumbó. Ryan debía estar muriendo de hambre.

Escuché la seguridad en su voz cuando ordenó para mí un café helado grande sin azúcar y sirope de vainilla con un toque de crema. Inherentemente, yo sabía que eso estaba bien. Me encantaba la forma en la que se hacía cargo y se aseguraba de que yo tuviera todo lo que deseara.

Sacó una silla para mí y luego dejó bagels y sándwiches de huevo en la mesa junto a su cappuccino antes de tomar el asiento a mí izquierda. Tomó mi mano, la besó, sus labios rozaron el gran diamante que ahora había tomado residencia allí, antes de tomar su comida y darle un inmenso mordisco.

"Así que… café los domingos?" le cuestioné. Ryan asintió. "Yo recuerdo teléfonos relacionados con los cafés los domingos, así que supongo que no siempre estábamos juntos."

"Nop, pero casi nunca perdimos este tiempo juntos. A veces debía ser por teléfono, pero aun así era nuestro tiempo de ponernos al día y hablar sobre nuestra semana. Cuando comencé a trabajar más horas fue más difícil. El último año fue brutal."

"Ryan," comencé. Tomé un sorbo de mi café y continué en un tono más bajo. "Anoche, me sentí tan cerca de ti. Este último año fue diferente a eso?"

"No. Solo que no nos vimos tanto como deseábamos, cariño. Mis obligaciones aquí y tu trabajo allá eran muy exigentes; solo no pudimos estar juntos tantas veces como queríamos, pero no cambió las cosas entre nosotros."

"He estado tratando con tanta fuerza de recordar mi trabajo en la revista, pero lo único que consigo son unos cuántos nombres y caras."

"Sí? Quiénes?" Se sentó hacia atrás en su asiento y sus ojos se estrecharon ligeramente.

"Andrea, Meredith, y este tipo de nombre Mike Turner. Los conoces?" Me miró y arrojó lo último de su sándwich al plato. "Andrea es tu pelirroja asistente; de personalidad vivaz y es brillante. Me cae muy bien. Meredith es tu jefa, es un poco víbora para mi gusto. Es agresiva, pero te adora." Se detuvo y levantó su café, no continuó con Mike y yo sonreí. Estaba celoso. Yo adoraba eso en él. Hacía que mi perra interna gritara de placer.

"Y Mike?" Pregunté gentilmente antes de tomar un pedazo de mi sándwich y meterlo a mi boca.

"Él es un fotógrafo con el que trabajabas a veces. Es un escurridizo bastardo, en su mejor día. Hmmf!"

No pude detener la explosión de risa que salió desde mi pecho, casi causando que me ahogara con mi comida y disparando el dolor por mis costillas. Suficiente para hacerme encoger del dolor. "Escurridizo," repetí sin rodeos, sonriendo petulantemente hacia él.

"Olvidaste *bastardo*." Dijo uniéndose a mí con su risa.

"Oh, lo siento. Que descuido de mi parte." Mordí mi labio para evitar volver a reírme. "Entonces, imagino que mi trabajo es algo bastante grande si tengo que tener una asistente? Desearía recordar. Hay algo que puedas mostrarme? Las imágenes que vi de ti ayudaron así que quizá tengas algo sobre mi trabajo?"

"Sí tengo una cosa que puedo mostrarte. Pero, después. Vayamos a caminar o algo por ahora. Te llevaré en mi espalda." Sus blancos dientes aparecieron y las esquinas de sus ojos se arrugaron por aquella gran sonrisa. "Me estoy sintiendo muy bien hoy."

"Y esa oferta es una que no puedo rechazar. Aunque yo puedo caminar, Ryan."

"No discutas, Abbott." Mientras me halaba por la puerta de salida y ambos reíamos felizmente.

* * *

Cuando regresamos, Ryan me mostró la foto que yo le había dado la misma navidad en que me dio el brazalete. Yo estaba impactada y sí me ayudó a establecer conexiones con mi trabajo. La foto fue tomada por Mike Turner mientras yo trabajaba en Vogue, era sexy pero recatada. Yo estaba mayormente cubierta, pero la expresión en mi rostro era… intensa. Ryan pasó su mano amorosamente sobre la imagen y luego la colgó sobre el clavo abandonado sobre el escritorio. Yo me había preguntado antes qué era lo que había estado colgado allí.

El día había sido mágico y ahora lo extrañaba. Cada segundo con él llenaba mi corazón hasta el punto de la explosión. Casi me sentía tonta, por la emoción que me recordaba el primer amor de la etapa de la secundaria. Mi cara dolía, no podía dejar de sonreír y no pasó desapercibido para Jenna. Ella seguía mirándome y riéndose.

Yo estaba trabajando en la cocina limpiando y arreglando antes de preparar la cena para Jenna y para mí y algo especial para los chicos cuando regresaran esta noche. "Qué?" le pregunté, aunque ya sabía la respuesta.

"Qué pasó anoche? Veo que tu joyería volvió."

"Sí. Son tan hermosos. Exactamente lo que yo habría escogido. Esto lo escogió Ryan, él mismo?"

Jen gruñó mientras se sentó en uno de los banquillos. Tomé dos sodas del refrigerador y coloqué una frente a ella. "Me encantaría decirte que *no*… quiero decir, qué tan jodidamente prefecto puede ser ese loco, de todas maneras?" reía y abrió su soda.

"Sí. Él es asombroso. Jen, me deja… solo sin aliento."

"Bien, veo que nada ha cambiado," Se burló y frunció los labios. "Ustedes están tan enamorados que es ridículo."

Mi sonrisa se hizo aún más grande y vertí mi soda sobre el hielo. "Ese es mi deseo. Que nada cambie. Todavía no puedo recordar todo, pero quiero que seamos exactamente como éramos antes. Por el bien de Ryan."

"Lo harás. Él estaba tan feliz hoy. Ustedes de seguro hicieron la parte sucia anoche, hmmm?" me levantó las cejas y sus labios se torcieron con una sonrisa juguetona.

"No exactamente." Y me sonrojé a pesar de mi misma.

"Bueno, estoy segura que alguna mierda pasó. Así que escúpelo ya."

"Él tocó piano para mí, yo le canté… ya sabes." Me encogí un poco de hombros.

"Él te hizo el amor, Julia. Admítelo. Esta escrito por toda tu cara. Aaron y yo estábamos esperando que sucediera. Ryan ha estado tan preocupado. Estaba más tenso que el cuero de un tambor cuando íbamos de camino al hotel. Pensé que iba a agarrar al Dr. Moore y sacarle la mierda a golpes."

Mis entrañas daban saltos mortales. "No hicimos el amor así como piensas. Él temía lastimarme, pero si jugueteamos un poco. Ryan… me derrite."

"Sí. Era obvio que ustedes ardían uno por el otro. Aaron trató de apostarle a Spencer cinco dólares a que ustedes tendrían sexo en seco en el taxi de camino a la casa. Debiste haber visto su cara! Me iba a *morir*."

Reía suavemente pero yo estaba riéndome con tal fuerza que mis ojos se llenaron de lágrimas. "No lo hizo!" cuando ella asintió yo seguí sacando la batidora y un tazón y los demás ingredientes para el pastel que iba a hacer. "Aaron me mata de risa! Aunque siento pena por Spencer."

"Julia, él merecía lo que recibió. No creerás que solo estaba siendo un *buen doctor*, o sí? Desearía haber estado ahí para la pequeña charla que tuvo con Ryan. Aaron dijo que fue… wow."

Abrí mucho mis ojos, ansiosa por escuchar la historia. Casi me sentí culpable por el placer que sentí. "De verdad? Qué le dijo?"

"Básicamente, que apartara sus manos de ti porque le perteneces a él y que él te diría todo antes de arriesgarse a perderte por un, no estoy segura cuál fue el término exacto… un insignificante o hijo-de-puta," se encogió de hombros sonriendo. "Algo así."

Ryan me diría todo? Qué era exactamente todo?

Me incliné en el mesón de frente a ella. "Él es posesivo. Por qué eso me hace tan jodidamente feliz?"

"Porque el Ryan cavernícola es ardiente."

Solté una risita y seguí con mi trabajo. "Acaso bromeas? Todo Ryan es ardiente. Cómo pude resistirme todos esos años?"

"Eso es algo que está más allá de mi entendimiento. Ellie y yo creíamos que estabas loca." Sacudió su cabeza con las cejas levantadas.

"Tú tienes a un gran tipo también, Jen. Aaron es dulce y puedo ver cuánto te ama."

"Sí. Estoy un poco sorprendida que todavía no me haya pedido que me case con él. Ni siquiera lo hablamos." Su voz se entristeció un poco y de repente el hermoso anillo en mi dedo se sintió pesado. Me sentí mal por ella. Aquí estaba yo mostrando una inmensa roca y ni siquiera sé por cuánto tiempo he estado comprometida.

"Estoy segura que lo hará, pronto. Ni siquiera estoy segura por cuánto tiempo Ryan y yo… o cómo me lo propuso. Me entristece haber olvidado tantos momentos importantes, pero estoy feliz porque me ama. Deberías sentirte así también. Sabes que Aaron te ama, cierto?"

"Sí. Él probablemente lo haga. Si no lo hace, tendré que darle una patada en el trasero."

"De qué manera?"

"Ya sabes… moverle un poco el tapete. Él no es el único hombre en Boston. Quizá necesite un llamado de alerta."

La miré con escepticismo. "Jen, en serio? Harías eso?"

"Solo obsérvame," dijo duramente. "Le mostraré."

Me sentí triste por ella. Por alguna razón, el sexto sentido acerca de Ryan me decía que yo no tendría que recurrir a estrategias ni juegos si estuviéramos en esa situación. "Quizá deberías solo hablar con él." Sugerí con gentileza.

"A Aaron lo motivan las acciones, y la graduación se acerca. Algo tiene que ceder."

Yo ya estaba batiendo la mezcla y ella metió un dedo para probarla y sacudió su cabeza.

"Qué?"

"Tú y Ryan," puso los ojos en blanco, tratando de aligerar el humor. "Es algo increíble." Lamió sus dedos y me dejó sola en la cocina. "Creo que estoy celosa." Dijo antes de desaparecer en su habitación.

~Ryan~

Ya había pasado la media noche y Aaron aún estaba en el hospital. Yo salí a tiempo porque quería regresar con Julia. *Que día tan grandioso!* Hablamos, reímos, y estuvimos abrazándonos uno al otro por horas. Verla tan relajada y feliz había sido un bálsamo para mi lastimado corazón y lo mejor era que ella estaba comenzando a recordar más.

Anoche fue algo increíblemente sexy. Yo quería más. Mi cuerpo palpitaba solo de pensarlo.

La deseaba tanto como siempre, y si era posible, la amaba aún más. Lo único que importaba era poder estar con ella. Necesitaba hablar con ella acerca de mi residencia en Nueva York, estaba inseguro de lo que ella estaba pensando. De una cosa si estaba seguro, me cansé de estar lejos de ella. Si Meredith le pedía ir a París otra vez, haría todo lo posible para convencerla de no ir. Si tenía que llevármela y casarnos en alguna isla desierta, lo haría sin dudarlo.

El departamento estaba oscuro, solo la pequeña luz sobre la estufa estaba encendida. Las chicas ya estaban en la cama y yo miré al sofá rogándole a Dios que Julia estuviera en mi cama; esperando. Sonreí. Sería aún mejor si ella estaba desnuda; aun cuando yo estaba demasiado cansado para hacer el amor; quería sentir su piel al lado de la mía. La cercanía era mi alegría dentro del caos de todo lo que había pasado. Froté mi estómago sobre mi uniforme de camino a la cocina. Había una nota en la mesa y yo sonreí. *Julia. Mi hermosa Julia.*

La tomé y la abrí, sosteniéndola sobre la estufa debajo de la luz.

-R

Estuve pensando en ti hoy. Estoy soñando contigo ahora. Hay una sorpresa en el refrigerador.

Tuya,

-J

En el primer compartimiento había un asombroso pastel Selva Negra. Mmmm, mi estómago gruñó y abrí el estante para sacar un plato. Tomé un cuchillo y un tenedor del cajón y saqué el pastel y una botella de agua del refrigerador. *Dios ella es tan buena conmigo*, pensé mientras corté la rebanada y le llevé a la mesa.

Estaba absolutamente deliciosa. La mezcla perfecta de chocolate, licor y crema. No demasiado dulce, simplemente asombrosa. Ya había comido casi la mitad, perdido en el recuerdo de cuando Julia y yo nos aplastamos pastel en la cara y por todos lados antes de mi mudanza a Boston. Estaba sonriendo yo solo. Había tantos buenos recuerdos, aunque la separación había sido inminente. En ese momento estábamos a punto de admitir nuestros sentimientos, y aun cuando esos momentos como su amigo requirieron una voluntad de hierro, yo no cambiaría ni un minuto de mi tiempo con ella.

Aparte de su accidente y la pérdida de nuestro bebé... bajé el tenedor y pasé una mano por la barba que nacía en mi mentón, preguntándome si debería rasurarme antes de entrar a la cama con ella.

"Ahhhhh! Cuidado! Oh, Dios mío! Pare!" Julia gritó de repente desde la habitación, el sonido penetró el silencio como un cuchillo. Y el pánico asaltó mi pecho mientras salté y corrí por el pasillo, atravesando la puerta. Estaba completamente oscuro y apenas pude divisar su pequeña forma hecha una bola en el medio de la cama. Ella aferraba el medio de su cuerpo y lloraba frenéticamente.

Caí de rodillas en el medio de la cama y la envolví en mis brazos. "Julia, estoy aquí. Estoy contigo. Estás teniendo una pesadilla, amor."

"Duele! Duele, oh Dios... duele," sollozaba.

Jen asomó su cabeza por el rincón. "Está bien?" preguntó suavemente.

Sacudí mi cabeza y Jenna se retiró discretamente.

Mi corazón se detuvo. Julia estaba soñando con el accidente. "Shh... mi amor. Ya se acabó. Estás bien y yo estoy contigo. Siempre estaré contigo, Julia."

Sus brazos se envolvieron alrededor de mi cuello y lloró en la curva sobre mi hombro. "Ryan... me duele tanto." La sostuve por mucho tiempo hasta que dejó de llorar y la solté solo lo suficiente para quitarme la ropa y acostarme al lado de ella.

Ella acurrucó su cálido cuerpo junto al mío, sus piernas deslizándose entre las mías y uno de sus brazos rodeando mi cintura. Besé la parte de arriba de su cabeza mientras ella volvía a caer en un sueño profundo pero yo estaba enfermo de la preocupación y mi mente corría.

Qué sería lo que recordaría en la mañana... y qué sería lo que causó esa maldita pesadilla? Qué ha cambiado?

Hurgué en mi mente y de pronto lo entendí. En las últimas 24 horas me permití amarla, decirle cosas y mostrarle cuan cercanos realmente somos. Me permití tener la esperanza de que ella recordara sin mucho dolor, pero obviamente, basado en esta pesadilla, eso se había ido al infierno.

Necesitábamos tomar las cosas con más calma, aun cuando eso no era lo que ella quería. Mi corazón dolía solo ante la idea y mis manos acariciaban la lozana piel de su brazo. Cerré los ojos ante el dolor que me atravesaba.

Agh. Justo cuando sentía que la tenía de vuelta otra vez….

Luché contra ese pensamiento una y otra vez. Necesitaba saber si ella recordaría esa pesadilla, y no quería causarle más daño. Qué podía hacer? Tenía otra opción?

Distanciarme la confundiría y la heriría mientras me ponía a mí de vuelta en el infierno. Si Julia recordaba la pérdida del bebé o si yo me distanciaba, ella sufriría. Amarla y ponerla a ella primero, escogí lo que pensé que sería el menor entre dos males. Iba a matarme hacerlo, pero, deberíamos dar un paso atrás. Yo no era suficientemente fuerte para retirarme por completo, pero tenía que ser cuidadoso con ella. Ella estaba esperando que dejáramos que todo sucediera ahora, y por Dios, yo también lo deseaba. Tenía que haber una manera de hacer esto más lentamente sin alejarla por completo. Cómo podría protegerla de la pérdida de nuestro bebé? Cómo podría protegernos a ambos?

Sabía que no era posible y que solo era cuestión de tiempo. *Pero cuándo?*

"Ryan… quédate conmigo," susurró sin saberlo. La giré más hacia mí y la besé en la boca mientras dormía. Cerré los ojos y traté de tragar el dolor que subía por mi garganta. Mis ojos comenzaron a arder mientras sentí como si tuviera dos bandas de acero apretándome el pecho, impidiendo que mis pulmones se expandieran.

"Te amo, Julia." Mi corazón estaba lleno de dolor. "No olvides que te amo. Demasiado."

$$-\mathcal{8}-$$

El Ryan distante había regresado y la tristeza colgaba sobre nosotros peor que antes. Ahora yo sabía lo que me estaba perdiendo, y aun cuando hablábamos y él era amoroso, ya no pasábamos tiempo juntos. Ya no me tocaba tanto y solo había dormido conmigo el miércoles en la noche. Cuando sentí su calidez moverse cerca de mí y sus brazos me envolvieron mientras me traía más cerca de él en mi sueño exhausto, pensé que estaba soñando. Me acurruqué más en él y lo besé suavemente en la boca pero él no se despertó.

La mayoría de las noches, él no regresaba al departamento hasta que yo ya estaba dormida. Yo estaba tomando las píldoras para el dolor otra vez. No porque me doliera tanto, si no porque era la única forma en la que podía dormir. Esto tenía que parar… algo tenía que pasar.

Recordé más acerca de la universidad, Aaron y Jen, y algunas veces con Ryan, pero aún no era suficiente. El más grande abismo era el espacio que Ryan acababa de dejar vacío. Esas breves horas…un día de realmente saber… me dejó con tantas ganas como nunca antes.

Después de nuestra charla en el café, volvió a mí memoria más sobre mi trabajo. Llamé a Meredith y le pregunté si aún tenía un empleo?

"Pffffft. Tú qué crees, Julia? Por supuesto. Qué pasará con lo de París?" preguntó sorprendida por mi incertidumbre.

París. El recuerdo me inundó y tuve emociones encontradas acerca de esa decisión. Emoción y desespero todo enredándose. Dejar a Ryan… en serio llegué a considerar eso? *Acaso estaba loca*? Jadeé y me hundí en el sofá cuando mis piernas comenzaron a temblar, bajando una de mis manos para impedir la caída.

"Ah, no estoy segura, Meredith. De hecho, no lo había pensado realmente." Era la verdad. "Puedo tener un par de semanas más? Solo necesito resolver algunas cosas." Si Ryan iba a mantener su distancia, podría mostrarle el significado de la palabra. Mi corazón se comprimió dolorosamente y cerré los ojos. No había manera de considerarlo, incluso el prospecto de Nueva York sin él, dolía.

"Seguro, muñeca, no te preocupes por eso," insistió Meredith. "Andrea está haciendo un maldito buen trabajo en mantener las cosas bien. Puede que quieras llamarla, y necesitarás darle un aumento."

Reí sin mucho entusiasmo, todavía un poco conmocionada. "Okey. Definitivamente haré eso. Un aumento tan grande que mi jefe me pateará el trasero por exceder el presupuesto." Traté de bromear, pero sonó simple.

"Mientras lo compenses con otra cosa, me importa un bledo!" respondió.

Hablamos un poco más sobre los asuntos de los próximos meses. Eso me ayudó a organizar el caos de los recuerdos mezclados. Volver al trabajo sería exactamente lo que yo necesitaba. Había tenido suficiente de esta vida de ocio. Me daba demasiado tiempo para pensar y preguntarme sobre el futuro.

No había nada peor que extrañarlo cuando él estaba tan jodidamente cerca. La semana siguiente a la pesadilla se había hecho eterna. Casi hurgué en la habitación de Ryan para encontrar pistas de nuestro pasado. Apenas pude resistirme. A pesar de la manera en la que se estaba comportando, yo no podía traicionar su confianza. Suspiré y dejé caer mi cabeza en el respaldar del asiento. Estaba segura de que no había nada que él no quisiera que yo viera; si la situación fuera normal, pero ahora impulsaría mis recuerdos y él estaría molesto. Confiaba en él y lo amaba con todo mí ser.

Desearía que eso fuera suficiente. Respirar me dolió literalmente cuando apoyé mis codos en su escritorio. Con renuencia me levanté y tomé mi vestimenta para ese día. Las horas pasaban lentamente, estirándose frente a mí infinitamente. El no saber si siquiera podría ver a Ryan lo hacía peor y mi corazón se hundía.

Terminé de vestirme; con un jean oscuro y un sweater rosado claro, luego apliqué un maquillaje ligero. Era sábado y mientras caminé hacia la cocina escuché a Aaron despedirse de Jen. Ryan ya se había ido.

"Te amo, nena. Que tengas un agradable día libre," dijo Aaron besando ligeramente a Jen. Agitó su mano antes de abrir la puerta. "Adiós, Jul."

"Nos vemos," respondí.

Pasé los dedos por mi cabello porque estaba frustrada y caí en el sofá. No encendí el televisor; no miré por la ventana. Mi visión se hizo borrosa y mi garganta comenzó a arder. Me sentía impotente porque no tenía control de nada. Ni mi memoria, ni mi relación con Ryan… nada.

Jenna me dio una taza de café. "Toma, cariño," dijo y tomó asiento en una de las sillas a mi derecha. "Cómo te sientes?"

"Físicamente, estoy bien. Ya no tengo mucho dolor. Mentalmente… frustrada infernalmente. Recordar parte del pasado es casi peor que comenzar de cero. Me confunde tratar de juntar los pedazos y aun así tener estos inmensos vacíos. Esto apesta."

Tomó un sorbo y asintió. "He notado que Ryan se ha ido otra vez. Pensé que ya habían superado eso. Él estaba tan feliz y pensé que lo vería más por aquí. Qué pasó, Julia?"

Me encogí de hombros y miré hacia abajo con el ceño fruncido. "Eso es! Nada! Tuve un estúpido sueño y él se está culpando por eso. Estoy tan cansada de que se responsabilice por todo. Él piensa que por acercarnos surgió el sueño."

"Él es brillante en muchas cosas, pero en esto tiene la cabeza metida en el trasero." Replicó Jen.

"Sí," Acordé. "Quién dijo que yo no recordaría el accidente eventualmente? Y qué? Eso no sería el final del jodido mundo." Mi voz estaba llena de derrota y frustración. "Quizá debería solo *irme*," Dije enojada.

"Qué?" preguntó Jen sorprendida.

"Estoy haciendo miserable a Ryan. Me duele verlo tan infeliz. Lo extraño. Quiero que deje de pensar tanto todo. Podría pasar algo que me ayude a recordar las cosas y eso no va a pasar si él sigue evadiéndome."

Jenna me miraba con simpatía pero su ceño estaba fruncido. "Lo sé. Es jodido pero marcharte no los ayudaría a ninguno de los dos. Él se volverá loco. No es tan malo, o sí? Él te llama, no es así?"

"Sí, pero se queda afuera hasta muy tarde y se va temprano. Difícilmente lo veo. Mis emociones están tan jodidas que con dificultad puedo saber qué es lo que siento. Estoy tan… triste, supongo. Sola."

"Le pediría a Aaron que hable con él, pero ya lo ha hecho. Ryan es infernalmente testarudo."

"Está tan enfocado en hacer que nada me conmocione que se ha cegado a lo que sí debe pasar. Y si el no deja que las cosas se den, no hay nada que yo pueda hacer excepto irme. O despierta o sigue con su vida." Parpadeé mientras las lágrimas llenaban mis ojos. "Mierda. Todo lo que hago es llorar." Me limpié rápidamente las lágrimas. "De cualquier forma, he hecho una cita para una consulta con Spencer para resolver esto."

Decir las palabras dolía. Era tan duro vocalizar cualquier intento de alejarme de Ryan. Los ojos de Jenna se abrieron por la sorpresa, así que me apresuré a explicarle. "Ah, él es objetivo. Ryan y tú… incluso Aaron. Todos están muy involucrados en la situación."

"Él no es objetivo! Estás tratando de empeorar las cosas?" Sus ojos se abrieron completamente por la incredulidad.

"Necesito ayuda para resolver esto. Ese es el trabajo de Spencer."

"Bien, si no quieres herir a Ryan, tienes una graciosa y jodida manera de demostrarlo."

Caminé por la habitación; antes de voltear para poder encararla. "No planeo decirle. Él está trabajando demasiado, nunca lo sabrá. Lastimarlo es lo último que quiero hacer."

"No lo sé, Julia…" agregó dudosa. "Deberías hablar con Ryan."

Inhalé un tembloroso respiro y sacudí la cabeza. "Para qué? El no cambiará de opinión. Si el episodio en la habitación y saber que lo amo no cambiaron nada, qué lo hará?"

"Él necesita una ligera patada en el trasero, eso es todo." Trató de bromear, pero yo estaba más allá de eso.

"Los hombres huyen cuando no pueden lidiar con las cosas, pero saber eso no hace que duela menos." Sonreí tristemente. "Si me voy, quizá él esté más motivado. No puedo soportar más ataduras a un pasado que yo quizá nunca recuerde. Quiero construir una vida con él."

Jenna cubrió mi mano con la suya. "Lo lamento tanto, pero Ryan no va a aguantar mucho y nunca te va a dejar. Tú sabes eso, cierto?"

Mis ojos se llenaron de lágrimas otra vez. Volteé para poder limpiarlas. "Mira, ya es suficiente de mis mierdas patéticas." Traté de cambiar el tema. "Aaron se ha acercado a fijar una fecha?"

Se encogió ligeramente de hombros. Decepción y dolor cruzaron sus facciones. "Después de casi nueve años este trato debería estar cerrado."

"Quizá está esperando la graduación," planteé gentilmente. "Quizá él también necesita una ligera patadita en el trasero, hmmm?" Sonreí a pesar de las lágrimas que aún estaban entre mis pestañas. Una idea se formó detrás de los ojos azules de Jen mientras una sonrisa iluminó todo su rostro.

"Vamos de compras! Odio sentarme aquí a sentir lástima de mí misma." Lanzó su cabello rubio por encima de sus hombros. "De hecho, compremos ropa nueva, zapatos nuevos, vayamos al salón de belleza, y luego saldremos esta noche. Dejemos que se pregunten qué está pasando, ah?"

Una gran parte de mí no quería lastimarlo más de lo que ya estaba, pero salir con Jen sonaba divertido. Comencé a recordar tiempos en los que Ellie, Jen y yo habíamos pasado noches similares a esta.

"Okey. Suena grandioso! Nos encontraremos luego de mi consulta. En el Centro Comercial?"

"Nop. En el centro. Allí las tiendas son más divertidas y más costosas. Para sentirse mejor solo hay que tener dinero, cariño. Podemos ir directo al bar, luego de eso." Dijo perversamente, con un nuevo brillo en sus ojos. Ella era una mujer con una misión y nada iba a detenerla.

Me reí. "Aaron no tiene oportunidad!"

"Tú eres perfectamente capaz de derribar a Ryan si así lo quieres, Julia. Entonces hazlo." Dijo seriamente. Mi corazón y cuerpo se tensaron con la anticipación.

"Okey. Sí." La decisión estaba tomada. Miré el reloj. Necesitaba irme o llegaría tarde.

Puse mi taza de café vacía en la cocina antes de ir a la puerta. "Okey, nos vemos en un par de horas," dije sobre mi hombro mientras me coloqué mi cartera y metí los pies en mis botas de cuero negras. "Te llamo cuando termine."

"No dejes que intente nada, cariño."

"Jen, por favor. Esto es puramente profesional. Además, ya sabes dónde está mi corazón y nada cambiará eso."

"Sí, ni siquiera tu pérdida de memoria," dijo. Fue como una irónica epifanía la que me envolvió de repente y me detuve. "Exactamente. Díselo a *Ryan*."

"Bueno, esta noche tendrá una pista," Jenna soltó eso con una sonrisa y no pude evitar reírme.

* * *

"Julia, me sorprendió que llamaras. Está todo bien?" Spencer estaba receloso y distante, era comprensible considerando el apasionado despliegue entre Ryan y yo en el Four Seasons.

"Sí," dije. Sentándome en una de las sillas frente a su escritorio por última vez. "Quiero decir… no realmente. No lo sé." Tartamudeé y me sentí avergonzada por mi falta de habilidad para siquiera formar una frase coherente. Mi cara se sentía caliente al sonrojarse, y presioné la parte de atrás de mi mano a mi mejilla.

Sus ojos se estrecharon y recorrieron mi rostro. "De qué se trata esto?"

"Estoy pensando en regresar a Nueva York. He recordado mi trabajo. Creo que estoy lista y estoy cansada de no hacer nada. No es mi estilo."

"Discúlpame, pero… que dice Ryan acerca de esto? Después del último fin de semana, y," él gesticuló hacia el diamante brillando en mi mano. "Pensé que pudiste haber recordado. Lo has hecho?" Sus palabras eran lentas y medidas.

"No todo. Sé que lo amo y que estábamos, *estamos* comprometidos. Pero es mucho más de lo que pude haber imaginado."

"Lo recordaste tú o él te dijo acerca del compromiso?"

"Ryan me lo dijo."

Spencer cruzó sus brazos sobre su pecho. "Ya veo." La tensión en su voz era evidente.

Me removí incómoda. "No estoy segura que lo hagas. Sí, él me dijo acerca del compromiso, pero las otras cosas… las siento dentro de mí. Ni siquiera puedo explicarlo, pero *lo sé*. Aun cuando no puedo tener la imagen completa todavía, el amor es tan tangible que casi puedo estirarme y tocarlo. No sé de qué otra forma articularlo."

Él no habló pero continuó estudiándome. Moví mi diamante alrededor de mi dedo hacia adelante y atrás.

"Qué más te ha dicho?"

"He estado *rogándole* que me cuente todo. No fue su culpa. Él ha estado haciendo justo lo que tú indicaste, pero yo necesito saber. Ryan no ha dicho, 'Hey, Julia. Tú estás locamente enamorada de mí.'" Bajé el tono en mi burla de imitación y me ruboricé. "Y discúlpame pero no veo qué tiene que ver esto con mi regreso a Nueva York."

"Cuál es la verdadera razón por la que has estado pensando en irte, Julia. La verdad?"

Tragué el nudo en mi garganta y desvié la mirada. "Ah, mi estadía aquí está lastimando a Ryan. Él está luchando y no nos deja avanzar. Tuvimos unas asombrosas 24 horas y luego todo volvió a cambiar otra vez. Es muy cariñoso y considerado, pero no me toca ni pasa tiempo conmigo y… Yo necesito sentirme cerca de él. Él también lo necesita."

"Esto no era lo que esperaba. De lo que pude ver de ustedes dos el último fin de semana, pude haber jurado que iba a sacarte de ahí y a contarte todo."

"Yo desearía que lo hubiese hecho."

Spencer suspiró. "Julia, quiero lo mejor para ti, y Ryan está haciendo eso al dejarte recordar por ti misma. Si tú crees que necesitas irte a Nueva York, entonces mi consejo es que lo hagas. Si Ryan y tú están destinados a ser, funcionará."

Me sentí como si estuviese de vuelta en la secundaria, recibiendo un sermón de mi papá. "Nosotros *estamos* destinados a ser," insistí, mis ojos clavados en los de él, mi barbilla sobresalió desafiante. "No puedo vivir con menos que eso."

Mi voz se quebró en la última frase. "Supongo que estoy esperando que él se dé cuenta que no puede vivir sin mí."

"Julia, yo estoy aquí para ayudarte a resolver las cosas y nada más. La otra noche… bien, puedo ver cuánto te ama Ryan. Sus acciones ciertamente afirman eso," dijo en voz baja. "Ha sucedido algo más?"

"Sí. Tuve un sueño acerca del accidente pero realmente eso es todo, además de lo que ya te he dicho."

"Y?"

"Apenas desperté. Recuerdo el dolor y que grité el nombre de Ryan. Honestamente, lo manejé mejor de lo que Ryan lo hizo. Él me sostuvo después de eso pero desde ese momento, se distanció otra vez… y duele."

"Julia, él es un estudiante del cuarto año de medicina. Es extremadamente dedicado y está tan cerca de terminar. No lo tomes como algo personal."

"En serio? Todo lo que Ryan hace está motivado por lo que esté sucediendo conmigo. Él podría trabajar desde el departamento pero lo hace desde la biblioteca en vez de eso. Todo el tiempo. Realmente lo extraño."

"Comprendo. Cuándo fue el sueño?"

"Domingo en la noche."

"Ah, entonces justo después de lo del restaurant."

"La noche siguiente, sí. Por favor no implique que estar cerca de Ryan lo causó. Y aun si lo hizo, no cambiaría nada."

"Solo trato de determinar qué pasó para ver si podemos hacer que esto sea más fácil para ti. Imaginé que algo como esto podría impulsar tus recuerdos."

De repente lo entendí. *Le dijiste a Ryan que estar cerca de mí podría ser un detonante?* "Realmente no me interesa hacerlo más fácil, solo hacerlo más *rápido*. No quiero que Ryan sufra más."

Asintió, casi resignado. "Sí, sé que ha sido difícil para él y veo que realmente lo amas. Es un hombre afortunado."

"No, yo soy la afortunada." Estudié sus reacciones. "Acaso tú… hablaste con él acerca de mí."

"Julia, no puedo hablar con él de lo que tú y yo discutimos específicamente. Eso es un privilegio profesional, pero antes de que tú y yo tuviéramos nuestra primera sesión profesional él y yo hablamos un poco. Acerca del accidente y de tu pérdida," él dudó brevemente, "ah, de tu memoria, pero eso es todo. Excepto por nuestra conversación del restaurante."

"Lamento eso. Debí considerarlo antes de haber aceptado salir a cenar. Ryan es muy protector." El placer hizo correr la sangre hasta mis mejillas.

Spencer se rió. "Lo llamaría posesivo y es perfectamente comprensible, pero la cena era inocente." Él pausó y observó mi rostro. "Si pudieras tener cualquier cosa que quisieras, qué sería?"

Aunque su intención era buena, todo parecía sin sentido. Quería la validación de mis sentimientos, validación de mi decisión de regresar a Nueva York, validación para retomar mi vida con Ryan. Ahg! No es esa la razón por la que todo el mundo va a un psicólogo? Jodida validación?

"Solo quiero mi vida de regreso, aun si nunca recuerdo completamente. Quiero a Ryan, volver a mi trabajo y a los planes que teníamos. Eso, si él me los dice."

"Crees que puedas preguntar?"

"Me siento cómoda hablando con él acerca de cualquier cosa. Ahora, que él escuche es otra historia por completo."

Su cara era analítica y relajada. No pude evitar pensar lo que Ryan dijo acerca de no confiar en él, pero hoy él solo me había apoyado.

"Él escuchará… eventualmente. Él no quiere perderte así que él escuchará."

"Gracias, eso espero."

"No hay problema. Ha sido un placer, Julia. De verdad."

Mi teléfono sonó en mi cartera y lo miré apenada.

"Hola?"

"Hey! En qué andas?" Preguntó Ryan. Sus palabras sonaban cuidadas, renuentes como si quisiera preguntar pero como si no debiera hacerlo.

"Voy de compras con Jenna. Estás en tu hora de almuerzo?"

"Sí, solo quería escuchar tu voz."

"Bueno, puedes escucharla cuando quieras," murmuré suavemente al teléfono.

"Mmmm…" podía escuchar el deseo en su voz y mi corazón se alegró.

"Escucha. Por qué no paso por allá un momento? Cuánto tiempo tienes?" pregunté.

"Solo como 45 minutos. Eso suena bien. Si puedes."

"Llevaré el almuerzo."

"No tienes que…" comenzó. "Podemos solo encontrarnos en la cafetería."

"Calla, Ryan. Nos vemos en el patio, okey?"

"Okey," la sonrisa traspasaba su voz. "Te veo en un momento. Adiós."

"Estoy en camino. Adiós, cariño."

Miré felizmente a Spencer. "Debo irme! Veré a Ryan para almorzar." Me levanté y me apresuré por la puerta sin pensarlo dos veces.

"Gracias, otra vez!"

* * *

Ryan estaba esperando en una banca cerca del lado este del patio, había montones de rosas y otras flores en el sendero. Su cabello caía casualmente a través de su frente con brillos dorados por la luz solar. Pasó sus dedos a través de él y me mostró una gran sonrisa. Tan impactante; uniforme, estetoscopio y un bolsillo lleno de bolígrafos, él era colirio para los ojos. Finalmente me tomó en sus brazos, su boca cayó hasta mi cabello y mi sien y me besó. Me enojó que la comida en mis manos me impidiera abrazarlo también. Lo mejor que pude hacer fue pararme en las puntas de mis dedos y besar la base de su cuello con mis labios abiertos. Sus brazos me apretaron más y me besó en la mejilla.

"Te extraño," dije antes de poder contenerme.

"Yo te extraño más," dijo suavemente, soltándome y tomando la comida de mis manos. "Trajiste suficiente para un ejército? Quizá debería ver si Aaron está libre?" sus ojos azules miraron a los míos mientras nos sentábamos en la banca.

"Me gustaría que fuésemos solo nosotros dos, si eso está bien."

Sostuvo mi mirada, sus facciones eran suaves pero tenía ojeras bajo sus ojos. Le pasé una lata de soda y luego me estiré para tocar su mejilla, mis dedos acariciaron su fuerte quijada. "Te ves cansado."

"Sí. Un poco."

"Desearía que no tuvieras que trabajar tanto." Él me pasó uno de los sándwiches de ensalada de pollo y comencé a desenvolverlo.

"Después de la residencia." Ryan abrió rápidamente el suyo y le dio una gran mordida. Se veía un poco más delgado y me preocupaba que no estuviera comiendo.

"Estoy preocupada por ti."

Sonrió después de tragar su comida. "Estoy bien. Solo ocupado."

Tomé la corteza del sándwich en mi regazo. Asentí una vez. "Okey."

"Te ves hermosa," dijo en el aterciopelado tono que me encantaba. No pude detener mi sonrisa y el enrojecimiento de mis mejillas. "Cuáles son tus planes hoy?"

"Ir de compras con Jenna."

Siguió comiendo y yo pude comer otro poco.

"Eso será bueno. Jen también necesita salir. Aaron trabaja tanto como yo."

"Difícilmente. Ni siquiera cerca." Insistí.

"Bien, su especialidad no es tan exigente."

El extraño silencio entre nosotros colgaba como una tormenta mientras yo luchaba por encontrar las palabras que iba a decir. Estar tan distantes después de nuestra apasionada noche era raro. Di otra mordida al sándwich y luego envolví el resto.

Respiré profundo y luego entré de lleno en el asunto. "Ryan, hoy hablé con Meredith," comencé.

Inmediatamente Ryan abandonó su almuerzo y sus ojos conectaron con los míos. "Y?"

Esto era tan difícil! "Y, puedo regresar a mi trabajo cuando yo quiera. Creo que ya es hora."

Él no dijo nada, pero los músculos de su mandíbula comenzaron la sobre marcha.

"Bien?" presioné. "No tienes nada que decir?"

Su tono fue duro cuando habló. "Suena como que ya lo decidiste, pero si me preguntas qué pienso, entonces…*no.* No tengo tiempo de discutirlo justo ahora."

La ira se levantó ante su fácil desdeño. "Bien, no es acerca de ti. Es acerca de mí."

"Sí, puedo ver que no es *acerca de mí.*"

"Qué demonios se supone que significa eso?" Me sentí frágil y parpadeé rápidamente para borrar las lágrimas que se formaban mientras recogía la comida. En segundos, todo estaba metido en la bolsa y me importaba un bledo si los dos habíamos comido o no.

"Tengo que volver al trabajo. Podemos hablar esta noche," me desechó otra vez. Me erguí y contra mi voluntad mi barbilla sobresalió en desafío.

"No. No podemos hablar esta noche. Tengo planes. Disfruta… lo que sea que haces con tu tiempo. Quizá te deje una nota pegada al espejo del baño, o podremos enviarnos unas jodidas señales de humo, ya que parece que nunca tienes tiempo para estar conmigo estos días." Comencé a reírme en una tensa histeria.

Él ignoró la segunda parte de mi declaración. "Qué planes?" preguntó con rabia y bruscamente tomó mi brazo. Me detuve y lo miré hacia arriba con los ojos llenos de dolor.

"Voy a salir," dije simplemente. La electricidad pasó entre nosotros desde donde él me sujetaba... como siempre. Excepto que esta vez dolió. Estaba enojada y me sentía infernalmente sola.

"Con quién?" preguntó bruscamente y sin hacer ningún ademán para soltarme.

"Acaso importa? Seguro como el infierno que no serás tú." Mi voz se agudizó por el arrepentimiento mientras traté de liberar mi brazo y marcharme.

"Julia, detente! Dime. *Ahora!*" Exigió Ryan, mientras su mano se apretaba alrededor de mi brazo. Las personas que caminaban por ahí comenzaron a notarlo, dirigiendo curiosas miradas en nuestra dirección. Dejé de luchar inmediatamente. No quería que pareciera que él me retenía en contra de mi voluntad. Ryan me tenía sin tocarme, sin decir palabras... sin importar lo furiosa que estuviera. El pánico llenó su rostro y yo resoplé.

"Oh mierda, Ryan! Jenna!! Solo Jen... pero sabes qué, quizá encontremos a alguien que nos preste un poco de atención. Nos serviría a ambas. Tú y Aaron... ambos están tan ciegos." Liberé mi brazo de un tirón y comencé a retirarme, dando solo cinco pasos antes de que sus manos se cerraran sobre mis hombros.

"Dije detente!" dije entre dientes, y con los ojos encendidos.

"Eres tan celoso y es completamente irracional. Cuando vine aquí hoy, planeaba decirte que no quería ir sin ti." Estaba respirando forzadamente y perdiendo el frágil dominio de mis emociones. "Estoy parada aquí, y todo lo que quiero es que tu estés conmigo. Y tú estás furioso porque voy a algún lugar sin ti, cuando es tú elección!! Esto ha sido tu elección, Ryan! No puedes ver lo trastornado que es eso?" Me reí nerviosamente. "Quiero decir, si no fuera tan jodido hasta sería gracioso!"

Sacudí la cabeza y clavé mi mirada en él hasta que me soltó. Su respiración se aceleró y uno de sus brazos cayó a su lado mientras que pasaba la otra mano por su cabello y me daba la espalda, pero se quedó quieto como una piedra.

Traté de equilibrar mi voz. "Puedo ver que tienes mejores cosas que hacer, entonces diviértete con eso," dije en voz baja y el volteó hacia mí otra vez. Lo ignoré y regresé en la dirección por la cual llegué. El sendero, las flores y la gente se hicieron borrosos ante mi vista cuando apresuré el paso.

"Julia!" Gritó Ryan detrás de mí. "Julia! A dónde vas esta noche? No tengo tiempo para esta mierda ahora! Tengo que ir a trabajar!" mi corazón golpeaba en mi pecho pero me obligué a seguir caminando. "Maldita sea! Julia!"

Fingí que no lo escuché y lancé la bolsa a la basura cuando pasé por ahí. Antes de llegar al auto, mi teléfono vibró en mi bolso. Abrí la puerta y apreté el volante con tanta fuerza que me dolió. Traté de no mirar las palabras en la pantalla.

Dime dónde vas a estar. Estaré allí.

* * *

"Le escribiste a Ryan?" Preguntó Jen ansiosamente. La música era fuerte, las luces bajas y parpadeando. Los bajos vibraban en mi pecho. Jenna tenía el cabello recogido sobre su cabeza y ambas usábamos jeans y zapatos de tacón alto. Yo derroché y compré unos nuevos Kenneth Cole. No eran Prada o Louboutin, pero si estuviera en Nueva York tendría mi agradablemente repleto closet.

"No." Aunque aún estaba enojada, la mayoría de lo que sentía era dolor. Todo este juego del gato y el ratón con Ryan me estaba cansando. Él había escrito tres veces más, enojándose cada vez más y más.

Jen rebotaba con la música y estaba sorbiendo su segundo Martini de chocolate. Arrugué mi nariz. *Asqueroso.*

"Bien, ahora Ryan puso a Aaron a escribirme. No le dijiste cómo me siento, o sí, Julia?"

202

Sacudí mi cabeza he hice el gesto de que mis labios estaban sellados. "Nunca."

"Bien. Deja que sus motores se enfríen por un rato."

Comenzamos a reír, mi vino blanco ayudó a mi relajación. El top azul brillante de Jen estaba cubierto con lentejuelas, pero yo había elegido una opción más sutil. Una camiseta blanca de corte bajo y sin mangas. Resaltaba hermosamente por el profundo escote de la parte de arriba de mis pechos. No usé collar, solo unos pendientes largos en forma de lágrima de diamante y… miré hacia abajo a mi mano izquierda todavía adornada con el delicado brazalete y el anillo de compromiso. Brillaban en la tenue luz de las velas. Puse mi mano derecha protectoramente sobre el brazalete. Mi cabello estaba más despeinado de lo normal, como si fuera obra del viento, pero Jenna asintió con aprobación cuando terminamos en el salón de belleza. Se sentía bien arreglarse y salir. La única cosa que podía mejorarlo es que Ryan estuviese aquí.

Eres patética Julia. No puedes pasar unas pocas horas sin pensar en él? Me encogí ante mi propia debilidad.

Goodlife estaba lleno, animado, oscuro y más divertido que el día que vine a almorzar con Ryan. Comencé a moverme con el ritmo y comenzamos a cantar.

"Entre esas rocas y la tontuela mirada en tu rostro, estás matando mi vibra, Julia. Ningún tipo nos invitará a bailar."

"No estamos aquí para conquistar tipos." Mordí mi labio y sacudí mi cabeza.

"No, pero yo quiero bailar." Movía sus hombros. "Podemos bailar. Pueden mirar pero no tocar. No hay nada malo con eso."

Me reí felizmente. "Ryan no estaría de acuerdo con eso."

"Quién?" abrió sus ojos y frunció los labios. "A quién acabas de mencionar?" preguntó cáusticamente.

"Okey. Entendí el punto." Otro mensaje vibró en el teléfono en mi bolsillo. A pesar de la miraba enojada de Jenna lo saqué.

Julia, me cansé de jugar. Dime dónde estás? AHORA!

Suspiré. A quién estaba engañando? Ryan estaba claramente enojado y yo no quería lastimarlo.

"Qué ha dicho Aaron? Ha llamado?"

Jenna tomó un largo trago de su bebida. "Oh, sí. Parece un poquito desencajado."

"Ryan está molesto." Levanté mi vino y casi me ahogo cuando Jen tomó mi teléfono. Me carcajeé. "Oh Dios mío!" jadeé. "Estás tratando de meterme en más problemas?"

"Demonios, sí." Comenzó a tipiar y traté de quitárselo pero ella lo sostuvo fuera de mi alcance.

"No, Jen. No lo hagas."

"Pffft, Relájate, Jul."

Estamos en Goodlife. Julia luce ardiente. Si yo fuera tú traería mi trasero aquí pronto. Jen.

Me devolvió el teléfono y respiré aliviada. Pudo haber sido peor.

"Diría que tenemos treinta minutos para embriagarnos y conseguir unas víctimas para bailar. De ninguna manera entraran aquí para encontrarnos sentadas solas. Ah ah." Levantó su vaso y lo sonó contra el mío. "Salud!" vació su bebida y gesticuló a la mesera por otra ronda. Bailar sonaba divertido… pero parte de mí estaba renuente. Lo que yo realmente quería era que Ryan me sostuviera por el resto de la noche.

"Qué demonios," Jenna gruñó en disgusto mirando a través del bar.

"Qué?"

"Agh. Solo ese pedazo de mierda que se la pasa persiguiendo a tu hombre." Mi cabeza se disparó en la dirección en la que Jenna miraba y mi estómago se apretó. "Que *alegría*."

Tenía que ser Liza. Cabello rubio rojizo, bonitas facciones, figura delgada. "Oh," mi boca formó la palabra, pero no salió nada.

"Que mierda. Bien, estamos seguras hasta que Ryan atraviese esa puerta."

"Por qué?"

"La chica es como una perra en celo en lo que a él concierne. Ha hecho muchos patéticos intentos por meterlo en su cama. Es triste." Me tensé visiblemente y Jen lo notó. "Julia, no te preocupes. Ryan nunca la ha tocado, pero necesitas tener cuidado. Esa perra no descansa. Puedes manejarlo?"

"Eso creo, pero eso depende de Ryan."

"Vamos a divertirnos con eso. Él te reclamará cuando llegue aquí, confía en mí."

"Espero que traiga a Aaron. Esto se supone que también era para ti."

"Ryan insistirá en que Aaron lo acompañe. Él nunca me dejaría aquí sola cuando arrastre tu pequeño trasero fuera de aquí."

"Él no *arrastrará mi trasero fuera de aquí*," me burlé.

"Recuerda, el Ryan cavernícola es más ardiente que el infierno, y que no te quede duda… lo hará. Es eso o finalmente Liza va a tener un buen vistazo."

"Seguramente él le ha dicho."

"Esa perra es sorda y tonta. Aaron dice que prácticamente lo acosa en el campus," dijo Jen, el sarcasmo llenaba su voz mientras su expresión se endureció.

Tomé otro trago de mi vino, pensando que quizá debería cambiarlo por algo más fuerte. La mirada de Liza me recorría de pies a cabeza. Resistí la urgencia de levantarme y dar una vuelta. Mi sangre comenzaba a hervir. Era estúpido. Yo ni siquiera conocía a esta mujer; Ryan ni siquiera estaba aquí, pero yo la odia solo de verla.

"Por qué se queda mirándome?" la pregunté a Jenna en voz alta. Prácticamente tuve que gritar porque la música estaba muy fuerte.

"Ella sabe quién eres y tienes esa gran roca en la mano, Julia." Jen se burló con una falsa exasperación y luego sonrió felizmente.

"Oh, la misma que tú no querías que yo usara esta noche?" bromeé.

"Sí. Vamos a bailar!" Una canción particularmente rítmica sonaba y ella me llevó a la pista de baile.

"Pero…sin chicos?"

Para el momento en que llegamos a la pista de baile había comenzado otra canción. Varios hombres nos estaban mirando cuando le levanté una ceja a Jenna. Ella estaba sonriendo y asintiendo, claramente al tanto de todo. Tenía que admitirlo, era halagador y divertido. Chicas siendo chicas, me dejé moverme al ritmo de la música.

Estaba perdida en la música, la niebla del alcohol empaño mi sentido común y de cualquier pensamiento sobre las consecuencias de mis acciones. Los hombres de la mesa del fondo silbaban y maullaban en nuestra dirección. Yo solo me reía. Jen coqueteó con ellos un poco hasta que finalmente Aaron apareció entre nosotras y agarró a Jen por un brazo. "Jenna! Esta mierda no va a pasar!" gritó, su cara era de enojo.

Mis ojos buscaron un par de ojos azules en llamas.

Ryan estaba parado en la mesa que Jenna y yo acabábamos de dejar vacía, reservada por las carteras y chaquetas que quedaron en las sillas. Su rostro era duro cuando me miró.

"Qué demonios?" Jen le dijo a Aaron detrás de mí. "Me extrañaste o algo?" El ruido en el club silenciaba sus palabras.

La discusión de Jenna y Aaron se atenuó cuando alguien tomó mi mano. Uno de los hombres de la mesa del fondo estaba parado frente a mí.

"Quieres bailar? Parece que tu amiga está ocupada."

"Ah… gracias, no…" apenas había comenzado cuando una banda de acero me aferró desde atrás y mi muñeca izquierda fue tomada con un fuerte agarre. "Uf…" gruñí y perdí el aire de los pulmones. El perfume de Ryan me llenó cuando tomé mi próximo aliento.

"Ves esto, pedazo de mierda?" gruñó Ryan. Le mostró mi mano con el anillo de compromiso al desconocido al mismo tiempo que me llevó de vuelta a la mesa. "Estás jodidamente ciego?" gritó.

"Difícilmente. Amigo, mírala. Cualquier hombre sería un estúpido por no intentar." La cara de Ryan se enrojeció y miró al hombre que era de menor estatura seriamente.

"Ah, no. Estúpido sería que no retrocedieras hasta el infierno y *rápido*. Esto se acabó."

La situación me pareció cómica y comencé a reírme. Ryan siguió caminando hacia la mesa, mis pies colgaban por el aire y finalmente me bajó.

"Me alegra que encuentres esta situación tan jodidamente entretenida," estableció. "Qué demonios crees que haces, Julia?"

Recorrí con un dedo la parte frontal de su camiseta de mangas largas, color verde oscuro. La dejó colgando desde la cintura de sus jeans y yo halé el borde. Mirándolo a través de mis párpados medio pesados, me recorría el deseo; quería sus brazos a mí alrededor. *Ahora.*

"Solo bailando." Mi tono bajó y mi mano se deslizó por debajo de su camiseta a los definidos músculos de su abdomen desnudo y al sendero de vellos que iban hasta su pantalón. Sus músculos se contrajeron bajo mis dedos e inhaló violentamente. "Jen tiene razón." Se llenó de confusión y sus facciones se suavizaron ligeramente. "El Ryan cavernícola es ardiente. Taaaan ardiente." Las esquinas de mi boca se levantaron en una suave e incitante sonrisa y finalmente él deslizó sus brazos a mí alrededor.

"Ya déjalo. Los halagos no servirán." Su boca se torció con el esfuerzo de evitar la sonrisa y sus ojos brillaron. "Por lo menos, no todavía."

"Mmmm…" suspiré contra él enterrando mi nariz en su cuello y descansando mi frente en la fuerte línea de su quijada. "Te sientes bien. Hueles bien. Apuesto a que también sabes bien." Murmuré felizmente.

"Julia, estás ebria?" preguntó mientras me halaba para estar entre sus rodillas. Apartó el cabello de mi cara y acunó en su mano una de mis mejillas y luego deslizó su mano más allá hasta la parte de atrás de mi cuello. Miró intensamente a mis ojos, sus largos dedos acariciaban mi piel.

"Solo un poco," dije honestamente. No podía apartar mi mirada de esas azules profundidades. Estaba completamente hipnotizada. "Te he extrañado." Gravité hacia él, mi nariz rozando la suya. Su cálido aliento cubriendo mi cara mientras exhalaba.

Asintió y tragó. "Yo también te extrañé como loco." Sus manos se paseaban por mi espalda y caderas, atrayéndome más cerca hacia su pecho, sus dedos enredándose, sondeando. No pude resistirme, dejé que los míos se deslizaran por sus hombros a la parte de atrás de su cabeza entre su denso cabello. "Agh, Julia! por qué me haces esto? Debería estar tan enojado en este momento, pero lo único que quiero es besarte hasta perder el sentido."

Mis dedos halaron sus cabellos, retándolo a traer su boca a la mía. "Yo quiero más que eso," susurré contra su boca. "Pero, si besos es todo lo que me darás, los tomaré todos y cada uno."

Él se resistió a los besos por los que yo estaba muriendo, su boca justo sobre la mía. La música golpeaba a un ritmo mientras sus dedos apretaban mi piel. Mi pulso se aceleró. "Disfrutas atormentándome?"

"Eso no es necesario, Ryan. Todo esto que te tiene en agonía, puedes tenerlo. Yo estoy justo aquí frente a ti… y te deseo." Mi voz cargada de sexo y yo dije en serio cada palabra mientras continuaba acariciándolo con mi nariz. "Por qué no lo haces?" El momento era tan íntimo que se sintió como si solo existiéramos nosotros dos. Quería ahogarme en él.

Él gruñó; la parte de atrás de sus dedos flotaba sobre la parte abultada sobre el escote de mi blusa, sus ojos seguían el camino. "No es tan simple. No es solo acerca de lo que yo *deseo*."

"Sí lo es. Acaso no lo sabes?" Sus ojos se levantaron de mis pechos hasta mi boca y yo cerré los ojos. Iba a besarme, finalmente. Esperé, y luego abrí los ojos cuando se alejó ligeramente y yo gemí en protesta. Agh!

Ryan seguro había ordenado tragos cuando yo estaba en la pista de baile porque la mesera llegó con cuatro cervezas, otro Martini de chocolate y una copa de vino blanco. Él me giró hacia un lado con su brazo aún firmemente alrededor de mi cintura y buscó en su bolsillo frontal el clip de dinero.

"Sostienes esto cariño?" preguntó. Tomé el clip con el dinero y él sacó treinta dólares los entregó y devolvió el clip a su jean. Él tiró gentilmente de mi brazo y yo quedé sentada en su regazo. Miré a la pista de baile y Aaron y Jenna se estaban besando con muchas ganas.

"Hey… no se suponía que Aaron iba a proponerle matrimonio a Jenna cuando se mudaran a Boston? Recordé una conversación que tuvimos… Dijiste que no lo mencionara porque Aaron quería que fuera una sorpresa."

"Prefiero la conversación que teníamos cuando nos interrumpieron," rezongó tomando un largo trago de su cerveza. Sonreí y me incliné para dejar un beso húmedo en una parte muy sensible debajo de su oreja. Permanecí ahí por un momento y toqué con la punta de mi lengua su piel. Quizá el alcohol me estaba haciendo más atrevida de lo usual, pero no me importaba. Él gimió y giró hacia mí, finalmente encontrando mi boca con la suya. El beso fue suave, incitante y ni cercano a ser suficientemente largo.

Mis dedos acariciaron su quijada cuando hablé. "Sí, pero Jen ha estado triste. Ella quiere casarse."

"Estoy de acuerdo en que él debería casarse con ella. Ella se lo merece. Le ha dado mucho de su tiempo."

Estudié su rostro. "Es por eso que me lo propusiste? Porque había pasado tiempo?"

Sus ojos se fijaron en los míos y se encendieron. "Te lo propuse porque mi vida comenzó cuando te conocí. Yo no puedo vivir sin ti," las palabras fueron casi arrancadas de su pecho y mi corazón se infló al punto de casi explotar.

"Entonces, por qué estás tratando de hacerlo?"

"No lo estoy haciendo. Solo trato de protegerte y dejarte recordar cuando estés lista."

Asentí. Él estaba diciendo la verdad y realmente pensaba que estaba haciendo lo correcto.

"Así que eso significa que no me harás el amor esta noche?" sonreí dulcemente.

Sus ojos no se movieron de mi rostro mientras esperé la respuesta. "Julia, no nos tortures a ambos. Pasará cuando sea el momento correcto." Mis ojos ardían y mi garganta se apretó tanto que tuve que desviar la mirada. "Yo te amo, eres la más hermosa y deseable mujer que he visto jamás. No puede haber nadie más para mí. No en esta ni en otras cien vidas." Su pulgar subió mi barbilla. "Hey, mírame. Tu sabes que lo eres todo para mí." Sus labios se levantaron en una pequeña sonrisa. "Quiero decir, recorrí toda la ciudad buscándote y tengo el peor caso de dolor de cojones que he tenido. Me haces desearte tanto. Me incitas a más no poder."

Sonreí a pesar de mí misma.

"No creas que no sé lo que estás haciendo. Los pequeños atuendos, pequeños toques… por qué crees que vivo metido en el hospital? Me estás matando… Me muero de ganas."

"Hey Ryan, quien es tu pequeña amiga?" Una resbalosa voz irrumpió en nuestra burbuja de Ryan y Julia.

No esperé que él nos presentara, mis ojos encontraron a Liza sin titubeos. "Soy Julia. Y tú debes ser… *Lola,* cierto?" Abrí bien mis ojos y pregunté con burlona inocencia. La cabeza de Ryan cayó hacia adelante, sus hombros se sacudían. Estaba muerto de risa.

Yo aún estaba en su regazo y su brazo se apretó a mí alrededor, comunicando que él quería que me quedara donde estaba.

"Gahh," gruño ella. "*Liza.*"

"Oh, lo siento." Extendí mi mano derecha y estreché la suya, silenciosamente deseando por esta vez ser zurda. "Vas a la universidad con Ryan. Él me contó."

"Lo hizo?" Sacó una silla y empujó la bebida de Jen hacia adelante, reemplazándola con la de ella.

"Él me cuenta todo. Qué estás tomando? Se ve bien."

"Amaretto agrio. Debes probarlo. Y sí, yo voy a Harvard con Ryan. Tenemos un montón de clases juntos."

Mi perra interna sacó la cabeza. "Sí, lo sé," contesté dulcemente. Ryan se sentó en silencio mirando entre nosotras dos y haciendo su mejor esfuerzo por no sonreír. "Bebé, eso se ve realmente bueno. Conseguirías uno para mí?"

Me levanté para que Ryan pudiera ir hasta el bar. "Ammmm, seguro," contestó con incertidumbre. La mirada en su cara decía que él no creía que fuera buena idea dejarme sola con esta mujer, pero se levantó para cumplir mi deseo de todas maneras.

"Entonces, tú eres la chica de los cafés de los domingos?" preguntó la otra mujer. Dejé que mis ojos la recorrieran lentamente. Era bonita en una forma descarada y su cabello era ondulado y con friz. Tenía grandes pechos, lo cual la mayoría de los hombres encontraría atractivo y ojos azul claro.

La chica del café de los domingos? Ah... ella es la voz en el fondo. Lo recordé.

Sonreí brillantemente, tratando de ocultar mi irritación. "Sip! Esa soy yo."

"Yo estaba ahí la noche que te trajeron por el accidente. Es bueno verte mejor. Estás bien del todo, cierto?"

Ryan volvió con la bebida y la colocó frente a mí antes de retomar su lugar junto a mí. Pasó su brazo por la parte de atrás de mi silla mientras yo me incliné adelante hacia la otra chica.

"Mucho mejor. Que amable de tu parte preguntar. Entonces, cuáles clases tienes con Ryan?"

Hablé con Liza y Ryan observaba. Ella enalteció la experticia de él en química orgánica, farmacia, asquerosa anatomía, y una larga lista de otros temas, asegurándose de que yo supiera cuan extenso había sido su contacto con él. Fue entretenido y ligeramente triste como estaba tratando de marcar una lucha territorial conmigo.

Mis dedos jugaron con la bebida y finalmente tomé un trago. Agh! Era tan empalagosamente dulce que casi me da náuseas. Traté de no hacer una mueca, saqué la cereza del vaso y comencé a juguetear con ella. La mano de Ryan se cerró sobre mi rodilla por debajo de la mesa en silente petición para que terminara esta farsa.

"Créeme; yo sé lo brillante que es Ryan." Saqué la fruta de su tallo con mis dientes y la mastiqué.

Sus ojos develaron un reto silencioso. "Entonces, am... qué es lo que tú haces, Julia? No creo que Ryan lo mencionara nunca."

Okey, querida, si así es como quieres jugar.

"Eso no es verdad. Yo hablo de Julia todo el tiempo," la irritación de Ryan se filtró por sus palabras. Yo entrelacé nuestros dedos por debajo de la mesa. Sus dedos eran cálidos junto a los míos y me apretó gentilmente.

"Está bien, cariño. Entiendo lo que quiso decir." Oh, sí. Le sonreí a ambos y dirigí mi atención a Liza. "Soy Editora de Moda en la revista Vogue. Es una de las publicaciones de Condé Nast. Mi oficina está en Nueva York."

"De verdad…" murmuró. No era realmente una pregunta. "Qué haces exactamente?"

"Liza no viniste con alguien?" Ryan interrumpió bruscamente y yo casi me reí. "No deberías irte a buscarlos?"

"Gracias por tu preocupación, Ryan, pero estoy bien," dijo entre dientes. "Estoy muy interesada en aprender más acerca de Julia."

"Bueno, yo estoy muy interesado en pasar tiempo a solas con ella," dijo en voz baja.

Jenna y Aaron volvieron y Jen alcanzó su bebida. Retrocedió y arrugó su nariz, su cara se contorsionó mientras señaló con la cabeza a Liza desde la parte de atrás de su silla. Aaron formó con su boca las palabras "Qué coño es esto?" hacia Ryan, quien simplemente arrugó la cara y sacudió la cabeza.

Puse el tallo de la cereza en mi boca y lo saboreé durante el intercambio, girándolo en mi boca y entre mis dientes hasta que hice un nudo, lo saqué y cerré mi mano sobre él.

"Mmm, bueno, contrato talento; diseño los contenidos y reviso todos los artículos. Apruebo contenido, organizo sesiones de fotos, selecciono vestuario. Trabajo con publicidad para solicitar los patrocinadores apropiados para varias presentaciones y eventos de caridad." Repasé todo despreocupadamente.

Miré en la dirección de Ryan, aun sosteniendo su mano. "No olvides el modelaje…" murmuró y su mirada retadora voló hasta Liza.

Me encogí de hombros. "Sí, eso."

Liza no se movió y yo miré a Ryan. Sostuve el pequeño nudo que había hecho con el tallo y mi lengua y lo coloqué en la mano de Ryan. "Aparentemente, soy multi-talentosa, hmm?" Levanté mis cejas sugestivamente y él se rió. Aaron también se reía y Jenna miraba con una sonrisa a través de su vaso.

"Ah, escucha Lizy… tu trasero está en mi silla." Jen apuntó esperando que la otra chica vaciara el asiento.

"Liza, fue agradable finalmente conocerte."

"Sí, es una pena que no lo hicimos antes. No habías venido a Boston en todo este tiempo?"

Ryan se veía molesto por la pregunta. "Todo el tiempo, pero yo nunca la dejo salir de la cama. Tenemos mejores cosas que hacer que socializar." La descartó y me haló con él por nuestras manos entrelazadas. "Vamos a bailar. Si no te pongo las manos encima en los próximos treinta segundos, no seré responsable de mis acciones."

Sonaba una suave canción. Yo estaba feliz de perderme en sus brazos, sentirlo cerca, con el calor entre los dos. "Lamento que tuvieras que pasar por eso, cariño," dijo seriamente y me dio un suave beso en la boca. Instantáneamente mi cara se levantó para encontrar la suya. Yo quería más…

Sacudí mi cabeza. "No pasa nada. Gracias por asegurarte que ella supiera acerca de mí."

"Ella no ha escuchado, pero ahora, quizá al ver lo hermosa que eres… y lo mucho que te amo, finalmente desaparezca." Sus manos tomaron la parte de atrás de mi camiseta en sus puños, y pude sentir sus uñas desplazarse por mi piel a través del fino material de la tela. Mi piel se erizó en la piel expuesta de mis brazos. "Tú eres todo lo que existe para mí, y mientras tú lo sepas, el resto del mundo se puede ir directo al infierno," gruñó justo ante de que su lengua se deslizara dentro de mi boca. Sus palabras me derretían, su toque me quemaba y su boca… me devoraba. Aun yo deseaba más y abrí mi boca y lo besé hasta que nuestras respiraciones fueron erráticas y finalmente él se alejó, rozando con la parte de atrás de sus nudillos mi pómulo mientras la canción terminaba.

"Julia, tú vas a ser mi muerte."

"Llévame a casa, Ryan," sonó como si le estuviera rogando. "Me sostendrías por esta noche? Quiero sentirte."

"Oh, amor." Su voz era densa mientras descansaba su frente sobre la mía. "Sí. Nunca quiero parar de tocarte."

De alguna forma, tenía que convencer a este hombre de que me hiciera el amor. Esta noche, yo estaba feliz con el pequeño paso. Él me estaba hablando, y tocando y… esos gloriosos besos. Tomaría lo que pudiera y estaría agradecida.

Pero pronto… yo iba a sentir sus manos en mi piel desnuda, su cuerpo fusionado con el mío, escuchar mi nombre en sus labios mientras se venía dentro de mí. Oh Dios. Tenía que suceder o yo iba a sufrir una combustión espontánea.

-9-

~Ryan~

"Los únicos recuerdos que logro tener son los que consigo cuando estoy contigo," Julia imploró, su mano recorriendo mi antebrazo hasta mi mano y luego de vuelta.

Dios mío. Se estaba volviendo imposible. Apenas podía quitarle las manos de encima, especialmente cuando ella estaba tan cálida y entregada. Yo podía ver el deseo en sus ojos, pero estaba aterrorizado de lo que podría pasar si yo sucumbía ante lo que ambos deseábamos. La última vez tuvo una gran consecuencia. Esas malditas pesadillas.

Aún me aterraban las repercusiones. Incluso recurrí a una llamada a Spencer y él estaba de acuerdo, su mente podría cerrarse aún más y perderíamos todo el avance que habíamos hecho.

Aunque sus motivos ulteriores eran claros, lógicamente, yo creía que él tenía razón. Ella podría retroceder y peor, odiarme. Yo no podría vivir con eso.

El departamento estaba oscuro y estábamos acostados en el sofá enredados el uno con el otro. Por algún milagro pude contenerme de hacerle el amor, pero me mataba. Hablamos un poco pero mayormente solo estuvimos abrazándonos. Me incliné y acaricié la parte trasera de su cuello con mi nariz, su sedoso cabello que siempre olía tan maravillosamente bien, caía por su rostro. Besando la piel a un lado de su cuello, mis labios se movieron hasta estar cerca de su oreja.

"Lo sé, nena. Pasaremos más tiempo juntos ahora. Recordarás pronto."

Ella se arqueó hacia mí, su cabeza descansando sobre mi hombro y su pequeño trasero presionando contra mi erección mientras estábamos acurrucados en el sofá. Mi cuerpo se aceleró y apreté mis brazos alrededor de ella. Tenía que extraerme de esta situación o algo iba a pasar entre nosotros. Aaron y Jen estaban trabajando y era temprano en la noche del domingo. Tenía un camión de trabajo por hacer pero lo único que quería hacer era sostenerla. Tocarla más, eran ridículas las ganas que tenía de nunca parar.

Julia tomó su Ipod de la mesa de café y renuentemente la solté, dando el tiempo necesario para mantener las palpitaciones bajo control.

"Qué estás haciendo?" pregunté suavemente.

Ella desenredó los audífonos y giró hacia mí. Me recosté y su cabeza vino a descansar en mi brazo, mirándome, su pierna entrando entre mis rodillas. La apreté más cerca para evitar que se cayera.

"Quiero compartir algo contigo. La escucharías conmigo?" Sus ojos oscuros se clavaron en los míos y yo asentí antes de tomar su boca con la mía. El beso fue gentil, suave y suculento. Inhalé cuando terminó y enredé mis dedos en su cabello.

"Sí."

Compartiendo sus audífonos las suaves notas comenzaron y ella colocó su mano en mi rostro. "Escucha las palabras, Ryan. Lo que significan…" Ella cantó suavemente con la canción. Palabras acerca de fe y huellas del pasado, honestidad y caminos que inevitablemente guían a salir de la oscuridad y regresar a una persona, me removió hasta el alma. Ella me estaba enviando un mensaje. Que todos los caminos nos llevaban el uno hacia el otro y no había otra elección. Nos miramos el uno al otro, nuestros dedos acariciándonos, nuestros cuerpos entrelazados. Era el paraíso. No quería tener que moverme nunca por el resto de mi vida. Mi corazón se comprimió ante lo asombrosa que era ella. Era la persona más hermosa, el alma más hermosa, que yo había conocido.

"Julia…" Respiré.

"Shhh… escucha,"

Golpe. Mi corazón se desplomó.

Deja de mirar atrás, Ryan, sus ojos imploraban. Cree en nosotros. Ahora.

Vi borroso y sus dedos en mi quijada se apretaron antes de que su húmedo aliento rociara mi cara y su boca abierta se asentara suavemente sobre la mía; coaccionando mí respuesta. Mi corazón dolía por el conmovedor momento; la canción era perfecta y no había algo que yo quisiera más que ceder al deseo… al loco amor.

Siempre aquel loco, loco amor. Nada había cambiado. Ni por los años separados, ni por el estrés o por otras personas, ni por la pérdida del pasado. Yo había sido tocado en un lugar en el que solo Julia había estado.

Para el final de la canción, la tenía debajo de mí, besándola con toda mi fuerza; la gloriosa respuesta de Julia fue profundizar el beso. Nuestras lenguas apareándose y nuestras bocas succionándose en un delicioso baile de dar y recibir. Dios, fue asombroso y sentía que moriría si no la tenía en ese mismo momento. Se aferró a la parte de atrás de mi cabeza con sus dedos halando mi cabello para atraer mi boca más cerca y su cuerpo surgió contra el mío. Quería beso tras beso arrancar la ropa de su cuerpo justo ahí en ese momento. Tomé el Ipod con los audífonos que habían caído entre nosotros y lo lancé a un lado, mi mano ardía por cerrarse alrededor de su abultado pecho y sentir cómo se endurecía su pezón bajo mis dedos.

"Ahnnggg…" gruñí a un lado de su cuello mientras mis brazos la atraían más cerca y traté de mantenerla quieta. Ambos respirábamos con dificultad, prácticamente jadeando al mismo tiempo. Cerré los ojos y la apreté fuerte. "Julia, sabes cuánto te amo, no es así?"

Sus frenéticos, apasionados movimientos se detuvieron y miró mi rostro.

"Estás haciéndolo otra vez, no es así?" Susurró destrozada. "Por qué?"

El dolor en sus ojos hacía difícil mirarla y yo presioné mi frente a un lado de su cara. "Porque," dije con voz ronca, "tengo trabajo que hacer si comenzamos esto…" solo era parcialmente cierto. Sí, yo tenía trabajo pero nada era más importante que tocarla.

"Por qué nos estás haciendo esto?" su voz se endureció y mi corazón se rompió, no tenía intención de agregar mi miseria a todo lo demás con lo que ella estaba lidiando.

Luché para sentarme y arrastrarme hasta el suelo al lado del sofá, para poder mirar su cara.

"Lidiaremos con esto, mi amor. Llegará el momento en el que no tendremos otra opción, pero tengo tanto trabajo y no podré tener mi cabeza en el juego si hacemos esto ahora. Así como estamos tú eres todo en lo que pienso." De alguna forma saqué las palabras a través del inmenso, nudo en mi garganta.

Su rostro se entristeció pero asintió en silencio.

Este jodido infierno! Me obligué a apartarme, tomando su barbilla en mi mano y frotándola con mi pulgar antes de comenzar a caminar por el pasillo, cada paso separándome y rompiéndome y comencé a temblar.

"Ryan…" ella comenzó pero yo seguí caminando, lanzando las palabras sobre mi hombro.

"Realmente necesito ir a trabajar, Julia. Hablaremos después, lo prometo." Mi voz tembló con cada palabra y yo esperaba que ella no pudiera ver lo molesto que estaba.

"Agh!" gimió con frustración dejándose caer en los cojines del sofá con los puños apretados "Maldita sea!"

La dejé en el sofá y me apresuré a mi habitación con el pretexto de estudiar, pero cómo demonios iba a concentrarme era algo que estaba más allá de mí. Las cinco semanas que faltaban para la graduación colgaban sobre mí como si fueran años. Caí en la cama y puse las manos sobre mis ojos.

Me sentía miserable y mi corazón se rompía otra vez. Julia estaba aquí y justo frente a mí, y aun así no podía hablar con ella, tocarla, y hacerle el amor como quería, como mi corazón y mi cuerpo gritaban por hacerlo. Me estaba ahogando y nada podía salvarme. Excepto Julia.

Por primera vez desde el accidente, me dejé sentir mi propio dolor, evadirlo ya no era posible. La frustración, tristeza y el deseo me abrumaron como nunca antes.

Perdí mi mundo entero y por mucho que tratara de resistir, yo deseaba decirle la verdad.

Qué bien podría hacer decírselo si ella no podía recordar los sentimientos detrás de todo el tiempo que pasamos juntos? Esa parte me torturaba.

Me debilitaba con cada día que pasaba, necesitándola más y más. Necesitaba que nos recordara. Que *me* recordara. La pérdida iba más allá de cualquier cosa que yo jamás hubiera experimentado. La única cosa peor eran el miedo y la impotencia que sentí cuando ella peleaba por su vida o cuando supe acerca del bebé. Yo aún cargaba esa angustia en mi pecho y por mucho que quería que Julia recuperara su memoria, sabía lo que le haría experimentar esa pérdida.

Todas esas veces en que nos despedimos diciéndonos las palabras, "no olvides recordarme" inundaron dolorosamente mi mente y corazón.

Esto podría ser más jodidamente irónico?!

Sentí como me quebraba… desmoronándome, aferrando y halando mi camiseta como si pudiera sacar así el dolor de mi pecho.

Julia comenzaba a ver mi dolor y gravitaba hacia mí. Ella quería que volviéramos al lugar donde estábamos después de nuestra sesión de media noche en la banca del piano, pero no sabía cómo. Ella también sufría, y eso solo aumentaba la culpa que yo sentía. Cada vez que ella me pedía que le dijera con esos hermosos e implorantes ojos… yo deseaba hacerlo, más y más. Ansiaba que ella supiera, pero necesitaba que sintiera y ella no iba a poder hacer eso si no recordaba por ella misma. Los recuerdos estarían vacíos sin el amor detrás de ellos. Eso me estaba matando.

Suspiré desgarrado; el aire lastimaba mis pulmones. Rodé a un lado mientras mi garganta se cerraba, los ojos llenos de lágrimas. Tomé las sábanas en mis puños y empujé mi cara a la almohada para que ella no pudiera escuchar en caso de que los gritos en mi pecho no pudieran ser contenidos. Las lágrimas llovían por mi rostro y los sollozos que había retenido desde que Julia llegó a casa desde el hospital, sacudían violentamente mis hombros. Mi corazón estaba explotando, mis pulmones constreñidos. Luchaba por respirar y no había una sola maldita cosa que pudiera hacer al respecto. Dejé que la tristeza me bañara y solo lloré esos dolorosos, y silenciosos sollozos que remueven tan fuertemente que no hacen sonidos excepto por los profundos sonidos ásperos cuando finalmente es necesario respirar. Me sentí más impotente que nunca en mi vida mientras mi cuerpo temblaba de dolor.

Hijo de puta!

Jadeé mientras al fin el sonido de los sollozos se derramaba por la habitación y quedé sorprendido cuando una mano tocó mi hombro. Volteando mi cara mojada por las lágrimas, encontré a Julia sentada silenciosamente a mi lado en la cama. Estaba tan consumido por mi aflicción que no la había notado.

"Ahhhnnn, Julia," inhalé despejando mi nariz y rápidamente me limpié los ojos tratando de sentarme contra la cabecera de la cama. Mi piel ardía. Estaba avergonzado de que ella me viera en este estado de debilidad. Lo último que quería era que ella me viera con el corazón roto o hacerla sentir culpable. "Yo no… ah, sabía que estabas ahí."

Sus ojos estaban llenos de lágrimas y su barbilla temblaba. "Lo siento tanto, Ryan. Odio que estés sufriendo de esta manera… por mi culpa."

La alcancé y limpié una lágrima de su mejilla mientras su mano vino a descansar suavemente sobre mi pecho.

"No eres tú, es la situación," dije fervientemente sacudiendo mi cabeza. Solo un pequeño rayo de luz filtrándose por la puerta apenas abierta, reflejó el brillo sobre su rostro bañado en lágrimas. Quería quitarle esa tristeza y ver la felicidad tan característica de mi Julia, brillando ahí.

"Yo soy la situación." Ella se movió más cerca de mí. La calidez irradiaba de ella y yo moría por acercarla más a mí cuerpo. "Quiero que esto desaparezca, así que dime lo que estás escondiendo. Por favor. Solo… *por favor*." Su voz palpitaba densamente.

"Yo ya te he dicho demasiado, cariño." Mi voz era baja y ronca. Los restos de las lágrimas aún eran bastante audibles. Tragué y pasé la parte de atrás de mis manos por mis ojos.

Ella miró hacia abajo y mordió su labio. Esos perfectos labios que yo ansiaba sentir contra los míos. No podía desviar la mirada mientras ella habló y mi corazón golpeaba fuertemente en mí pecho.

"No realmente. Por qué siempre te alejas de mí cuando llegamos a la parte buena, Ryan? Siento que si tú solo finges que yo ya recuerdo, actúas como normalmente lo harías a mí alrededor, entonces quizá todo vuelva a mí. Yo *te siento*. Sé lo profundo que es esto."

Me tensé por el rumbo que la conversación estaba tomando, pero no podía evadirlo por completo. Yo nunca podría mentirle. "Por lo que otros te han dicho y una ráfaga ocasional de tu memoria, sí, pero no lo recuerdas. *Saberlo y sentirlo* son cosas totalmente diferentes." Argumenté suavemente. "Tratar de forzarlo sería injusto, Julia. Y... ambos merecemos más que eso."

Su rostro se derrumbó y asintió, limpiando las lágrimas que caían suavemente por su cara y colándose en sus pestañas. "Eso es lo que realmente crees o es solo la mierda con la que Spencer te ha alimentado." Su ceño se frunció y miró sus manos. "Acabo de decirte que *te siento*! He tratado de decírtelo y demostrártelo pero tú sigues alejándote. *Por favor* detente." Su voz se suavizó con sus siguientes palabras. "Qué hay de aquella hermosa noche... y justo ahora en el sofá?"

Me incliné para besar su frente antes de levantarme de la cama. Tenía que alejarme o iba a ceder a la atracción. Quería agarrarla y protegerla, amarla y aliviar el dolor, pero las palabras de Spencer daban vueltas en mi cerebro.

"Voy a ducharme. Me reuniré con Tanner y los otros para terminar la investigación final para Cirugía Clínica." Acaricié su barbilla con mis dedos una vez más, entré al baño y cerré la puerta. Entrelacé mis manos detrás de mi cabeza, queriendo gritar mientras luchaba contra la compresión en mi pecho.

Oh Dios mío. Ya no puedo seguir más con esto.

Encendí la ducha y me quité la ropa, esperando que el agua caliente me ayudara a aclarar mi cabeza. Entré en la ducha y me recliné en la pared, dejando que el agua golpeara mi pecho y corriera hacia abajo por mi cuerpo. Mi garganta dolía y mis ojos ardían por las lágrimas no derramadas. El vapor comenzaba a levantarse cuando froté mi cara otra vez y volteé para mojar mi cabello.

"Y qué? Esto es todo, entonces? Yo arruino tu vida hasta que te resientas y me odies? Hasta que no puedas soportar ni mirarme? Yo no quiero que eso pase, Ryan." La voz de Julia estaba cerca, fuerte y exigente.

Ella me sorprendió y yo salté cubriéndome de ella. Yo no sabía a cuál de los dos estaba protegiendo, pero, en la mente de Julia, nosotros nunca habíamos estado juntos así, ella no recordaría haberme visto desnudo, aun cuando era una práctica común.

"Julia, tienes que dejar de hacer eso. Sal de aquí," gruñí sobre mi hombro. "Hablaremos después."

"Con un demonio que lo haremos," se ahogó, su voz era urgente, destrozada. "No crees que estos meses han cambiado algo? Crees que te soy indiferente? No puedes decirlo?"

"Sí, sé que confías en mí, y te preocupas por mí… incluso que me deseas si es eso a lo que te refieres." Me di por vencido tratando de esconder mi cuerpo de su vista, tomé el shampoo apretándolo en mi mano y lavando mi cabello. "Pero, es solo porque estos meses son todo lo que tienes para basarte en algo? Has tenido que confiar en mí y yo no me engaño a mí mismo. No puedo permitirme…!"

Mi corazón se hundió el segundo en el que dije las palabras, el dolor en su rostro me mataba.

Ella inhaló tan fuertemente que pude escucharlo con el agua corriendo. "En serio? Esto es real o es un *jodido reproductor Memorex?*"

"Julia," comencé pero ella me cortó con rabia.

"Maldito seas por decir eso," dijo con un tono severamente calmado, los puños apretados a sus lados y los ojos llenos de lágrimas. "Estos sentimientos son todo lo que yo tengo! Para mí son tan reales que apenas puedo manejarlos. No te atrevas a tratar de depreciar esto con esa mierda de Doctor-Paciente. Mi corazón te recuerda, Ryan. Aun si mi mente no puede!"

Mi corazón se seguía rompiendo. Deseaba tanto que fuera verdad que no podía soportarlo. Me enjuagué el cabello rápidamente, de repente desesperado por salir de ahí. "Julia, tenemos tiempo. Solo... deja de preocuparte."

"Sé que tú cuidarás de mí. Estoy preocupada por ti, Ryan. Esto te duele, te estoy impidiendo tener una vida real. Está mal y me preocupa que termines odiándome. Yo... yo solo no podría soportarlo."

La verdad surgió dentro de mí, amenazando con desbordarse como agua de una represa.

"Tú eres mi vida real, Julia." Las palabras salieron antes de que pudiera detenerlas. Volteé para verla quitándose la ropa mientras me miraba. "Tú... siempre lo has sido." Me congelé y mi pulso se aceleró, "Yo nunca podría odiarte. No... sería posible," tartamudeé resignado y derrotado mientras ella se acercaba a mí. Se acabó. No sería capaz de pelear contra esto. Mi corazón corría y mi sangre se aceleraba, y mi cuerpo estaba en llamas ante lo que veía frente a mí.

"Si eso es verdad, entonces *recupera* tu vida, Ryan. Te lo estoy rogando," lloraba cuando abrió la puerta de la ducha y entró. Mis ojos bebieron su figura desnuda como un hombre moribundo en el desierto. No la había visto así por cuatro meses. Desde la noche que le propuse matrimonio, desde el fin de semana en que concebimos a nuestro hijo. Todo mi cuerpo comenzó a temblar con la innegable emoción que había enterrado estos tres meses.

Sus manos descansaron sobre mi pecho y me besó justo sobre la clavícula, sus labios permanecieron sobre mi piel enviando un calor que lamía mis venas como fuego. Me paré congelado, queriendo aplastarla contra mía, pero aterrado de las consecuencias. "Retoma lo que es tuyo... yo sé que me quieres, y yo te quiero a ti. Tanto," susurró urgentemente contra mi piel, después acarició mi quijada con su nariz y luego la rozó con su boca abierta.

"Julia... No soy de piedra. *Por favor...*"

Supliqué; mis manos subieron para ligeramente tocar su cintura. "Oh, Dios mío."

Mi cuerpo palpitaba hasta el punto del dolor, saltando a la vida desde el momento en que ella comenzó a quitarse la ropa. Había pasado tanto tiempo desde que hicimos el amor, y yo moría por ella. Literalmente moría; mis pulmones pelearon por aire y comencé a jadear por el esfuerzo.

"Por favor… no luches contra esto, Ryan." Su voz tomó ese sedoso tono que yo siempre he encontrado irresistible.

Julia se paró en las puntas de sus dedos y presionó su cuerpo contra el mío, aprisionando mi erección entre nosotros, sus manos se deslizaron como seda por mi pecho y alrededor de mi cuello. Si ella no recordaba su subconsciente la guiaba en los movimientos, cada uno tan familiar. Su toque encendió cada urgencia carnal que yo haya tenido, quemándome mientras sus manos se movían sobre mí, hasta que finalmente tomó mi cabello en sus puños y bajó mi cabeza para besar su boca abierta.

Podía sentir cómo mi resolución se quebraba, ansiaba probarla, deseaba besarla y nunca parar.

"Julia…" susurré contra su boca mientras su lengua salió para lamer mi labio superior. Era como si ella supiera mis debilidades y yo no iba a ser capaz de resistirme. Un gruñido se escapó de mi pecho mientras dejé que mi boca bajara y se estrellara con la de ella, mi lengua deslizándose y enredándose con la de ella. Dios santo, ella sabía tan bien y se sentía tan asombrosa, suave y caliente contra mí.

Esta era mi Julia, el amor de mi vida y quería darme todo. Era más de lo que yo podía soportar. Su boca moviéndose ardientemente bajo la mía me distraía, y lo había soñado por meses.

Ella gimió ante el embate, pero abrió más su boca para encontrarme beso a beso. La levanté y la acerqué más, empujándola contra la pared de la ducha. Dios, esto era bueno. Esto éramos nosotros, como siempre. Nuestros labios eran espejos uno del otro tan perfectamente, sabiendo lo que el otro necesitaba y entregándolo todo. Yo succionaba intermitentemente con pequeñas lamidas y acariciando su labio superior con mi labio inferior, antes de tomar su boca por completo con la mía y meter mi lengua tan profundamente en su boca como me era posible. Ella la llevó más adentro, succionando y yo empujé mi pelvis contra ella, causando que gimiera en mi boca. El deseo me barrió como nunca antes. No estoy seguro de cuánto tiempo estuvimos parados ahí, aferrados el uno al otro, nuestras manos y bocas no conseguían tener suficiente.

Me dejé consumirme mientras la besaba, y mis manos se deslizaron sobre sus pechos, tomando su peso y pasando mis pulgares sobre sus puntas endurecidas. No eran exageradamente grandes, pero aun así llenos, perfectamente redondos y responsivos. Yo sabía exactamente cómo tocarla para dejarla sin aliento y gimiendo. Sus pezones se endurecieron aún más cuando mi rodilla apartó sus piernas y presioné contra el húmedo calor. "Ahhnnnggg, Julia." Forcé mi aliento cuando sus uñas se arrastraron hacia abajo por mi espalda. La sangre golpeteaba en mis oídos y mi erección se retorcía furiosamente contra su estómago. Yo moría por enterrarme profundamente dentro de ella, por sentirla apretarse alrededor de mí y retorcerse en el increíble placer que yo sabía que nos daríamos el uno al otro. Mis manos se movieron hacia abajo por las redondas curvas de su trasero y la atraje más cerca contra mí, buscando la presión y fricción que necesitaba. Estaba a punto de levantarla y colocar sus piernas al alrededor de mi cintura cuando ella habló contra mi boca.

"Dios Ryan, siempre fue así entre nosotros?" jadeó cuando me detuve instantáneamente. "Es tan asombroso."

A mi corazón le dolieron esas palabras. Ella no recordaba cómo era cuando yo la tocaba, o lo que se sentía tenerme dentro de ella, hacerle el amor hasta que ninguno de los dos podía más. Ella tampoco recordaba que yo había sido el primero en estar con ella, el *único*.

Descansé mi frente contra la de ella tratando de recuperar el control. Yo temblaba tan mal pensé que mis rodillas cederían. Me sostuve contra la pared de la ducha detrás de su cabeza.

Y qué si Moore tenía razón? Por mucho que quisiera hacerle el amor, tanto como la necesitaba, no podía hacerlo. No todavía. Mi corazón se partió en mil pedazos mientras pensé en cómo interpretaría ella que me detuve.

Esto dolería y dolería muchísimo. Para ambos.

Peiné su cabello hacia atrás y me incliné para besarla suavemente en los labios. Julia respondió y sus manos me atrajeron a ella otra vez, arqueándose para presionar su boca con más fuerza contra la mía. Me estaba matando no tomarla, perderme en ella. Anhelaba dejar cada onza del amor que sentía dentro de ella hasta dejarla sin aliento y retorciéndose conmigo.

"Julia, tú tienes que saber cuánto deseo esto, pero…nosotros… oh mierda, *no podemos*. No todavía."

Ella se alejó de mí como si la hubiese quemado. No podía ver sus ojos, porque los tenía cerrados, pero yo sabía el dolor y el rechazo que encontraría en esas verdes profundidades. Mi corazón se rompió otra vez cuando de repente mis brazos quedaron vacíos para abarcar el espacio que ella había ocupado. "Cariño, yo… solo pienso que deberíamos…"

Ella salió de un golpe de la ducha, juntando su ropa y apresurándose a la habitación. Tomé un par de toallas y la seguí. Su espalda estaba hacia mí mientras luchaba por colocarse la ropa sobre su piel aún mojada mientras yo envolvía una toalla sobre mi cintura. Ella halaba y halaba sus jeans mientras estos continuaban atascados en sus piernas, sus hombros se sacudían con la tristeza, las lágrimas eran visibles en su rostro ahora. Podía escucharla llorar y eso me llevaba al infierno.

"Julia…" *Cómo pude ser tan jodidamente estúpido?*

"Por favor." Su voz se quebró. "No lo hagas… no digas nada. Estoy tan humillada. Tengo que salir de aquí. Yo n…no puedo estar contigo ahora." Ella no me miraba.

"Julia, no. No debes sentirte de esa manera."

Finalmente giró hacia mí mientras pasaba su camiseta por encima de su cabeza. "Por qué?! Por qué no debería sentirme de esa manera, Ryan? Porque me arrojé encima de ti y tú no me quieres? Po… Porque me alejas de ti y aun así no quieres que regrese a Nueva York? No puedes tener las dos cosas! Yo ya no puedo hacer esto más! No vas a ayudarme a recordar y yo quiero tanto recordarte maldita sea!"

La frustración se levantó en mí, furioso de pensar que ella creía que yo no la quería, sufriendo porque ella sufría, molesto por toda la situación. "¿Tú crees que no te deseo? ¡Tú ves lo que me haces, Julia! ¡Te deseo tanto que me causa dolor físico! ¡Lo que no quiero es lastimarte! Estoy tan preocupado por lo que podría pasarte. Yo… te amo."

Levantó sus ojos hasta los míos y pude ver cuánto dolor había, cuan enfadada estaba.

"Sí, seguro. Tú me amas tanto, ignoras lo que quiero, en vez de dejarme tocarte, sostenerte… sentirte dentro de mi cuerpo como me muero porque suceda! Lo que quiero es que me digas la verdad! Que me trates como imagino debería ser entre nosotros. La manera en la que es cuando tu casi cedes! *Dímelo*, Ryan!" prácticamente gritó y ambas de sus manos tomaron su cabeza por los lados. "Quiero que tú no seas capaz de resistirte. Quiero que me quieras como yo te quiero a ti… que me ames tanto que no puedas evitar tocarme." Se desplomó en la cama y lloró como nunca antes la había escuchado llorar. Su corazón estaba roto y yo nunca me sentí más desamparado. "¿Justo ahora? ¿Esos éramos nosotros!" El silencio colgaba entre nosotros como una tormenta hasta que finalmente ella me gritó y yo me encogí dentro de mi propia piel. "¿No era así!!??" su tono era histérico y destrozado pero más suave mientras puso sus manos sobre su cara y lloró, sus pequeños hombros se sacudían incontrolablemente.

Por favor, por favor tú tienes que saber cuánto te amo!

Me metí en mi ropa y me senté a su lado, estirando una mano para colocarla detrás de su espalda. Julia se retiró violentamente mientras yo luchaba buscando las palabras que la calmaran y que no aumentaran su dolor. Inhalé y abrí la boca pero la cerré otra vez. Nada de lo que yo dijera podría cambiar lo que acababa de pasar.

"¿Tú crees que yo no *siento* esto, Ryan? ¿Crees que esto dolería tanto si yo estuviera jodidamente inconsciente de ello? Y-yo recuerdo que te a-amo. Solo p-porque no recuerdo todo lo que hicimos juntos… no significa que n-no recuerde que te a-amo," lloraba destruida. "N-no quieres eso?"

"Oh, cariño…" comencé y traté de traerla hacia mí, queriendo consolarla.

Sus sollozos rasgaban mi alma. "Por qué no me dejas amarte?"

La sostuve por unos minutos hasta que finalmente se desplomó contra mí, mientras la subí a mi regazo, y ambos enterrábamos la cabeza en la curva de nuestros cuellos. Mi garganta palpitaba y mis ojos se llenaban de lágrimas. Sus palabras habían caído en mí como meteoritos aterrizando en la tierra, dejando destrucción masiva con su llegada. Mi mano acariciaba su cabeza, ella suspiró y finalmente el hipo se calmó.

"Julia… *te amo tanto*. Tú eres mi mundo entero. Siento que si no sabes eso con certeza, yo solo… no puedo sobrevivir." Se sentó entre mis brazos sin hablar mientras yo la tocaba, acomodando su cabello hacia atrás y besando su rostro, saboreando las saladas lágrimas en mis labios. Finalmente ella tomó un tembloroso respiro y me miró a la cara.

"Todos estos meses, puede que no haya recordado mucho, pero he descubierto algunas cosas. Sé que eres el único hombre que me ha hecho el amor. *Lo sé*."

"Cómo?" pregunté suavemente, un poco asustado de la respuesta que venía. Mi pecho se comprimió ante esta pequeña verdad que ella develó. Esto era monumental.

"Porque. Tú eres la única persona que se hunde en la oscuridad. Recuerdo a mis padres; recuerdo mi trabajo y algo de la universidad. Si yo hubiese estado con alguien más, si alguien más me hubiera tocado como tú lo has hecho, yo lo recordaría. Solo has sido tú, no es así?" Su mano acarició gentilmente mi mandíbula, casi sin tocarla.

Mi mano temblaba cuando aparté suavemente el cabello de su cara. Los pedazos mojados se pegaban a sus mejillas mientras mis dedos se deslizaban por su delicada piel. Finalmente, encontré sus ojos. "Sí," dije suavemente, y ella suspiró hacia mí. "Fue como un milagro. El más hermoso… regalo."

"Me contarás acerca de eso? Por favor? Sé que me quieres como era antes, pero qué pasa si nunca recuerdo? Quiero que tu dolor se vaya… darte lo que pueda, así que cuéntame."

"Agh, Julia." Ella estaba preocupada por mí. Eso era tan típico de ella. "No puedo. Parte de mí lo quiere con tantas ganas."

Sus ojos se endurecieron y se alejó de mí otra vez para pararse de espaldas a mí, su mano golpeteaba las teclas del piano. "Solo olvídalo. *Tú no regresarás a mí tampoco*, no lo ves? Supongo que *ambos* estamos irrevocablemente rotos."

Mi corazón se hundió repugnantemente y me levanté para poner mis manos sobre sus hombros. El instante en que la toqué, ella se alejó de mí.

"Será mejor que te apresures. Tanner y *la pandilla* te esperan en la biblioteca. Dale mis saludos a Liza."

Dejé caer mis manos en silencio detrás de ella, pero ella nunca se movió. Una ola de calor se esparció por debajo de la piel de mi pecho y mi cara. Nunca me había sentido tan distanciado de ella. Mi corazón entró en pánico pero no sabía cómo consolarla.

Metí los libros en mi mochila la colgué sobre mi hombro y caminé a la puerta de la habitación. Volteé hacia ella otra vez pero ella escondió su rostro.

"Yo no pienso que estés rota, Julia. Solo quiero darte tiempo para sanar y no hacerte más daño. Tú lo eres todo para mí."

Su rostro se endureció y su barbilla sobresalió mientras miraba al suelo. "Sí, dejaste eso claro. Te veré después," me desechó efectivamente.

Apenas pude hacer que mis pies se movieran, pero di la vuelta y me fui. Esperaba que cuando ella tuviera el tiempo suficiente para calmarse, seríamos capaces de hablar.

Quizá ella tenía razón, y puede que nunca más recordara. Pero acaso yo estaba listo para perderla completamente?

Bajo ninguna circunstancia.

Yo quería cualquier tipo de vida con ella. Sí, sería doloroso si ella no recordaba, pero ni la mitad del dolor de una vida sin ella.

Yo aún deseaba asegurarme que contarle a Julia sobre el pasado sería seguro; y mi padre sería directo conmigo. Respiré profundo cuando llegué al auto, sintiéndome ligeramente mejor una vez tomada la decisión.

Lancé mis libros al asiento del copiloto encendí el auto y arranqué, esperando que un rato de distancia entre nosotros calmara el dolor. *A quién demonios crees que engañas Matthews?*

Saqué mi teléfono y llamé primero a Jenna.

"Hey, come-mierda," se reía al contestar el teléfono.

"Julia y yo acabamos de tener una pelea. Dónde estás? Aaron me dijo que no llegaría a casa hasta media noche, y no quiero que esté sola. Podrías ir allá?"

"Sabes, Ryan, Julia no está enferma, físicamente está bien y no está *loca*. No nos necesita merodeando por ahí."

"Jenna. Por favor. Estoy… preocupado por ella."

"Por qué demonios pelearon?"

"Ah… ella quiere comenzar de cero y al diablo con su pérdida de memoria pero yo solo… estoy aterrado. Ella no está lista para recordar el embarazo, Jenna. Si estuviera lista, lo recordaría por ella misma. No puedo arriesgarme y ella cree que no la quiero."

"Vaya. Mierda, okey. Estaré en casa en una hora al terminar mi turno."

"Me llamarás? Voy a la biblioteca por un rato pero nada es más importante para mí que Julia. Si tengo que volver a casa, ahí estaré." Respiré profundo.

"Okey, lo prometo. Se resolverá, Ryan."

"Gracias. Me estás salvando la vida. *Otra vez.*" Terminé la llamada y marqué el número de mi padre.

~Julia~

"Aaron puedes venir a casa? Necesito hablar contigo."

Hubo un embarazoso silencio al otro lado de la línea… finalmente él habló en un tono bajo. "Jul, de qué se trata esto?"

"Aaron, *por favor*. Podrías solo venir a casa. Me gustaría hablar con ambos, Jen y tú. Es acerca de Ryan."

Hasta yo podía escuchar la desesperación en mi voz. Mi pecho dolía y sabía lo que tenía que hacer.

Jenna sostuvo su mano adelante pidiendo el teléfono, y yo se lo entregué de inmediato.

"Solo ven a casa," dijo ella; con la voz tensa y los ojos fijos en mi cara. "Te veo en unos minutos."

Después de que Ryan se fue, me senté en la oscuridad por lo que parecieron horas, hasta que me levanté y empaqué mis cosas, lo más rápido que pude. Quería irme antes de que Ryan regresara. Después de eso regresé y esperé en silencio por Jen y Aaron.

Doloroso silencio.

El tiempo parecía detenido pero se arrastró hasta que Jen apareció y se sentó con un brazo a mí alrededor. Era como si supiese lo que yo estaba atravesando y no quisiera entrometerse.

"Necesitas algo?" Jenna preguntó suavemente.

Envolví mis brazos alrededor de mí misma y sacudí la cabeza. *Nada que tú puedas darme.*

Necesitaba recordar mi *jodida vida* y que Ryan permitiera que esto sucediera. Mi alma gritaba por él. Ni siquiera sabía que esperaba que dijera Aaron, pero necesitaba *algo*. Cualquier cosa.

Fui al baño y me incliné en lavabo, mirando al desarreglado reflejo en el espejo. Reconocí mi rostro. Recordaba la mayoría de mi vida, entonces por qué no podía recordar a Ryan. Miré mis ojos y maldije el cerebro detrás de ellos.

Me había enamorado de él otra vez y deseaba estar cerca de él. Dolía desesperadamente que él continuara alejándose. Cada vez que sentía que él iba a ceder; de alguna forma el encontraba la forma de resistir. Sentía que me habían arrancado el corazón del pecho y que alguien lo había pisoteado. La agonía en su hermoso rostro cuando se apresuró en salir del departamento me había dejado literalmente sin aliento, el dolor era tan intenso. Yo estaba vacía, como si me faltara el corazón.

Mis ojos enrojecidos eran un recordatorio de mi noche; sola en el sofá, llorando por solo Dios sabe qué. Era por mi memoria perdida o por el rechazo de Ryan. Ya no sabía decirlo. Me sentía atontada y vacía, mi cuerpo y mi mente, exhaustos.

Estaba cansada de tratar de descubrir toda esta mierda, yo sabía que los sentimientos eran nuevos y reminiscentes de nuestro pasado pero no podía entender por qué él no lo aceptaba. Ryan era bueno y amable, era asombroso en todo lo que hacía, pero esto iba mucho más allá de eso.

Nosotros éramos todo. Lo sabía por las ansias que su sola presencia traía y las pocas veces que había flaqueado en su resolución… las pocas deliciosas veces en las que casi había cedido. En la ducha o en la banca del piano… Yo podía ver el amor en sus luminosos ojos azules.

Esto está tan jodido.

Ryan necesitaba que yo recordara más de lo que yo misma necesitaba recordar.

Subí mi mano para cubrir mis ojos mientras nuevas lágrimas rodaban por mis mejillas, el adormecimiento se disolvía en un torrente de tristeza otra vez. Pensé que ya no me quedaban lágrimas, pero la humedad parecía eterna. Finalmente me controlé para poder estar preparada para hablar con Aaron y Jenna.

Regresé a la sala, perdida en mis pensamientos. La puerta se abrió de golpe y Aaron entró mientras Jenna salió de su habitación. Ambos entraron a la sala juntos. Aaron tomó el asiento a mi izquierda y Jenna se sentó en el apoyabrazos de la silla a su lado.

Aaron asintió hacia el equipaje en el suelo junto a la puerta.

"De qué se trata eso?" Su cara que usualmente era sonriente estaba seria y la preocupación llenó sus facciones. "Julia?"

Miré hacia abajo a mis manos, torciéndose sobre mi regazo. "Yo… Creo que debo…" insegura lo miré a los ojos y luego a Jenna. Habían sido tan buenos conmigo y yo estaba agradecida, pero ser una carga en sus vidas no estaba bien. No era justo con ninguno de ellos. Especialmente con Ryan.

"Julia, todo estará bien," dijo Jen.

Sacudí la cabeza. "Pero, *no lo está*. No ves eso?" Mi voz temblaba y mis manos también. "Ryan está sufriendo tanto." No vi necesario compartir los detalles de la tarde con ellos. "Ya no puedo hacerle esto más. Han pasado casi tres meses y, aún, solo hay vistazos de mi pasado. Es tiempo de retomar mi vida en Nueva York. Quizá me ayude a recordar y lo más importante," traté de tragar el creciente nudo en mi garganta. "Ryan puede continuar con su vida," escuché mi voz quebrarse. "Él merece ser feliz."

Aaron sacudió su cabeza. "Esto no lo hará feliz, Julia. He tratado de hablar con Ryan de cuan estúpida es la teoría de Moore, pero él no escucha. Lo destruirás si te vas, Julia."

Me levanté y caminé hasta la ventana. Las luces de los edificio aledaños se hicieron borrosas ante mi visión. Parpadeé y una simple lágrima corrió desde mis pestañas. La limpié rápidamente mientras batallé con las palabras.

"Spencer está del lado de Ryan, pero ir a Nueva York puede que me ayude a recordar."

"Está claro que lo amas, Julia," dijo Jenna suavemente.

No tenía sentido negarlo, y no podría hacerlo aunque quisiera, pero amarlo no era suficiente.

"Sí. Más que a nadie." Asentí y bajé la cabeza, trayendo ambas manos a los lados de mi cara. "Por eso tengo que irme. Veo cuanto lo hiere tener recuerdos de nosotros que yo ya no puedo compartir. Es como si yo hubiese muerto, pero estoy rondándolo constantemente. Ya no voy a seguir lastimándolo así. Siento como sufre y ya no lo soporto más. Solo no puedo, Aaron." Mi garganta ardía con las lágrimas, cada sílaba era una lucha.

"Entiendes?" casi murmuré.

"No realmente." Aaron frotó la parte de atrás de su cuello. "Ryan nunca superará esto, Julia. Aun si te vas a la luna y él nunca te pueda ver otra vez, te va a extrañar. Lo vi cuando…" su voz se abatió.

Una vez más la duda se revelaba. Spencer me hizo daño cuando le dijo a todos los que me aman que no podían hablarme, y ahora, esta noche, Aaron lo estaba haciendo otra vez.

"Eso lo dices ahora, pero cuando el tiempo pase él lo hará. Yo lo estoy reteniendo. Así que voy a volver a mi vida." Aaron resopló y le di una mirada cuestionadora. "Qué otra alternativa tengo? Acaso ustedes me contarán sobre mi pasado?" Le pregunté a ambos.

Aaron suspiró y la cara de Jen estaba llena de tristeza.

"Lo harán?" Pregunté de nuevo.

"Esto es decisión de Ryan, Julia, no de nosotros. Habló con papá y Spencer y ambos sienten que eso puede hacer daño permanente…" Aaron comenzó, pero lo interrumpí enojada.

"Qué demonios es esto, Aaron? Si no daño permanente?! No recordar a Ryan es… por lo que puedo decir, la tragedia más grande de mi vida," dije derrotada. "Y la suya."

"Por qué no pueden solo construir una nueva vida juntos?"

"Pregúntale a Ryan! Yo quiero, pero el teme que eso me forzará a recordar lo que sea que es esa endemoniada cosa que él no quiere que yo recuerde." Me reí a través de las lágrimas. "Forzarme, cuando le estoy rogando que me diga. El problema es; que él no quiere que sea como una historia que alguien me contó. Él necesita que yo sienta los recuerdos que los viviera con él, y yo… entiendo por qué él necesita eso. Él merece eso."

"Julia," empezó Jenna, "Le has contado sobre tu plan? Él estará…"

"Jodidamente devastado, así es como estará," Aaron dijo furioso. "No le hagas esto, Julia."

"Aaron, amo a Ryan pero está sufriendo! Apenas me toca ahora y eso duele demasiado como para estar cerca el uno del otro!" yo prácticamente estaba gritando, mi cuerpo temblaba y las lágrimas comenzaron a caer por mi cara. Fui hasta la puerta y metí mis pies en mis zapatos. "Ya no sé qué hacer. Sigo esperando que algo pase, que un día despierte y todo habrá regresado a mí, pero no pasa. Cada día la esperanza en sus ojos se vuelve decepción cuando se da cuenta que no he recordado. Me mata y lo que es peor, lo está matando a él. Me estoy volviendo loca con eso." Lloré. "Mi corazón lo ama, mi alma lo conoce, pero mi maldita mente no recuerda!" lloré, los sollozos apenas contenidos, mi corazón de despedazaba dentro de mi pecho.

Me apresuré ciegamente hasta la puerta para recoger mi equipaje. "Después vendrá alguien por el resto de mis cosas."

"Julia, no lo hagas…" Jenna se acercó a mí con Aaron casi en sus talones.

Su exasperación se había suavizado durante mi diatriba y puso sus brazos alrededor de mí abrazándome. Una de mis maletas se cayó de mi hombro al suelo cuando me derretí en él y sollocé.

"Estoy haciendo esto por Ryan. Por favor cuídenlo por mí. Lo amo tanto."

"Entonces por qué irte, Julia?" me aparté de sus brazos y lo miré a la cara. Alcancé a Jen. Ella tomó mi mano y apretó. "Ryan te ama más de lo que yo nunca he visto antes."

"Pero no es suficiente. Él necesita que yo recuerde, y no puedo darle eso ahora. Si, por algún milagro pasa, entonces volveré. Lo prometo. Gracias a ambos por todo. Los amo." Me limpié las lágrimas, recogí mi equipaje y dejé el departamento por última vez. Estaba dejando mi corazón atrás con Ryan y dolía infernalmente.

"Julia!" Aaron me llamó, pero yo no volteé.

Salí rápido por la puerta, las lágrimas me cegaban mientras daba tumbos escaleras abajo hasta la acera. Me detuve y tomé aliento entre mis sollozos, mis hombros caídos. Luchando, traté de limpiar mis ojos.

De repente dos fuertes brazos me envolvieron. "A dónde demonios crees que vas, Julia?" La voz de Ryan era dura, pero aún tersa como la seda. Aún mi Ryan.

Silenciosas lágrimas caían. "Suéltame," rogué, dividida entre irme lejos de él o derretirme entre la seguridad de sus brazos. "Tú no me quieres y yo no quiero hacerte sufrir más."

Escuché su aguda inhalación. "Es eso lo que realmente crees? Que yo no te quiero? Yo nunca he querido a alguien más, Julia." Su voz se suavizó. "Estoy… *muriendo* por las ganas. Estoy tan consumido por eso, que ni siquiera puedo pensar bien. No puedo dormir. No quiero comer… Si tú me dejas, me matarás."

"Entonces por qué?" sacudí mi cabeza y lo miré a la cara mientras sentí sus dedos flexionarse en mis hombros.

"Ya hemos discutido esto. Spencer dice…"

"*Que se joda* Spencer, Ryan!" casi grité empujándome hacia afuera de sus resistentes brazos. "No quiero escuchar su nombre ni una sola vez más en una conversación acerca de nosotros! Y Jódete tú también! No sé qué más puedo hacer! No puedo soportar el dolor que veo en tus ojos! No nos dejas estar juntos como necesitamos estar …" mi voz se debilitó y se quebró otra vez. "Así que, me… *iré.*"

Él miró a lo lejos, los músculos de su quijada se movían mientras buscaba las palabras.

"No quiero que estés lejos de mí. Por favor… no hagas esto."

"Todo lo que quiero es acercarme a ti, Ryan, pero tú sigues alejándome. No puedes ver lo irónico y ridículo que es esto?" Casi me reí, pero lloraba con muchas ganas.

"Lo siento. Yo solo…" él tartamudeaba y la frustración se levantó dentro de mí, lista para explotar libremente y esparcir mis pedazos a sus pies. Estaba perdida. Tragué el nudo en mi garganta y lo miré sin titubear a la cara. Podía ver la lucha que había detrás de sus ojos azules y la tortura en sus hermosas facciones.

"Deja que esto pase, Ryan! Dices que me deseas y *yo sé* que me amas. Lo puedo sentir, incluso si nunca más lo dices otra vez. Entonces *por favor*…deja que pase!" Las palabras me ahogaban. "O, déjame ir."

Me miró por un momento y luego soltó mis hombros y dio un paso atrás. "Tengo *miedo*! No quiero lastimarte, y yo… yo no quiero lastimarme. Me preocupa que no me recuerdes, aun si te hago mía otra vez, Julia. No estoy seguro que eso sea lo mejor para ninguno de los dos. Estoy tratando de cuidarte."

"Sabes lo completamente destruida que estoy al no poder recordarte, Ryan?" Pregunté en voz baja. "Nunca he querido nada como te quiero a ti." Levanté mis manos en señal de derrota pero luego las dejé caer a mis lados.

Él se sentó en los escalones y puso sus manos en su cabeza, agarrando su cabello con sus puños. Cuando finalmente levantó sus ojos hasta mí, estaban llenos de lágrimas. "Imagino que tan devastada como lo estoy yo, quizá peor, y *lo siento.*"

"Yo no puedo hacer esto sin ti. Eres la única persona en el mundo que puede saber cuánto duele esto porque lo vives conmigo. Cada fibra de mi ser está gritando por ti y me importa un carajo si nunca puedo recordar nuestro pasado. Sé que te hiere y lo siento tanto. También me hiere a mí… pero te amo *ahora,* Ryan! No entiendes?" dije destrozada por la derrota.

"Cómo puedes amarme cuando no puedes recordarme?"

"Eres tan jodidamente testarudo! Recuerdo los últimos tres meses! Te recuerdo cuidándome. La manera en que me tocas… puedo sentir que me amas. Tu calmante voz llamándome y trayéndome de regreso desde la *muerte*! Bailando, riendo, hablando, cocinando juntos, dando una caminata… siendo mi mejor amigo. Cuando me besaste en la ducha, tus manos sobre mi cuerpo en la banca del piano…" mi voz bajó hasta ser casi un susurro, "Cuando me probaste y te viniste conmigo. Yo quiero todo eso y más, Ryan. Te amo tanto, que me duele."

Limpié las lágrimas de mi cara luchando para sacar más palabras. "Si eso no es suficiente para ti, entonces… está bien." Me encogí de hombros vencida. "No puedo obligarte a creerlo." Mi voz temblaba y pausé tratando de controlarla, pero estaba fallando miserablemente. "Tú pareces necesitar el pasado más que yo… así que, tengo que irme a ver si puedo recuperarlo, Ryan," lloré calmadamente ahora, con el corazón roto. "Y si no puedo hacerlo, al menos tú serás capaz de seguir adelante. Es lo m…mejor que puedo hacer por ti en este momento."

Cubrí mi cara con mis manos peleando contra la devastación, hasta que finalmente di la vuelta y fui a recoger mi equipaje. Antes de poder dar dos pasos, Ryan saltó y me volteó hacia él.

"Julia, detente! Tú *no* vas a dejarme!! No voy a dejarte ir." Su aliento venía en pesados jadeos, su pecho subía y bajaba con fuerza por el esfuerzo y sus ojos estaban vidriosos. Un dolor se disparó por mi cabeza trayendo un recuerdo. Mi mano se levantó al lado izquierdo de mi frente y cerré los ojos. Estábamos en mi habitación, en Nueva York…

"No." Ryan estaba enfadado, su rostro estaba tenso, un enrojecimiento se levantaba por debajo de su piel. Sus ojos destellaron. "No, Julia. Casi termino la escuela de Medicina. Es hora de comenzar nuestra vida juntos. Hemos esperado y luchado por demasiado jodido tiempo! No te dejaré ir!"

Tan rápido como comenzó, el recuerdo se fue, dejándome confundida y tratando de saber más.

Yo había planeado dejarlo? Estábamos rompiendo?

Levanté mi perturbada mirada hacia él. Ryan entró en pánico y rápidamente puso ambas manos a los lados de mi cara, delicadamente levantando mi mentón para poder mirar mis ojos.

"Julia? Estás bien? Qué recordaste?" Preguntó con urgencia.

Estaba confundida por mis sentimientos, tratando de entender el significado detrás de esas imágenes.

"Ah… no estoy segura. Ryan, estábamos discutiendo y tu gritabas. Decías que no me dejarías ir, que habíamos esperado demasiado para comenzar nuestra vida juntos." Mi cara se contorsionó por las lágrimas. "Yo iba a dejarte?"

Él me haló y me abrazó y besó un lado de mi cara y luego mi sien. "No! No se trataba de un rompimiento entre nosotros, mi amor. Oh, Dios, eso nunca estuvo en consideración, okey? No había otra elección para nosotros si no la de estar juntos. Por favor cree eso," su voz de terciopelo suave y calmante. *"No, Julia."*

Los brazos con los que me había aferrado a su cintura se apretaron más y asentí contra la curva de su cuello. "Entonces qué? Por favor dime, Ryan," supliqué. "Por favor?"

"Yo… Yo he dudado porque tú has decidido no recordar y temo que al tener intimidad eso haga que todo vuelva demasiado rápido. Tu obviamente no estás lista y yo no puedo hacer nada que pudiera hacerte daño."

"No quieres que nos recuerde?" Mi voz se quebró al final y él inhaló.

"Sí, pero no hasta que estés completamente lista. No es porque no te ame o desee. Es *porque* te amo."

"No soporto la idea de dejarte."

Sentí sus labios en mi cabello en el tope de mi cabeza, moviéndose mientras hablaba. "Entonces qué coño haces con el equipaje hecho y llorando en la acera en medio de la noche, por el amor de Dios?" Murmuró suavemente.

Yo temblaba, pero estar en sus brazos era todo lo que yo necesitaba en el mundo. "Ya no quiero seguir lastimándote. No puedo soportar que sufras por mí, Ryan," contesté dolida.

"Julia," suspiró y sus brazos se apretaron a mí alrededor. "Estamos haciendo lo que siempre hemos hecho; tratar de cuidarnos el uno al otro. Ven, cariño," Ryan asintió hacia la casa y renuentemente me soltó. Era finales de abril pero aun así sentí el frío que la pérdida de su abrazo causó, la brisa fría apartaba el cabello de mi rostro.

Él se inclinó para recoger mi equipaje y giró hacia la casa. Cuando subió los escalones abrió la puerta y esperó que yo lo precediera al entrar al departamento.

Aaron y Jenna probablemente habían visto toda la escena desde la ventana. "A ustedes dos les importaría? Julia y yo tenemos cosas que resolver, y necesitamos estar a solas por un rato. Aaron... podrías conseguir una habitación en algún lado esta noche? Por favor?" Ryan soltó el equipaje bruscamente al suelo y volvió a mi lado.

"No hay problema, Ryan," dijo Aaron en voz baja mientras dejó la sala para buscar sus cosas.

Ellos se movieron por el departamento, colocándose sus zapatos y chaquetas. La mirada de Ryan nunca se apartó de la mía.

Todo mi cuerpo temblaba pero no estaba segura si era por anticipación o por miedo. Una palpable, tangible electricidad llenó el aire... él finalmente iba a ceder. El momento en que la puerta se cerró él tomó mi mano y me haló con fuerza detrás de él por el pasillo hacia su habitación. Una vez ahí, la puerta se cerró de un golpe detrás de nosotros, y él me atrajo con fuerza contra él. Pero luego sus movimientos se hicieron notablemente lentos. Era como si él estuviera discutiendo con él mismo dentro de su cabeza otra vez.

Su mano se movió hacia arriba para afianzar mi cabeza y atraerla más cerca de la de él. Su pulgar acariciaba reverentemente una y otra vez mi pómulo. Su dulce aliento cubrió mi piel y yo aspiré en mis pulmones su esencia como si fuera todo lo que necesitaba para sobrevivir.

"Estás segura?" dijo con voz ronca, sin aliento. Asentí usando el movimiento para llevar mi boca abierta cerca de la suya, acariciando un lado de su cara con mi nariz, mi boca tratando de alcanzarlo, rogándole que la tomara. Me paré de puntillas, tratando de acercar nuestras bocas, sacando mi lengua para lamer su labio superior y él gruñó, resistiéndose. "Tú eres todo lo que quiero… todo lo que existe para mí, Ryan."

Tomé su barbilla tratando de bajar su boca a la mía y sus manos tomaron mi cabello en sus puños y gruñó. "He estado luchando contra esto con tanta jodida fuerza. No he querido nada más que tocarte… perderme en ti. Olvidar que no me recuerdas."

Cerré los ojos y esperé, arqueándome hacia él, mis manos se deslizaron por su pecho alrededor de su cuello para alcanzar la parte de atrás de su cabeza con un firme agarre. Queriendo que él sintiera cuanto lo deseaba. Olía deliciosamente y se sentía tan bien presionado fuertemente contra mí, pero los meses de desearlo habían hecho su reclamo en ambos. Sus brazos me apretaron y me atrajo aún más cerca. Su erección presionando mi estómago e inmediatamente mi cuerpo reaccionó. "Puede pasar así de simple. Si tú solo dejas que suceda, Ryan. Necesitamos esto… por favor." Susurré contra su boca.

Mi cuerpo reaccionaba a su cercanía, su esencia; los fuertes músculos de su cuerpo, tan masculino contra mi suavidad femenina. Las palpitaciones eran familiares e instintivas yo sabía que solo él podría aliviar ese tortuoso dolor.

"Oh, Julia…" gimió, el sonido desgarrado de la profundidad de su pecho. "Tú ganas. Voy a derramar todo el amor que tengo en ti, entiendes? Quieres sentir cuánto te amo? *Ambos* vamos a ahogarnos en eso. Dios… como te deseo," susurró contra mis labios justo antes de que su boca devorara la mía.

Oh, Dios, mis labios recordaron los suyos, mi cuerpo se moldeó a cada duro contorno del suyo y fue el cielo mientras su boca y lengua reclamaban las mías. Mi boca se abrió y mis manos tomaron su cabello en mis puños halándolo más cerca, profundizando el beso. Me besó una y otra vez, levantándome del suelo y llevándome a la cama. El calor se levantó por mi cuerpo y un pequeño dolor comenzó a palpitar en el fondo de mi estómago. Absorbí su lengua dentro de mi boca mientras ambas bocas se movían juntas, tan hambrientas y apasionadas. Mis piernas se levantaron y se envolvieron alrededor de su cintura y el gruñó mientras me bajaba en la cama.

Instantáneamente, él presionaba contra mí, la cama se hundía debajo de mí mientras me arqueaba hacia él, la presión de su dureza contra mis partes blandas me volvían loca de deseo. "Dios, Ryan. Te amo," dije mientras él rompió el beso para respirar. "Te amo."

"Tú eres todo para mí. Mi jodida vida entera! Te he extrañado tanto."

-10-

Los fuertes brazos de Ryan eran insistentes y yo estaba aferrada a la parte frontal de su camiseta, halándolo hacia mi boca que se abría bajo la suya. *Siempre más cerca.*

"Ah, Ryan. Dios, al fin." Las palabras sonaron extrañas, como si salieran de la boca de alguien más. Mi voz era profunda y necesitada mientras sus dedos se aferraban a mi cabello y nuestras bocas eran salvajes una con la otra. Apretó el agarre que tenía de mí y me levantó más arriba en la cama con un brazo. "Finalmente... amor. *No te detengas,*" susurré contra su boca. "Romperás mi corazón si te detienes."

Su frente descansó sobre la mía, su respiración elaborada mientras tomaba aliento. Cuando él habló la cálida humedad cubrió mi piel, mis labios se separaron en anticipación. No pude resistirme al tratar de alcanzar su boca. Él lamió mi labio superior suavemente, tomándolo entre sus labios.

"Julia... no voy a parar. Yo... *no puedo.*" Las manos a los lados de mi cara se aferraron posesivamente a mi cabello. "Pero... quiero ir lentamente... lento, cariño."

"Agh... no. No... he esperado esto por una eternidad, Ryan. Dios... *por favor.*" Su boca tomó la mía agresivamente, cada una abriéndose a la otra profundamente. Él gruñó mi nombre y empujó su lengua contra la mía mientras ambas comenzaron el lento y sensual baile. El calor se esparció dentro de mí como un fuego que lamía mis venas mientras la intensidad de las palpitaciones crecía. Su boca se levantó y volvió por más y más ardiente y hambriento, como si muriera de hambre. El sabor era celestial y nunca quería que esto parara.

De repente él se quedó quieto, sus dedos moviéndose gentilmente en mi mejilla y yo deslicé mis brazos por su cintura. "Cariño… esto es como tu primera vez otra vez. Todo tiene que ser perfecto."

Internamente, me regocijé por su ternura y aun así gemí por la frustración. Él se alejó ligeramente, pero su mano se deslizó hacia abajo hasta la mía y me llevó con él. "No quiero parar de tocarte," explicó mientras buscó en el cajón de su escritorio un encendedor y luego posó mi mano por su cintura cuando necesitó ambas manos para encender la pequeña vela que tenía en la mesa de noche y encendió la música. Me moví hacia adelante para envolver mis brazos alrededor de su sección media presionando mi frente contra los fuertes músculos de su espalda. Dio la vuelta en mis brazos, tomándome entre los suyos, mientras su boca vino inmediatamente de vuelta a la mía.

La melodía era suave, pero y me enfoqué en Ryan y la manera en que mi cuerpo estaba reaccionando. Estaba perdida mientras él me besaba una y otra vez, su mano se movió a mi pecho donde se cerró apretando gentilmente. Mi corazón se aceleró. La humedad se juntaba entre mis piernas, mis pezones se tensaron contra la tela de mi brasier y camiseta, la sensible piel dolía… iba más allá del dolor. Él solo me había besado y aun así yo estaba impotente y desesperada. Ahora entendía a qué se refería él cuando decía dolor físico. Solo Ryan podía aliviar la enloquecedora urgencia y yo anhelaba hacer lo mismo por él.

Su erección era completa y gruesa, contenida contra mi cadera, su frustración acumulada surgía desde dentro de él; la tensión mientras sus músculos se removían debajo de la sedosa piel de sus hombros mientras mis manos empujaban las mangas de su uniforme. "Quítate esto," pedí entre besos. "Quiero verte… sentirte contra mí." Alcancé el borde y lo empujé hacia arriba. Ryan se detuvo y observó con los ojos llenos de pasión. Hermoso y luminoso, lleno de amor y ansias… me impresionaba que este perfecto y asombroso hombre pudiera desearme tanto.

Levantó sus brazos, sacándola por encima de su cabeza y lanzándola a un lado. Lo miré con admiración, él era definido y tan hermoso para mí. Sentí sus sólidos músculos trabajando cada vez que me sostenía, y finalmente, podía mirarlo sin estar intimidada.

Él tragó y sus ojos cayeron hasta mi boca. Sus dedos comenzaron a trabajar en los botones de mi blusa, lentamente exponiendo el encaje negro y la piel cremosa mientras sus labios dejaban un cálido sendero desde mi mandíbula bajando por mi cuello hasta mi clavícula.

"Esto realmente va a pasar," dijo en voz baja mientras se inclinaba y dejaba un camino de ardientes besos con la boca abierta por la curva de mi hombro. Sus dedos eran suaves, acariciando mi piel y haciéndome erizar mientras me quitaba la blusa. "Santo Dios, amor. Eres impactante. Extrañaba tocarte así."

Sus dedos flotaron sobre la parte abultada de mis pechos visible sobre el delicado borde de mi brasier. Cerré los ojos y le ofrecí mi boca, silenciosamente rogando que acabara con mi tortura, y mi mano se estiró para alcanzar la cintura de sus pantalones. Estaban muy bien anudados y frenéticamente trabajé en deshacer el nudo… él estaba quieto, excepto por su boca que recorría el camino desde mi pómulo hasta mi boca.

"Extrañaba mi boca sobre la tuya, extrañaba mis manos sobre tu cuerpo… extrañaba estar profundamente dentro de ti." Estaba haciéndome el amor con sus palabras aunque apenas me estaba tocando y mi cuerpo cobró vida. Cada pulgada de mi piel se quemaba con su toque, la parte baja de mi cuerpo ardiente y palpitante, la respiración era superficial y acelerada. Sus manos se enredaron en mis cabellos, delicadamente empujando mi cara más cerca de él.

"Ryan, por favor." Presioné mi mano contra el gran bulto en sus pantalones…él gruñó cuando mis dedos se cerraron alrededor de su extensión y comencé a frotar lentamente. Estaba tan erecto que la cabeza de su pene salía de sus bóxers hasta la cintura de sus pantalones. Mi mano encontró la sedosa y lisa piel y jadeé ante la capa de humedad que encontré ahí. Mi pulgar movía el resbaloso fluido.

"Oh Dios, no puedo soportarlo, Julia. Tienes que parar. Ha pasado tanto tiempo… no quiero venirme demasiado rápido. Esto es para ti."

Sacudí mi cabeza. "No. No quiero parar nunca. Quiero ver y sentir cómo es tú deseo," dije con urgencia mientras comencé a empujar sus pantalones y ropa interior hacia debajo de sus caderas ligeramente.

"Agh… Julia tú *puedes*…" entonces sus brazos me envolvieron, levantándome hasta que nuestras bocas estaban niveladas y me posicionó para recostarme en la cama. Los profundos besos continuaron y yo envolví mis piernas alrededor de él, urgiéndolo. Podía sentirlo presionarse contra mí a través de mis jeans, empujando contra mí.

"Puedo?" mis manos arañaron sus hombros y mi pelvis se arqueó hacia la de él, tratando de aliviar el dolor, buscando la presión que necesitaba.

"Tú sabes que puedes. Mira lo que me haces y apenas acabamos de comenzar. Solo pensar en ti me pone duro como el acero." Su voz era baja y urgente, profunda y vibrante… como cálida seda se envolvía alrededor de mí. Con la punta de su nariz acariciaba un lado de mi cara y yo lo aferré, apretándolo más cerca pero él salió de mi alcance para poder abrir mi jean aun sin sacármelo por completo. Sus dedos se desplegaron sobre la piel de mi abdomen y se movieron hacia arriba hasta que ambas manos tomaron mis senos, sus pulgares lentamente jugaban con las tensas puntas hasta que comencé a retorcerme debajo de él.

Con los ojos oscuros y llenos de pasión, miró hacia abajo sobre mí. "Dios, eres hermosa." Las palabras salieron de su garganta en un gruñido bajo. "Me dejas sin aliento. Estoy… deshecho, Julia. No hay palabras para decirte cuanto te he extrañado… cuán jodidamente te amo."

Las lágrimas se formaron en mis ojos, ambos hipnotizados uno con el otro mientras él estaba sobre mí, sacó los jeans de mi cuerpo y luego con sus manos acarició mis piernas hacia abajo y luego hacia arriba y comenzó a apretar sus dedos en la piel de mis muslos. "Entonces muéstrame," pedí sin aliento.

Ryan se sacó el resto de su ropa y volvió a acostarse junto a mí en la cama, sus musculosas piernas deslizándose entre las mías. Me arqueé contra él, apretándolo hacia mí buscando su boca una vez más. Él no dudó. Sus besos eran urgentes y hambrientos, sus manos insistentes mientras apretaban mi cuerpo. Cuando el calor de mi centro hizo contacto con su erección, cerró sus ojos y jadeó. "Ohhh…Dios." Él subió mi pierna sobre su cadera, luego apretó mi muslo y empujó mi parte blanda con más fuerza contra su parte dura. Enterré mis dedos en su cabello mientras él se acomodó en la cuna de mi cuerpo, empujando sus caderas contra las mías, creando la deliciosa fricción que ambos anhelábamos. Dios, se sentía tan perfecto.

"Se siente tan bien, te deseo, Ryan. Solo *hazlo*." No me importaba si estaba rogando. Este era el hombre al que amaba más que a la vida y lo deseaba más que a nada. Todo lo que quedaba entre nosotros era el fino encaje de mis pantis y brasier. Mis manos recorrieron los duros planos de su sedosa piel, delicadamente apretando los sólidos músculos de su espalda.

"Ahhnnnggg… Julia." Mi nombre se escapó mientras se movía contra la resbalosa humedad, volviéndome loca de deseo. Ryan continuó su ataque, besando profundamente mi boca y luego bajó, su lengua dejaba un mojado rastro en el camino. El frío aire en contraste, me dejó temblando, pero eso se perdió rápidamente entre la urgencia. Me moví con él, silenciosamente esperando que las pantis se movieran a un lado para poder sentir la gloria de Ryan empujando dentro de mí. Su mano se movió hacia arriba y bajó el encaje de mi brasier desnudando la abultada carne.

Sus manos se envolvieron alrededor de mis pechos justo cuando su boca se cerró alrededor del pezón, su lengua haciendo círculos y lamiendo antes de succionar la sensible piel. Pensé que moriría. "Ryan, por favor… *por favor*. Ahora."

"Por favor… *qué?*" dijo contra mi piel, tomándose su tiempo y moviéndose para darle a mi otro pecho la misma atención. "Qué es lo que quieres? Dímelo y te lo daré." Su voz cargada de sexo y me deshice, mi cuerpo ardía de anticipación. "Es mi boca sobre ti aquí?" preguntó con voz ronca mientras sus dedos se deslizaban por debajo de mis pantis hasta el lugar donde más lo quería, tocando mi sensible piel. "Mis dedos… aquí?" Me besó profundamente otra vez y deslizó dos dedos dentro. Grité dentro de su boca por el éxtasis y él levantó su cabeza para mirar mi rostro.

"Ahhh, Julia. Quiero romper esta mierda y enterrarme dentro de ti. No quiero nada entre nosotros nunca más. Necesito saber que eres mía," respiró. "Solo tú y yo. Para siempre."

"Sí. Sí… Ryan," jadeaba contra su boca mientras, finalmente, sus dedos se envolvieron alrededor del encaje y lo desgarró completamente. Pude sentirlo presionando ligeramente, arqueándome pero su mano en mi cadera me mantenía quieta.

"Mírame, mi amor." Movió la bulbosa cabeza de su pene hacia arriba y abajo entre mis pliegues, la presión me volvía loca. Sentí mi cuerpo abrirse, ansiando que él me llenara. "Julia." la cabeza presionó hacia adentro y yo jadeé de placer. Sus manos se movieron a mi cara, retirando el cabello de mis sienes, y su cadera surgió contra la mía estirándome y llenándome hasta que pensé que me rompería. Con sus ojos cerrados.

"Te sientes tan bien," respiró contra mi boca. Comenzó a moverse lentamente. "Julia, ahhhh… ahhhh. Te he extrañado, nena," gimió antes de que su boca se cerrara sobre la mía. Y pronto nuestras lenguas y labios imitaban los movimientos de nuestras caderas, surgiendo y absorbiendo, yo aferré y halé su cabello mientras nuestros movimientos se hicieron más y más profundos. Con largas y lentas caricias él empujaba profundamente contra mí y todavía no era suficiente. Nos besamos y tocamos, moviéndonos juntos, adorándonos el uno al otro, cada toque volviéndose más apasionado hasta que el tiempo se detuvo, nuestros corazones y respiraciones se aceleraron con cada minuto. Se sintió asombroso, excitante… desesperado, nuevo, y aun así familiar. Mis sentidos estaban en sobre marcha, deseaba que él sintiera cada pulgada de mí mientras mis manos apretaban su espalda, mis talones empujaban la parte de atrás de sus muslos urgiéndolo a seguir, me apreté alrededor de él a mi propio ritmo.

"Ah… eso se siente increíble… eres…tan… increíble," jadeó contra mi boca. Absorbí su aliento hambrienta. Quería cada parte de él dentro de mí. Mi corazón estaba tan lleno de él que pensé que estallaría.

"Ryan, Dios mío." Mi garganta se cerró y mis ojos quemaban aun cuando mi cuerpo comenzó a temblar y tener espasmos alrededor del de él.

"Bésame… quiero tu boca. Quiero todo de ti," gimió hacia mí y tomó lo que deseaba. Mientras más necesitaba, más le daba. Él era lo más delicioso que yo jamás había probado, su boca y lengua moviéndose con las mías en un íntimo baile que se agregó a la maravillosa experiencia. Sentía mi cuerpo tensarse más con cada empuje. Grande y duro contra mí, más y más profundo. Era más de lo que yo podía soportar, y sin embargo no suficiente. Los suaves sonidos que salían de las profundidades de su pecho mientras se excitaba más y más eran tan eróticos… él era tan sensual y sexy, tan hermoso por la forma en la que adoraba mi cuerpo con el de él.

Ambos respirábamos con dificultad y renuentemente alejé mi boca de la suya para poder tomar un necesario aliento. Sus manos colocaron mi cabello hacia atrás y su nariz se movió por mi mejilla. Su acelerada respiración recorriendo mi piel con su húmedo calor.

"Eso es cariño, puedo sentir como te acercas. Julia, es tan hermosa la manera en que me respondes… Eres *mía*…"

Su boca regresó a la mía mientras se movía más profundo y con más fuerza, formándose, formándose… yo no quería que esto terminara, pero él ya me tenía y caí en una explosión de amor y lujuria, temblando violentamente alrededor de él, mi corazón explotando ante la fuerza del amor entre nosotros. "Ah, Ah… Ryan. Te amo tanto." Él siguió empujando y yo me aferré a él absorbiéndolo y segundos después él se puso rígido y gimió en mi boca mientras se venía, ambos luchando por respirar.

Las lágrimas caían cuando giré mi cara para poder besar su sien, mis brazos y piernas se envolvieron con más fuerza a su alrededor. Luego de un minuto, él se levantó sobre sus codos y me besó suavemente en los labios. Sus ojos brillaban cuando se inclinó para besar las lágrimas de mis mejillas. "No llores, mi amor. No quiero estar lejos de ti nunca más. Sientes cuánto te amo?" Me acariciaba con la nariz y me besaba gentilmente, su cuerpo aún ensamblado con el mío.

"Eso fue increíble." Mi voz se quebró en las palabras. "El amor, Ryan. Duele tanto, pero es tan hermoso. Estoy… abrumada. Eres asombroso."

"No. *Somos* asombrosos. Cada vez, es así. Es un milagro cada vez que nos tocamos," dijo en voz baja. La emoción en su voz casi desbordada. Lo sostuve cerca de mí, acariciando su cabello y besando su hombro y cuello. "Si muriera y fuera al cielo, no podría ser mejor que esto," susurró con la voz quebrada.

Lloré sobre él.

"Amor, no llores. No puedo soportar ver tus lágrimas. Cariño, por favor no llores." Él siguió acariciando mi cabello hacia atrás una y otra vez, tomando mi cara por un lado y besándome suavemente. "Estás triste?"

Sacudí mi cabeza. Mi garganta estaba apretada y mi corazón acelerado. "No. Yo solo… lamento no poder recordar todos esos milagros. Esto debe haber sido tan duro para ti. No quiero ver ese dolor en tus ojos nunca más otra vez. Eres tan maravilloso. Tú mereces… *todo*. Quiero darte todo."

Me sostuvo por unos momentos hasta que las lágrimas se redujeron a respiraciones profundas y suaves besos. Él se movió hasta estar a mi lado, separándose de mi cuerpo. Instantáneamente, sentí la pérdida. Me apretó más cerca, envolviéndome en sus brazos haciendo pequeños círculos en la piel de mi espalada.

"Yo *tengo* todo," dijo seriamente. "Justo aquí en mis brazos. Estás segura y me amas. Eso es más de lo que tengo derecho a pedir." Su mano se movió hacia arriba por mi hombro hasta llegar a un lado de mi cuello. Su pulgar acariciando mi mandíbula.

"Tú eres todo lo que yo siempre querré."

~Ryan~

Sus profundos ojos verdes estaban luminosos, sus pestañas todavía húmedas por las lágrimas. Era hermosa y mi corazón se detenía por la intensidad de las últimas dos horas. La pelea, el dolor, el inmensurable éxtasis… el increíble amor… todo reiterando cuánto la necesitaba. No podría existir ni un minuto sin ella. Fruncí el ceño mientras la miré. Sus dedos que recorrían mi quijada se detuvieron y se movieron a mi boca.

"Ibas a irte en serio?" dije contra las puntas de sus dedos y sus ojos se levantaron hasta los míos. Pasé mi mano a través de su espalda desnuda, con la necesidad de seguir tocándola, su sedosa piel deslizándose contra me.

Tomó una respiración profunda y miró hacia mí. "Sí."

Nunca había considerado que ella realmente me dejara. Me habría destripado.

"Me mataba…" pausó, "Sentía que tu necesitabas liberarte de… todo esto."

"Si hay algo que debes saber con seguridad, debe ser que yo nunca podría vivir sin ti," dije suavemente, la verdad en mis propias palabras era como algo vivo.

"Por qué?" Julia levantó sus ojos hacia los míos otra vez y yo los encontré sin resolución; esos hermosos ojos que sostenían mi vida dentro de ellos.

"Julia, vamos. Tú eres el absoluto centro de mi universo, me guste o no." Su boca se abrió, pero no salieron palabras mientras sus ojos se abrieron más. Acaricié el contorno de su mejilla y cuello una y otra vez. "Estoy en órbita alrededor de ti, no puedes ver eso? Puedo moverme alrededor de ti, pero nunca alejarme," dije suavemente mientras mis ojos se fundían en los de ella. "Estaría enfermo de preocupación y miserable todo el tiempo."

"Has estado tan miserable. Lo siento." Ella se acercó más, su frente descansaba en la curva de mi cuello y yo giré mi cabeza para besar su cabello. La necesidad de aliviar el dolor rasgaba mi corazón mientras buscaba las palabras correctas.

"Yo *era* miserable porque tú perdiste *todos* esos recuerdos... el tiempo que pasamos juntos era tan precioso. Nos perdiste. Eso me entristeció, un poco." Parpadeé por el ardor en mis ojos y aclaré mi garganta cuando se apretó. Volteé a un lado y acaricié su cara con mi nariz, besando su sien con mi boca abierta. "Lo superaré, cariño. No tienes que preocuparte. Esto ayuda un montón." Mi mano recorrió su brazo hasta llegar a su cadera. "Hacer el amor ayudó?" asintió contra mi barbilla y yo contuve el aliento.

"Evocó un montón de cosas, Ryan, pero lo que recuerdo es el amor... algo de dolor físico."

"Ah jah... eso debe haber sido nuestra primera vez. Lamento que esa sea la única parte de eso que recuerdas. Fue... la noche más increíble de mi vida entera. Saber que nadie más te había tocado... significó todo para mí, Julia. Pensé que te amaba antes, pero eso... me devastó."

"Esto no fue tan malo." Sonrió suavemente.

"Increíble, pero solo me deja deseando más." Mis dedos tocaron la punta de su nariz y una sonrisa se esparció a través de su rostro. Ella estaba radiante; tan, tan hermosa. Solo maravillosa. Me faltó el aliento.

"Incluso ahora... nadie más me ha tocado, Ryan. Te lo dije, recuerdo el amor más que cualquier otra cosa. Aun cuando no podía recordarte, me quemaban las ganas de que me tocaras."

"Lo sé, Julia. No puedo... expresar lo que estoy sintiendo." Me incliné para besarla, succionando su labio inferior entre los míos. El beso se hizo más profundo mientras buscaba con suavidad, fue ardiente, salado por los restos de las lágrimas en mis labios y lengua.

"No era eso lo que te tenía preocupado? Que yo no sintiera el amor detrás de los recuerdos?"

"Sí." *Y la pérdida del bebé.* Mi corazón dolió al pensarlo, traté de esconder el dolor en mis ojos.

"Ahora me crees que te amo? No puedes sentirlo cuando te toco?" susurró contra mi boca cuando rompimos el beso, y yo tomé su boca otra vez. Ahora que había comenzado, parecía que no podía parar. Ella necesitaba saber por qué yo había luchado tanto contra esto.

"Sí. Con el tiempo tendremos nuevos recuerdos y el dolor por esto desaparecerá. Me alegra que hacer el amor no te causara daño, amor."

"Fue perfecto," pasó su dedo índice por mi mejilla y luego mi labio inferior, me incliné para absorber la punta dentro de mi boca; nuestros ojos se conectaron. Mi cuerpo revivió y necesitaba probarme a mí mismo que era real.

"Ryan… podrías tratar de ver las cosas de un modo diferente, solo por un segundo? He tenido dos primeras veces contigo," murmuró tan suavemente que tuve que esforzarme por escucharla. "Me enamoré de ti dos veces, y lo experimente todo otra vez contigo, así que por favor, no estés triste. Yo estoy *feliz.*"

"Julia."

"Shh… lo estoy. Cuéntame acerca de nosotros. Éramos mejores amigos antes de ser amantes, es cierto eso?" Asentí y rodé para poder presionarme contra ella, doblándome para poder besar la curva de su cuello. Hablé contra su preciosa piel. "Sí, pero yo siempre te amé."

"Entonces por qué esperamos?" Preguntó sin aliento, una mano se enredó en mi cabello y la otra bajaba por mi espalda.

Dejé salir mi aliento y ella surgió contra mí. Si me movía solo una o dos pulgadas, podría deslizarme dentro de ella, y lo deseaba. Mi pene se infló hasta que pensé que se abriría como una uva. "Porque éramos ciegos y estúpidos, supongo."

Julia se quedó quieta y me miró a la cara.

"Pero… por qué?" preguntó en voz baja y rozó su boca sobre la mía. Yo no quería hablar, solo quería sentir, pero esto era algo serio.

"Cariño… no estoy seguro de cuánto debería decirte," dije inseguro.

"Agh!" suspiró frustrada y se separó de mí para sentarse ligeramente. "Mira, Ryan. Sabes de qué se trata esto?" preguntó, con la voz exasperada.

Por ahí no era por donde yo quería que esto fuera, mi boca estaba preparada, "Tengo una muy buena idea, sí," dije.

"Entonces? Pasó cuando éramos *amigos*?"

"No." La acerqué a mi otra vez y descansé mi cabeza en mi brazo doblado mirándola hacia abajo. Entendí su punto. "Okey. Voy a decirte un poco acerca de eso." Usé mi mano libre para recorrer su brazo hasta tomar su mano. Julia observaba mi cara; una ligera sonrisa curvó sus labios en las esquinas. "Los dos teníamos miedo de cambiar la naturaleza de nuestra relación. Pasábamos todos los días juntos. Si nos poníamos románticos y no funcionaba…" sacudí mi cabeza. "Aunque yo te quería y estaba tan enamorado, no podía arriesgarme. Nos necesitábamos el uno al otro, y entonces solo… mantuvimos las cosas de la manera en que estaban."

"Pero… no era difícil? Quiero decir, me ha estado matando estar tan cerca de ti sin, tu sabes, *estar contigo*."

"Julia," suspiré suavemente y la apreté más fuerte contra mí. Su cuerpo desnudo era cálido y suave contra el mío y la deseaba otra vez. "Sí, fue una agonía. Estar cerca de ti y no poder tocarte me volvía loco de ganas por ti," susurré y toqué su nariz con la punta de mi dedo. "Hice mi mejor esfuerzo para no asesinar a los tipos con los que salías."

"Estabas celoso." sonrió delicadamente, sus ojos color esmeralda brillaron. Asentí. "Algunas cosas no han cambiado."

"Siempre he pensado en ti como mía."

"Cuándo nos confesamos?"

"Cuando me aceptaron en Harvard, ya no podía negarlo más. El prospecto de estar separado de ti dolía demasiado; no podía respirar cuando recibí la carta. Lo único en lo que podía pensar era en que iba a estar lejos de ti."

"Puedo imaginar que me sentí de la misma manera, hmmm?" Se hundió más en mí y me dio un beso con la boca abierta, donde mi cuello se unía con mi hombro.

"Completamente, sí. Solo… tú tenías la complicada idea de que deberíamos estar alejados esos últimos meses para acostumbrarnos a la separación. Hmmf. Fui un idiota por permitirlo."

"Sí," estuvo de acuerdo levantando una ceja. "Cómo pudiste dejarme ser tan estúpida, Matthews?"

"No querrás decir, cómo *ambos pudimos* ser tan estúpidos?" Se veía tan feliz, su cara y pecho sonrojados después de hacer el amor.

"Buena pregunta. Debo haberme vuelto sabio porque te convencí de que necesitabas mudarte a Nueva York. Poco después conseguiste un trabajo que te puso en Los Ángeles por seis meses. Incendiamos las líneas telefónicas hasta que finalmente admitimos nuestros sentimientos. Hicimos el amor por primera vez y después no había otra opción que hacer lo que fuera necesario para estar más cerca uno del otro." Mis manos seguían moviéndose por su cuerpo. Explorando cada pulgada de su piel expuesta con lentos movimientos. "Todavía, Nueva York era demasiado lejos." Su expresión era calmada y escuchaba intensamente haciendo pequeños patrones con su dedo índice sobre mi pecho. Parecía seguro continuar. "Como puedes haber asumido, yo planeaba mudarme a Nueva York para hacer allá mi residencia después de la graduación para que pudiéramos estar juntos. Finalmente."

Me detuve antes de decirle sobre nuestro compromiso y Paris. Me incliné para besarla, dejando que mi lengua entrara en su boca y una vez más mi boca cubrió la de ella. "Ahhh… se siente bien al fin poder hablarte de algunas cosas," dije mientras terminaba el beso.

"Que hay acera de Paris?" preguntó insegura.

"Cómo es que sabes…?" estaba nervioso porque podría llevarla a pensar en el bebé. Me detuve mentalmente. Alguna vez tendría que lidiar con su duelo… y el mío. Solo que no en esta perfecta noche.

"Meredith preguntó si quería ir a Paris cuando hablamos por teléfono y luego lo recordé."

"Qué fue lo que recordaste?" pregunté ansioso.

Se encogió de hombros. "La oferta de ir a Paris; el trabajo y mi estupidez al siquiera considerar dejarte." Sus ojos brillaron y toqué su mejilla. "Cómo es que me aguantas?"

"Bueno," sonreí. "Estoy desesperadamente enamorado de ti. Como verás, no tengo opción."

"Sí. Estás tan indefenso Matthews." Bromeó con una sonrisa. "No podemos hacer eso?"

Mudarnos a París? Necesitaba que me lo aclarara. "Hacer qué?"

"Mudarnos juntos." Me consumió el alivio. "Aún puedes hacer tu residencia en Nueva York, cierto?" sus manos bajaban por mi trasero apretándome más cerca de ella y me llené más contra ella. Dios, como la amo.

Suspiré; mi pecho se llenó tanto que parecía que me estallarían los pulmones. "Si eso es lo que tú quieres. Nada me haría más feliz, Julia."

"Te quiero a ti. Siempre." Presionó su pelvis contra la mía y yo gruñí. "Ves?" las esquinas de su boca se levantaron pero la mirada en sus ojos verdes era seria.

"Obviamente, el sentimiento es mutuo." Tomé su mano y la llevé hasta mi erección. Ella abrió los ojos y dudó solo por un momento antes de cerrar sus dedos alrededor y deslizar su pulgar sobre la cabeza. "Mmm… eso se siente maravilloso."

"Eres tan sexy. Las cosas que dices, tu voz, eres tan hermoso, que yo solo…"

"Tú eres todas esas cosas y más." La cambié de posición, colocando su cuerpo debajo del mío, sus piernas se separaron y el calor que irradiaba su cuerpo me quemaba vivo.

"Esta vez… me barriste por completo sobre mis pies. Quién podría resistirse al hombre más impactante de todo el mundo, diciendo cosas tan tiernas, y salvando mi vida? Y para cerrar con broche de oro… me dices que estás enamorado de mí. Estoy completamente a tu merced."

La tristeza templó el éxtasis del momento. "Tú no pudiste experimentarlo dos veces… amor," dije tristemente, a pesar de mi intenso estado de excitación.

Ella me miró intensamente y pasó sus dedos por mi mejilla. "No… pero tú lo hiciste. Así que por favor, no estés triste."

Mis ojos se abrieron ante la veracidad en esas palabras que me asombraron. Tenía razón. Todo acerca de estar con ella era una bendición. *Cómo pude haber sido tan malditamente ciego?*.

"Eres increíble." Dije luego de un momento.

"Ryan…" pude ver la preocupación en su cara por el cúmulo de emociones que mostraba mi rostro.

"Gracias, Julia." descansé mi cabeza junto a la de ella mientras respiraba su dulce esencia y cerré los ojos. "Solo… gracias."

"Por qué?" que sus dedos acariciaran la parte de atrás de mi cabeza se sentía como estar en el cielo.

"Por *forzar* esto. Por hacerme sacar la cabeza de mi trasero y por regresar a mí. Porque, has regresado, Julia. Así es como somos nosotros. Aún eres mi chica. Quizá funcione en beneficio mío que no puedas recordar todo. Puede que consiga salirme más con la mía," bromeé.

Sus ojos brillaron con su risa, aun cuando yo traté de parpadear contra mis lágrimas.

"No cuentes con eso," contestó.

Me reí. A quién engañaba? Ella me daba todo lo que yo deseaba… antes y ahora.

La calma me invadió. Ahora tenía calma en toda esta confusión. Sabía lo que quería… lo que había pasado. Mi mano se cerró sobre su mano izquierda y besé la parte interior de la muñeca y el tope de su mano. La sostuve ahí, acariciando la piel con mis labios. Ella se veía satisfecha y feliz. Sabía sin ninguna duda que ella era mía para siempre. Si ella recordaba o no; no había nada que yo quisiera más que ser su esposo y el padre de sus hijos. Hablamos, pero ahora, yo quería *sentir*.

"Hagamos el amor otra vez," murmuré contra su boca, mi cuerpo se presionó contra su cálida humedad y creció tan rápido que las palpitaciones causaban un doloroso deseo. Era ridículo lo mucho que Julia me hacía desear, desear y desear. Sus manos estaban presionando mis hombros y yo miré hacia abajo confundido. "Quieres que me detenga?"

"Nunca. Quiero complacerte. Me dejarías?" preguntó, mientras seguía empujándome hasta que estuve recostado contra las almohadas. Mordió su labio y se movió hasta estar sobre mí. "Puede que no sea muy buena en eso. Pero quiero intentar."

Mi cuerpo se tensó y se hinchó hasta un doloroso punto ante esas palabras, mis ojos cayeron hasta su boca. Esa dulce boca que podía llevarme al cielo o al infierno.

"Oh, cariño," jadeé mientras sus manos recorrían mi pecho y abdomen, sus dedos rozaron mis pezones antes de bajar y cerrarse a mí alrededor. "Agh! Tú eres asombrosa en eso." Gemí suavemente.

"Entonces, debe ser por lo mucho que te amo. Eres tan ardiente, Ryan. Tan hermoso. Podría mirarte para siempre."

Apretó y haló y finalmente se inclinó para tomarme en su boca. Tan caliente y mojada… exquisita. Mi cabeza cayó hacia atrás sobre las almohadas y dejé que me tomara, perdiéndome en las deliciosas sensaciones.

"Ah…" gruñí mientras su lengua circulaba y jugaba antes de tomarme profundamente y succionar fuerte. Me atormentaba una y otra vez lamiendo y acariciando y bajando de nuevo hasta que apenas pude soportar. Mis dedos se enredaron en su cabello porque tenía que tocarla, aun cuando ella me llevaba más y más cerca del desahogo. "Julia… Ahh… nena eso es tan bueno. Demasiado bueno."

"mmmm… Ryan," ella vibró contra mí y luego recorrió su lengua por la extensión. "Puedo saborearte… Es familiar, lo recuerdo, amor."

"Para o harás que me venga demasiado rápido. Es demasiado." Eso solo la hizo ser más determinada a llevarme hasta el borde. Los dedos de su mano izquierda se desplegaron sobre mi pecho mientras me presionó hacia abajo sobre mi espalda y no pude resistir. "Ahhh… te amo, nena," gruñí mientras su boca y manos continuaban la magia. Mi cuerpo temblaba y palpitaba y supe que se había acabado. No podía detenerme ni aunque quisiera.

"Oh, Dios… ah, voy a venirme… ella no se levantó, tomándome más profundamente, sus labios más calientes y apretados a mi alrededor mientras exploté en su boca y garganta." Sus músculos se contrajeron, su frente descansando contra mi estómago y yo no pude evitar empujar más profundamente en su boca y ella tomó cada gota. Física y emocionalmente, yo estaba abrumado. Esta era la mujer que yo amaba más que a la vida, entregándose con tal abandono. Mis piernas temblaban y cuando finalmente me relajé luego de que el orgasmo acabó, estaba respirando fuertemente y sentí mis brazos vacíos.

"Julia… ven aquí." me liberó y limpió su boca con su mano. Me senté y la atraje hasta que estuvo acostada sobre mí. Su cabeza descansando entre mi pecho y estómago. Continuó besando mi estómago y el calor de su aliento me cubrió.

"Sabes cuánto te amo?" pregunté densamente. Sus brazos se apretaron a mí alrededor mientras asintió y miró hacia arriba a mi rostro. Con sus ojos llenos de lágrimas. "Más que a nada en el mundo." Mi propia garganta se quedó trabada con las palabras y apreté mis brazos alrededor de ella. Me encanta la sensación de sus pecho presionados contra mi pecho, sus piernas enredadas con las mías. *Era real. Era perfecto, y éramos nosotros..* "Realmente te amo, Julia. Tú me das todo y tú eres todo lo que yo quiero." Mis dedos apartaron su cabello mientras me incliné para besar su frente.

Sus hombros se sacudieron. Lloraba pero no de tristeza.

"Ryan," dijo ella. "No puedo ni imaginar que yo te amaba más antes del accidente, lo hacía?"

"No. Siempre ha sido algo surrealista. Es… increíble."

El cálido aliento de Julia cubrió mi piel y mi mano recorrió su cabello para peinar las sedosas hebras una y otra vez y calmarla. La vela aún se movía suavemente y la música continuaba. No pude obligarme a levantarme y apagarla.

"Sí. Yo *realmente* te amo también." Nos quedamos así acariciándonos suavemente y respirando entre los recuerdos de nuestro tiempo haciendo el amor. Sin necesidad de más palabras mientras nos quedábamos dormidos. Ya habíamos dicho todo.

* * *

Desperté ante el olor de tocino y café, mis brazos buscaron en la cama a Julia. Rodé sobre mi espalda y pasé mi brazo sobre mis ojos. *Por supuesto que no iba a estar aquí, estaba haciendo el desayuno, idiota;* me reñí a mí mismo sonriendo como un tonto. Anoche había sido increíble. Cada vez que la tocaba era el cielo.

Con un gruñido, me arrastré fuera de la cama y me metí en mis jeans. No me molesté con ropa interior porque estaba muy ansioso de llegar hasta mi chica.

En la estufa, dándome la espalda, Julia tarareaba mientras cocinaba. Saqué uno de los banquillos de debajo de la barra y me senté. El arrastrar de la silla la sorprendió. Saltó y giró rápidamente. Sus piernas desnudas y tenía puesta una de mis camiseta que le llegaba hasta la mitad del muslo. "Mmmm… te ves tan bien que te comería," murmuré y me incliné en el mostrador hacia ella.

"Quizá después," bromeó.

"Lo prometes?" Halé la entrepierna de mis jeans los cuales se hicieron incómodos ante la reacción de mi cuerpo. Dios, hicimos el amor toda la noche, y yo aún quería más.

"Un largo viaje, marinero?" se burló y arqueó una ceja mientras colocó un plato de tostadas frente a mí. Levanté una y la mordí.

"Sí. Demasiado largo," dije seriamente. "No hagamos eso otra vez."

Julia sacó los huevos del sartén y los colocó en dos platos con el tocino, fruta picada y croquetas de papa.

"Bueno, ahora que sé lo que me pierdo… no pretendo perdérmelo." Sus ojos brillaban cuando puso el plato frente a mí y sacó el jugo del refrigerador. Mientras observaba sus movimientos, decidí que no soportaba otro minuto sin ella. Se sentó a mi lado y tomó su tenedor. Sin hablar, mi mano encontró un lugar sobre mi corazón sobre mi pecho desnudo. Y mi corazón explotó.

"Julia."

"Hmmm?" dijo distraídamente mientras tomó su primer bocado. Cuando no contesté sus ojos volaron a los míos. "Ryan, que pasa?"

"Julia… te casarías conmigo?"

"Sí." Levantó su mano izquierda frente a mi cara y la sacudió. "Ves?" sonrió dulcemente y se inclinó para besarme en la boca. Mis labios se abrieron y mis dedos acariciaron su mejilla.

"Sí, pero no quiero esperar. Te amo y hemos estado separados por demasiado tiempo… hemos esperado demasiado," Dije con urgencia.

Sus ojos se abrieron. "Es en serio."

Asentí y tomé su mano en la mía.

"Nada me haría más feliz que, que tu aceptes. Por favor?"

"Cuándo?" su expresión mostraba sorpresa.

Subí su mano, frotando mi boca suavemente sobre su piel. "No importa dónde o cuándo exactamente." Me encogí de hombros ligeramente. "Hoy, mañana, la próxima semana, el próximo mes, pero no más allá de la graduación. Lo más importante de arreglar en mi vida, es que no quiero pasar un momento más sin ti como mi esposa." Miré su impresionada expresión, sin dudar. Era completamente en serio. "Te he amado desde el día en que nos conocimos, y cada día te amo más, si es que es posible. Viví sin ti y no intento hacerlo más. No puedo."

Sus ojos se humedecieron mientras me miraba. Parece que lo único que hacía últimamente era hacerla llorar. Mi corazón se apretó dolorosamente. Sabía que ella me amaba. Estaba ahí en sus ojos y una temblorosa sonrisa levantó sus deliciosos labios.

"Okey." La palabra fue tan suave que apenas la escuché, pero su delicada mano acarició mi cara cuando dos gruesas lágrima rodaron por sus mejillas. Mi corazón saltó.

"De verdad?" pregunté asombrado, lleno de alegría a reventar. No esperaba que ella accediera tan fácilmente.

"Por supuesto. Acaso hay otra opción?" dijo llorando suavemente.

"Estarías decepcionada si no tenemos una gran boda? La mayoría de las mujeres quieren eso."

Julia lloraba con más fuerza ahora y se encogió de hombros. Colocó la parte de atrás de su mano sobre su boca y sus hombros se sacudieron ligeramente. "Yo solo te quiero a ti." Como siempre, dijo las palabras perfectas. "No necesito todo eso. Solo a ti."

La levanté del asiento y la apreté contra mí enterrando mi cara en la curva de su cuello inhalando su esencia hasta que sentí que mis pulmones estallarían.

"Hay algo que *yo* necesito," murmuré contra su cabello mientras sus brazos se aferraban alrededor de mi cuello y hombros. "No me importa la fanfarria y la gente, pero quiero la novia que he estado esperando por todo este tiempo. Necesito saber que me perteneces." Me alejé para mirar su rostro. Sus ojos estaban luminosos. Un suave rubor se extendió por sus mejillas. "Quiero el vestido y el velo, Julia."

Sonrió a través de las lágrimas. "Te daré lo que quieras. Te amo."

La alcancé y la atraje hasta mí, acunando la parte de atrás de su cabeza con mi mano mientras ella volteó su cara a la curva de mi cuello. Nos aferrábamos el uno al otro como si nunca fuéramos a dejarnos ir. "Yo te amo más."

El desayuno quedó olvidado y mis manos se deslizaron hacia abajo por su cuerpo, delicadamente la levanté hasta que sus piernas estuvieron alrededor de mi cintura. Mi boca encontró la de ella en hambrienta desesperación y ella fue igualmente insistente. Sus manos se enredaron en la parte de atrás de mi cabello halándolo para acercar más nuestras bocas y que nuestras lenguas se enredaban en un apasionado juego.

Mi cuerpo saltó a la vida y Julia hundió sus caderas contra las mías. Separé mi boca de la de ella para poder ver y llevarla por el pasillo hacia la habitación. "Eres tan sexy, y te deseo. Una y otra vez," dije con voz ronca mientras me recostaba en la cama con ella sobre mí.

"Eso funciona para mí, amor," jadeó contra mi boca antes de perdernos en el éxtasis del amor que sentimos el uno por el otro.

-11-

~Ryan~

"Hey, hombre. Podemos hablar?" Encontré a Aaron en la sección de referencia de la biblioteca. A las nueve de la noche, las luces estaban bajas y estaba muy silencioso. Generalmente me gustaba pasar este tiempo aquí porque había muy pocos estudiantes. Después de la conversación con Julia, necesitaba decirle a Aaron. Ambos habíamos estado tan ocupados; que no había hablado con él en un buen rato. Después de lo que Julia dijo acerca de las intenciones de Jen de irse si Aaron no le proponía matrimonio, necesitaba ver qué pensaba.

Inclinado sobre un libro, tomando notas frenéticamente en una libreta, Aaron miró hacia arriba rápidamente y se apartó de la mesa. "Am, solo dame un minuto, y podemos salir." Esperé pacientemente mientras él terminaba lo que estaba haciendo y luego empacó sus cosas en su mochila.

"Examen final de Farmacia," me explicó y yo asentí. Yo la había tomado hace tres semestres como pre requisito para la clase de anestesia que necesitaba para mi especialidad en trauma.

"Amigo, por qué no solo me pediste mis notas y toda esa mierda?" sonreí mientras su boca formó una fina línea.

"Porque soy un inmenso idiota, supongo," resopló. "Entonces? Qué pasó? No te he visto mucho en estas últimas semanas pero se lo atribuyo a los finales y a que tú y Julia al fin están ocupándose... Así que, no más cojones adoloridos, eh, hermano?" sus ojos oscuros danzaban por la risa.

Pasé una mano por mi cabello, devolviéndole la sonrisa desvergonzadamente. "Am… seguro. Las cosas han sido… asombrosas."

"Ryan, tengo que preguntar. Están usando protección? No es asunto mío, pero no querrás tomar ese riesgo ahora, cierto?"

Ya estábamos en el auto. Lancé mis libros en la parte de atrás y gesticulé para que él hiciera lo mismo.

"Sí. Le pregunté al Dr. Brighton por eso… antes am, de que Julia y yo tuviéramos intimidad después del accidente. Pensé que se lo recordaría, pero él escribió la prescripción y ella ni lo mencionó." Le dije por encima del auto mientras ambos abríamos las puertas. "La última vez fue un accidente. Julia estaba tomando antibióticos y no lo pensamos."

Conduje en silencio por unos minutos. Estaba emocionado, aun así la calma me había invadido luego de que Julia aceptó casarse conmigo. Más recuerdos regresaban y me encontré a mí mismo aceptando que había cosas que ella no podía recordar todavía. Sabía sin duda que ella me amaba profundamente y eso era suficiente. Respiré profundo llenando mis pulmones.

"Ryan, dijiste que querías hablarme, entonces por qué no estás hablando?" Aaron finalmente irrumpió en mis pensamientos.

"Julia y yo vamos a adelantar todo y nos casaremos." La cara de Aaron se dividió en una sonrisa y su mano palmeó mi hombro dos veces.

"Eso es grandioso! Fijaron la fecha?"

"Am… sí. El fin de semana de la graduación."

Él parecía de alguna forma perplejo. "Vaya. Tan pronto? No habrá una gran boda?"

"Después de todo lo que hemos pasado, ya eso no es lo importante. Nuestros padres estarán en la ciudad, así como Ellie y Harris. Tiene sentido hacerlo en ese momento."

"Felicitaciones, hermano. Ex…ce…len…te. Así que asumo que esto cierra el trato de la residencia en Nueva York."

"De hecho, Julia lo trajo a colación. Yo estaba muy aliviado." *Okey, aquí voy. Solo lánzalo, Ryan.* "Qué hay de ti y Jen? Planeas alguna vez casarte con ella?"

"Sí. Se lo pedí aquella noche."

"Cuál noche?" pregunté sorprendido.

"La noche que se dieron una escapada sin nosotros."

"Entonces… cuál es la historia?"

"Comenzamos a ver anillos, pero no hay fecha todavía." Se encogió de hombros y miró hacia afuera por la ventana. Aaron no era de los que contaba las cosas si no se las sacabas. Lo cual yo encontraba infernalmente frustrante.

Fruncí el ceño y sacudí la cabeza. Yo no había sido capaz de esperar para ponerle un anillo a Julia en el dedo y había estado planeándolo desde la primera vez que hicimos el amor… Aaron era tan apático.

"Serías mi padrino de bodas?"

Me miró y me mostró una inmensa sonrisa. "Amigo. Te habría pateado el trasero si no me lo pedías. Pensé que el cabrón de Moore me había quitado ese honor."

Me reí. Aaron hacía un chiste de cualquier cosa seria. "Te golpeo ahora o después?"

"Julia aún lo está viendo?"

"Nop!" resoné la 'p' por la satisfacción. "Él es historia. La noche que ella casi se va a Nueva York ella dijo que él la había apoyado en eso y le dijo que yo estaba haciendo lo mejor por ella… quizá no es tan malo." Aaron me torció una ceja burlonamente y tuve que sonreír.

A quién demonios estaba engañando? Moore estaba loco por Julia. "De cualquier manera, eso resultó ser lo mejor. Si Julia no me hubiese amenazado con irse, yo todavía tendría la cabeza dentro de mi trasero."

"Sí. Me debes doscientos cincuenta dólares por el hotel al que nos enviaste, por cierto," se reía.

"Qué demonios?" exclamé. "Estás bromeando?"

"Hey, acabo de comprometerme, amigo. No tenía un anillo todavía. Así que, ya sabes, saqué hasta al perro."

Acariciaba su barbilla con la lengua en la mejilla y ambos reventamos en carcajadas. "Acaso el perro tenía el pito bañado en oro?" pregunté y Aaron me lanzó una mirada sardónica. "Solo decía…"

"Cállate." Me riñó. Y yo me reí más fuerte. "No habrá luna de miel?"

Sacudí la cabeza. "Esa es la única cosa de la que me arrepiento, pero Julia ya ha perdido mucho tiempo de trabajo y yo debo estar en Saint Vincent la semana siguiente. De verdad no tenemos tiempo. Luego de que nos asentemos, planearé algo grande."

"Mierda. Cuando Julia se vaya, volveré a la pizza congelada y Mc Donald's," gruñó en protesta. Bromeaba pero había algo de verdad en ello.

"Sobrevivirás," me reí suavemente, agradeciendo en secreto que Julia iba a estar conmigo.

"Que fácil para ti decirlo, cabrón. Tú comerás como un rey."

"Ella estará ocupada con su trabajo. No espero que se esclavice en la cocina."

"Oh, solo en la habitación?" preguntó. Sentí las esquinas de mi boca torcerse, pero mantuve la boca cerrada. No compartiría eso con nadie. Cuando no contesté, él continuó. "Como sea… Julia te consiente a morir. No tendrás que esperar nada."

"Hmmf," exhalé. "Ella me cuida mucho, eso sí es seguro."

~Julia~

Los olores que emanaban de la cocina eran divinos; ajo fresco salteado con mantequilla para hacer una salsa Alfredo. Una rezongona Jenna rallaba un pedazo de queso parmesano mientras yo picaba perejil y sacaba los fettuccinis frescos del refrigerador.

"Joder!" exclamó Jenna cuando accidentalmente se rasgó los nudillos con el rallador de queso. "Con razón no cocino!"

Me apresuré a buscar una toalla de papel húmeda y a examinar su piel rota. Tres de sus dedos sangraban ligeramente pero no era tan malo. "Estás bien?" pregunté mirándola a la cara.

"Agh, sí. Desearía poder cocinar como tú." Se quejó. "A Aaron le gusta comer y yo ni siquiera puedo rallar un pedazo de queso!"

Le sonreí. "Cualquiera puede cocinar Jen. Puedes leer un recetario?"

"Sí. Seguro." Gimió y se desplomó en uno de los banquillos. "Nunca te he visto a ti leyendo esas malditas cosas."

No pude evitar reírme. "Ya no. Porque he estado cocinando desde que tengo diez años." Seguí con lo del queso luego de limpiar todo. "A qué hora dijo Aaron que iba a volver a casa?"

Ryan mencionó que buscaría a su hermano pero no creía que estuvieran en casa antes de las nueve. Ya era casi hora pero no podía terminar la salsa hasta que llegaran o se escaldaría.

"Enviaré un texto." Fue a la mesa y abrió su cartera. "Julia, después de anoche, quiero decir… todo está bien? Qué pasó?"

Asentí y tomé un sorbo de mi bebida. Estudié el vino mientras lo movía en círculos. "Bueno, Ryan se dio cuenta que puede que yo no recuerde todo, y lo convencí de que lo amo tanto como siempre lo he hecho. No creo que él vuelva a alejarse de nuevo, pero aún le duele que no pueda recordar."

Saqué vino y lo llevé hasta donde ella estaba sentada antes de volver a llenar mi copa. La hermosa cara de Jenna se llenó con una gran sonrisa, y su pálida piel se sonrojó en las mejillas. "Bien. Porque la noche que salimos, Aaron estaba tan agitado que, me lo propuso!"

Me apresuré a abrazarla. "Oh, Jen. Estoy tan feliz por ustedes! Finalmente!" sus brazos se cerraron con fuerza alrededor de mis hombros y suspiró fuertemente. Ahora podía decirle sobre los planes que teníamos Ryan y yo.

"Sí."

Me alejé de ella y tomé el vino. "Entonces? Cómo fue?" indagué. El placer en su rostro me llenó de felicidad.

"¡Él estaba tan furioso!" bajó su tono de voz y trató de imitar el bajo gruñido de Aaron, *"¿Qué coño estás haciendo aquí, meneando el trasero frente a estos imbéciles, Jen? ¡Prácticamente eres mi esposa!"*

Me reí con tanta fuerza que casi escupo el vino por la habitación. Podía imaginarlo. Sin embargo, al momento, yo estaba ocupada porque me estaban arrastrando fuera de la pista de baile. Traté de respirar. "Oh, Dios mío, esa no es exactamente una proposición de película pero es tan típico de Aaron! Me encanta! Qué le dijiste?"

"Crucé los brazos y lo miré por un minuto y después le dije, 'citando a Beyonce', si te gusta deberías ponerle un anillo!"

"No lo hiciste! Jen! Desearía haber visto su rostro!"

Estábamos riéndonos cuando la puerta se abrió y los hombres entraron. Se veían cansados pero de buen humor.

Los labios de Ryan se levantaron en una sonrisa torcida y mi corazón golpeaba en mi pecho. No podía quitarle los ojos de encima mientras dejó su bolso con libros en la silla de la sala antes de sentarse en el sofá para quitarse los zapatos. "Algo huele bien, Julia. Qué estás haciendo?"

"Nosotras estamos haciendo, fettuccini Alfredo, ensalada Cesar y pan con ajo. Quieres vino?" fui hasta el espaldar del sofá, puse las manos sobre sus hombros y luego me incliné para besar la piel a un lado de su cuello. "Mmm… Yamy," susurré a su oído y su mano se movió para cubrir una de las mías.

"Te extrañé hoy," susurró con una promesa en esos profundos ojos azules. "Quiero besarte," dijo suavemente. Asentí y sus ojos cayeron hasta mi boca. Fue una agonía no caer en sus brazos justo ahí y en ese momento.

Lo miré con pesar cuando la voz de Aaron nos interrumpió al darle a Jenna un apretado abrazo de oso.

"Qué hay de postre?"

"¿Postre?" bromeé "Qué te hace pensar que hay postre." Renuentemente, me alejé de Ryan quien aún sostenía mis dedos; no tuvo otra opción que dejarlos ir.

"Por favor. Tú eres tú."

"Zabaglione y moras frescas. Escuché que los doctores aquí prescriben un final ligero." Una botella de Marsala esperaba en el mostrador hasta que la cocinara con yemas de huevo y azúcar, poco después de la cena.

Tomé la crema del refrigerador y la agregué a la cacerola con el ajo y la mantequilla y encendí el fuego para la pasta.

Dos fuertes brazos me rodearon por la cintura desde atrás acercándome mientras la cabeza de Ryan se inclinó hasta la curva de mi cuello. Su boca abierta trazó una serie de besos por mi piel enviando temblores a través de todo mi cuerpo.

"Mmm, Dios, se siente tan bien." Murmuró suavemente. Giré mi cabeza para que él pudiera tomar mi boca con la de él. Sabía a menta y Ryan. Gemí y sus labios se movieron al unísono. Siempre tan perfecto. Él presionó mi espalda y pude sentir su erección contra mí. "Ves? Todo lo que tengo que hacer es tocarte y estoy deshecho."

Sonreí. "Cariño, quisiera poder hacerlo, pero debo vigilar la cena. Tú sabes que esta salsa es delicada, y estamos tratando de atender a nuestros chicos."

Ryan se movió a la despensa y sacó una copa y la llenó. Aaron y Jenna estaban en la otra habitación, así que ellos no escucharían nuestra conversación. "Aaron se lo propuso." Él se inclinó contra el mostrador, suficientemente cerca para sentir el calor de su cuerpo.

Le mostré una sonrisa. "Lo sé. Jenna acaba de contarme. No tuve oportunidad de decirle acerca de nosotros." Pasó su dedo índice hacia abajo por mi brazo, desnudo por la camiseta blanca cuello en V que yo estaba usando.

"No puedo esperar, Julia. Literalmente. No. Puedo. Esperar."

Alcance su mejilla para sostenerla, áspera con todo un día de barba sin rasurar, sus ojos quemaban los míos, sin titubeos, con su mejilla presionada contra mi mano. "Me haces muy feliz, Ryan. Te amo, tanto."

Sus ojos sonrieron y sus manos agarraron las mías antes de voltear su cara para besar con la boca abierta mi palma. "Muéstrame después."

"Ryan! Trae tu trasero aquí para jugar Guitar Hero!" Aaron llamó desde la otra habitación y yo me reí.

"Ve. Yo terminaré esto."

"No quiero." Sus labios se movieron contra mi sien cuando habló.

"Ryan. Ve." Sus brazos se apretaron en protesta mientras besaba mi mejilla y siguió bajando hasta mi boca.

No podía dejarlo continuar si quería mantener mi enfoque. Giré mi cabeza para que sus labios aterrizaran en mi mejilla otra vez. Gruñó fuertemente. "Si no quieres salsa de queso quemada, entonces vete."

"Dios no lo permita. Okey, me iré. Pero es bajo coacción."

Mi corazón creció mientras lo vi irse de la cocina. Estaba inundada de amor por él. Estaba en sus ojos y en cada toque de sus manos. Él también me amaba. *Podría ser más perfecto?*

~Ryan~

Estaba oscuro. Miré a la mesa de noche donde brillaba la hora en rojo. 3:17 AM. Estaba acostado sobre Julia. Mi cabeza descansaba sobre su ahora, completamente sano pecho, mi brazo derecho rodeaba su cadera. Cerré los ojos y respiré su esencia, sintiendo su firme respiración debajo de mí, su calor a mi alrededor. Estaba más feliz que nunca.

En la cena hablamos con Aaron y Jenna acerca de nuestros planes de boda. Disfruté el placer que era ver las mejillas de Julia sonrojadas y la sonrisa danzando en su boca mientras Jenna hablaba sin parar de los vestidos y de las flores. Los ojos de Julia se encontraban ocasionalmente con los míos y se mordía su delicioso labio inferior. Quizá me equivocaba al privarla de una gran boda. Ella merecía todas las cosas que las chicas soñaban, y no podía negar que yo quería verla vestida de novia. Mi novia.

Le di unos besos de mariposa sobre los cóncavos planos debajo de su ombligo. Su piel era como terciopelo debajo de mi boca. Ella era lo más sexy que yo jamás había visto, siempre tan cálida y entregada. La fuerza de mi amor por ella no dejaba de asombrarme y, con el tiempo, solo parecía intensificarse. El hecho de que ella me correspondía era el regalo más grande de mi vida.

Su mano comenzó a masajear mi cráneo y halar suavemente los pedazos de cabello entre sus dedos. Levanté mi cabeza ligeramente y acaricié con mi nariz debajo de su seno derecho y luego le di un gentil beso en la parte abultada.

"No puedes dormir? Pensé que te había cansado." Su voz fue un suave susurro que me envolvió con fuerza.

"Mmmm… Nunca." Subí para poder poner el pezón de su pecho en mi boca y succionar delicadamente. Ella suspiró fuertemente y arqueó su espalda ligeramente, absorbiendo su piel más profundamente en mi boca, incrementé la presión y ella gimió. "Sabes cuánto te amo, Julia? cada día es más." Suspiré contra ella, dejando que mi aliento se esparciera sobre el pezón aun húmedo por mi jugueteo. "Probablemente estés cansada de escucharlo."

"Nunca me cansaré de escucharlo. Amo tus palabras, tu boca…"

Mi mano se cerró sobre su muslo, y lo llevé sobre mi cadera mientras me movía para poder ver su reacción. Ahora presioné mi salvaje erección contra ella. Sonrió. "Tus manos, y mmmm…" sus caderas surgieron contra las mías con deliciosas ganas.

Nos movimos lentamente, mis manos explorando sus curvas, sus manos apretando los músculos de mi espalda y trasero cuando me empujaba más cerca. Mi boca y cuerpo hambrientos, pero yo quería hablar acerca de la boda.

"Quiero hablar por un minuto. Si comenzamos a hacer el amor, no habrá más palabras." Sus ojos se abrieron y aun así estaban pesados por el deseo. Dios, ella es *impresionante*.

Aparté su cabello hacia atrás mientras sus labios se separaron. Ella me deseaba a mí tanto como yo a ella, era un regalo de inmensa pasión y abrumador amor. Mi corazón realmente ardía por eso.

"Sobre qué?" Su mano subió para tomar mi mandíbula y su boca pidió la mía. Sus labios se movieron cuando lamió mi labio superior con la punta de su lengua y luego succionó mi labio inferior entre los suyos mordiéndolo suavemente entre sus dientes. Traté de resistir, pero me di por vencido con un gruñido y rodé sobre ella mientras mi boca hambrienta tomaba la de ella. Mi lengua entraba profundamente dentro de su boca y ella abría la suya y me devolvía profundamente el beso. *Oh Dios...* presioné mis caderas hacia adelante buscando su calor. Ella estaba tan lista para mí como yo para ella y me deslicé dentro de ella sin siquiera intentar. Gimió contra mi boca y subió más sus rodillas para que yo pudiera entrar más profundamente en su cuerpo. Pronto estábamos perdidos en la apasionada danza, frenéticamente aferrándonos y besándonos, no conseguíamos estar suficientemente cerca mientras rodábamos por la cama. Pasaron minutos de ritmo tangible, pasión palpable.

"Julia podría hacerte el amor para siempre. No quiero que esto termine nunca." Sus manos aferraban mi cabello por los lados, sus ojos líquidos llenos de una mezcla de amor y deseo. Acaricié su nariz con la mía, nuestros alientos mezclándose, mientras empujaba contra ella una y otra vez.

"Ahhnnggg... Ryan, nunca pares," suspiró sin aliento. Y pude sentir su interior temblando y teniendo espasmos alrededor de mí. Deslicé mis manos por debajo de ella para tomarla por los hombros y aumentar la presión de mi pelvis en la de ella mientras sentí mi propio clímax formarse. Descansé mí frente a un lado de su cara mientras nos adorábamos uno al otro.

"Oh sí, Julia... quiero sentirte nena, vamos." Mi mano se movió entre nosotros mientras suavemente masajeaba su abultada protuberancia y la sentí apretar involuntariamente alrededor de mi pene. Maldición, ella era ardiente.

Sentí cada toque de su mano y cada temblor de su cuerpo alrededor del mío. Cada aliento, cada pequeño quejido que hacía en lo profundo de su garganta me volvía loco por el deseo. Su respiración era elaborada y jadeaba a tiempo con mis empujes. Fue tan fantásticamente sexy que me llevó al borde y luego de tres más. Me paralicé y me vine fuertemente, profundamente dentro de su cuerpo. Sus piernas a mi alrededor y sus talones clavados en mi trasero, presionándome más profundamente mientras sus manos se enredaban en mi cabello y nos besamos otra vez con nuestros cuerpos tensos y removiéndose.

"Nunca entenderé lo increíble que es esto." Mi cuerpo fusionado con el de ella, levanté la cabeza y mis dedos trazaron la línea de su cara.

"Esto no es posible, Ryan. Oh, Dios…"

Rodé a un lado y me deslicé fuera de su cuerpo, trayéndola sobre mí hasta que estuvo arraigada en mi pecho, su cabeza bajo mi barbilla y mis brazos apretados alrededor de ella. "Es posible, Julia. Lo juro." Me llenaron las emociones y mi garganta se cerró. "Te pertenezco tanto," dije liberando un tembloroso aliento.

El brazo que abrazaba mi sección media se apretó y levantó su cabeza para besar mi pecho, mantuvo su boca ahí y luego la abrió para presionar ardientes besos con succión. "De qué querías hablar?" Su expresión era suave y satisfecha… llena de amor y su barbilla descansaba en una de sus manos. Mis manos se entrelazaron en su cabello mientras yo lo extendía hacia abajo sobre su espalda.

"Bien, me pregunto si estoy siendo egoísta al pedirte que olvides la gran boda?" comenzó a hablar pero yo puse uno de mis dedos sobre sus labios. "Si nos casamos ahora, no tendremos luna de miel y yo quiero darte todo eso." Observé su rostro, buscando sus verdaderos sentimientos mientras continué acariciando su cabello.

"No estabas escuchando? Tú eres todo lo que quiero," dijo en voz baja. Cuando no respondí continuó. "Ryan… alguna luna de miel podría ser mejor que esto?" cada momento que estamos juntos es perfecto y yo solo quiero más de esos momentos. Quiero casarme como lo planeamos. Ya le he dicho a todo el mundo y están tan felices. La banda de Harris vendrá a tocar para nosotros. Ellie ya está trabajando con diseñadores para mi vestido. Solo me pregunto si deberíamos correr al Ayuntamiento y no molestarnos ni con el vestido. Es tonto cuando habrá tan poca gente con nosotros."

"No. Si no haces lo del vestido, entonces no haré lo de la boda así. Te lo dije, Julia. *Necesito* eso. Por favor."

Sus ojos brillaron y sus brazos se apretaron a mí alrededor, dos lágrimas cayeron sobre mí mientras ella estaba sobre mi pecho. "Cómo eres tan perfecto?"

Sonreí en la oscuridad. Había un pequeño rayo de luna colándose por la ventana y creando un suave brillo azul sobre su piel desnuda. Me distrajo el declive de su pecho y la curva que se levantaba de su cintura a su cadera.

"Mmmm." Mi mano recorrió su cuerpo para descansar en su cadera. "No quiero el Ayuntamiento. Quizá podemos conseguir un salón en el Four Seasons, casarnos y tener una pequeña recepción en el mismo lugar. Estoy pensando en 75 personas. Qué piensas?"

"Pienso que suena maravilloso."

"Bien. Porque nuestras madres ya están trabajando en eso con Ellie y Jen."

Su cabeza se levantó y abrió los ojos. "Es una conspiración?" se levantó para estar sentada con las piernas abiertas alrededor de mi regazo. Julia se cubrió con las sábanas, sosteniéndolas sobre su pecho y me moví debajo de ella hasta estar sentado recostado en el espaldar de la cama.

Halé las sabanas hasta que cayeron, revelando el glorioso tesoro debajo.

"Sí," susurré. "Conspiro para hacerte el amor, cada día por el resto de mi vida." Me incliné y deslicé mis brazos alrededor de su espalda y caderas, acercándola más y la cubrí de besos sobre su pecho y hombros. Finalmente, nuestras bocas se casaron en una serie de suaves y aun así apasionados besos.

Mis manos trazaron ligeramente sus suaves curvas, paseando por los abultados lados de su pecho, los pulgares frotando sus pezones una y otra vez. Sus ojos centellaban, casi brillando en la oscuridad y sus caderas surgieron contra las mías. Podía sentir su calor contra mi dureza. Y lo deseaba.

Dejé que la parte de atrás de una de mis manos acariciara su firme estómago, el lugar donde mi niño solía estar y me tragué el dolor, sabiendo eso, más que nada, quería verlo hincharse con la evidencia de nuestro increíble amor. Inhalé profundamente y la besé en la barbilla y hablé contra su piel.

"Julia… has pensado acerca de… *niños*."

Mi corazón se detuvo esperando su respuesta, continué besándola suavemente. Esto la haría recordar? Ella necesitaba la oportunidad de recordar antes de que estuviéramos casados, en caso de que tuviera rabia y no quisiera estar conmigo. Esperé sin hablar mientras ella inhalaba.

"Por supuesto, lo he pensado." Su mano subió a mi cara, sus dedos flotando sobre mi barbilla y quijada. Observé su reacción cuidadosamente, pero no encontré reconocimiento. "Te amo, así que, sí, quiero tener tus hijos. Si… así lo quieres. Creo que serás un asombroso padre. Estás tan lleno de amor." Su voz tembló con las palabras y mi corazón explotó dentro de mi pecho.

Me senté de repente y la atraje a mí enterrando mi cara en su cabello. "Oh, cariño. Por supuesto que lo quiero. Nada en el mundo podría hacerme más feliz. Quiero darte todo. Te amo tanto."

Una vez más… me dejó sin aliento.

~Julian~

Ryan empujaba la comida por su plato sin comer. Sus hermosas cejas estaban fruncidas y sus labios también. Sabía qué lo estaba molestando. Yo iba a regresar a Nueva York por las últimas dos semanas antes de la graduación, para volver al trabajo y darle el espacio que necesitaba para los exámenes finales. Respiré profundo. Ryan me escuchó, sus brillantes ojos brillaron furiosos.

"Qué?" preguntó cortante.

Me estiré para tomar su gran mano en la mía. "Amor… son solo dos semanas y…" comencé pero él me interrumpió.

"Sí, lo sé," respondió de forma corta. "Yo estaba ahí cuando lo discutimos. Recuerdas?"

El trasero temperamental estaba asomando su fea cabeza. Me mordí el labio para esconder la sonrisa. Llenaba mi corazón que él estuviera molesto porque yo me iba, pero al mismo tiempo me preocupaba, cómo le afectaría. Ya había pasado por demasiadas cosas.

"Ryan," dije en voz baja, urgiéndolo a mirarme otra vez. Inhaló un tembloroso aliento.

"Mira, necesito ir al hospital." Ya estaba vestido con su uniforme y listo para irse. Jenna iba a llevarme a la estación del tren más tarde en la mañana. Esta era la última vez que nos veíamos hasta que yo regresara para la graduación y la boda. *La boda. Realmente iba a pasar.*

Me levanté y alcé el brazo que él tenía descansando en la mesa para poder sentarme en su regazo. Él se puso rígido y movió su cabeza en otra dirección mientras yo pasé mi brazo alrededor de sus hombros y apoyé mi frente en su mejilla. Olía maravilloso. La esencia de su perfume era tan embriagadora. Subí mis dedos por su pecho, alrededor de su cuello y hasta llegar a enredarse en los cabellos de la parte de atrás de su nuca y halé un poco para poder mirar a sus ojos.

"Estoy bastante al tanto de tus objeciones, pero esta es la absoluta última vez que vamos a separarnos. Necesito regresar al trabajo para que cuando tú llegues allá, yo pueda concentrarme más en nosotros. Este es un nuevo comienzo."

"Me gusta el viejo," contestó con amargura.

Su labio inferior sobresalía como el de un niño petulante. Halé su cabello otra vez. Usualmente eso tenía una reacción pero, cuando aun así no se movió, incliné mi cara más cerca. Mi aliento acariciaba su rostro y sus ojos finalmente se volvieron a los míos antes de cerrarse lentamente.

Sonreí y atraje ese labio inferior entre los míos y lo absorbí ligeramente. Podía sentir como se ablandaba, mientras mi boca lo coaccionaba a salir a jugar. "Vamos. Sabes que no puedes resistirte." Broméé. Finalmente un brazo se deslizó a través de mis muslos y el otro por mi espalda mientras se volteó para besarme, al fin abriendo su boca hambrienta por la mía.

Honestamente, yo también estaba destrozada. Yo sí necesitaba regresar al trabajo, pero no quería dejarlo. No quería perderme las últimas veces de encontrarlo inclinado sobre su computadora estudiando, cuando podía frotar sus hombros y traerle café o comida. Era un gran capítulo que se cerraba y aun cuando el futuro era más brillante, mi corazón no pudo evitar sentir la pérdida. Yo había estado recordando más del pasado, pero todavía había muchos huecos. Como el momento antes del accidente. Aún luchaba con eso, pero trataba de concentrarme en el presente. Ahora que Ryan estaba conmigo, mi vida era bastante perfecta.

Sus dedos se enlazaron en mi cabello mientras levantó su boca de la mía sin aliento para gruñir en protesta. "Agh… te extrañaré. No quiero que te vayas."

"Tú sabes que necesito irme." Sus brazos me aferraron y me atrajo en un apretado abrazo, mientras enterraba su cara en mi cuello y sacudía su cabeza.

"Todo lo que sé es que te necesito conmigo." Cuando se alejó su expresión se había suavizado y miraba profundamente a mis ojos. Sus dedos acariciaban mis pómulos, quijada y sien en suaves toques de mariposa.

"Lo estaré, pronto. Vamos a casarnos, recuerdas?" sonrió; a pesar de él mismo y fue tan impactante. "Tengo que entallar el vestido. Órdenes del doctor. Él no se casará conmigo si no tengo eso. Recuerdas?" demasiadas emociones inundaban sus facciones y yo quería confortarlo. "Solo no dejes que Lola te persiga mucho en sus últimos esfuerzos por conquistarte antes de que estés fuera del mercado," le reté, levantando una ceja y riendo. "No la habrás invitado a la boda cierto?"

Se carcajeó. "Demonios no! Ella es una de los cosas que no extrañaré de Boston."

"Mmmm." Murmuré. Eran las 6:30 AM y Ryan tenía que estar en el hospital en media hora. "Aaron trabaja hoy?" pregunté.

"Sí. Más tarde, creo."

Mi mente corría con una idea. "Ryan… Jen quiere casarse pronto, también. Deberíamos invitarlos a tener una boda doble con nosotros?"

Los ojos de Ryan se estrecharon ligeramente. Dudó solo brevemente. "No."

Me sorprendió su corta respuesta.

"¿Por qué? Ya tus padres estarán aquí y Aaron y Jen hacen todo con nosotros. Ellie y Harris estarán aquí. Podrían apoyarnos en todo. Solo me parece lógico."

"Ellos no hacen todo con nosotros. *Esto no.*"

"Pero…"

"Dije que no…" dijo renuente y sacudió su cabeza una vez. "No quiero compartir esto. Nos pertenece a nosotros, Julia. Por un jodido día el mundo va a girar en torno a ti y a mí. *Por favor.*"

Mi corazón se apretó con sus tiernas palabras. Asentí. "Okey." Le di un suave beso en la boca. "Como si el mundo no girara en torno a nosotros cada jodido día," bromeé.

La sonrisa torcida que yo adoraba se expandió en su rostro. "Si eso fuera verdad mantendrías tu sexy trasero en Boston, hasta que ambos pudiéramos irnos a Nueva York, juntos."

Estuve callada en sus brazos, ambos acariciándonos. Mis brazos alrededor de sus hombros me permitían enredar su cabello y Ryan tenía un brazo alrededor de mi cintura y otro frotando mi pierna.

"Julia, es solo que… te he compartido con tu trabajo, con la distancia y con el tiempo… estoy *harto*. No voy a ceder nada más."

De golpe, mi corazón se detuvo en mi pecho. Las palabras que salían de sus labios nunca paraban de asombrarme.

"Te amo tanto," susurré contra su boca y sus labios tocaron los míos en otra serie de besos. "Solo dos semanas más y comienza el para siempre."

"Oh, cariño, comenzó hace ocho años en Psicología 101."

-12-

Esta última semana fue un torbellino. Andrea estaba feliz de tenerme de vuelta, aunque yo estaba insegura sobre cuáles serían nuestros roles. Ella había estado haciendo mi trabajo bastante bien por los últimos cuatro meses. Yo la observaba desde mi asiento detrás del escritorio. Ella arreglaba eficientemente los detalles para el número de Agosto y mi corazón se estremeció; alegre al regresar, y ver como las cosas seguían funcionando como una máquina bien aceitada. Me preguntaba si Ryan tenía razón al decir que debí quedarme en Boston hasta la boda.

Pensar en eso me llenaba de emoción, pero estaba calmada. No podía conciliarlo. Elyse y mi madre estaban arreglando todo a través de internet y por teléfono con Jenna como aliada en Boston y Ellie reñía a los diseñadores del vestido en Los Ángeles. Mientras algunas novias desearían estar más involucradas, yo estaba agradecida por la ayuda. Decidimos que tonos plateados y verde musgo para Ellie y Jenna; Ellie en un matiz más claro, y blanco y plateado para mi vestido. No había visto mi vestido, pero le describí a Ellie lo que quería y confiaba en ella para que lo hiciera realidad. Ella tenía acceso a algunos de los mejores diseñadores del mundo y sería hecho por encargo. Extremadamente costoso, pero ella insistió en que sería su regalo de bodas. Sentí melancolía por su tangible ausencia en mi vida diaria.

Hablé brevemente con Ryan cada noche por teléfono. Estaba terminando sus finales y la última semana antes de la graduación la pasaría empacando las cosas del departamento. Me llenaba de orgullo todo lo que él había logrado.

Gabriel y Elyse, junto con los padres de Jenna ya habían llegado. De alguna forma la lista de invitados a la boda había aumentado a casi cien personas y estaba cuadrando. Mike Turner había llamado desde Los Ángeles y se había ofrecido para tomar las fotos de la boda. Yo estaba conmovida por el gesto.

La página delante de mí se hizo borrosa mientras traté de escribir los votos que le diría a Ryan el próximo sábado en la noche. Mi garganta ardió mientras dilucidaba como poner en palabras exactamente lo que él significaba para mí. *Imposible.*

Cuando lo hablamos la noche anterior, él había sido tan tierno, y yo lo extrañaba inmensamente. No había dudas, ni siquiera una, de que casarme con Ryan era la única elección. Él no era realmente perfecto en el sentido real de la palabra… todo el mundo tenía defectos. Pero él era perfecto para mí. Increíblemente.

Mis ojos finalmente se desbordaron mientras me senté hacia atrás contra el espaldar de la cama y rodé a un lado, trayendo el cuaderno conmigo, para dejarlo sobre la almohada junto a mí. La almohada de Ryan. Mi mano la recorrió ligeramente. Infaliblemente, mi corazón explotaba al mirar el poema colgado al lado de sus fotos en mi pared. Como si pudiera leer mi mente, mi teléfono sonó. Contesté y presioné el teléfono a mi oído.

"Hola?" murmuré suavemente.

"Hey, cómo está mi hermosa chica?"

"Extrañándote. *Terriblemente.*"

"Oh, amor. Yo también. No lo soporto."

Cerré los ojos, imaginándolo en la oscuridad sentado en su cama con las piernas estiradas hacia adelante.

"Ya tus padres están allá?"

"Sí. Llegaron casi a las cuatro en punto y tienen tantas ganas de verte."

"Yo tampoco puedo esperar para verlos. Elyse dijo que quizá tome el tren a Nueva York el miércoles para regresar con Ellie y conmigo el jueves en la mañana. Sería realmente agradable poder pasar tiempo extra con ella y así poder conocerla otra vez." Limpié mis húmedos ojos con una toalla de papel. Mis emociones estaban tan frágiles. "Realmente te extraño. Cómo pudimos manejar esto antes?"

"Es más difícil esta vez, incluso para mí." El dolor en su voz hacía eco del mío. "Julia… estás llorado? No te estarás arrepintiendo, o sí?"

"Oh, Ryan. No." Mi corazón se detuvo al pensarlo. "Estaba trabajando en mis votos. Solo me abruma un poco."

"Sí. Yo no estaba seguro de cómo poner todo en unos treinta segundo de palabras que le hicieran justicia."

Amaba cuando esa aterciopelada voz decía mis pensamientos en voz alta. Yo nunca escuchaba ese tono cuando le hablaba a alguien más. Lo usaba por teléfono cuando me extrañaba, o cuando me hacía el amor tan tierna y dulcemente. El sonido del fondo me decía que estaba acostándose y lo escuché respirar profundo. "Nada puede hacerle justicia de todas maneras. No puedo encontrar palabras para decírtelo."

Sonreí a pesar de las lágrimas. "Deberíamos escribirlos juntos?"

"Cariño… es tentador, pero no. Eso está bien? Quiero que los escuches por primera vez durante la ceremonia. Estoy siendo cursi?"

"Todavía no entiendo de dónde saliste? Demasiado maravilloso para ser real."

"No puedo esperar para verte en ese vestido. Lo he soñado desde siempre. No hay algo que quiera más en el mundo que casarme contigo, mi amor."

Las lágrimas rodaban por mi cara sin parar, se desbordaban las emociones y amenazaban con ahogarme. No podía hablar.

"Julia?"

"S…sí, Aquí estoy."

"Nena, estás bien? Desearía poder tocarte en este momento."

"Está bien. Estoy bien, solo ansiosa." Aclaré mi garganta y me senté esperando poder dejar de llorar, limpiando mis lágrimas con mi mano libre. "Cómo se siente haber terminado con la escuela de Medicina, Dr. Matthews?"

Se rió suavemente. "Grandioso. De hecho, pero debo cumplir los últimos requisitos y el acto de grado antes de que sea oficial, amor."

"Mmmm… bien, un montón de cosas van a hacerse oficiales en estos días."

"Sí. Cómo va el trabajo? Meredith está siendo buena contigo?"

"Me llena de energía estar de vuelta; pero Andrea es tan eficiente, que me pregunto si realmente me necesitan." No pude esconder mi decepción.

"Pronto vas a volver a dominar todo, pero no quiero que te desgastes."

"*Por favor.* Estoy perfectamente bien. Deja de ser tan sobreprotector."

"A ti te encanta eso de mí." La risa en su voz era inequívoca.

"Una de muchas cosas." Me reí. "Ryan, Mike se ofreció a tomar las fotos y yo pienso que es muy lindo de su parte. Qué piensas de eso?"

Su risa acabó y el silencio era ensordecedor. "Ryan?"

"Ah… Supongo. Eso es lo que quieres?"

"Él es muy bueno y, será capaz de entregarnos las impresas rápido. Dijo que volaría para acá el viernes para tomar algunas fotos mías con el vestido. Es de un diseñador famoso que Ellie encontró y es un original, así que podrían usarse en la revista en algún momento. *Por favor?*"

"Nada de fotos desnuda entre sábanas, a menos que yo esté ahí desnudo contigo, entendido?" bromeó.

Me reí otra vez. "Hey… tu amas esa foto, así que ya deja de quejarte."

"La amo. La estoy mirando justo ahora."

Latido.

"Que hay de la lencería? Quieres que…?"

"Ah…" comenzó a dudar.

"Solo para ti, no para la revista."

"Eso fue idea de Turner?" dijo con voz cortante.

"Olvídalo. Fue una idea estúpida. Solo pensé en lo feliz que estabas antes y pensé… que sería un buen regalo de bodas."

"Lo recordaste *todo?*" su voz estaba llena de interrogantes.

"Lo de esa Navidad. Cada hermoso detalle."

"Okey. Me gustarían las fotos, para ser honesto. Pero, si te toca, le voy a sacar la mierda a golpes. Así que dile que lo haré."

Sonreí. "No te preocupes. Ellie estará ahí. Ella llegará mañana."

"Aaron y Tanner están preparando la despedida de soltero y Jen quiere una noche de chicas con todos los que estén en la ciudad, incluyendo a nuestras madres, te parece eso?"

"No lo sé. No estaré ahí hasta el jueves temprano. Hay tanto que hacer, así que quizá, pero, tendremos que ir con la corriente. Harris estará ahí con su banda, así que por favor inclúyelos, okey?"

"No soy un grosero, cariño. Ya hablé con él."

"Okey, debí haberlo sabido."

"Julia… en una semana, a esta hora *estaremos casados.*" Su emoción hizo que mi corazón diera saltos. Incluso se me erizó la piel de los brazos.

"Lo sé. Es un sueño."

"Me encanta que también pienses eso. Te extraño."

"Te extraño más. Cariño, quiero seguir hablando, pero necesito terminar los votos. Tienen que ser tan perfectos como el hombre para quien los escribo, cierto?"

"Vas a comenzar a llorar otra vez?"

"Probablemente, sí."

"Mmmm. Seguro voy a llorar como un bebé cuando los escuche también."

"Tú crees?"

"Estoy seguro de que serán… aaasooombrosos. Más de lo que podría esperar."

Suspiré contra el teléfono. "Ryan, cuando dices esas cosas yo solo… te extraño demasiado."

"Bueno, si hubieses hecho lo que tu hombre te pidió, yo estaría haciéndote el amor justo ahora. No te voy a dejar salir de mi vista luego de esto. Nunca."

"Lo prometes?"

"Mmmm, sí. Sabías que la próxima vez que te haga el amor, serás mi esposa."

Mi corazón golpeó ruidosamente y sentí la sangre en mis orejas.

"*Mi esposa,*" susurró otra vez. "Siempre mía. No olvidaste recordarme o sí lo hiciste?"

Mi respiración se detuvo con esas palabras. "Nunca. Me alegra que no accedieras a la boda doble. Tenías razón. Estoy totalmente enfocada en ti. Ni siquiera si estuviésemos solo nosotros dos allí, esto podría significar más para mí."

"Julia. Nadie más existirá en ese momento. Te amo con locura."

"Lo sé," dije, suavemente. Si yo lo merecía o no, él me amaba y yo estaba lista para la vida que nos esperaba juntos. "Solo nosotros."

* * *

"Ellie!" grité cuando finalmente llegó. "Oh por Dios! Qué trajiste?" pregunté después de un apretado abrazo. Sus ojos danzaban mientras revoloteaba hacia adentro indicándole al conductor que colocara el equipaje en el centro de la sala junto a tres inmensas cajas blancas.

Le entregó un billete de cincuenta y luego volteó hacia mí. "Tenía que darte opciones, pero estoy bastante segura de cuál será tu elección. Ryan*morirá*, te lo aseguro! Lo matarás apenas te vea." Estábamos felices y riendo, abrazándonos y saltando. "Finalmente, el chico va a hacer de ti una mujer honesta."

Cuando nos alejamos, ambas llorábamos. Ella se limpió una lágrima fugitiva y corrió hacia las cajas y comenzó a abrirlas. Comenzó a sacar una tras otra las bolsas con vestidos y colgándolos en mi closet, llevándolos uno a uno hasta mi habitación para abrirlos cuidadosamente. Me sentía como una niña en navidad, agradecida de tener una amiga tan buena.

"Ellie… gracias." La tomé de la mano para detenerla en la mitad de lo que hacía. Miró hacia arriba con una conmovida sonrisa.

"Julia, por favor. No hay otro lugar donde preferiría estar. Te amo."

"Yo también te amo. Todos son tan… yo solo… quiero decir," tropecé con las palabras mientras me senté en la cama. Sus dedos descubrían el envoltorio del primer vestido, revelando un suave, brillante vestido blanco de seda. "Soy tan bendecida. Todos ustedes son tan asombrosos. Ryan y yo estamos tan agradecidos."

"¡Necesito un trago! Todo este lloriqueo me va a agotar. Tienes vino?"

Asentí y limpié mis ojos, tratando de no reírme. "Sí. Lo traeré."

"Que no sea tinto, Julia, Okey? No queremos accidentes."

"Seguro. Blanco entonces. Vuelvo enseguida." Salté y corrí a la otra habitación, tomando dos copas, un sacacorchos y una botella de Pinot Grigio del refrigerador.

El primer vestido estaba completamente fuera del envoltorio cuando entré al dormitorio. Muy simple y elegante con muy pocos adornos, el vestido dependía completamente de las líneas creadas por la tela para crear un efecto. Era un gran vestido con una falda que caía tipo traje de gala.

"Entonces? Quieres probártelo?" Asentí y Ellis comenzó a sacar un montón de lencería de fondo y rápidamente me tuvo vestida. La tela era una bella seda cruda, con un profundo cuello en V y un largo arreglo de rosas de seda hechas a mano al lado izquierdo de la cintura, las capas de las enaguas eran pesadas y demasiado para mi pequeña figura.

Ellie sacudió su cabeza leyendo mi mente. "Nop. Un vestido ostentoso para ti, Jul."

Mis manos alisaron la delicada tela, sintiendo su riqueza. Asentí con ligero remordimiento. "Sí. Pero, es tan hermoso."

El siguiente era estilo trompeta y marcaba mis curvas hasta abajo donde fluía a la altura de la rodilla. No me gustaba cómo me veía en él. "Me siento gorda. Lo siento, Ellie. Es toda esta parte ajustada… supongo."

Ella deshizo los botones y abrió la cremallera. "No te preocupes, pero no estás ni cerca de la gordura, Julia." Una brillante sonrisa cruzaba su cara, y sus ojos brillantes estaban encendidos cuando trajo el último vestido para que yo lo viera.

Quedé con la boca abierta cuando cayó el envoltorio.

"Oh… Ellie!" dije suavemente, mientras mi mano se estiraba para tocar el delicado encaje con lentejuelas, mi corazón golpeaba tan fuerte que Ellie debió escucharlo.

"Exactamente," dijo con una orgullosa sonrisa. "Lo sabía. Es este y ni siquiera te lo has probado aún. Como dije, Ryan está acabado."

* * *

La semana pasó y finalmente estábamos camino de vuelta hacia Boston. Mis padres volarían hacia allá ese mismo día. Harris y su banda habían atravesado el país en el bus de gira que la compañía disquera les había proporcionado e iban a tocar en la recepción. Elyse ayudó a Jenna a terminar los detalles de la ceremonia y Ryan y Gabe recogieron los esmóquines.

Ellie encendió el reproductor y cantamos a todo pulmón en el camino. La pasamos absolutamente bien, como en los viejos tiempos.

No traje mucho conmigo, excepto por el vestido y el velo, lencería para la noche de bodas y tres cambios de ropa para el ensayo, graduación y el viaje de regreso a Nueva York.

Cuando entramos al vecindario de Ryan y Aaron, la ansiedad me sobrepasó. La culminación de los últimos ocho años; la amistad, el amor… el dolor que sufrimos por la separación y todo lo que Ryan había atravesado durante mi recuperación, apretaron mi corazón. Mis padres salieron por la puerta de entrada para abrazarme, mi madre lloraba y mi padre me levantó del suelo para darme vueltas.

"Oh, los extrañé! Estoy tan feliz de verlos!" Jadeé, al mirar sobre el hombro de papá y ver a Ryan inclinado en la barda de la entrada, mirando con intensidad, con una gran sonrisa en su rostro. "Solo un segundo!" Los besé a ambos y luego me disparé hacia Ryan quien comenzó a moverse hacia mí en el momento en que dejé los brazos de mi padre.

"Oh, amor." Sus fuertes brazos me envolvieron cuando salté en ellos, mis piernas se envolvieron alrededor de su cintura. "Te extrañé cada segundo. Solo 53 horas más, Julia," dijo en voz baja, para que solo yo pudiera oírlo. La deliciosa esencia de su jabón se mezclaba con el olor de su piel. Sus ojos azules estaban brillando y resplandecían de felicidad. Estaba impactante!

"Trae tu boca a la mía, en este instante," dije felizmente. Él rió y luego obedeció con gusto, su boca se cerró sobre la mía en un profundo beso con la boca abierta. Gemí en su boca.

"Mmmm… sabes tan bien." Sus brazos se apretaron a mí alrededor y su mano presionó la parte de atrás de mi cabeza cuando sentí sus labios en mi sien y cerré los ojos. "Te amo."

Aaron salió desde atrás de nosotros, con un gruñido exagerado. "Están viendo lo que he tenido que soportar? Enfermizo," riendo, mientras los demás se le unieron y fue hasta el vehículo para darle a Ellie un gran abrazo de oso. "Pedacito! Estás aquí!"

Ella reía con fuerza. "Aaron, dónde está Jen?"

"Trabajando. Tiene el resto de la semana libre, y está muy ansiosa por verlas. Dónde está Harris?"

"Llegará más tarde esta noche. No se perderá la despedida de soltero, lo prometo!!" dijo Ellie.

El resto de la tarde pasó muy rápido y pronto fue hora de que los chicos se fueran. Elyse y Gabriel llegaron una hora después y las chicas decidieron ir por manicura y pedicura temprano la mañana siguiente en vez de salir por ahí. Había pasado tanto tiempo desde que habíamos estado todas juntas, y yo solo quería hablar con ellas. Meredith y Andrea llegarían a la ciudad mañana y Mike iba a hacer mis fotografías antes del ensayo. Al día siguiente era la boda, y la graduación de Ryan y Aaron sería en la tarde del domingo.

Nos sentamos a charlar sobre los hombres, riendo, y nos embriagamos un poco con el champagne y cocteles. Ellie y Jen se quedaron dormidas en la Habitación de Aaron y Jen mientras yo me senté tranquilamente con mamá y Elyse por unos minutos, hablando de la boda y de la graduación, el pasado, y del hermoso hombre que pronto sería mi esposo. Mis pensamientos debieron reflejarse en mi rostro, porque Elyse tomó mi mano. Yo estaba acostada en el sofá y ella sentada en la silla de al lado. La miré con los ojos llenos de lágrimas. "Gracias, Elyse. Sinceramente. Ryan es tan asombroso, y es todo gracias a ti y a Gabriel. Ustedes son tan extraordinarios. Soy tan afortunada de unirme a su familia." Se levantó y se arrodillo frente a mí y nos abrazamos, ambas llorábamos. Mamá se limpió las lágrimas y por un momento desvió la mirada. "Nosotros pensamos que tú eres bastante asombrosa también. Haces tan feliz a Ryan."

"Creo que este es el momento. No lo crees?" mamá se dirigió a Elyse, acercándose para poner una mano en el hombro de Elyse y otra en mi cabeza.

Elyse se apartó y me miró con sus ojos llenos de lágrimas. "Sí." Sonrió suavemente y asintió.

"También lo creo." Mi madre se sentó a mi lado, y Elyse fue hasta su cartera que estaba sobre la mesa, regresando con un pañuelo blanco en su mano.

"Julia, tenemos unos asuntos que discutir," dijo con seriedad. "Gabriel y yo te amamos y Ryan es nuestro orgullo y alegría. Yo usé esto en mi boda cuando la madre de Gabriel me los dio a mí. Eran de ella, y queremos que tú los tengas. Son algo viejo, pero no algo prestado." Cuidadosamente abrió el pañuelo y dentro había una docena de ganchos para el cabello y cada uno tenía brillantes diamantes al final. "Yo los usé dispersos por mi cabello debajo del velo. Me encantaría que tú hicieras lo mismo. Le había dicho a Ryan que se los daría a la chica con la que él escogiera casarse, y aquí estamos." Dijo riéndose ligeramente mientras los depositaba en mi mano.

"Son impresionantes," dije asombrada mientras los miraba. Estaba sin palabras ante el desprendido gesto. Cada uno era como de un quilate al menos, algo que no tenía precio definitivamente, montadas sobre oro blanco.

"Ryan me llamó el día que te conoció, Julia. Por el tono de su voz yo podía decir que estos serían tuyos algún día. Te amo como si fueras mi propia hija, y como madre, no podría pedir a nadie mejor para mí hijo."

Yo estaba llorando como una bebé, y las otras dos mujeres también. "Él… me conmueve en maneras que nadie más lo haría. Lo amo más que a nada en el mundo."

Ella asintió. "Lo sé. Confío en eso, Julia."

Mi madre pasó su brazo por encima de mis hombros y yo incliné la cabeza hacia la curva sobre su cuello y allí descansé mi cabeza. "Mi bebé."

"Mamá." Me ahogué.

"Siempre serás mi bebé. No te confiaría a nadie excepto a Ryan."

Elyse tomó una toalla de papel y limpió sus lágrimas. "Que buen trío el que somos."

"Tienes algo azul y algo prestado?" preguntó mamá gentilmente. "El vestido es nuevo, así que…"

"Am… Ellie me regaló los guantes que van con el vestido y tienen bordados nuestros nombres y la fecha de la boda por dentro. El bordado es azul pálido. Eso cuenta?"

"Sí. Ahora, que tal algo prestado?"

"Mamá, sabes que no creo en todas esas supersticiones."

"Compláceme. Tengo un pañuelo que iba a usar, pero te lo daré para que lo uses."

"Okey. Lo quieres de vuelta lleno de mocos. Espero ser un desastre inmenso!" Las tres nos carcajeamos, justo al tiempo que la puerta se abrió y entró Ryan luciendo muy guapo con jeans negros y camisa blanca de botones con las mangas dobladas hasta los codos. Dejó sus llaves en la mesa del pasillo y caminó lentamente. Miré el reloj.

"Hey. Regresaste temprano. Donde están los chicos?" se veía como para comérselo, su cabello estaba un poco más largo de lo usual y estaba despeinado como si hubiese pasado sus manos sobre él cientos de veces.

"Hmmmf," dejó salir su aliento y vino a pararse delante de nosotras. "Disfrutando mi despedida de soltero. Yo quería estar aquí. Pero… no quiero interrumpir." Miró a nuestras madres y luego me miró a los ojos. Parecía pensativo, su mente brillante no paraba, sus ojos azules eran intensos y no se movían de mi rostro.

Elyse y mamá lo comprendieron y ambas se levantaron al mismo tiempo. "Cuando tu padre y Paul vuelvan con los chicos, déjales saber que Marin y yo regresamos al hotel." Ella abrazó a Ryan y mi madre me abrazó.

"Gracias, a las dos. Esta noche fue maravillosa. Las amo."

"Oh, Julia. Fue un placer." Elyse tocó mi cara y luego caminó hacia la puerta.

"Julia, a qué hora mañana? A las diez?" preguntó antes de darme un último abrazo.

"Ah…" desvié mi mirada de Ryan para contestarle a mi madre. "Sí. Pasaré por el hotel a recogerlas."

Cuando ellas se fueron, Ryan se sentó en la silla grande y subió sus pies sobre una de las cajas regadas por todos lados, listas para el camión de mudanza mañana. Caminé detrás de él, me puse en cuclillas y sin decir palabras pasé uno de mis brazos desde atrás y alrededor de su cuello. Instantáneamente, él tomó mi mano y la puso sobre su boca, frotándola con sus labios ligeramente de un lado al otro sobre mis nudillos inmerso en sus pensamientos. Giré mi cara hacia él y lo besé con la boca abierta en la susceptible piel debajo de su oreja.

"Ahhhh," jadeó. "Ven aquí."

Mientras me levanté para hacer su voluntad, él nunca soltó mi mano, atrayéndome gentilmente hasta que estuve sentada en su regazo. Me acurruqué en él, con mi cabeza descansando en la curva de su hombro, mi frente a un lado de su cara mientras él envolvió sus brazos alrededor de mí.

Lo acariciaba con mi nariz, mientras mi mano subió por su pecho hasta la abertura de su camisa. Abrí uno y luego otro de los botones y deslicé mi mano hacia adentro. Su piel era cálida al tocarla y el ligero sendero de vellos cosquilleaba mis dedos.

Sus labios encontraron mi sien y luego mi mejilla esperando que yo hablara o girara mi boca para encontrar la suya.

"Qué anda mal?"

"Ni una sola cosa. Yo solo tenía más ganas de estar aquí que allá. Te extraño. No te he visto en dos semanas y quería tenerte en mis brazos."

"Ryan," susurré. "También te extrañé." Finalmente su boca encontró la mía, ardientes de deseo; su lengua entraba hambrientamente a mi boca. Nos aferramos el uno al otro, ambos claramente excitados y deseosos. Bajé las manos por su pecho y sus dedos encontraron la piel debajo de mi camiseta y comenzó a moverse lenta y circularmente. Pude sentir como se endurecía debajo de mí mientras alejaba su boca de la mía con un gruñido, solo para regresar y darme unos pocos suaves y sensuales besos en los labios.

"Te deseo. *Tanto.*" Las palabras prácticamente se le escaparon, pero su tono era suave y carente de aliento.

"Sí," Dije sin aliento, sin dudar.

"No puedo creer que esté diciendo esto, pero esta noche no, Julia. Ni mañana en la noche. No hasta que te esté arrancando el vestido de ese exquisito pequeño cuerpo tuyo."

"Ahh… por qué?"

"Porque," el suspiró contra mi boca. "Quiero que sea perfecto y cada pequeña cosa que pueda hacer para que sea así, la haré." Sus manos recorrían suavemente mi cuerpo, emocionándome con sus toques, con su dureza debajo de mí, con la forma en la que su aliento venía forzadamente y cubría mi piel.

"Al menos dormirías conmigo entonces? No puedo soportar soltarte."

"Solo trata de detenerme."

~Ryan~

Las sillas estaban alineadas en un piso de madera de parquet que más tarde se convertiría en la plataforma para la actuación de Harris y su banda y para bailar. Pero ahora estaba adornada con lazos brillantes y velas. Un gran arreglo de flores etéreas en todas las mesas cubiertas de manteles blancos quitaba el aliento en su simplicidad. Mi corazón golpeaba furiosamente mientras veía entrar a todos nuestros amigos y llenar los asientos. Las chicas definitivamente se habían excedido. Mi madre y mi padre me acompañaban mientras yo miraba hacia el salón desde la puerta. Había una hermosa torre de torta blanca en una de las mesas a uno de los lados y un bar se armaría detrás luego de la ceremonia mientras Julia y yo tomábamos un minuto para nosotros dos.

"Esto es perfecto," murmuré, mirando mi reloj por vigésima vez en unos pocos minutos. Mi madre puso su mano sobre la mía.

"Respira, Ryan." Me previno mi padre, pero tenía una sonrisa indulgente en su rostro.

"¿Estás nervioso?" preguntó mamá gentilmente. "Te ves tan guapo."

Yo usaba una versión moderna del esmoquin tradicional con una camisa blanca hecha a medida y una larga corbata negra en vez de un corbatín de lazo. "Ese traje luce tan maravilloso en ti." Su voz se quebró con las palabras.

"Mamá. Detente. Seré un idiota balbuceante en unos pocos minutos, ¿podríamos no llorar en este momento?" Le rogué. Ella me abrazó fuerte.

"Sí." Dijo ella con una mirada de simpatía.

La miré ansiosamente. "¿La has visto? ¿Cómo está?"

Mi padre puso una mano en mi hombro para calmarme. "Ella roba el aliento, hijo. No creo haber visto una novia más hermosa nunca antes." Sonreí cuando mi madre le dio un codazo en las costillas. "Oh, excepto por tu madre."

Ella lo tomó de la barbilla y le plantó un rápido beso en la boca. "Más te vale decir eso." Cuando lo soltó, volteó hacia mí. "Ryan, Julia es tan maravillosa." Mordió su labio cuando sus ojos se llenaron de lágrimas. "Se te deshará el corazón, está tan hermosa."

Mi corazón golpeaba con fuerza y luego se detuvo, mis emociones amenazaban con desbordarse. Asentí mientras sus caras se hicieron borrosas frente a mí. Parpadeé rápidamente varias veces para evitar perder el control, y puse una mano sobre mis ojos para limpiar una lágrima errante. "No puedo creer que este día finalmente está aquí."

Aaron se dirigió hasta nosotros para ofrecerle su brazo a mi madre. "Hora de tomar asiento, mamá. Papá?"

"Okey. Parece que es el momento. No podría estar más orgulloso de ti Ryan," dijo mi padre mientras se iba. "Sé que este matrimonio será duradero."

Respiré temblorosamente mientras vi a Aaron escoltar a mis padres por el altar provisional. Pequeños votivos parpadeaban en cada arreglo del lugar y largas velas sobre pétalos estaban alineadas a cada lado del altar. Todo brillaba suavemente. No estaba seguro quién era el responsable de todo esto, pero yo no podía ni imaginar algo más perfecto. Había un arreglo floral grande y redondo del mismo estilo del de las mesas y colgaba desde el alto techo sobre el altar y un camino blanco cubierto de pétalos de rosas blancos y rojos. Los pétalos también estaban sobre todas las mesas y un cuarteto de cuerdas tocaba música clásica al frente del salón.

Yo estaba infernalmente nervioso, lo cual no entendía porque esto era lo que había soñado por casi ocho años. Quería halar la parte frontal de mi traje para aliviar la opresión en mi pecho.

"Estás bien, hermano? Te ves tan verde como el vestido de Jen," dijo Aaron cáusticamente luego de llevar a mamá a su asiento.

"Estoy bien," dije al pasar una mano por la parte de atrás de mi cuello. "Excepto que no puedo… sentir mis manos. Tienes los anillos?"

Tenía dos finas bandas, cada una incrustada en diamantes, que conecté a cada uno de los lados del anillo de compromiso cuando me lo dejó antes de irse a Nueva York. "Esta es la última vez que me lo voy a quitar," dijo besando mi mano luego de que mis dedos se cerraron alrededor del anillo.

Paul y Marin se acercaron mientras yo esperaba afuera de las puertas dobles. Marin limpiaba sus ojos con un pañuelo. Traté de concentrarme en lo que ella vestía, pero dentro de diez minutos no sería capaz de recordarlo. Solo que era una tonalidad muy clara de verde y era seda.

"Hola, querido," dijo mientras la envolvía en mis brazos. "Te ves tan guapo. Julia es una chica afortunada." Sus brazos se apretaron más por un segundo antes de apartarse y le extendí mi mano a Paul.

"Gracias a ambos solo por… tenerla." *Maldita garganta. Cómo voy a hacer lo de los votos si ni siquiera puedo hacer esto?* "Lo siento. Necesito que ambos sepan que Julia es mi vida entera. No existe algo que yo no hiciera por ella."

"Nosotros sabemos eso, hijo. No podríamos estar más orgullosos de tenerte en nuestra familia. Nuestra niña te ama muchísimo." Paul puso una mano en mi hombro y me dio un apretón. "Vamos, Marin; debemos ubicarte en tu asiento."

Hice otra profunda inhalación, al ver a Paul llevarla a la primera fila del lado izquierdo, y luego volver por el altar.

"Aquí vamos, Ryan. Estás listo?" preguntó con una sonrisa.

Le devolví la sonrisa y asentí. "Sí. Gracias Paul."

"Solo no llores en el vestido de Julia. Ella te mataría," bromeó con ligereza. Tratando de hacerme relajar, funcionó un poco.

Harris y Aaron estaban parados a mi lado cuando Paul se fue por el pasillo. Mi corazón golpeaba con tanta fuerza que podía escuchar el golpeteo en mis orejas.

"Vamos, Ryan," dijo Harris en voz baja. "Este es el momento."

"Sí," dije más para mí mismo que para ellos. El ministro ya estaba en frente del altar esperando, y una vez que tomamos nuestros lugares, la música cambió a 'Canon en re mayor' de Pachelbel. Siempre había sido una de las favoritas de Julia y era la canción para la entrada de todas las chicas.

Primero, entró Jenna. Se veía hermosa con su cabello hacia arriba y algunas hebras sueltas alrededor de su cara. Llevaba un ramillete de rosas rojas y su vestido era un tono medio de verde musgo. Era escotado y ajustado con un encaje con lentejuelas.

Ellie fue la siguiente. Para este momento, literalmente sentía que la piel se me desprendía del cuerpo. Mis palmas sudaban, y estaba bastante seguro de que mi corazón saltaría desde mi pecho. Su vestido era un tono más ligero de aquel mismo color y con algún tipo de tela que fluía en la falda. Ellie sonreía al tomar su lugar al lado de Jenna. Tomé una última respiración para calmarme y miré a mis pies por solo un segundo tratando de componerme para lo que estaba a punto de ver.

Cuando levanté la mirada, Julia estaba parada en la puerta con Paul y mis pulmones dejaron de funcionar.

Santa madre de Dios. Ella literalmente me dejó sin aliento. Mi madre tenía razón. Hermosa como para deshacerme el corazón… increíblemente impactante. Fue como si mi corazón estuviera hecho de vidrio y se hubiese roto en millones de pedazos dentro de mi pecho. Mi mano subió al frente de mi traje implorando silenciosamente por aire para mis pulmones.

Mis ojos se abrieron al máximo mientras la miraba, tratando de entender la magnitud de la visión ante mí mientras trataba de memorizar cada detalle. Esta era una visión que estaría conmigo por el resto de mi vida. Su vestido blanco se hundía en un bajo escote en su pecho, dejando la parte abultada de sus pechos desnuda y el escote continuaba hasta la inclinación de sus hombros. Apenas descansando sobre ellos, acentuando la elegancia de la curva de su cuello y clavícula. Era ajustado hasta justo debajo de su pecho donde caía tipo imperio hasta el suelo. El diseño era simple pero el encaje del vestido brillaba suavemente de arriba a abajo. Tenía guantes blancos que iban hasta dos pulgadas por debajo de sus codos, pero aparte de eso, sus brazos estaban desnudos. Su piel era radiante con un suave rubor en las mejillas, y su boca un suave tono rosado. Su cabello estaba recogido hacia arriba en suaves ondas sobre su cabeza y adornado con los ganchos de diamantes de mi abuela y dos o tres camelias en sus cabellos avellana.

Sostenía un bouquet de más camelias y otras flores blancas pequeñas. Su velo era de una capa y bordeado del mismo encaje brillante del vestido, bajaba en una cascada por su espalda hasta el suelo arrastrándose detrás de ella y la parte de adelante caía justo hasta donde sus manos sostenían las flores. Completamente hipnotizado, no podía quitarle los ojos de encima.

Mientras se acercaba, miré su rostro. Sus grandes ojos verdes estaban líquidos y su labio inferior temblaba. Mi corazón se llenó y mi garganta se comprimió dolorosamente. Tragué el nudo en mi garganta, y mis dedos ardían por tocarla, mientras Julia esperaba al otro lado de su padre.

"Queridos hermanos…" comenzó el ministro, sus palabras quedaron silenciadas mientras mis ojos encontraron los de ella. Ella estaba tan hermosa, que yo ni siquiera estaba consciente de todo lo demás. Quería tocar la piel de porcelana en su cara y hombros, sentir su calor bajo mis dedos y besar sus labios llenos. Todo en lo que podía pensar era en cuánto la amaba y en que me pertenecía.

"Quién le entrega esta mujer a este hombre?"

"Yo lo hago," dijo Paul y luego se inclinó para besar la mejilla de Julia a través del velo. Cuando ella giró para abrazarlo pude ver la parte de atrás del vestido, el escote hacía eco al de la parte frontal, pero bajaba más, casi hasta su cintura. Se veía que era una novia en cada detalle. Perfecta en todo sentido.

Paul puso la mano de ella en la mía y finalmente, mi mundo se sentía completo. Usé mi mano libre para cubrir la de ella, sosteniéndola entre las mías.

"Julia y Ryan han atravesado tantas cosas y se han amado más por todo eso, y a pesar de, todos los obstáculos. Ellos han solicitado se les permita expresar su amor con votos que ellos mismos escribieron el uno para el otro mientras todos somos testigos de la declaración de su amor ante los ojos de Dios. Por favor unan sus manos."

Ellie se acercó y tomó el bouquet de Julia, y pronto mis pulgares estaban frotando sus manos sobre la tela de sus guantes, mis ojos nunca dejaron los de ella.

"Ryan, puedes comenzar."

Aquí era, hora de decirle cuánto significa para mí. Sabía que no era posible poner la magnitud de mis sentimientos en palabras, pero iba a hacer mi mejor esfuerzo. Traté de tragarme las emociones, pero ya mis ojos habían comenzado a arder y me dolía la garganta por el esfuerzo. Respiré profundo y me preparé para perder por completo mi control. Cuando hablé mi voz temblaba, pero el amor en sus ojos me daba tanta seguridad.

"Mi hermosa Julia. Eres... lo más impresionante que he visto *jamás*." Observé su reacción ante cada palabra y cuando su labio inferior comenzó a temblar, tuve que detenerme por unos segundos ya que mis propias emociones se levantaron.

"No puedo entender qué he hecho para merecer a alguien tan maravillosa, entregada y asombrosa como tú. El hecho de que eligieras pasar tu vida conmigo me desconcierta y me hace humilde como nunca antes lo había sido" la primera lágrima salió de mis ojos y dos gruesas lágrimas brotaron de los de Julia por sus mejillas. Aclaré mi garganta para retomar el control.

"Desde el momento en que puse mis ojos sobre ti, supe que tu impactante rostro... es lo último que quiero ver de este lado del cielo." Cerró los ojos y cayeron más lágrimas. Sentí como me quebraba y aun así me obligué a seguir entre las lágrimas que quebraban mi voz. "Tú estabas destinada para mí y yo te he amado desde antes que alguno de los dos siquiera naciera. Todo acerca de ti me llama y quiero protegerte y darte todo lo que esté en mi poder darte. Yo entregaría mi vida con solo una palabra tuya."

Sus manos apretaron las mías y jadeó, tratando de no llorar en voz alta. Podía verla luchar, su garganta se contraía y sus labios temblaban. "Me haces querer ser un hombre mejor, ser más de lo que soy... por ti y solo para ti. Este loco, loco amor que compartimos es... verdaderamente un regalo inconmensurable... el milagro más precioso de mi vida."

En ese momento tuve que detenerme para controlarme. Miré hacia abajo a nuestras manos entrelazadas y froté mis pulgares sobre sus dedos una y otra vez. Esto era mucho más difícil de lo que había imaginado. No las palabras, si no sostener las emociones que levantaban, era imposible. "Prometo ser tu esposo y todo lo que necesites que yo sea, cuidarte y amarte con todo mi corazón, adorarte con mi cuerpo. Con todo lo que soy, te amo y soy tuyo, ahora y para siempre. Quiero tu tiempo, quiero tu amor, y quiero tus hijos... Te quiero a *ti*, siempre. Decirte que te amaré para siempre nunca podría ser suficiente." Las lágrimas rodaban por mi cara cuando los luminosos ojos se fundían en los míos. Vi las lágrimas correr por su rostro antes de decir las últimas palabras de mis votos. "Para siempre *nunca podrá ser suficiente tiempo para amarte, Julia.*"

El salón estaba en tanto silencio que se podría escuchar un clavo caer, excepto por las narices de quienes lloraban, ya que muchos invitados lloraron con nosotros.

"Ahora, Julia," dijo suavemente el ministro, "Cuando estés lista, querida."

Mi corazón retumbaba dentro de mi pecho. Me di cuenta que toda mi vida había sido un sendero hasta este momento. Aquí, parada frente a mí, en este hermoso y adorable envoltorio, estaba el resto de mi vida. Mi corazón se sentía tan lleno que dolía cuando traté de prepararme para las palabras.

"Ryan. Cada día… me asombras." Su voz temblaba, sus manos temblaban dentro de las mías y las lágrimas corrían libremente por su rostro. Respiró profunda y temblorosamente, pausando para respirar, pero sus ojos nunca dejaron los míos. "La manera en que siempre pones mis necesidades antes que las tuyas, me deja maravillada e inspira en mí la necesidad de darte *todo.* Todo lo que haces me dice cuánto," Su voz se rompió en un sollozo, "me amas y me abruma lo mucho que yo correspondo ese amor. A veces no puedo creer que *un amor como este* siquiera exista."

Quería tomarla en mis brazos y nunca dejarla ir por el resto de mi vida. Sentí que mi corazón explotaría matándome en el sitio. "Si esta intensidad no es un sueño, estoy segura que somos las únicas dos personas que alguna vez se han amado tanto." Cerró los ojos y froté mis dedos sobre los suyos en silenciosa comunicación. "Te amo tanto que me consume; me llena tan completamente que me deja temblorosa, deseosa y sin aliento… solo deshecha. Cada vez que me miras o cuando me tocas, no hay nada que yo desee más en esta vida… que estar contigo, ser tu esposa y tener tus hijos, estar segura de que eres mío. Te siento en mi interior y eso es el más grandioso regalo que jamás haya recibido. Eres verdaderamente…" su voz se rompió de nuevo, llorando con cada palabra. "Verdaderamente un milagro para mí, el amor de mi vida, mi corazón y mi alma… ahora y siempre. Sin ti solo soy la mitad de mí misma… contigo estoy completa. Voy a amarte y ser tuya, seré *solo tuya*, para siempre."

Yo era un desastre y no me importaba. Estaba total y completamente perdido en sus palabras y sus ojos. Las emociones que corrían entre nosotros eran palpables y estaba seguro que las ciento y algo personas en el salón podían sentir lo que fluía entre nosotros.

Incluso el ministro estaba afectado. "Ahggg…" aclaró su garganta. "Ryan, tomas a Julia por esposa, para tener y sostener, por todos los días del resto de tu vida?"

"Sí, lo hago." Al fin, palabras fáciles de decir. Ella sonrió a través de las lágrimas y mi cara se dividió con una amplia sonrisa en retorno.

"Y Julia, tomas a Ryan por esposo, para tener y sostener, por todos los días del resto de tu vida?"

"Sí, lo hago." Asintió; la sonrisa firme en su lugar en su rostro hermoso y lleno de lágrimas. Sus ojos estaban claros y brillantes, las lágrimas aún salían, y llenaban sus oscuras pestañas.

"Julia y Ryan ahora compartirán el símbolo de su unidad y promesas. Los anillos, por favor."

Soltamos nuestras manos brevemente mientras Ellie y Aaron sacaron los anillos. Julia se quitó su guante izquierdo y se lo entregó a Ellie al mismo tiempo que tomó el anillo. Tomé su mano izquierda en la mía y deslicé el anillo de vuelta a su dedo. Mis manos temblaban tanto que me sorprendió que no lo dejé caer. Sus largos, y elegantes dedos tenían una manicura ligera, tan hermosa como el resto de ella, y el brazalete brillaba en su mano. "Con este anillo, te desposo."

Pude escucharla inhalar mientras dije las palabras. Mis ojos volaron a encontrar los de ella y atraje su mano a mi boca para besarla.

Ella repitió el proceso y deslizó la banda de platino con un bisel de diamante en mi dedo. "Con este anillo, te desposo." Sus cálidos dedos se cerraron alrededor de los míos y yo esperé las palabras que me permitirían tomarla entre mis brazos.

"Y ahora los declaro unidos en matriminio. Ryan, puedes besar a tu novia."

Inhalé profundamente mientras miraba a Julia, y levantaba su velo. Después de todo lo que habíamos pasado y lo que costó llegar a este momento, yo no iba a apresurar ninguna parte de esto. Toqué su cara, limpié sus lágrimas, lo que solo la hizo llorar más. No estuve seguro siquiera de cómo sucedió, pero ella estaba en mis brazos, sus pies colgaban sobre el suelo mientras nos sosteníamos con fuerza. Nos reíamos y llorábamos juntos mientras giré mi cara hacia su cuello y respiré la esencia de su perfume, su piel y sus lágrimas.

"Julia, te amo. Te amo tanto." La sostuve tan fuerte como pude. "tanto, que no puedo respirar."

"Ryan," sollozó en mí. "Oh, Dios, yo también te amo."

Luego nuestras bocas se movían una contra la otra y no había nadie más en la habitación, solo nosotros. Este no era un casto beso, sino más bien una desesperada y hambrienta plegaria. La sostuve fuerte y la besé mientras la habitación estalló en aplausos y felicitaciones. "Damas y Caballeros, les presento a, Ryan y Julia Matthews."

No quería soltarla, pero con renuencia la puse sobre sus pies y tomé su mano en la mía mientras Ellie le devolvió su bouquet y caminamos de vuelta por el altar hasta los elevadores. El personal tenía que preparar todo para la recepción así que teníamos unos minutos antes de regresar para las fotos. Tiempo que queríamos a solas.

Pasé mis pulgares debajo de mis ojos antes de traerla a mis brazos otra vez. "Eres tan hermosa. Me robas por completo el aliento. No puedo decirte cómo me sentí cuando te vi... sabiendo que eres mía. Estoy tan feliz en este momento!"

Ella reía entre sus lágrimas. "Los votos... Ryan, fueron tan increíbles. Quería llorar sin parar. Esas palabras fueron tan hermosas que dolieron físicamente. Te amo tanto."

"Julia, las tuyas también. Solo asombrosas."

"Esto nos ha removido con fuerza."

"Sí, no aceptaría que fuera de otra manera, Señora Matthews." No era la primera vez que la llamaba así, pero esta vez era real.

~Julia~

Pasamos unos pocos minutos, abrazados y besándonos. Largos y reverentes momentos de silencio, perdidos el uno en el otro, en nuestro amor… asimilando que estábamos casados. Ryan se negó con delicadeza cuando me pregunté si debería retirarme el velo antes de volver al salón. "Todavía no. Por favor?" sus ojos azules me quemaban, hechizando los míos mientras su mano flotaba por un lado de mi cabeza donde los bordes del velo brillaban junto a mi cabello. "Eres tan impactante, y eres mía. *Mi novia.* Déjame tenerte así solo por unas pocas horas."

Me estiré para tocar su rostro y ya podía sentir ligeramente la barba creciendo y levanté mi cara para poder poner mis labios contra los de él. Dejé salir mi lengua para lamer su labio superior, y su boca se abrió instantáneamente, su respiración se aceleró y lo sentí en mi cara y sus gruesos labios incitaban y coaccionaban los míos. Me alejé después de un minuto o dos porque si no bajábamos pronto, nos perderíamos nuestra propia recepción.

"Hay algo increíblemente sexy en un hombre al que le crece la barba así de rápido." Sonreí contra la dura línea de su quijada y luego paseé mi nariz sobre la ligeramente áspera superficie. "Tanta testosterona. Mmm… deja mis partes femeninas muy excitadas," bromeé y el estalló en risas.

"Ah, Julia. Yo amo tus partes femeninas," Ryan se reía y enterró su cara en la curva de mi cuello. "Las *amo.*"

La felicidad me golpeó como un maremoto y besé un lado de su cara. "Tenemos que bajar ya. Ellie probablemente ya debe estar tirando de sus pantis en este momento."

"Mmmmm… yo estoy interesado solo en un set de pantis."

Incliné mi cabeza mientras una brillante sonrisa se esparció por mi rostro. Aclaré mi garganta y renuentemente me bajé de su regazo. Sus manos bajaron por mis brazos hasta alcanzar mis manos. Me quité los guantes y los dejé sobre el equipaje. "Hagámoslo. Un montón de gente allá abajo quiere ver tu impresionante trasero. Meredith prácticamente babeaba la última vez que la miré. Eres tan apuesto." Dije con total seriedad. "De verdad, Ryan. Solo hermoso."

"Silencio o tendré que tomarte en este mismo instante." Comenzó a caminar de espaldas y a arrastrarme con él hacia la puerta. Levanté el final del velo y lo arreglé sobre mi brazo mientras dejábamos la habitación. Él sostuvo mi mano izquierda en la suya y su brazo derecho envolvió mi cintura mientras bajábamos y entrabamos al salón, donde estaba esperando Mike junto a todos los demás en la fiesta de bodas. Me abrazó fuertemente cuando terminó con las fotos.

"Julia, Ryan es un bastardo afortunado," dijo en voz baja y sonriendo ligeramente. "Eres impresionante."

"Gracias. Significa mucho que estés aquí."

Ryan le extendió la mano. "Gracias, Mike. De verdad lo apreciamos. Estoy ansioso por ver mi regalo." Sus labios se torcieron en una sonrisa.

Mike sonrió y asintió. "*Deberías* estarlo. Ciertamente."

Rodeados por nuestros padres y mejores amigos, la noche pasó como una ráfaga. La cena estuvo deliciosa, la música fue maravillosa y su mano en la mía fue algo constante. Aaron y ambos padres dieron unos conmovedores discursos y la mano de Ryan apretó la mía cuando Ellie se levantó con lágrimas en los ojos y levantó su copa.

"Julia es una de mis mejores amigas. La quiero como a una hermana. Ella se volvió más libre, más feliz y más amorosa. Él despierta lo mejor en ella, y la adora. Todos los que los rodeábamos lo sabíamos incluso antes de que ellos lo admitieran ante ellos mismos, que un día estaríamos parados en este lugar justo así, mientras ellos juraban su amor. Y qué amor es este. Sófocles dijo 'Una palabra nos libera de todo el peso y todo el dolor de la vida: la palabra… es amor' Ryan y Julia… mis hermosos y maravillosos amigos… ustedes seguramente deben ser las almas más libres que han existido, porque el amor que hay entre ustedes es algo que yo nunca había visto. Que Dios los bendiga siempre. Los amo a ambos. Por Ryan y Julia Matthews!"

Harris estaba parado a su lado y gesticuló a unos músicos. Dos de los violinistas del cuarteto de cuerdas tomaron un lugar junto al piano y el resto de la banda de Harris desapareció mientras él ajustaba el micrófono.

"Ryan nos pidió que esta canción fuera interpretada para Julia esta noche, y yo estuve feliz de obedecer. Él es un músico bastante dotado, pero quería compartir este baile con su novia. Esta es la elección perfecta, amigo mío."

Cuando las manos de Harris acariciaron las teclas en el primer acorde, Ryan se levantó y tomó mi mano, guiándome a la pista de baile. Mientras la canción sonaba, él me sostuvo y tocó suavemente mi rostro; acomodando mi cabello hacia atrás y descanso su cabeza en la mía acercándome más a él. La melódica voz de Harris llenó la habitación y la letra era asombrosa y perfecta… promesas de un para siempre, entre alegría y lágrimas, mejores amigos y amor eterno. No pasó mucho antes de que las lágrimas comenzaran a caer suavemente de nuevo.

Ryan se inclinó y me besó gentilmente. "Te amo, Julia. Gracias por casarte conmigo. Es el día más feliz de mi vida." Mis brazos se apretaron alrededor de él y mi cabeza se enterró en la parte frontal de su camisa cuando mis hombros comenzaron a sacudirse. No estaba segura si mi corazón estaba rompiéndose o explotando, pero la fuerza de eso me removió hasta lo más hondo. Dolió; una mezcla de placer y dolor, las cuerdas y las suaves notas del piano, tan hermosas, me elevaron al cielo.

Mientras la música se desvanecía, el salón estaba en silencio y yo miré hacia arriba a mi esposo y la cara de Ryan estaba bañada en lágrimas, justo como la mía. Esas profundidades azules reflejaban la misma mezcla de amor y confuso dolor, hambre y deseo que seguramente se veía en los míos.

"No llores, mi amor," susurró en mi oído mientras su boca trazaba mi rostro y luego se posó en mi boca otra vez. Su nariz acarició la mía cuando estaba levantando su cabeza, al fin entendiendo el silencio, varios pares de ojos llenos de lágrimas estaban sobre nosotros. La mano de Elyse estaba sobre su boca y su cabeza descansaba sobre el hombro de Gabriel, y mi madre lloraba abiertamente. Aaron abrazaba a Jenna desde atrás y Ellie se había unido a Harris en el piano.

Mi garganta dolía por la fuerza de las emociones, impidiéndome pronunciar palabras.

Ryan me trajo a su lado envolviendo sus brazos fuertemente alrededor de mí.

"Am... Julia y yo estamos muy agradecidos por todo el amor y apoyo que nos han dado compartiendo esta noche tan especial con nosotros. Sé que es temprano pero si no les importa, realmente necesitamos estar solos ahora." El salón estalló en gritos y aplausos. "Por favor quédense y disfruten. Para los que se quedan para la graduación, nos veremos mañana a la hora del brunch. Si nos disculpan..."

Ryan se inclinó y me levantó estilo novia y me cargó fuera del salón, con las felicitaciones y los gritos sugestivos siguiéndonos. Sus brazos se apretaron alrededor de mí y yo coloqué mi cabeza en su hombro y susurré su nombre. "Ryan, la canción fue perfecta. Gracias por elegirla." Se sentía como una oración cuando cerré mis ojos. "Te amo más que a cualquier otra cosa."

Él no habló, solo me besó la frente, dejando su boca contra mi piel. Mientras me cargaba por el hotel, a través del lobby, y hasta los elevadores, podía escuchar el ruido desvanecerse. Todos los que nos veían se detenían a mirar. El pecho de Ryan se expandió debajo de mí y yo me apreté más cerca de él, enredando mis manos en su cabello.

Ellie tenía buenas intenciones, comprándome un negligé, pero no iba a salir de la valija. Lo guardaría para nuestra primera noche en Nueva York.

Cuando Ryan empujó la puerta y me cargó hacia adentro de la habitación, la habitación estaba llena de velas, música suave y pétalos de rosas blancas en todas partes. Había una botella doble de champagne sobre hielo acomodada al lado del sofá en el área de descanso de la suite, pero él le pasó por un lado sin decir palabras y siguió hacia adentro de la habitación. Las sabanas de la cama estaban destapadas y más pétalos de rosas estaban regados en ella.

El brazo bajo mis rodillas me soltó y sus manos se movieron a la parte de atrás de mi cabeza para finalmente levantar el gancho que sostenía mi velo. Yo estaba hipnotizada por él mientras removía los ganchos de mi cabello. Mi cabello comenzó a caer por mi espalda y las flores cayeron al suelo. Luego su boca estaba sobre la mía, suave e inquiriendo, sus manos se enredaron en mis cabellos y mis manos fueron a descansar ligeramente sobre su cintura. Era claro que él quería ir despacio y yo lo dejé guiar.

La boca de Ryan nunca dejó la mía mientras sus manos ligeramente trazaban la piel expuesta de mi espalda y hombros, encendiendo un rastro de fuego donde acariciaba la piel. Mi boca se abrió y buscó la de él, buscando más presión mis manos tomaron en puños su camisa, sacándola de sus pantalones. Sentí que mi vestido cedió y finalmente se abrió, las manos de Ryan lo empujaron ligeramente de mis hombros y cayó a mis pies, dejándome parada frente a él solo en lencería de novia… un bustier blanco, bikini y medias a media pierna. Me saqué los zapatos mientras sus ojos iluminados me recorrían de pies a cabeza. Contuvo el aliento mientras se acercó para tomarme en sus brazos otra vez.

Mis manos abrieron su camisa, deshaciendo los botones y luego su cinturón. Él estaba parado frente a mí expuesto, hasta que finalmente no pude aguantar más. "Ryan… tócame. Quiero sentir tu piel en la mía."

"Ahgg… Julia. No sabes lo que me haces. Eres tan hermosa. Solo mirarte… duele."

La ropa cayó por pedazos, nuestras manos eran gentiles y reverentes mientras nos explorábamos él uno al otro. La pasión creció y los segundos pasaban hasta que finalmente me bajó hasta la cama y me siguió, su rodilla se acomodó entre las mías, sus manos trayendo mi cuerpo a la vida, y su ojos ardiendo en los míos.

"Ryan… Dios, te amo…"

Minutos u horas pasaron, no estaba segura, pero seguimos tocándonos y besándonos. Gemí cuando su boca encontró mis pechos y succionó cada pezón dentro de su boca, con cuidado de no apresurarse. Sus manos en mi cuerpo eran gentiles, sus dedos separaban la piel entre mis piernas para comenzar la dulce tortura en la que él era brillante. Me tocaba como a un instrumento y él lo sabía.

Suspiró ante la cálida humedad que encontró ahí, y besó su camino hacia la parte de debajo de mi cuerpo. Su frente descansó en la piel debajo de mi ombligo y más abajo, hasta que mis piernas se abrieron y el comenzó el festín en mi piel caliente como si muriera de hambre.

De repente su paciencia se había ido, pero solo por un momento, su lengua y labios se hicieron lentos cuando sintió que comencé a arquearme, negándomelo silenciosamente, dejando que el orgasmo apenas comenzara antes de moverse hacia arriba y besarme profundamente, dejándome probarme a mí misma en su boca.

Fue tan íntimo mientras él enlazó sus dedos con los míos y me llevó hacia arriba para que estuviéramos cara a cara. Mis muslos abrazaban las caderas de Ryan mientras él las atraía más cerca hasta que mis piernas rodeaban su regazo, nuestros cuerpos frotándose y meciéndose juntos.

"Ahhh, oh Julia. Nunca he querido nada como te quiero a ti."

No podía estar suficientemente cerca, tocarlo suficiente y eventualmente retorciéndome y arañando… atrayéndolo lo más cerca y arqueándome… silenciosamente rogando que me poseyera. Ambos estábamos jadeando cuando nuestros cuerpos finalmente se vinieron juntos y nos besamos loca y apasionadamente, profesando nuestro amor en ardientes susurros. La posición tan cercana, tan íntima, podía sentirlo tan profundamente dentro de mí, llenándome y estirándome mientras una mano guiaba los movimientos de mis caderas y la otra se aferraba a mi cabello para arquear mi cuello hacia atrás para poder pasar su lengua por mi piel, dejando una serie de besos con la boca abierta mientras nuestros cuerpos se movían juntos. Mis brazos se envolvieron alrededor de sus hombros mientras me levantó y me recostó sobre mi espalda, aún unida a él, sus ojos brillantes y húmedos por las lágrimas.

El momento fue tan poderoso que me dejó desesperadamente necesitada. "Ryan, ahhh… oh, Dios mío. Te amo." Susurré.

Emociones rebosantes mientras se movía dentro de mí, levantando mi rodilla por encima de su brazo para poder entrar más profundamente dentro de mí cuerpo. Entre largos y apasionados besos nuestras lenguas se emparejaban, nuestras bocas se reflejaban y saboreaban el intercambio. Ryan comenzó a hablar entre susurros recitando sus votos otra vez. "Prometo ser tu esposo y todo lo que necesites que yo sea, cuidarte y amarte con todo mi corazón, adorarte con mi cuerpo. Con todo lo que soy, te amo y soy tuyo, ahora y para siempre. Quiero tu tiempo, quiero tu amor, y quiero tus hijos… Te quiero a *ti*, siempre."

Mi corazón creció; la experiencia fue tan maravillosa que pronto yo estaba llorando suavemente, aun cuando él llevaba mi cuerpo más y más cerca del éxtasis. Ryan estaba temblando y llorando conmigo, sosteniéndome con toda su fuerza, cuando nos estremecimos juntos por el clímax. Aún enredados luego de nuestra sesión amorosa, él terminó sus palabras en un ronco tono sin aliento, sus labios unidos a los míos en el comienzo de otros besos. "Para siempre *nunca podrá ser suficiente tiempo para amarte… nunca será suficiente el tiempo para esto.*"

Lo envolví en mi cuerpo, con mis brazos y piernas rodeándolo mientras lloré en su hombro. Su cuerpo aún dentro de mí se movía suavemente, y él besó un lado de mi cara. "Santo Dios. Cada vez que te toco, te amo más. Nunca te había amado más de lo que te amo en este momento."

Yo temblaba aferrada a él, mi cuerpo traspasado por los espasmos de placer. "Ryan, no puedo creer cuánto te amo. No puedo creer que sea posible hacerlo más, pero siempre lo es. Nunca me dejes ir."

"Julia. No puedo. Si lo hago, moriré. Este es uno de esos momentos que recuerdas el resto de tu vida, en cada pequeño detalle. Recuerda cuánto te amo. Nunca olvides recordar cuánto te amo."

-13-

~Ryan~

"Julia. Amor." Sacudí su hombro gentilmente. "Despierta," dije suavemente mientras acerqué su cuerpo desnudo contra el mío. Ella gimió en protesta ante el rayo de sol filtrándose por la ventana.

"Dormir, necesito dormir." Volteó hacia mí y enterró su cara en la curva de mi hombro. Podía oír la sonrisa en su voz. "Mi esposo me tuvo despierta toda la noche."

Sonreí y apreté mi abrazo. "Mmmm… me gusta cómo suena eso." Se estiró en mis brazos, como un gato satisfecho, el movimiento presionaba su flexible cuerpo más firmemente contra el mío. Ella era cálida y dispuesta, suave y amorosa… mía. No me di cuenta que dije las palabras en voz alta, pero debo haberlo hecho.

"Sí," su voz era suave antes de morder suavemente mi labio inferior lentamente. "Sí, Ryan!"

Sonreí contra su boca. Justo aquí, en esta cama estaba mi vida entera y si nunca la dejaba otra vez, estaría totalmente feliz. Mi cara dolía por la sonrisa que no podía contener.

"La amo, Sra. Matthews." Se volvió seria y levantó su mano derecha para apartar el cabello de mi frente. El más ligero toque de ella me encendía, miré cómo su pequeña lengua rosada salía para humedecer sus deliciosos labios. "Julia…" me incliné para rozar su boca con la mía. "No me tientes, nena. Ya vamos tarde al brunch y debo estar en el campus en dos horas." Se me ocurrió que era la última vez que iría allí.

Debió mostrarse en mi rostro porque Julia lo notó inmediatamente. Me conocía tan bien.

"Hey," dijo gentil, la parte de atrás de sus dedos rozaron mi quijada. "Estás triste, cariño?" sus suaves ojos verdes llenos de simpatía.

"Ah… seguro, algo; especialmente por el Dr, Brighton. Él ha sido un gran profesor, un valioso consejero y buen amigo." Estaba pensativo pero la acerqué más a mí, hasta que cada parte de nuestra piel expuesta se tocara de alguna forma. "Pero, estoy *tan* feliz, Julia. Estamos comenzando nuestra vida juntos. Lo tengo todo mientras te tenga a ti."

Su labio inferior sobresalió de manera adorable, pero no de manera triste. Observé las emociones cruzar sus facciones, y la abracé fuerte mientras sus brazos apretaron mi cintura. "Lo amo, *Doctor Matthews*." dijo suavemente dejando una serie de besos en mi quijada. "Chico desaliñado." Bromeó.

Froté mi barbilla por su mejilla y ella gritó agudamente, seguido por su risa cuando continuó. "Agh… quieres que me vea como una langosta en tu graduación?" protestó. "Eso duele!" Su mano se estiró y pellizcó mi trasero tan fuerte como pudo, su cara se arrugó con el esfuerzo. Yo me reí felizmente.

"Eso también!" protesté gruñendo.

Sobre su hombro, un rayo de sol atravesó el vestido de novia que ahora colgaba detrás de la puerta del baño causando que un arcoíris danzara por la habitación. Tan hermoso. Que asombrosa imagen era la de ella usándolo, solo el recuerdo me robaba el aliento.

Rodé sobre mi espalda trayéndola conmigo. Se sentó, rodeando mis caderas con sus piernas, se veía gloriosa cuando me miró hacia abajo. Su cabello era salvaje y despeinado, pero, su rostro relucía de felicidad y su cuerpo desnudo… *perfecto*. Suspiré suavemente mientras mis manos y ojos la recorrían, bajando por sus lados, acunando suavemente sus pechos y luego deslizándome hacia abajo a sus caderas. Me mordí el labio cuando mi cuerpo reaccionó ante el de ella.

Julia inclinó su cabeza a un lado. "No tenemos tiempo, mi amor," murmuró tocando mi cara. "Los demás ya están esperando." Su mirada era suave, llena de amor y mi corazón se llenó.

Asentí. "Lo sé." Mis pulgares frotaban una y otra vez el hueso de sus caderas. No podía detenerme, las empujé hacia adelante y levanté la mía. "Siempre te deseo, Julia. No importa si acabo de tenerte hace solo unos minutos o si necesito estar en algún otro lugar. En este momento, olvidaría en brunch con mi familia, e incluso mi propia graduación, solo para pasar tiempo a solas contigo," dije con seriedad.

Ella se inclinó y me besó suavemente. Su lengua salió y lamió mi labio superior y yo levanté mi cabeza para besarla mejor. Ella sabía tan bien y se sentía asombrosamente. La apreté otra vez y presioné mi erección contra su suave carne, suavemente presionando contra ella. Podía sentir el calor, la humedad que comenzaba entre sus piernas. Era como magia entre nosotros dos.

El beso se volvió más apasionado, pero ella giró su cabeza a un lado, dejando mi boca deseosa, así que me dejé recorrer un lado de su cara hasta llegar a su sien.

"Ryan. Yo también te deseo. Pero tenemos que irnos. Tus padres y *yo* hemos esperado cuatro malditos años para ver tu trasero sobre esa plataforma, recibiendo tu título y esa medalla color carmesí. *Vas a ir.*"

Sonrió con malicia y luego aferró mi erección. "*Esto*, puede esperar hasta después." reía cuando mis ojos se abrieron y luego saltó de la cama y corrió hacia el baño. En segundos escuche correr la ducha.

"Agh!" gruñí y levanté mi cabeza para ver el palpitante apéndice, todavía duro como el acero. Salté de la cama y caminé energéticamente hacia el baño. Julia ya estaba en la ducha, tarareando una canción. El cuarto de baño lleno de vapor, los espejos condensados; el aires era espeso y pesado.

Estuve con ella en la ducha rápidamente, mis brazos la atraparon al mismo tiempo que ella saltó de sorpresa.

"Ryan, me asustaste!" dijo.

Deslicé mis manos por debajo de su cuerpo, resbaloso por el jabón, su piel suave como la seda debajo de las puntas de mis dedos, recorriendo las deliciosas curvas de su trasero, hasta la parte de atrás de sus muslos. Sus párpados se cerraron y su boca se abrió cuando me incliné ligeramente para levantarla y traer sus piernas alrededor de mi cintura. No había nada que quisiera más que hacer el amor con mi esposa.

"Tengo taaaanta hambre; y, no por el brunch. Nena… no digas que no," susurré contra su boca.

Sin hablar sus dedos se deslizaron por mi cabello y acercó mi cabeza para un profundo beso, nuestras lenguas se estiraban para circular y devorarse una a la otra. Esa era toda la respuesta que yo necesitaba. La presioné contra la pared de la ducha y me deslicé en su cuerpo. "Ahhh…" gruñí contra la curva de su cuello mientras mis caderas surgían contra las de ella una y otra vez. "Te amo."

Sus dedos aferraron y comenzaron a halar mis cabellos, su boca buscó la mía otra vez con deseo, mientras su cuerpo se apretaba a ritmo con el mío. Salí de ella casi por completo y luego entré con fuerza de nuevo mientras nos besábamos ardientemente. Anoche había sido gentil y lento, pero hoy era necesitado y desesperado, rápido y fuerte.

La tenía en mis brazos, su calor a mi alrededor, su boca exigente debajo de la mía, y amé cada segundo. Dando y recibiendo lo que necesitábamos el uno del otro. "Oh, Ryan…" gimió en mi boca. Sentí su cuerpo responder al mío en nuestra hermosa danza, la respuesta de su cuerpo construyéndose profundamente dentro, lista para estallar. "Ah, cariño, no pares…" dijo en voz bajo y sus caderas se movían al tiempo de las mías. "No pares."

"Oh, Dios… Juuullliiiiiaaaaaaaa." Perdí el aire de mis pulmones mientras mi cuerpo se tensó y sus dedos de enterraron en mi nuca y omóplatos. Podía sentirla llegar al límite, su cuerpo temblando y tensándose fuertemente alrededor de mi pene mientras absorbía cada gota de mí y yo estallaba profundamente dentro de ella.

Ambos quedamos jadeando, con mis brazos todavía fuertemente alrededor de ella y ella giró su cabeza para besarme en la curva del cuello. Podía sentir su respiración en mí, a pesar del vapor y calor de la ducha. Sus manos apartaron el cabello mojado de mi rostro y nos miramos a los ojos.

"Te amo," dijimos al mismo tiempo. Yo estaba sonriendo como un estúpido colegial y no me importaba. Se apartó riendo cuando vio la expresión en mi rostro.

"Sí," asintió, "vamos a perdernos el brunch definitivamente."

Me reí estando de acuerdo con ella. El tiempo se iba, y aun así yo no sentía urgencia o deseo de separarnos o de apartar mis brazos de mi pequeña y deliciosa esposa. "Definitivamente, pero, no me importa." La besé suavemente en la boca y acaricié su nariz con la mía.

Un fuerte golpeteo resonó a través de la habitación y deslicé a Julia hacia abajo y me estiré para apagar la ducha.

"Mierda. Quien quiera que sea está a punto de derribar la puerta." Murmuró Julia mientras tomaba las toallas. Me lanzó una y corrió por la habitación envolviendo la otra en su cuerpo con su cabello aun goteando.

"Hey! Julia, Ryan!! Papá me envió a sacar sus culos de la cama!" la voz de Aaron resonaba por el pasillo fuera de la suite. "Suficiente de follar conyugalmente por ahora!" se estaba carcajeando, sabiendo perfectamente que su voz viajaba por el pasillo hasta las otras habitaciones.

Julia y yo nos mirábamos con las bocas abiertas.

"Creo que tú necesitas abrir la puerta, cariño," dijo Julia secamente mientras tomaba ropa interior de su equipaje y corría de vuelta al baño. Yo fui a la puerta en medio de más golpes.

"Ya voy, Aaron! Por Dios!" grité. Cuando abrí la puerta, él estaba inclinado en el marco.

Sus ojos se abrieron por completo al ver mi cuerpo medio desnudo y mojado. "Por Cristo, Ryan! Te perdiste el brunch de bodas y todavía estás en una jodida toalla?" Aaron estaba completamente vestido en un traje gris oscuro, camisa blanca y corbata de rayas grises y rojas. "O más bien; en toalla, *todavía jodiendo?*" Preguntó con una mueca de sonrisa.

"Se murió alguien? Tu nunca usas traje," bromeé simplemente, volteándome hacia la habitación.

"Cállate. Sabes que es bajo coacción," me reprendió Aaron. "Viste tu patético trasero, podrías? Tenemos que irnos. Papá dijo que él llevaría a Julia con él y mamá."

"Puede que ella quiera ir con sus padres, no estoy seguro."

"Bien, ves? Si aparecieras cuando se supone que deberías hacerlo, sabrías que Ellie y Harris llevarán a Paul y Marin, y Jen y Julia irán con mamá y papá. Yo estoy aquí para arrastrar tu lamentable humanidad, así que muévete," dijo secamente. "Tienes quince minutos, Ryan." Se sentó en el sofá y tomó el control remoto.

Fui hasta la puerta del baño. "Solo un segundo, Aaron." Abrí la puerta para meter solo mi cabeza. Julia se estaba peinando el cabello húmedo y tenía un conjunto de ropa interior de encaje que hacía juego. Era casi del mismo tono de su piel y enfatizaba sus curvas femeninas. Mis ojos recorrieron su forma en el espejo.

"Amor, Aaron está aquí y me está apresurando para salir. Está bien si entro a rasurarme?"

Me puso los ojos en blanco. "Tú que crees?" sonrió y lanzó el cepillo a la peinadora antes de alcanzar la loción y subir una pierna al excusado para esparcirla por la piel de sus pantorrillas y muslos.

"Desearía tener tiempo para hacer eso por ti." Llené mi cara con crema para rasurar y pasé la rasuradora por el agua mientras ella continuó con su otra pierna.

"Solo adelántate, Matthews."

"Vamos a irnos primero y papá y mamá las llevarán a Jen y a ti."

"Okey. Aaron está aquí?"

Asentí mientras me rasuraba. "Viendo televisión."

Julia se paró detrás de mí y envolvió sus brazos alrededor de mi cintura, una mano deslizándose desde mi abdomen hasta mi pecho con sus dedos abiertos, y besó mi espalda con la boca abierta, entre mis omóplatos. "Estoy muy orgullosa de ti."

"No podría haberlo logrado sin ti y tu avasallador pequeño trasero."

Se rio y fue hasta la puerta del baño. La miré y mis ojos cayeron a las firmes y redondas curvas. "Mmmm, y que delicioso trasero es."

Pronto estaba atrayendo a Julia ya completamente vestida para un último beso antes de salir con Aaron, luego pasamos a Ellie quien estaba inquieta en el pasillo. Ella ayudaría a Julia a empacar el vestido y el resto de nuestras cosas. Nos quedaba una noche en Boston; y luego iríamos a

Nueva York por el resto de nuestras vidas. La felicidad me llenó hasta que pensé que explotaría. Aaron puso su brazo alrededor de mi hombro. "Vamos a explotar esa plataforma, hermano. Con un jodido… *Lo hicimos!*"

~Julian~

Me limpié las lágrimas de felicidad. Elyse apretó mi mano mientras veíamos a Ryan y Aaron recibir sus títulos. El orador dijo el nombre de Ryan, seguido de un 'Graduándose Summa Cum Laude', colocó la medalla roja sobre su toga y le entregó el porta título de cuero. Me incliné para ver a Gabriel sentado al otro lado de Elyse, con una mirada de orgullo y amor en su apuesto rostro.

Incluso Jenna, que no era de mostrar ninguna emoción fácilmente estaba llorando. Mis padres estaban a mi derecha y la mano de mi padre apretó la mía. Todos los que eran importantes en el mundo estaba aquí. Ellie y Harris estaban sentados justo detrás de nosotros. Observé mientras Ryan iba hacia el lado derecho de la plataforma, él esperó ahí mientras llamaban a su hermano para entregarle su título y luego estrecharon sus manos y se abrazaron antes de salir y volver a sus asientos. Dos sueños de hermandad realizados. Mi corazón golpeaba fuertemente, entendiendo que estar lejos de Aaron podría causar en Ryan algo de estrés, pero este era un día para celebrar.

La tarde era cálida y yo estaba agradecida de haber usado un vestido amarillo hecho de fresco lino, sin mangas y de casi cuatro pulgadas sobre mi rodilla. La mayoría de mis cosas estaban en Nueva York o empacadas pero Ellie se aseguró de que yo tuviera algo apropiado para la graduación y un par de cortos de jean y una camiseta para el viaje mañana.

Estaba emocionada de comenzar mi vida con Ryan. Él volteó para mirarme antes de tomar asiento, frunciendo sus labios para enviarme un silencioso beso y guiñarme un ojo con un malicioso brillo en su mirada. Sentí mariposas revolotear en mi estómago y mis labios mostraron una inmensa sonrisa. Me ruboricé, no podía hacer nada al respecto. Incluso en este gigantesco momento, él pensaba en mí. Tan apuesto, sus ojos centellaban y tenía una gran sonrisa, los hoyuelos en sus mejillas eran suficientes para debilitar mis rodillas.

Elyse empujó mi hombro con el suyo, "Ryan se ve tan feliz." murmuró mientras la ceremonia continuaba.

Apreté su mano. "Soy yo o él es lo más hermoso que jamás hayas visto?"

"Oh, Julia. Te quiero." Su voz se quebró en las palabras. "Es solo que me encanta lo mucho que amas a mi hijo."

"No puedo evitarlo, Elyse. Él ha trabajado tan duro. Ambos lo hicieron. Querrán festejar en grande esta noche!"

Elyse se reía cuando asintió. "Las palabras exactas de Gabo, pero no creo que el humor de Ryan se deba a la graduación. Los extrañamos en el brunch," bromeó conmigo, entendiendo. Tuve la decencia de sonrojarme. Yo pasaría alegremente todo el tiempo en brazos de Ryan. Sin embargo, el enrojecimiento en mi pecho y cara me delataban.

"Tu hijo es muy… persuasivo." Le ofrecí una sonrisa y un ligero encogimiento de hombros.

Su sonrisa se amplió y se reía asintiendo. "Un don adquirido de su padre. No hay otra opción que ceder, cuando ha tomado su decisión."

Elyse se veía impresionante en una chaqueta brocada color malva claro, sobre un sólido vestido del mismo tono. Su cabello hacia arriba en un prolijo moño y su maquillaje era impecable; siempre perfectamente arreglada. Gabriel era distinguido y pulido, con los mismos ojos azules que yo amaba en su hijo. Ambos eran tan hermosos, con razón Ryan resultó ser tan impactante.

Mis padres estaban llenos de emoción. Esto era lo más relajado que los había visto juntos desde el divorcio. No pensé que mi padre superaría su amargura, pero luego de mi accidente el abismo entre ellos pareció estrecharse. Todo estaba bien en mi mundo ahora, aun cuando todavía faltaban unos meses en mi memoria.

El dulce aire de primavera, impregnado con la esencia de las lilas recién cortadas llenaba mis pulmones. El cielo era brillante y azul, adornado con nubes y la temperatura era perfecta. Miré a donde se sentaban Aaron y Ryan. Aaron metió su dedo índice por debajo del birrete para rascar su sien, el sudor bajaba por los lados de su cara. Ryan se movió y dejó caer su cabeza. La mirada de aburrimiento en su rostro me decía que estaba ansioso de que el procedimiento terminara.

Había muchas filas de togas negras y rojas de graduados y el profesorado frente a nosotros. La graduación era en uno de los terrenos más grandes de la escuela de medicina, con hermosos edificios calizos en los tres lados. Cuidados y extremadamente elegantes.

Después de casi dos horas, la clase de graduados había sido anunciada y estábamos saliendo. Mis zapatos de tacón se hundían en el césped ligeramente lo cual hacía mi caminar algo raro. Jenna se estaba riendo cuando fui a abrazarla. Me abrazó afectuosamente.

"Agh! Al fin, cierto?"

"Sí. Estas hablando de la graduación o de los años de escuela."

"Ambos! Este fue un día larguísimo. Necesito un trago!" dijo entre risas. "Quién está conmigo?" Todos murmuraron que estaban de acuerdo. *Primero tenemos que buscar a nuestros hombres,* pensé mientras caminábamos a la sección de la recepción donde estarían Ryan y Aaron hablando con el profesorado y despidiéndose de sus amigos.

De repente, unos esbeltos brazos nos rodearon a Jen y a mí desde atrás. "Hey, chiquillas… esperen!" La voz de Ellie emocionada y sin aliento.

"Causemos problemas esta noche. Quién sabe cuándo podremos vernos de nuevo?" Ella miraba hacia abajo y Jenna y yo envolvimos cada una un brazo por su cintura.

"Si, estoy de humor como para levantar un pequeño infierno," reía Jen. "A dónde deberíamos ir, Julia?"

"Bien, a los viejos podría gustarles el Four Seasons, pero quizá podríamos llevar a los chicos a esa pocilga de bar al que siempre van? Que piensan? Ellie?"

Jenna estuvo de acuerdo. "Si, suena como un buen plan."

"Seguro!" Ellie estaba muy feliz con lo que fuera que eligiéramos. "Esta es su ciudad, así que guíen."

Mientras nos acercamos a los hombres, ellos estaban hablando y riendo con Tanner y uno de sus profesores. Liza trató de llamar la atención de Ryan. Me tensé involuntariamente e hice más lentos mis pasos cuando ella tocó su brazo y el volteó. Su sonrisa se desvaneció ligeramente, pero habló y estrechó su mano. Ella ignoró su mano y puso su brazo alrededor de su cuello. Él se veía incómodo, pero le dio un flojo abrazo.

"Ah ah! Esa perra no hizo eso!" la voz de Jenna se endureció.

"Está bien Jenna, esta es la última vez que va a verla."

"Quién es ella?" quiso saber Ellie.

"La acosadora de Ryan. No me sorprendería que lo persiguiera hasta Nueva York." Mi corazón se abatió. Ni siquiera lo había considerado.

"Esa es *ella?*" Ellie abrió los ojos, con la desaprobación en su expresión. "Pfft. No hay competencia, Julia."

"Sí. *Si ella solo tuviera cerebro.*" Jen se burló con una voz cantada. Y todas nos reímos.

"Jen!" dije. "Hoy se está graduando en Harvard."

"Y qué? Eso es gracias a tu esposo y a otros que le salvaron el trasero en incontables oportunidades."

"Bueno, a mí no me gustan sus zapatos. Apuesto que el vestido debajo de la toga es igual de ofensivo." Ellie resopló, mirando por debajo de su nariz a la otra chica.

"Julia es demasiado civilizada acerca de esa bruja. Yo le hubiese sacado los ojos hace meses si se pusiera con esa mierda con Aaron." Dijo Jen, halando a Ellie por un brazo y bajando su voz varias octavas para que los padres no pudieran escuchar. "No puedo *creer* la osadía de esa zorra!"

Nos reíamos y Ryan y Aaron nos escucharon. Ellos sonrieron, Ryan se movió fuera del abrazo de Liza. Caminó hacia adelante y me alcanzó, un brazo deslizándose por mi cintura para acercarme más a su lado. "Liza, recuerdas a Julia? Mi esposa?"

El shock cruzó la cara de la chica antes de que tuviera tiempo de enmascararlo. "En serio? Cuándo se casaron?" Ella bajó la mirada a la mano izquierda de Ryan y frunció los labios. Casi me reí por su sorpresa.

"Anoche," estableció Ryan sin dudar. Se inclinó para susurrar en mi oído. "Y que nochecita fue." Luego besó mi pómulo y mi sien.

Mostré una sonrisa brillante al mirar al deslumbrante rostro de Ryan. Su cabello estaba despeinado de tanto pasar sus manos sobre él, sus dientes brillaban y sus ojos cobalto también. Él era impresionante y yo podía ver en su expresión… que era mío y que no tenía que preocuparme por Liza.

Volteé, le ofrecí mi mano y mis felicitaciones.

"Es agradable verte otra vez." Podía darme el lujo de ser graciosa, considerando que Ryan era mi esposo y que me sostenía fuertemente a su lado. Ella tomó mi mano flácidamente y la estrechó, con su cara entristecida. "Felicidades."

"Gracias. A ti también."

"Te quedarás en Boston?" pregunté. Queriendo conocer sus planes. Nos interrumpieron cuando Jen se movió hasta Aaron.

"Sí, todos estamos orgullosos de nuestros brillantes chicos." Intervino Jenna y Aaron la abrazó antes de voltear y abrazar a su madre.

Gabriel abrazó sonoramente a ambos hijos, dándoles fuertes palmadas en la espalda, sus ojos brillaban con las lágrimas no derramadas. Liza se alejó silenciosamente mientras la familia se acercaba a nosotros, sus ojos en la cara de Ryan. Yo pude ver la tristeza. Una pequeña parte de mí entendía. Sabiendo cómo me destrozaría si él no me quisiera.

Los ojos de Ryan atraparon los míos y tomó mi mano en la de él, su pulgar frotaba mis dedos, ligeramente acariciando mi piel y haciendo círculos sobre el anillo en mi dedo. Levantó mi mano para besar el interior de mi muñeca. "Qué?" cuestionó, con sus ojos intensamente sobre los míos.

"Solo estoy muy orgullosa de mi esposo." Me paré de puntillas y lo besé en su quijada. "Mmmm… y muy feliz. Me siento muy afortunada justo en este momento." Miré en la dirección donde se veía a

Liza retirándose de espaldas. Si Ryan se dio cuenta no le dio importancia.

Sus labios se levantaron ligeramente en las esquinas y observó mi cara antes de plantarme un suave beso húmedo en la boca, inconsciente de los cientos de personas que nos rodeaban. "Como si tuviera elección, amor. Tú estás marcada con fuego en mí para siempre. *Recuerdas?*"

Me miró esperanzado.

Mi mente voló atrás a un momento en una cafetería cuando dije esas mismas palabras, luego de que él me convenciera de tratar de encontrar un trabajo en la ciudad de Nueva York. Mi mano libre se envolvió alrededor de su brazo e incliné mi cabeza en su fuerte hombro.

"De hecho sí, lo hago."

~Ryan~

Mi madre, Marin y todas las mujeres se habían reunido en un lado de la mesa a charlar. La cena había estado deliciosa, llena de felicitaciones discursos y muchas risas. La mano de mi padre se posó en mi hombro y apretó. Él y mi madre se irían temprano en la mañana, al igual que Paul y Marin. Dejaríamos a Ellie y Harris en el aeropuerto en nuestro camino de vuelta a la ciudad, dejaría mi auto en Boston con el plan de regresar el fin de semana siguiente en tren a buscarlo. Dejaba todos los muebles a Aaron y Jen, solo me llevaba mi teclado y ropa. La mirada de Julia aterrizó en mí, la electricidad recorrió mi piel como un susurro que alcanzaba hasta mis huesos. Ella sonrió suavemente, sabiendo lo que pasaba. Estaba exhausta y se notaba, y aun así era tan adorable. Mi corazón se aceleró. Aunque teníamos el resto de nuestras vidas para estar solos, me encontré a mí mismo deseándolo más que a nada. Los últimos días habían pasado en una ráfaga y las emociones circulaban entre nosotros como poderosas oleadas, dejándonos desgastados a ambos.

Ellie ordenó dos botellas más de vino y yo caminé hasta donde estaba sentada mi esposa entre Jenna y Marin. Su oscuro cabello caía en suaves ondas avellana sobre su cara y bajaba por su espalda; sus rasgos eran suaves y llenos de amor; contenta. Mi corazón se expandía y contraía mientras pasé un dedo por la curva de su mejilla y luego su barbilla. La levanté y tomé su asiento sentándola en mi regazo.

"Ryan," mamá frunció el ceño en desaprobación. No me importó. Me encogí de hombros y pasé mi mano por la cadera de Julia hasta descansar en su muslo.

"Está bien, mamá. Relájate."

"Okey," aceptó y asintió. "Supongo que Aaron y tú han ganado algunos privilegios especiales esta noche. Estás feliz de que haya terminado?"

Suspiré mientras los dedos de Julia viajaban arriba y abajo por mi estómago. "Sí. Aún tengo que tomar el examen de la barra, pero ansío comenzar mi residencia."

La cara de Marin se iluminó con su sonrisa. "Todos estamos tan orgullosos. Aaron, asegúrate de invitarnos a la boda." Advirtió, llamando la atención de mi hermano.

"Por supuesto," respondió Jenna con entusiasmo. Aaron arrastró la silla de ella más cerca de la de él para que ella pudiera recostarse en él.

Las meseras volvieron con el vino. Ofreciéndole una muestra a Ellie, y luego llenaron las copas en la mesa.

Ellie se levantó con su copa en la mano, su voz quebrándose ligeramente. "Ya los extraño mucho chicos todos estamos regados por el viento, pero siempre los voy a amar. Son la familia que nunca tuve, así que prometamos hacer tiempo para vernos todos."

Harris se unió mientras miré a Julia. Su labio inferior temblaba de emoción. La apreté entre mis brazos y su cabeza descansó contra la mía, cerrando sus ojos.

"Pronto nos juntaremos todos," dije más para Julia, pero fuertemente para que me escucharan los demás, mi mano acariciaba su cabello hacia la parte de atrás de su cabeza, acariciando su espalda una y otra vez, hasta que fue a abrazar a Ellie.

Pronto, todas las mujeres lloraban. "Te extrañaré, Ellie. Los extrañaré a todos." Cuando se apartó del abrazo de Ellie, la mano de Julia vino a mi hombro y yo rápidamente la cubrí.

"Vamos a planear una navidad en Chicago. Paul, Marin, ustedes también. Tenemos suficientes habitaciones y nada haría más feliz a Elyse que tener la casa llena en Navidad." dijo Gabriel con jovialidad.

"Eso es grandioso, papá. Ofrezco como voluntaria a mi esposa para los deberes de la cocina, y a mí para comer sin restricciones," dije tratando de aligerar el humor. La conversación continuó a nuestro alrededor pero Julia y yo estábamos en silencio. Apreté su mano delicadamente y sus dedos se entrelazaron con los míos. "Estás cansada, mi amor?"

Sabía la respuesta. Todos los preparativos, la boda, hacer el amor toda la noche, finalmente nos había afectado. Ambos estábamos muertos. Besé su mano y ella asintió.

"Sí, pero deberías quedarte con tu familia. Las chicas hablaron sobre ir a un bar," dijo con una suave sonrisa pero sus palabras cansadas.

Sacudí mi cabeza. "No va a pasar, cariño. Tenemos un largo día mañana." Comencé a levantarme de la mesa mientras hablé. "Solo quiero acurrucarme con mi chica."

"Ryan! No te vas a escapar, hermano, o sí?" Dijo Aaron al ver mi movimiento. "Vamos a salir! Harris y Ellie están listos!"

Sostuve la mano de Julia entre mis dos manos. "Ah…" comencé.

Mi padre me miró comprendiéndome.

"Aaron, déjalos ir. Están cansados. Ha sido un fin semana ocupado."

"Haré el desayuno para todos," dijo Julia e instantáneamente Aaron saltó.

"Muffins de mora?" preguntó Aaron con una sonrisa extra grande.

"Seguro," dijo inclinándose a besar su mejilla. "Estoy orgullosa de ti, lo sabes?"

"Detente," bromeó con una sonrisa. "Me estás haciendo sonrojar!"

Después de despedirnos, tomé la mano de Julia y la guie fuera del restaurante. No traje mi auto, así que le pedí al valet que nos buscara un taxi. Ambos habíamos tomado varias copas de vino durante la noche, y era mejor que ninguno de los dos condujera, y cuando Julia se acomodó cerca de mí y descansó su cabeza en mi hombro, sus pesados párpados se cerraron casi antes de que el auto saliera del bordillo, solo se ponía mejor. Le di la dirección al conductor en voz baja y recliné mi cabeza al respaldar del asiento, mi brazo se estiró sobre sus piernas y su brazo se envolvió sobre él.

Suspiró suavemente y no estaba seguro si estaba dormida o no. "Te amo." Sus suaves palabras contestaron mis pensamientos.

Giré la cabeza y presioné mis labios contra su frente. "Yo te amo más." Ella olía tan dulce. El perfume que usaba desde que se lo regalé en su cumpleaños hace ocho años atrás, el olor a coco de su shampoo, vino y la esencia de su piel. *Ambrosía.* Inhalé profundamente y cuando lo exhalé memoricé el momento.

La cargué por la puerta y cerré la puerta con el pie.

"Hey, puedo caminar, cariño," dijo soñolienta.

"Silencio. Esta es una tradición, cierto? Tomaré cualquier excusa para tenerte en mis brazos, tu sabes eso." No me molesté en encender las luces, la luz de luna filtrándose por la ventana me permitía ver. La respiración de Julia era regular sobre mi cuello, tan suave y cálida. Seguramente estaba al borde de un sueño profundo.

Liberé sus rodillas, pero dejé mi brazo alrededor de su espalda y su cabeza contra mi cuello mientras quité las mantas de la cama. Esta sería la última noche que la sostendría en esta cama, en este departamento, donde nos habíamos encontrado uno al otro otra vez.

Suspiré de pesar. Incluso cuando teníamos tanto que mirar hacia adelante, había una parte de mí que no quería dejar ir los últimos meses. Tan dolorosos como habían sido, estaban tan llenos de amor. Después que acepté que ella verdaderamente me amaba a pesar de los vacíos en su memoria, tuvimos algunos de nuestros más preciosos momentos juntos y tantos recuerdos que atesorar y construir.

La desvestí gentilmente; levantándola y dejándola en la cama.

Sus cansados ojos se abrieron ligeramente y me miró hacia arriba, me alcanzó con su mano. "Ven…" pidió en un adormilado susurro.

"Lo haré. Vamos a quitarte estos lindos pedacitos de encaje." Desabroché el brasier y lo deslicé por sus hombros dejándolo caer al suelo cerca de su vestido, seguido de las escasas pantis y sentí una ola de deseo al mirarla. *Tan perfecta.* Quería besarla por todas partes, pero me conformé con un delicado beso en su estómago y luego uno ligeramente más duradero en la boca. Instantáneamente, ella respondió, a pesar de su estado de somnolencia. Su mano me tomó por el cuello y se deslizó por mi cabello hasta mi nuca, un movimiento que me excitaba por completo. Toqué su mejilla y mi boca se alejó renuentemente de la de ella. "Duerme, cariño."

Me levanté y ella gimió rodando sobre su lado mientras me desvestí rápidamente. Miré la habitación con el suave brillo de la luz de la luna que pasaba por la ventana. Todo estaba empacado. Los closets ahora estaban vacíos, la foto de Julia se había ido de su lugar sobre el escritorio, la laptop ya guardada en el maletero de su auto. Lo único que quedaba era el teclado. Mis ojos cayeron sobre él y luego en la banca mientras mi mente se conmovía al pensar en la primera noche en que la toqué luego del accidente. Mi respiración se aceleró. Totalmente asombroso, justo como cada momento en que la he tocado antes o después.

La fuente de mis reflexiones me llamaba.

"Ryan, ven… te extraño," murmuró en sueños.

Fui a la cama y me acosté a su lado. Instantáneamente, nuestros cuerpos se entrelazaron, su cabeza descansó en la curva de mi cuello y su brazo cayó abajo por mi cintura mientras la acerqué más a mí.

"Haré de limón." Susurró, tan suavemente que apenas pude escuchar las palabras.

"Hmmm?" dije y la besé en la parte de arriba de su cabeza.

"Limón. Haré los de limón, también. Lo prometo."

Sonreí en la oscuridad. "Lo sé, cariño. Duérmete, niña preciosa. Te amo."

~Julia~

Ryan se metió un muffin en la boca y se detuvo ante mi asombrada expresión. "Qué?" murmuró. Apenas pudo pronunciar la palabra con su boca tan llena.

"Qué?" pregunté incrédulamente. "Estás bromeando?"

Sonrió, masticó rápidamente y se tragó el cuerpo del delito. "Ya casi llegamos, bebé. Han pasado años desde que comimos. Muero de hambre." Se estiró y haló mi mano para acercarme a él para poder inclinarse y besarme con fuerza. "Además, estos están tan buenos."

Apenas estábamos entrando a Manhattan, y todavía faltaban casi 40 minutos en el auto antes de llegar a nuestro departamento. Ryan conducía y yo había podido mirarlo durante casi todo el viaje. No pude evitar la risa cuando su mano excavaba en la bola buscando otro muffin. Se la quité y saqué uno y se lo entregué. "Trata de no inhalarlo, hmmm?"

Ryan asintió cuando lo tomó, esta vez le dio un gran mordisco y luego lo sostuvo hacia mí. "Quieres un poco? Mi esposa es una asombrosa cocinera. No te arrepentirás," agregó feliz.

Vestía casualmente en jeans desgastado y camiseta blanca. No podía quitarle los ojos de encima. Cuando no contesté me dio una rápida mirada. "Julia?"

"No, gracias," dije suavemente y luego estiré mi mano para que descansara sobre su pierna derecha, mis dedos dibujando patrones en la tela y metiendo el dedo en uno de los hoyos para tocar la piel de abajo, la cobertura de vellos era ligera al tacto. "Eres tan jodidamente sexy," casi le gruñí. Mi cuerpo reaccionó solo por mirarlo masticar felizmente los muffins. Terminó y tomó la botella de agua de la consola y la vació antes de regresarla a su lugar.

"Julia," murmuró y su mano cubrió la mía, presionándola más contra su pierna y acariciando mis dedos en el proceso. "Estoy contento de que ya casi estemos en casa."

"Lamento haberme quedado dormida anoche. No fue algo muy de Novia de mi parte."

"Cariño, ambos estábamos exhaustos. Tenemos tiempo y ah…" dudó. "Bueno, me vas a dar mi regalo esta noche?"

Sonreí preguntándome si se refería a la fotografía o a hacer el amor.

"Mmm… regalo? Había algo específico que quisieras?" me sentía juguetona y mi mano subió por su pierna. Cuando mi mano alcanzó su destino entre sus piernas y presioné contra él, pude sentir su cuerpo endurecerse bajo mis dedos. "Yum… quiero que esta noche sea para ti. Te daré un masaje también, cariño."

La boca de Ryan se abrió en sorpresa y su respiración se aceleró, sus caderas involuntariamente se levantaron y presionaron contra mi mano. Y un bajo gruñido salió de su garganta. "Julia, no me vayas a hacer tener un accidente."

Sentí crecer el calor entre mis piernas mientras mis dedos se cerraron en su extensión sobre el jean. Estaba completamente erecto ahora, el largo bulto presionado contra los confines de la cremallera. Lo froté lentamente, mirando su cara. Tragó grueso y cerró los ojos por una fracción de segundo.

"Julia. Después, cariño." Giró su cara hacia mí. "Me encantaría dejarte continuar, pero hay algo demasiado preciado en este auto que no quiero dañar." Se estiró y sus dedos acariciaron mi cara. "Okey?"

Mi corazón golpeaba fuerte en mi pecho y mi mano se quedó quieta en su regazo. Estaba tan llena de amor y lujuria por este hombre que era imposible entenderlo.

"Okey," dije renuente. "Yo solo… quiero hacerte sentir bien." Incluso yo misma podía escuchar el dolor en mi voz.

"No me lo estás haciendo fácil," gruñó. "Tenemos toda la noche, cariño."

No contesté, solo puse mi mano en la que él me había ofrecido y la dejé descansar sobre su regazo con nuestros dedos entrelazados. Sus manos eran tan grandes, con los finos, largos dedos de un pianista, un cirujano… y un muy dotado amante. Cerré los ojos ahogándome en las sensaciones que producía mi cuerpo traidor.

"En que estás pensando? En mi regalo?" preguntó suavemente.

Levanté una ceja. "Ah… no creí que esa sería tu línea de pensamiento esta noche, pero sí. Pensé que lo habías olvidado."

"Cuando lo puedo ver?" La ansiosa mirada en su rostro era como la de un niño en Navidad. No pude evitar poner los ojos en blanco ante su sonrojada expresión. Su emoción era contagiosa.

Ryan ansiaba una sorpresa. Una grande. Bajé la cabeza y mordí mi labio para que no pudiera ver la sonrisa que trataba de esconder. "Mike ya hizo que entregaran las fotos. Deberían estar en la recepción, pero debemos descargar el auto primero, Ryan. El teclado…"

"Ah… ya una esposa esclavista. Me encanta," riéndose.

Me reí mientras sus dedos se apretaron en los míos y subió mi mano para besarla. Estacionó en el espacio reservado para mí. Tuve que hacer arreglos para que el auto de Ryan pudiera estacionar junto al mío. "No puedo esperar! Estabas tan hermosa. Nunca olvidaré ni un solo momento de ese día, Julia." su tono se tornó serio.

"Yo tampoco. Realmente *estamos casado*s, cierto?" bromeé.

Él asintió mientras apagó el motor y volteó, su mano vino a acariciar mi quijada y mi pómulo y luego la parte de atrás de mi cabeza en una amorosa caricia. Respiré profundo mientras su boca abierta se cerró sobre la mía. Él sabía tan bien y nos besamos una y otra vez, nuestras bocas moviéndose e incitándose, hasta que finalmente nos separamos y yo descansé mi frente en su mejilla.

"Bienvenido a casa." Suspiré pasando mi boca por su fuerte quijada. Su barba era áspera por todo el día que había pasado sin rasurarse y froté mi nariz contra ella. "Vamos."

Ryan me cargó con una bolsa de dormir y tres almohadas, y luego alcanzó en el asiento trasero su teclado. "Dejemos el resto para mañana."

"Sí. No necesitarás ropa esta noche, cariño."

Presioné el botón del elevador.

"O ninguna noche, espero."

Ambos reíamos cuando finalmente llegamos al departamento, saqué las llaves de la puerta para abrirla. *Es posible ser así de feliz?* Pensé que iba a explotar.

"Julia, espera." Mi cabeza se levantó intrigada. "Quédate aquí."

Ryan entró y dejó su teclado en el sofá luego volvió y me quitó las almohadas y bolsa y los lanzó adentro. Me levantó en sus brazos otra vez y yo grité por la sorpresa.

"Amor. Qué estás haciendo?"

"Cargando a mi novia por el umbral."

"Otra vez? Lo hiciste en el hotel y en tu departamento en Boston."

"Si, y voy a hacerlo en cada lugar que vivamos, para siempre. Así que acostúmbrate."

"Estás loco!" incliné mi cabeza y lo mordí en el músculo entre su cuello y hombro. No suficiente para que doliera pero si para que sintiera. En un segundo su boca estaba en la mía en un lento beso y luego, así de repente me dejó sobre mis pies y fue a la puerta. "A dónde vas?" grité.

"A buscar las fotos! Vuelvo enseguida. Te amo!"

Me paré allí impresionada, mirando la puerta abierta, ahora sin él. Recogí las almohadas y bolsa de donde él las había lanzado sin protocolo y las llevé a la habitación. Encontré el ajuar de bodas que Ellie me dio, dos piezas; una blanca novia, larga y elegante y la otra negra como la noche, completa y corta.

Dudé un segundo y después me quité la ropa y corrí al baño a ducharme, recogí mi cabello en un rápido nudo sobre mi cabeza y salté bajo el agua enjabonando mi cuerpo rápidamente. En cinco minutos estaba parada frente al espejo vestida con la espectacular camisola negra. Escarpada sobre el torso, con encaje sobre los pechos, y pantis de hilo en encaje que le hacía juego, los lados con aberturas en mis caderas. Saqué algunos cabellos del moño, creando una apariencia de despeinadas hebras, y aplique rápidamente brillo labial en mi boca.

"Julia! No voy a esperar para abrir esto! No lo soporto." Ryan me llamó desde el otro lado de la puerta. Deseaba ver su reacción pero, permanecer fuera de su vista, así que abrí la puerta y observé su reflejo por el espejo.

Estaba en silencio, apenas se movía mientras miraba las fotos. Él sostenía una mía en mi vestido y con el velo en los escalones de uno de los edificios del campus de la escuela de Medicina. Yo ni sabía el nombre, pero Mike lo sugirió, en un verdadero consejo de fotógrafo de modas. Fue una brillante idea y sabía que a Ryan le encantaría, yo solo había visto las copias impresas por correo electrónico cuando Mike envió las muestras digitales, así que no sabía cómo las había recortado.

Ryan estaba congelado, hipnotizado por lo que veía. Se movió a otra, la que asumo que era un acercamiento de mi rostro con el bouquet y jadeó. "Julia…" susurró y tocó la foto frente a él. "Dios! Mierda!" se sentó en la cama y mi corazón vibró cuando llegó a las fotos sexys en lencería. Mike era un profesional al armar un escenario y por la reacción de Ryan, dio en el clavo. "Si estas no fueran tan jodidamente asombrosas, molería a golpes a ese pequeño bastardo," dijo tan suavemente que fue casi para sí mismo.

Decidí que era hora de mostrarle la versión en vivo, fui a la puerta abierta. "No puedo esperar para ver en las que estamos juntos y las del apuesto novio."

"Julia, estas son…" se detuvo cuando subió la mirada y me vio parada ahí. "Solo… maravillosas." Sus ojos se llenaron de lágrimas, nunca dejaba de impresionarme lo sensible y amoroso que era. "Estoy…" puso su mano sobre su corazón, "atónito. Eres tan jodidamente hermosa. Y, mírate justo aquí frente a mí." Me moví hacia él y puse mi mano en su rostro. "Increíble. Estoy tan… enamorado de ti."

"Ryan," su nombre salió de mi boca como una oración, mientras me moví hacia él, muy lentamente. "Te amo y soy tuya. Eres bienvenido a mirarme por el resto de tu vida." Me paré frente a él esperando que sus ojos pasearan sobre mí, el atuendo dejaba poco a la imaginación. Finalmente, se estiró para alcanzarme, sus manos flotaban sobre mí, apenas tocándome pero encendiéndome, con sus ojos en llamas.

"Cómo dije, el tiempo no será suficientemente largo." Su boca encontró el nervio de la base de mi cuello y se abrió ardientemente sobre mi piel, succionando, mordiendo y arrastrando sus labios sobre mí. Cerré los ojos y sus dedos comenzaron a hacer su magia sobre mí. "Quiero más que para siempre. Quiero devorarte; disolverme en ti, mi total y *único* amor."

Me entregué a Ryan y él se entregó a mí… nada y todo. Una y otra vez, nos perdimos el uno en el otro y fue el cielo. Por el resto de nuestras vidas sería el cielo.

-14-

~Julian~

Di la vuelta en el sofá y me quedé mirando las luces que parpadeaban en Manhattan. El departamento estaba oscuro, la luna llena brillaba a través de la ventana, su luz caía en ángulos sobre los muebles y el piso. Nuestra música sonaba en el Ipod y yo suspiré profundamente mientras el sonido llenaba la habitación. Extrañar a Ryan era un dolor constante. Trabajábamos como burros, y las pocas noches que él llegaba a casa a tiempo, inevitablemente, yo estaba atrapada en la oficina. *Ley de Newton.* La ironía de eso me golpeaba, y parpadeé en protesta contra las lágrimas que trataban de formarse en mis ojos.

Habíamos estado casados por tres meses. Ryan pasó su examen de la barra fácilmente, pero la cantidad de horas que le daban a los residentes era algo ridículo. Había tiempos en los que no ponía los ojos sobre mi esposo por 36 horas. Su teclado estaba al lado de mi mesa de arte, todo amontonado en la pequeña habitación. Buscamos un departamento en la parte baja de Manhattan más cerca de Saint Vincent, pero la renta era tan astronómica que no podíamos justificarlo. Ryan insistía en que ahorráramos el dinero para una bonita casa una vez que su residencia terminara. Odiaba que el subterráneo significara dos horas más separada de él cada día.

Me recordé que debía concentrarme en el tiempo que sí pasábamos juntos. Era maravilloso y asombroso, pero nunca parecía suficiente. Mi teléfono vibró y lo levanté de la mesa de café. Era mi madre.

"Hola, mamá."

"Hey, cómo está mi bebita?" dijo felizmente. "Lamento llamarte tan tarde. Olvidé la diferencia horaria hasta justo este minuto."

"Está bien. Solo estoy esperando a Ryan." Mi voz no tenía emoción. "Qué haces?" Desde el día de la boda, mis padres se mantenían en contacto y yo esperaba secretamente que volvieran a estar juntos.

"Oh, no mucho. Solo limpiaba la casa. Tu papá viene de visita."

"Mierda! De verdad?" me senté emocionada y sonriendo felizmente. "Tenía la esperanza pero… cuándo decidieron eso?"

"Solo, no lo sé, Julia." sonaba nerviosa. "Hemos estado hablando más, y me di cuenta cuanto lo extraño."

Me recosté en el sofá y subí los pies a la mesa. "Me alegra que finalmente estén hablando. Esto es bueno. Estoy feliz por ti. Nunca sentí que papi te hubiese superado."

"Lo sé. Él me lo dijo. Me siento tonta, como si estuviese de vuelta en la universidad o algo. Es estúpido." Se reía de forma nerviosa.

"No, no lo es. Pienso que es grandioso."

"Las fotos de la boda! Oh, Dios mío, son impresionantes! Todos se ven hermosos. Ese fotógrafo es maravilloso!"

Me sonrojé de alegría. "Sí. Es grandioso. Uno de los mejores con los que he trabajado. De hecho mañana tenemos una sesión de fotos para la revista de septiembre. Meredith me tiene trabajando en un proyecto para The New Yorker, también. Es sobre una gala de beneficencia por el SIDA que se hará en el MET en noviembre. Estoy exhausta."

"Por qué Ryan no está en casa?"

"Aún está trabajando, la cena está fría y yo estoy sentada en la oscuridad. Como siempre." Mis dedos halaron mi camiseta mientras me encogí de hombros. "Yo solo… lo extraño jodidamente."

"Lo sé, cariño. Estoy segura que él también te extraña. Que tan duro es… quiero decir, en otros aspectos?" su voz risueña.

Me sonrojé por la imagen que sus palabras evocaban y casi me reí. "Mamá no me estarás preguntando acerca del sexo, verdad?" bromeé.

"Porque si es así, es temporada de caza y tendré que interrogarte después de este fin de semana con papá."

"Julia Anne," me reprendió con firmeza, su tono se volvió luego bromista. "No solo sexo. Todo! Cómo es la vida? Háblame."

Era agradable hablar con mi madre de una forma feliz, y ligera. "Bastante perfecta, mamá. No podemos quitarnos las manos de encima, si quieres saber la verdad."

"Así es como debe ser. Estoy muy feliz por ti, querida. Me preguntaba si él podría vivir en la expectativa de esos elevados votos que escribió. Puso un estándar muy alto y tú también."

"Hemos ido a explorar y encontrado nuevos lugares para el café del domingo: Incluso si él está trabajando, lo llamo como cuando estábamos separados. Pasamos mucho tiempo en casa, cocinamos juntos y solo… *bueno, sin poder quitarnos las manos de encima.*" Inhalé profundamente y mi corazón se expandió y sonreí cuando las llaves de Ryan entraron en la cerradura.

"Ah, mamá. Ryan está aquí, puedo llamarte mañana o en la semana?" giré y vi a mi cansado esposo entrar, usando su uniforme azul marino, y su cabello era un desastre. Removió su estetoscopio de su cuello y lo dejó junto con sus llaves en la mesa de café frente a mí, sonriendo a pesar del cansancio.

"Seguro, nena. Dile a Ryan que lo amo."

"Y yo qué? Soy hígado picado?" me alegraba totalmente que mi madre quisiera tanto a Ryan, pero no podía resistirme a bromear un poco.*Cómo no iba a amarlo?*

"Sabes que te amo. Hablamos despúes."

"Cuídate mamá. Te amo." Antes de siquiera dejar el teléfono en la mesa, los brazos de Ryan ya me estaban levantando. Apoyando mi peso bajo mi trasero mientras yo rodeaba sus hombros y cuello con mis brazos y mis piernas se envolvieron alrededor de su cintura.

"Hey, tú," dijo suavemente mientras su boca se posaba sobre la mía. Una de mis manos fue hasta su mejilla y subió por su cabello, peinándolo hacia atrás como siempre solía hacerlo. Las suaves hebras deslizándose entre mis dedos mientras nos besábamos apasionadamente.

Ryan se sentó en el sofá conmigo rodeando su esbelta cadera mientras nos aferrábamos el uno al otro, ambos gimiendo ligeramente a través de la pesada respiración.

"Dios, te extrañé," dijo en voz baja mientras su boca hacía su camino hacia abajo por mi cuello y su mano halaba el cuello de mi camiseta para hacer su exploración. Yo temblaba, su toque y boca encendían mi cuerpo y presioné mis caderas contra él. Sus brazos me apretaron y gruñó en respuesta. "Te amo"

"También te amo. Las noches que estás lejos son infinitas." Por muy inmersa que estaba en nuestro jugueteo amoroso, estaba preocupada por él. Sus horas y rutina eran demasiado exigentes y a veces no tenía tiempo ni para comer apropiadamente. "Tienes hambre? Hice pollo rostizado y vegetales."

"Después." Enterró su cara en mi cuello y sus manos entre mi largo cabello, suavemente inclinando mi cabeza a un lado y presionando sus caderas contra las mías.

"Mmmm, hmmm." Las palabras fueron escasas mientras su boca encontró la mía otra vez, su lengua devorando la mía de nuevo. Ambos estábamos hambrientos y se notaba en los desesperados besos y frenético sexo en seco, el calor crecía en respuesta a la fricción entre nosotros.

Ryan se levantó y me cargó por el pasillo hasta la habitación. Me negó su boca así que lamí y succioné la parte sensible debajo de su oído. Lo cual yo sabía que lo volvía loco. "Verdad o reto?" preguntó, mientras cerró la puerta con el pie detrás de nosotros. La luz se extinguió cuando cerró la puerta, las cortinas bloqueaban la luz de la luna y las de la ciudad.

"Mmmm… reto," susurré contra su boca y sus brazos me bajaron hasta la cama en un impecable movimiento.

"Te reto a no tocarme, hasta que te haga venir. No podrás tocarme para nada." Su cálido aliento me cubrió el rostro cuando habló.

"Ryan, no. Te extraño demasiado." Gemí con ansias mientras él se sacaba la camisa sobre la cabeza. Él era tan hermoso, y yo quería pasar mis manos por los músculos de sus hombros y abdominales, sentir sus bíceps y espalda flexionarse bajo mis manos mientras hacíamos el amor. "Todo menos eso. *Por favor.*"

"Has esto por mí, y yo haré cualquier cosa que me pidas." Sus labios se movían hacia abajo por mi cuerpo mientras me desvestía. Su mirada era intensa sobre la mía, ardiendo mientras dejaba caer mi ropa a un lado pieza por pieza. "Cualquier cosa…" susurró mientras su boca circundaba mi pezón y sus dedos separaban la piel sensible entre mis piernas. "Oh Dios mío, Julia, siempre estás tan lista para mí. Eres tan hermosa."

"Ahhh…" mi aliento abandonó mis pulmones en respuesta a su perfecto tacto. Mi cuerpo ya estaba tan agitado, que hizo vibrar mi piel con el más breve de los toques. Él estaba de rodillas al borde de la cama, y abrazó mis muslos atrayéndome hacia él e instantáneamente estaba gimiendo en mí. Los sonidos que hacía mientras su lengua y labios hacían magia de forma profunda y gutural, con sus dedos abiertos en la parte plana de mi estómago. Quedé total y completamente indefensa para pelear contra la sensación construyéndose en mí.

"Ryan… quiero tocarte, amor."

Me ignoró y alternó entre fuertes lamidas de su lengua y ligera succión.

"Joder, Julia, sabes tan bien. Pensé en esto todo el día."

La suave voz apagada contra mí piel y en segundos me deshizo, retorciéndome contra su boca y gritando su nombre una y otra vez mientras me venía. Ryan no me dejó ir hasta que estuve completamente quieta, son sus brazos aferrados a mis muslos, rehusándose a dejarme ir. Me besó suavemente una vez más y luego el interior de mi muslo, sobre el estómago y hacia arriba por los lados de mis abultados pechos hasta llegar a mi boca, mi sabor todavía permanecía en sus labios, tan íntimo y perfecto. "Ves lo deliciosa que eres?" dijo suavemente entre los lentos, y profundos besos que compartíamos. Dios, era asombroso.

"Ahh… eres tan malvado,"

Me quejé sin aliento. Se reía muy suavemente mientras lo atraje para besarlo otra vez. "Me haces recibir y no dar… cuando yo *deseo dar.*" Dije suavemente mientras su boca flotaba sobre la mía incitándome, hasta que absorbió mi labio inferior entre los suyos. "Así que toma, Ryan. Algo y todo… hasta que no quede nada."

"Quiero tu amor, Julia… Y todo lo que va con eso. Quiero tu humor e intelecto, tu belleza y bondad… tu magnífica alma y tus palabras. Sin ti, no hay nada." Me miró con seriedad, sus manos acariciando los lados de mi cara y su nariz acariciando la mía. Mi corazón creció aun cuando ya estaba tan lleno de él.

"Agh, estoy tratando de seducirte y tú me estás haciendo el amor con tus palabras." Mi voz se espesó y mi garganta se cerró. "Después de haberme hecho sentir tan bien, cariño, yo quiero hacer lo mismo por ti."

"Lo *haces*." Sus ojos azules estaban cargados, era tan sensual y profundo. Lo presioné hacia atrás contra las almohadas y me subí a su regazo, rodeándolo con mis piernas, y sus manos recorrieron mi cuerpo, gentilmente acariciando mis curvas, me posicioné sobre él, sin esperar que tomara el control y empujé hasta que estuvo profundamente dentro de mí. "Ahhh," jadeó cerrando sus ojos. "Quiero que me toques, Julia… quiero que tu cuerpo rodee el mío, vivo bajo mis manos y mi boca. Quiero que todos tus orgasmos por el resto de tu vida sean míos, cada respiración que se acelere, cada pequeño gemido, cada temblor y cada delicioso beso." Puntualizó sus palabras con su cuerpo, con sus manos aferrando mis caderas mientras lo montaba y su cuerpo encontraba el mío. Mi cabeza cayó hacia atrás mientras él me llenaba y la tensa palpitación comenzó otra vez. "Quiero que me pertenezcas solo a mí. *Dilo*." Exigió, con su pulgar en mi clítoris, mientras mordía su labio, sus cejas fruncidas y sus ojos cerrados por el placer que sentía. El éxtasis en su cara me consumía.

"Te pertenezco. Ryan… Oh Dios, te amo tanto. Me tienes."

"Como *tú* me tienes a *mí*, mi amor…" se sentó y envolvió sus brazos a mi alrededor, su febril boca tomando la mía en una serie de profundos, sensuales besos mientras nos movíamos juntos, nuestras lenguas peleando y adorándose, justo como nuestros cuerpos.

La experiencia tan maravillosa que me encontré a mí misma, absorbiéndolo y arañándolo, presionándolo más contra mi cuerpo, mis manos tomando sus cabellos en puños y nuestras bocas deslizándose con la insaciable hambre. El silencio nos rodeó excepto por la música de nuestras respiraciones y el sonido de nuestros besos mientras nos hacíamos el amor locamente, los sonidos se hicieron más y más pronunciados cuando llegamos al clímax juntos. Nos abrazamos, acariciándonos lentamente, nuestras bocas todavía jugueteando y lamiendo hasta que Ryan acarició mi mejilla con su nariz y exhaló, su aliento bañó mi piel cuando colapsé en sus brazos.

Cada vez que me tocaba, me dejaba sin aliento y hecha pedazos alrededor de él. "Oh, amor…" gruñó contra mi cuello y continuó sosteniéndome con fuerza. "Tú. Eres. Todo. Todo, Julia."

~*Ryan*~

"Hey, Doctor! Se ve fresco hoy. Pudo dormir bien anoche?" preguntó una de las enfermeras. Yo andaba en mi propio pequeño mundo, sonriendo y reviviendo la noche anterior. El día se había convertido en algo borroso. Un brazo roto, un infarto, una herida de puñal, y a pesar de todo eso, yo sonreía. Me reñí, pero todo en lo que podía pensar era en mi maravillosa esposa.

El tiempo pasó lento y pasé una mano por mi cabello impacientemente. Aún una hora antes de que mi turno acabara y yo estaba ansioso cuando miré a la enfermera. Tenía probablemente mi edad, o un par de años más. Delgada con largo cabello rubio usualmente recogido y bonita. No la llamaría hermosa. Sonreí internamente. Nadie se comparaba a Julia.

"Algo así, Jane. No te pedí que me llamaras Ryan? No estoy acostumbrado a esa cosa de Doctor."

"Bien, acostúmbrese. Porque es uno muy bueno," dijo cálidamente mientras le entregué el tablero en el que estaba escribiendo.

Sonreí ligeramente. "Gracias."

Los tres meses que había estado en Saint Vincent, habían pasado volando. La carga de trabajo era enorme y las horas tan extremas que sentía que vivía aquí, pero yo amaba ayudar a la gente y había una urgente necesidad de cirujanos traumatólogos en Nueva York. El tráfico en la sala de emergencias no paraba. Si no fuera por lo mucho que extrañaba a Julia, me encantaría todo esto. *Excepto por la falta de sueño.* Siendo recién casado quería pasar todo el tiempo posible con mi esposa.

Mi esposa. No podía evitar la sonrisa. No dormir era el sacrificio por esos preciosos momentos juntos pero valía la pena estar exhausto. Últimamente, me arrastraba, Julia lo notaba e insistía en que pasara más tiempo durmiendo y menos haciendo el amor. Estaba sintiendo la pérdida de intimidad; de nuestros cuerpos y de las horas que pasábamos hablando. Sin embargo, esta noche, tenía planeado salir a tiempo y poder pasar un tiempo a solas con ella.

Media hora después, mientras charlaba con Jane y otro doctor, una joven mujer entró a emergencias gritando, sus brazos sostenían una pequeña niña, con su cara muy roja, casi púrpura. Claramente sus vías respiratorias obstruidas.

Inmediatamente, salté a la acción, al igual que Jane y las otras enfermeras. "Señora podría decirme qué pasó?" pregunté rápidamente mientras tomé la pequeña niña de los brazos de su madre y me apresuré a llevarla a una sala y la coloqué en un camilla.

La joven mujer lloraba histérica y apenas podía hablar. "Jane, haz que Nancy tome los vitales, pero primero necesitamos respiración artificial con la bolsa. *Ahora*!" asintió y corrió hasta los estantes a un lado de la habitación por lo que necesitaba. "Lamento hacerla pasar esto, pero necesitamos la información." Le hable a la madre mientras examinaba a la pequeña niña. La lengua de la pequeña estaba hinchada pero no había nada atorado en la garganta. Estaba seguro que era una reacción alérgica severa.

"Su bebé parece padecer anafilaxia, una reacción alérgica a algo. Sabe de alguna alergia? Comida? Nueces? moluscos?" incluso mientras lo decía, sabía que esta niña era demasiado joven para comer cualquiera de esas cosas. Apenas tendría un año. Mis manos recorrieron sus brazos y piernas buscando picaduras de insectos y encontré una bajo su muñeca izquierda. "Picadura de abeja. Estaba afuera?" me incliné con el oído en la boca y nariz de la bebé. No respiraba.

La mujer lloraba con fuerza. "Sí. Estábamos de picnic en el parque. Ella jugaba en los columpios cuando vi que cayó. Luego luchaba por respirar y tosía."

Mi mente corría al tomar el respirador de Jane e inclinar la cabeza de la bebé para poder pasar el tubo por su garganta. "Jane, contén su lengua. Cuál es su nombre?"

"Mallory," lloró, "Va a estar bien? Por favor ayúdela."

Los próximos minutos pasaron en una ráfaga y sin embargo parecían ir en cámara lenta. Otra enfermera sacó a la madre quien gritaba, de la habitación mientras trabajábamos. Le administré epinefrina y comencé el RCP, mientras Jane continuaba apretando la bolsa en un uniforme ritmo de dos respiraciones entre mis compresiones de pecho con dos dedos.

"Vamos, respira!" *Respira, maldición! Por favor.* Yo trabajaba como una máquina sobre ella. Una y otra vez empujé su pecho en un patrón de treinta empujes entre las dos respiraciones que Jane le asistía. "Vamos bebé… *vamos*!"

Dios por favor… por favor, le supliqué en silencio.

La cara de la pequeña niña era púrpura y estaba quieta, sus pequeños ojos vacíos. Sin cansancio trabajé sobre ella hasta que finalmente sentí una mano en mi brazo. "Ryan."

Mi mente seguía contando, veintiocho, veintinueve, treinta mientras presionaba su pecho tratando se reiniciar su corazón. Esperé que Jane continuara su trabajo.

"Jane, aprieta la bolsa," dije frenéticamente. "Jane!" la miré y sus ojos eran tristes, llenos de lágrimas. Sacudió su cabeza ligeramente. "Dije, aprieta la jodida bolsa, Jane!"

Empujé su mano a un lado y apreté yo mismo y luego volví a presionar su pecho. Uno, dos, tres, cuatro… la mano de Jane vino a mi brazo de nuevo, solo que esta vez con más fuerza.

"Ryan. Se acabó. Hiciste lo mejor que pudiste, pero llegó muy tarde. No tuvimos tiempo de que la Epi funcionara." Sentí como si escuchara su voz a través de miles de galones de agua y yo me ahogaba en ella. Seguí trabajando. *"Doctor Matthews!"*

Mis manos se detuvieron y miré hacia abajo a esta pequeña vida… ahora perdida. Mi cuerpo comenzó a temblar. Algo tan simple como diez minutos de antelación. *Diez minutos más!* Mi mente gritaba. *Solo diez jodidos minutos más eran todo lo que necesitábamos para salvarla.*

Sentí mi cuerpo desplomarse y me incliné sobre mis manos al borde de la camilla. Jane se levantó en silencio pero movió su mano a mi hombro, moviendo su mano arriba y abajo tratando de consolarme. Nada podría hacerlo.

"Quieres que yo hable con la madre?" dijo en voz baja.

Sacudí mi aturdida cabeza. "Yo necesito hacerlo." Apenas pude sacar las palabras a través del nudo en mi garganta. Miré a la pequeña niña y pasé mi mano por su cabeza, aun cálida al tacto, su oscuro cabello como la seda entre mis dedos. Se me salió una lágrima y después otra. Me las limpié furiosamente. "Quizá no estoy hecho para este trabajo," murmuré. "No puedo manejar esta mierda."

Jane y Nancy estaban esperando, y Nancy habló. Ella era mayor que yo, quizá tenía unos cincuenta años, y los ojos llenos de lágrimas. "No. A usted le importa tanto. Por eso es que es *perfecto* para este trabajo. Es un maravilloso doctor."

Jane asintió y se adelantó. "Ryan… nadie pudo haber hecho nada más."

Inhalé profundamente, el dolor hizo protestar a mi pecho. Sentía que no merecía ser consolado. Entré a la sala de espera donde la mamá de la pequeña niña estaba sentada. Se levantó rápidamente y me abordó. Su preocupada cara llena de rastros de lágrimas. Ni siquiera sabía su nombre y tendría que decirle que su bebé estaba muerta.

Mi garganta se cerró y traté desesperadamente de aclararla. "Ahhggghhh… soy el Dr. Matthews." Me detuve y apreté mis manos frente a mí. "Lo lamento mucho, señora. Hicimos todo lo que pudimos, pero…" no terminé las palabras antes de que ella se desplomara frente a mí gritando.

"Noooooooooo!" lloraba. Sentía que moría cuando atrapé a la mujer en mis brazos y ella se aferraba a mi pecho, sus piernas cedieron.

"Oh, Dios! No!" sollozó el sonido despedazando mi corazón, sus lágrimas mojaban mi camiseta. Solo una sola vez en la vida yo me había sentido así, y también fue en una sala de emergencia cuando supe que Julia había perdido a nuestro propio hijo. Me sentí enfermo y desorientado. No sabía qué debía hacer o qué necesitaba, excepto que quería estar con Julia.

"Lo siento tanto," dije parpadeando contra las lágrimas que llenaban mis ojos. "Lo lamento tanto de verdad. Hay alguien a quien podamos llamar por usted?" le pregunté a la joven y luego la ayudé a sentarse.

Ella miraba hacia adelante atontada y luego miró a la muy usada toalla de papel en su mano. "A mi esposo, Bill. Puedo verla?" Me miró a los ojos. Ella tenía los mismos ojos oscuros de la niña en la otra habitación.

Asentí mientras Jane se acercó y puso un brazo alrededor de la madre para llevarla a la otra habitación. Me paré ahí, en la sala de espera, viéndolas alejarse. Tragué el nudo en mi garganta. Esta era casi la peor noche de mi vida. *Casi.*

* * *

Era una hora después de lo que Julia me esperaba, pero ya estaba acostumbrada. Yo sentí el vacío en mi pecho todo el camino de regreso a casa, estaba aturdido cuando puse la llave en la cerradura. El olor que salía del departamento me decía que Julia estaba horneando algo delicioso y cuando se abrió la puerta, sonó la música mientras ella cantaba en la cocina.

"Hey!" dijo felizmente, trabajando en algo en la cocina. Dejé vagar mis ojos por su pequeña forma. Los flojos, desgastados jeans colgaban de su cadera, una camiseta blanca pequeña y descalza con su cabello atado sobre su cabeza, dejando la larga línea de su elegante cuello, desnuda. Miró por encima de su hombro y su sonrisa desapareció inmediatamente ante mi expresión.

"Lamento llegar tarde," murmuré.

Apagó la cocina y caminó hasta mí mientras yo dejaba las llaves en la mesa, su ceño estaba fruncido. Me conocía tan bien.

"Ryan, estás bien?" se estiró y tomó mis antebrazos y yo dejé descansar mis manos en su cintura.

Cerré los ojos y respiré su perfume, intentando que su esencia se llevara lo sucedido en las últimas dos horas. La apreté con fuerza y enterré mi cabeza en su cabello. "Ahora lo estoy," susurré y su mano acarició el cabello de la parte de atrás de mi cabeza.

"Cariño… que pasó?"

"Es que… tuve un mal día." Se retiró un poco para poder ver mi cara; sus ojos verdes estaban abiertos y preocupados. Miré su rostro y su suave piel estaba ruborizada y su labio inferior bajo sus dientes.

"Quieres comer o tomar algo? Quieres hablar sobre eso?"

"Huele bien, cariño, pero no tengo ganas de comer en este momento. Sin embargo, tomar algo suena bien."

"Okey. Quieres ducharte mientras lo busco? Cerveza?"

"Me cambiaré, sí. Y whisky, okey?" no tomaba whisky a menudo en casa, pero ella no me cuestionó, solo me acarició suavemente en la quijada y me besó suavemente en la boca. Ella era tan dulce, y su toque aliviaba el dolor, justo como yo sabía que lo haría.

"Sí."

La besé brevemente, antes de ir por el pasillo y quitarme el uniforme. Quería quitarme todo evidencia del hospital y salté en la ducha para lavarme. Me sentía antiséptico y estéril, y necesitaba sentirme como yo mismo. Rápidamente me peiné, me puse unos viejos jeans y una desgastada camiseta de Stanford. Respiré profundo y fui a la sala.

Julia me esperaba en el sofá con mi vaso de whiskey al lado de su copa de vino en la mesa, la música cambió a una tonada más suave; canciones que ella sentía que me reconfortarían.

Me senté junto a ella y alcancé mi bebida, vaciando todo el contenido en un solo trago. Julia esperó pacientemente, su mano dibujando suavemente patrones en mi espalda, hasta que me incliné hacia atrás y giré hacia ella y puse mis manos bajo sus rodillas dobladas para atraerla más cera de mí, inclinando mi frente contra la de ella.

"Necesitaba esto. Tu eres mi consuelo en esta locura."

"Locura?" su voz era delicadamente intrigada. "Cariño, que pasó?" su mano cubrió la mía.

"Oh, Julia. Fue horrible. Perdí un paciente." El ardor detrás de mis ojos comenzó otra vez y mi voz se quebró.

Ella suspiró y envolvió sus brazos alrededor de mí y sus manos tomaron mi cabello.

"Oh, Ryan. Lo siento tanto, cariño."

Entonces comencé a llorar. La delicadeza de su toque y su voz de alguna forma me dieron permiso de dejar salir las emociones que no podía esconder de ella y no quería hacerlo. Sus brazos se apretaron más y yo la acerqué más en un fuerte abrazo mientras enterraba mi cara en su hombro.

"Una pequeña niña. Tenía una picadura de abeja." Le dije miserablemente, comenzando a sollozar. "Solo era una picadura de abeja, pero la madre no la llevó al hospital a tiempo. *El jodido tráfico de Nueva York* y ella no supo llamar una ambulancia para que llegaran los paramédicos al sitio. Estaban de picnic en Battery Park. Un picnic, Julia. En un minuto estás teniendo un picnic y en el siguiente tu hija está muerta."

Con sus dedos empujaba mi cabello hacia atrás y besaba un lado de mi cara una y otra vez. "Estoy segura que hiciste todo lo humanamente posible, mi amor." El temblor en su voz me decía que estaba llorando conmigo. Su gran corazón sentía cada parte de mi dolor. "Oh, Ryan, quisiera poder hacer desaparecer esto. Yo *sé* que hiciste todo lo que pudiste."

Mis hombros se sacudían y su voz se quebraba. Me derrumbé aún más. "Ella era solo un bebé. Tenía apenas un año. Trabajamos tan duro y aun así la perdimos. Julia, *perdimos ese pequeño bebé!*" En mi duelo, me había olvidado de mí mismo, pero el instante en que las palabras salieron, mi corazón se detuvo y Julia se quedó muy quieta en mis brazos.

Cómo pude ser tan descuidado maldita sea!

Me alejé frenéticamente, mis manos en sus antebrazos, mientras observaba si había reconocimiento en su rostro. Ella estaba rígida como una piedra mientras me miraba. Sus ojos se llenaron de nuevo y sus labios se levantaron en una sonrisa.

Una sonrisa? No podía creer lo que veían mis ojos y mi corazón se sentía como a punto de salir de mi pecho.

"Oh, Ryan! Vamos a tener un bebé!" Mi corazón saltó hasta mi garganta. Si este día podía ponerse peor, acababa de hacerlo. Ella tomó mi cara en sus manos y se enserió al ver el dolor en mis ojos. Mi corazón se partió, como si cuchillos de acero, lo cortaran y despedazaran.

Como en tres segundos se daría cuenta de que no había bebé, y no había ninguna maldita cosa que yo pudiera hacer para impedirlo. Tomó mi mano y la movió a su plano estómago y yo literalmente estaba en el infierno. Yo sabía lo que venía. Finalmente, teníamos que lidiar con eso.

"Julia…" comencé, pero ella se alejó, mirando hacia su estómago y luego a mi rostro. Se estaba dando cuenta que ahora ella debería tener ocho meses de embarazo.

Yo no podía respirar porque dolía demasiado, mi corazón sonaba como truenos dentro de mi pecho y me estaba matando. Luché por las palabras, cualquier cosa saludable que me ayudara a lidiar con mi dolor y finalmente encarar la pérdida, y que me mostrara alguna forma de consolarla mientras su mundo se venía abajo.

"Cariño…" la alcancé cuando su cara se abatió, los silentes sollozos removían su cuerpo mientras sus manos cubrían su cara. "Oh, Julia…" mi voz se quebró y mis visión se hizo borrosa.

"Ahhh… oh, no! Lo perdí, no es así?" me miraba con sorprendida incredulidad, con el dolor marcado en su rostro. Julia comenzó a sacudir su cabeza. "Lo perdí en el accidente! Oh Dios, Ryan," lloraba contra mí cuando la apreté su tembloroso cuerpo cerca del mío. No estaba haciendo ningún sonido pero su cuerpo estaba sacudiéndose con violentos sollozos hasta, luego de lo que se sintió como una eternidad, luchó ruidosamente por aliento. Las lágrimas rodaban por su cara y yo cerré mis ojos en agonía. "Yo *deseaba* ese bebé. Tanto. Era *tuyo*… Tuyo y mío. Dios, Ryan! Noooooo!"

No pude hacer otra cosa que sostenerla, mis manos acariciaban su cabello oscuro, ambos aferrados el uno al otro en nuestro dolor compartido. Busqué en mi corazón cualquier palabra que pudiera confortarla, pero no había ninguna, aunque hubiese dado mi vida por encontrarlas. Mi corazón dolía, el amor que sentía se derramaba en ella.

"Tendremos más bebés, Julia. Oh, Dios, tantos como tú quieras. Te lo prometo." Susurré una y otra vez mientras acariciaba su cabello. "Yo también deseaba al bebé. Más que cualquier otra cosa. Estuve tan feliz por los dos segundos que tuve para procesarlo antes de que Jenna me dijera sobre el aborto. Una parte de mí murió esa noche. Lo único que me salvó fue que aún te tenía a ti." Sus brazos me apretaron y más llanto estalló de su pecho llenando la habitación. "Lo siento. Lo siento tanto!" lloró destrozada, sus lágrima mojaron completamente mi camiseta por encima de mi hombro, sus dedos asidos al material. Esas lágrimas eran tan preciosas como diamantes porque eran de ella. "Debes haber atravesado un infierno todos estos meses, Ryan. Lamento haberte dejado solo con todo esto."

La subí a mi regazo mientras me recosté en el sofá para frotar su espalda. Besé su cabello una y otra vez mientras ella lloraba y lloraba. "Calla. No tienes que disculparte por nada. Fue un accidente, mi amor. Eso fue un accidente."

"Estaba tan feliz cuando el resultado fue positivo." Me miró hacia arriba con esas profundidades verdes tan llenas de dolor; mi corazón se rompía otra vez. "El… Ellie… s… se dio cuenta." Ella luchaba por respirar entre las palabras, sus dedos formaban puños en mi camiseta. "Yo iba a ir a … decírtelo. No podía decírtelo por teléfono. Yo quería ver tu rostro cuando te dijera que ibas a ser un papi."

Oh, Dios, dolía escucharla decir las palabras.

"Lo sé, cariño." Mi garganta dolía y traté de tragar. Su dolor, mi dolor, todo eso me quitaba el aire de los pulmones, las apretadas bandas alrededor de mi pecho se rehusaban a dejarlo expandirse.

"Ya no iba a irme a París. No podía… quitarte eso. No lo haría." Sollozó otra vez. "Tú serías un padre tan asombroso, Ryan. Yo quería darte eso."

"Oh, cariño. *Lo harás.*" Acaricié con mis dedos su mejilla, limpiando sus lágrimas. "Y será la más hermosa experiencia y el más hermoso bebé que haya nacido, te lo prometo."

"No será ese bebé," sollozó. "Yo quiero ese bebé, Ryan."

Jadeé y me tensé. *Jodido infierno. Cómo puedo consolarla.* No estaba seguro cuanto tiempo pasó, pero el sol se puso y el departamento estaba oscuro. Ninguno de los dos se molestó en encender las luces mientras estábamos acostados en el sofá.

Luego la pregunta que yo había temido por meses finalmente salió de sus labios. "Por qué no me dijiste?"

Mi corazón golpeó. Mi corazón golpeaba mientras consideraba cómo responder, las emociones me ahogaban. Necesitaba ver su cara así que me acomodé hacia atrás.

"Julia, mírame."

Se movió hacia atrás un poco y le limpié las lágrimas antes de tomar sus manos en las mías. Miré nuestros dedos entrelazados y luché por sacar las palabras a través del dolor. Al fin arrastré mi mirada a la de ella.

"Lamento que estés tan triste. Yo… lamento haberte hecho esto," dijo y se limpió la nariz mientras otro sollozo sacudía sus hombros. Todo lo que quería era quitarle ese sufrimiento. Éramos como una sola persona y siempre había sido de esa manera. Sentíamos las emociones del otro como si fueran las propias. Era un hermoso, asombroso… doloroso milagro. Mis pulgares frotaban la parte superior de sus manos y sacudí mi cabeza.

"Tú no me hiciste nada, cariño. Esto es algo que vamos a superar juntos. Nos pasó a ambos."

"Entonces, por qué no me lo dijiste?"

"Julia, estabas tan frágil. Y yo estaba enfocado en que te recuperaras. Eso era lo único en lo que podía pensar porque sabía que no sobreviviría sin ti. Había muchas razones. Estaba tan asustado."

"De qué? Quiero decir, después que sabías que ya yo estaba mejor, por qué no decirme?"

No despegué mis ojos de los de ella. "Tenía miedo de esto. Sabía que se te rompería el corazón y quería protegerte en cualquier forma que pudiera. También estaba el riesgo de que fuera algo tan traumático que podría bloquearte todo para siempre, y yo necesitaba que tú me recordaras, mi amor. Ser capaz de esperar que lo hicieras." Las lágrimas me llenaron y se derramaron por mis mejillas, una tras otra. "Fue egoísta pero no podía soportar perder los recuerdos; cómo nos conocimos, el amor entre nosotros... especialmente este loco, *loco amor*." Su cara tan llena de dolor se suavizó, el amor brillaba ahí para consolarme. Tenía que tocarla, alcancé la parte de atrás de su cabeza con mi mano derecha mientras sus dedos acariciaban mi quijada.

"Oh, Ryan. Yo nunca te olvidé realmente. Siempre te *sentí*. Como una polilla a la flama, me tenías indefensa. Como siempre lo has hecho."

"Pero yo no tenía manera de saberlo. No podía soportar perder tanto de nosotros. Estaba... atormentado. Por favor no te molestes conmigo."

Ella sacudió su cabeza. "No lo estoy. Cómo podría? Comprendo tus sentimientos." Estaba más calmada ahora, pero aún brotaban lágrimas suavemente. Sus manos se apretaron alrededor de mí. "Yo te amo, Ryan. Y no te merezco."

"Yo no te merezco a *ti*. Eres tan perfecta." Julia se inclinó hacia adelante y me besó suavemente, su boca se abrió coaccionando una respuesta de la mía. Yo no había terminado con mi explicación, entonces renuentemente alejé mi boca de la de ella y acaricié su mejilla con mi pulgar.

"Hay más." Esta era la parte más difícil de admitir, pero no le escondería nada nunca más y yo sabía que sobreviviríamos cualquier cosa. El amor entre nosotros era más fuerte que cada uno de nosotros por separado y yo necesitaba esa confianza otra vez.

"Okey," dijo suavemente y esperó. "Dime, sea lo que sea, estará bien."

"Por mucho que quería que recordaras. No estaba seguro de que quisiera que recordaras la pérdida del bebé." Por primera vez dije las palabras en voz alta y dolieron como el infierno. *Perdimos nuestro bebé.* Quizá no pudimos sentirlo o tocarlo como la pobre mujer en emergencias hoy, pero eso no lo hacía menos real o el dolor menos intenso.

"Es por eso que no hacías el amor conmigo." Ella sabía que era verdad sin tener que preguntarlo. "Pensabas que acercarnos así lo traería a mis recuerdos?"

Asentí. "Eso me mataba. Quería reafirmarme que todavía éramos nosotros en la más profunda manera, pero no podía tomar el riesgo de lastimarte."

Julia se veía triste y confundida. "Al menos si lo hubiese sabido, pude haberte ofrecido algún tipo de consuelo, Ryan. No fue justo para ti." Su voz se rompió con nuevas lágrimas. "Yo... lamento tanto no haber estado ahí para ti."

Sacudí mi cabeza. "Pero lo estuviste, cariño. Pude verte y tocarte cada día y eso era lo único que me mantenía en mis cabales. Me aterraba que si te decía sobre nosotros y el bebé, sería más como un libro que leíste y no como algo que atravesamos juntos..." mi propia voz tembló y luché con las palabras. Mi garganta estaba tan estrecha y las lágrimas inundaban mi voz. *"yo necesitaba que fuera real,* Julia. No podría soportar que supieras y aun así no recordaras o..."

"Qué, amor? Solo dilo, Ryan," rogó.

"Yo no quería sufrir esto sin ti." Me limpié las lágrimas con la parte de atrás de mi mano antes de continuar. "Me sentí egoísta, necesitándote conmigo para sufrir esta pérdida, pero yo solo... no podía encararla sin ti. Solo había una sola cosa que podría haber sido peor... si te hubiese perdido a ti también."

Ambos llorábamos y nos tocábamos, limpiando nuestras lágrimas mutuamente hasta que nos fundimos el uno en el otro, ambos perdidos en nuestro duelo.

"Ryan, tú no podrás perderme nunca," Julia dijo suavemente. "Solo recuerda cuánto te amo, eso es lo único que tienes que hacer. Aun si yo hubiese muerto…"

Mis brazos se aferraron a su alrededor y la apreté fuerte para detenerla. "Dios, ni siquiera digas eso, Julia." supliqué. "*por favor.*"

Ella sacudió su cabeza y presionó. "Yo te amaría aun entonces… *siempre y para siempre.*"

Me recosté y la coloqué sobre mí, estaba exhausto y quería sentirla sobre cada pulgada de mi cuerpo. Se acurrucó en mí y la sostuve hasta que ambos estuvimos en silencio. Estaba cansado, el largo día y todas las emociones me tenían desgastado. La respiración de Julia se hizo profunda yo acaricié su espalda con pequeños círculos. Respiré profundo y supe que superaríamos esto y cualquier cosa a la que la vida nos enfrentara.

"Puedo sobrevivir a lo que sea, siempre que te tenga a ti," susurró y mi corazón se sentía a punto de explotar.

"Siempre me tendrás, Julia. Y con respecto a lo que dijiste acerca de que no sería *ese bebé* cuando finalmente tengamos uno?"

Se tensó ligeramente en mis brazos al contestar. "Sí."

"Eso no lo creo." Mis palabras colgaron en el aire mientras ella las asimilaba.

"Qué?"

"Bien, creo que el bebé está destinado a estar con nosotros. Solo que todavía no era su tiempo de nacer," dije suavemente y luego besé su frente. "Él está arriba en el cielo esperando, Julia. Esa pequeña alma nos pertenece, aquí con nosotros, y lo estará, okey?"

Ella giró hacia mi cuello y nos abrazamos fuertemente el uno al otro. Nunca quería dejarla ir. "Justo como tú y yo estamos destinados a estar juntos," estableció con calma.

Sonreí en la oscuridad y acaricié con mis dedos la piel desnuda de su brazo. "Sí. Siempre. No puedo poner en palabras lo mucho que te amo y lo mucho que quiero que tengas a mi hijo. Ya tienes todos tus recuerdos, así que sé que no lo olvidarás," bromeé con gentileza.

"No. *No olvidaré recordarte…* nunca más. Te lo prometo."

"Mmmmmm," me reí suavemente. Contento a pesar del dolor de esta noche. Mi pecho se expandió en un profundo suspiro y liberé algo del estrés.

"Ryan?" dijo ella suavemente, su aliento recorrió en una suave onda la piel de mi cuello y una vibración pasó por mi columna.

"Qué, amor?" dije casi dormido.

"Gracias." Me dio un beso con la boca abierta en la quijada y yo me acomodé hacia su cuerpo para poder entrelazar nuestras piernas y mirar a sus brillantes ojos.

"Por qué?" me estiré y pasé una mano por un lado de su hermosa, perfecta cara.

"Por la historia del bebé esperando en el cielo. Es un hermoso pensamiento."

"Yo así lo creo. Tendremos una hermosa niña con tus ojos verdes y cabello castaño dorado o un niño con ojos azules y cabello oscuro. Será increíble y no puedo esperar." Besé sus labios muy suavemente, rozando los míos con los suyos de nuevo. Y tomé ese delicioso labio inferior y lo absorbí entre los míos.

Quería adorar a esta mujer. De alguna manera el infernal día estaba terminando en paz y alegría. El toque de su mano y suaves palabras eran lo que necesitaba para borrarlo todo.

"Cuándo crees que el bebé quiera nacer?" preguntó con su mano recorriendo el camino de mi pecho a mis jeans y de vuelta.

Le mostré una sonrisa porque no podía contenerme y luego le di la vuelta para que estuviera debajo de mí tan rápidamente que jadeó en sorpresa y se reía delicadamente. Después de todas esas lágrimas eso era música para mi corazón.

"Pronto. *Muy pronto.*" La besé suavemente pero pronto se profundizó, nuestra necesidad del uno por el otro siempre innegable. Su boca se abrió a la mía y mi lengua saltó dentro hambrienta moviéndose con la de ella. Ella sabía tan bien, y yo la necesitaba, la deseaba sin duda, acaricié su mejilla con mi nariz. "Pero eso depende de ti." Dije sin aliento entre besos. "Solo di las palabras y comenzaremos a intentarlo. Te amo tanto."

"No. Depende de nosotros. Todo siempre entre nosotros. Porque yo te amo *tanto a ti como tú a mí.*"

Nunca se habían dicho palabras más hermosas, y yo sabía… que eran la verdad.

Y ahora...

El comienzo de la inolvidable última entrega de

La Trilogía del Recuerdo;

Un Amor Como Este...

-1-

~Julian~

Esperé en la parte de afuera de la Sala de Emergencia a que mi esposo, Ryan, saliera al finalizar de su turno. Estaba a la mitad de su primer año de residencia en Saint Vincent en la parte baja de Manhattan. Más tarde esa noche, volaríamos a Boston donde su hermano, Aaron, y una de nuestras mejores amigas, Jenna, finalmente iban a casarse. Yo estaba tan feliz por Jenna. Ella había esperado casi nueve años para casarse con Aaron, pero las responsabilidades de la universidad y la Escuela de Medicina habían sido su prioridad. Ella lo había apoyado en sus esfuerzos sin quejarse y al fin, después de un delicado empujoncito, Aaron se lo había propuesto.

Ryan y Aaron cumplieron su sueño de la niñez de asistir a la escuela de Medicina de Harvard juntos, pero luego de eso Ryan decidió hacer su residencia en la ciudad de Nueva York para que finalmente nosotros pudiéramos estar juntos. Nos casamos decidiéndolo en el calor del momento, justo antes de que él y Aaron se graduaran en Junio. Cada minuto luego de eso ha sido como estar en el cielo. Al menos, los momentos que sí podemos pasar juntos.

Tamborileé con mis dedos en el volante nerviosamente y miré por el estacionamiento, me llenaba una mezcla de impaciencia e incomodidad. La Sala de Emergencias siempre estaba ocupada con toda clase de casos, y Ryan me daba los detalles algunas noches. La mayoría de las cosas eran lo que esperarías, pero había muchas pandillas en Nueva York y Ryan tenía que lidiar constantemente con tiroteos, palizas y heridas de puñal. Me encogí cuando el miedo que estaba tratando de enterrar resurgía. Como si las horas que pasaba lejos de mí no fueran suficientes, tenía que preocuparme de este tipo de gente merodeando el hospital mientras sus 'compañeros' eran atendidos por su última pelea o alboroto.

Por ejemplo esta noche, había varios hombres que se veían rudos paseándose por la entrada, fumando, gritando groserías y en general hostigando a quien sea que quisiera entrar o salir del hospital. No había un tipo racial distintivo en el grupo, eran mezclas de descendencias de blancos, negros, asiáticos e hispanos, pero en colectivo, eran un grupo que asustaba. Dos o tres se veían particularmente agitados durante la conversación. Yo no podía descifrar sus palabras, pero por sus expresiones podía ver que estaban discutiendo. Un tipo bien rudo, quien claramente era el líder, empujó a otro de ellos con suficiente fuerza como para dejarlo postrado sobre el pavimento.

"Has eso otra vez y te mataré! Joder, te mataré!"

Me sonrojé y me hundí más en mi asiento. Esperando que no me notaran mientras esperaba a Ryan. Mi corazón se contraía de preocupación solo de pensar que él tendría que caminar entre ellos para llegar a donde estaba estacionado el auto en el estacionamiento.

Un anciano entraba al hospital y miró en la dirección del grupo, y fue provisto de amargas amenazas tan fuertes como para que yo pudiese escucharlas claramente. "Qué miras hijo de puta?! No te metas en mis asuntos o te cortaré!" Yo salté cuando sacó una navaja y la sacudió frente al hombre mayor.

Tragué el nudo en mi garganta y me aseguré de que las puertas del vehículo estuvieran bloqueadas. El caballero subió ambas manos en silencioso ruego para que lo dejaran tranquilo y se apresuró a entrar por las puertas dobles. Con razón a Ryan no le gustaba que yo lo esperara aquí sola. Yo difícilmente venía aquí en vista de su insistencia… al menos no de noche. Mi trabajo en Vogue era en el lado Este en la zona elegante y nuestro departamento estaba en el centro de Manhattan y raramente Ryan permitía que lo visitara en el trabajo.

Miré mi reloj. Ryan saldría en cualquier momento y nos dirigiríamos directo al aeropuerto. Eran diez minutos pasadas las cuatro y yo estaba agradecida porque había luz solar. Hacía frío y tuve que dejar el auto encendido, con el dispositivo anti hielo encendido para evitar que se empañaran las ventanas.

Mientras esperaba, dejé vagar mi mente. Jenna había planeado un gran evento e iba a realizar su boda en el mismo hotel donde Ryan y yo nos casamos. Nuestra boda fue más pequeña e íntima en comparación a la que Jenna había planeado, pero fue el reflejo perfecto de nuestra relación. Muy unida y cercana; tan, tan íntima.

Gah! Mi corazón golpeaba fuerte en mi pecho al recordar los votos y la increíble noche de hacer el amor que les siguió. No importaba cuánto tiempo había pasado, yo estaba más y más enamorada de mi hermoso esposo cada día. Él era mi mundo entero y yo ansiaba el tiempo que pasaríamos a solas en Boston. Su horario de trabajo había sido tan frenético que nuestro tiempo juntos era precioso, y había días en los que no nos veíamos excepto por uno que otro beso cuando nuestros caminos se cruzaban al entrar o salir. Lo extrañaba como si no lo hubiera visto en años.

Tomé mi bolso que estaba en el asiento del copiloto para sacar el teléfono cuando sonó.

"Sí, Jen!" sonreí al contestar. Ella estaba tan ansiosa.

"Cuándo estarán aquí?"

"Pronto. Allí estaremos. Relájate."

"Yo estoy relajada. Aaron, por otro lado, es un caso psiquiátrico. Pensarías que lo están llevando a la horca," bromeó riéndose. "Creo que está más emocionado por verlos a ti y a Ryan que por casarse conmigo!"

"Nah. Probablemente te está molestando. Ya conoces a Aaron."

"Estoy tan feliz, Julia! Los vestidos llegaron hoy. Ellie se excedió otra vez." Miré cuidadosamente al grupo de hombres, quienes ahora me habían notado sentada en el auto y me hundí más en el asiento. Estaba aterrorizada pero no podía dejar que se filtrara en mi voz. "No puedo esperar para verlos Jenna, pudiste reservarnos la suite?"

"Sí. Es una suerte que el Four Seasons tenga varias suites para recién casados o no hubieses tenido una mierda de suerte con eso!"

La emoción me embargó al recordar la reacción de Ryan al saber que nos quedaríamos en la misma habitación de nuestra noche de bodas.

Sonreí en retrospectiva, pero cuando uno de los revoltosos jóvenes comenzó a caminar hacia mí, inclinándose para mirar por la ventana hacia adentro del vehículo. Le di la espalda mirando en dirección opuesta, esperando que me dejara tranquila.

Miré ansiosamente a la entrada y me pregunté si debería acercarme. Uno de los más pequeños empujó al líder y señaló en mi dirección. Me removí en mi asiento.

"Gracias. No puedo esperar para verte! Estarás en el hotel esta noche?" Ignoré al hombre y me concentré en mi llamada con Jenna pero mi pulso estaba acelerado y me estremecí.

"Sí. Gabe y Elyse ya están aquí y mis padres llegarán casi al mismo tiempo que Ryan y tú."

"Ellie y Harris?"

"Ya están aquí y Paul y Marin llegarán el sábado en la mañana."

"Sí. Papá está ocupado con un caso y no puede alejarse mucho tiempo, pero me alegra que esté allí. No me esperaba que pudiéramos estar todos juntos tan pronto." Esta sería la primera vez que vería a mis padres juntos desde su reunión en mi boda con Ryan.

Ryan finalmente apareció detrás de las puertas de vidrio de la entrada del hospital y pronto estaba caminando hacia mí a través del estacionamiento. Mi corazón se detuvo cuando miró en dirección de los hombres y asintió con la cabeza hacia ellos. Pareció calmarlos ligeramente y retrocedieron para darle paso sin incidentes. Exhalé un suspiro de alivio y recordé lo asustada que estaba realmente cuando el fuerte golpeteo de mi corazón me lo recordó.

"Mierda! Me emociona tanto verlos a todos!" dijo Jenna sin aliento.

"Te mereces esto, al fin. Ryan ya casi llega al auto, así que te llamo cuando aterricemos. Te quiero."

"Yo también! Adiós!"

Ryan abrió la puerta del asiento del pasajero y se deslizó en el asiento de cuero negro y rápidamente pasó los seguros. Se veía cansado pero se inclinó hacia mí y tomó un lado de mi cara en su mano.

"Cuál es el problema? Acaso esos tipos te molestaron?" preguntó, mirando mi rostro intensamente.

Sacudí la cabeza.

"No, pero dan miedo. Siempre están por aquí?"

"No. Pero no te preocupes. Tenemos gente ruda por aquí, pero otras veces simplemente son idiotas. Esta noche, empujaron a alguien de un techo en un alboroto, solo jugando. No entienden lo peligrosa que esa clase de herida puede llegar a ser. El chico tenía rotura del bazo y fue de emergencia a cirugía. Si no lo extraíamos, moriría por el sangrado interno. Estúpidos hijos de puta."

Su esencia me envolvió y yo anhelaba estar entre sus brazos y sentirme segura, saber que él estaba seguro. Busqué reafirmarme mirando su rostro, pero mi corazón se encogió a pesar de mí misma.

"Parecen una pandilla."

"Hay pandillas en Nueva York y en cada ciudad, cariño. Yo solo estoy feliz de que tú trabajes en una zona de clase alta."

Busqué en sus ojos. Esas profundidades azules eran intensas a pesar del cansancio que pesaba allí.

"Es adorable que te preocupes tanto, pero de verdad no hay razón para hacerlo. Estoy bien, excepto porque extraño tanto a mi esposa que me lastima," dijo en su más aterciopelada voz, y yo presioné mi cara en su cálida mano.

Sonreí, notando las ojeras debajo de sus profundos ojos azules. "Ryan, estás tan cansado. Lo siento." Yo estaba más cómoda ahora que él estaba aquí sentado junto a mí, pero los hombres aún nos observaban desde unos metros de distancia. Ryan no pareció notarlo, estaba completamente enfocado en mí.

"Estoy bien." Su pulgar acarició mi labio inferior halándolo suavemente y su mirada fue hasta mi boca. "Dame un poco de eso," sonrió suavemente antes de que su otra mano se cerrara alrededor de mi brazo y me atrajera a él y su boca se posara en la mía con un delicado beso.

Sin poder evitarlo mi boca se abrió y mis manos se aferraron a su camisa azul de botones entre la abertura de su chaqueta de cuero negra.

Se había cambiado para tomar el vuelo y se veía tan bien como para comérselo. Él respondió aumentando la presión de su boca en la mía y de su mano detrás de mi cabeza. Su pulgar frotaba una y otra vez mi quijada mientras su lengua entraba en mi boca. Nos besamos profundamente por un minuto antes de que su boca se levantara y volviera a jugar con mi labio en una serie de succiones y besos.

"Dios, sabes tan bien. Por qué esta jodida sensación como si nunca te viera?" dijo mientras me besaba una vez más.

"Quizá porque está jodido que puedas verme," le lancé en respuesta y él gruñó, su boca buscó la mía otra vez, pero yo descansé mi frente contra la de él, negándole el beso que buscaba.

"Cariño, podría besarte para siempre, pero vamos a perder el avión. Además esos hampones todavía nos están mirando y me asustan."

Me estiré para pasar mis dedos por su quijada y luego por su cabello hasta que acaricié su ceja. "Deberíamos irnos." Me posicioné en mi asiento y puse el auto en marcha.

"No te asustes. No dejaría que nada te lastimara, amor."

"Lo único que me lastima últimamente es mi falta de tiempo contigo."

Su boca se torció y frunció el ceño, tomó su cinturón de seguridad y lo abrochó.

"Am mmm, y yo aquí pensando que casarnos y mudarnos juntos iba a hacer las cosas más fáciles." Dijo a manera de disculpa.

Su mano alcanzó la mía y sus cálidos dedos se entrelazaron con los míos, levantando mi mano a su boca para pasar sus labios por el interior de mi muñeca. Su toque siempre dejaba mi cuerpo en llamas y mi corazón golpeaba fuerte en mi pecho.

"Mmm… bien, estoy agradecida por el tiempo que sí pasamos juntos. Este fin de semana será frenético, pero al menos estaremos juntos por 72 horas. Quiero asegurarme de que descanses bien esta noche."

"Bueno, yo quiero asegurarme de recibir amorcito de mi espectacular esposa," dijo con una maliciosa sonrisa. "Montones y montones de amor." Él volteó para mirarme mientras yo conducía por la ciudad.

"Ryan, qué pasa?"

"Sé que este fin de semana es acerca de Aaron y Jenna, pero quisiera hacer algo de tiempo solo para nosotros, si podemos lograrlo. Es solo que extraño tus palabras y estar contigo. Solos."

Sabía lo que quería decir. Él era mi mejor amigo en el mundo y éramos más unidos que cualquier pareja de las que yo había visto. Últimamente, nos veíamos difícilmente y cuando nos veíamos, estábamos tan desesperados por la conexión física que nos devorábamos el uno al otro. Raramente teníamos tiempo de salir y hacer algo juntos, en lugar de eso optábamos por encerrarnos aparte del mundo y empaparnos de todo el amor que nos teníamos durante esos períodos de tiempo que eran tan cortos. Sus ojos estaban tristes y yo quería desesperadamente ver su sonrisa.

"Oh? Ahora lo recuerdo. Son mis palabras sin las que no puedes vivir. No mi cuerpo, cierto?" incliné la cabeza y levanté una ceja. Funcionó.

Ryan reía cuando apretó mi mano. Supe por su respuesta que recordaba la conversación a la que me refería. "Eso es cierto. Me sentiría completamente miserable si te hiciera el amor toda la noche sin poder hablar contigo primero."

"Sí, claro. Okey, entonces, me aseguraré de tirar toda esa lencería nueva que traje para el fin de semana, apenas lleguemos al hotel."

Ryan se enserió, sus pulgares frotaban una y otra vez la parte se arriba de mi mano. "Te amo, Julia." dijo con seriedad. "Yo sí quiero hablar contigo. Quiero saber qué está pasando… pero me encanta que pienses en mí también en ese aspecto. Tú siempre sabes exactamente justo lo que yo necesito."

"Porque tú eres todo para mí. Incluso si no puedo verte tanto, yo no cambiaría ni un solo segundo de mi vida contigo. Te amo." Le miré rápidamente con una sonrisa que era dulce y amarga a la vez antes de volver a enfocarme en el tráfico.

Desde mi accidente, había momentos en los que se retraía profundamente, aislándose en él mismo mientras recordaba la manera en la que yo casi muero hace nueve meses atrás. Me sorprendía lo mucho que aún le afectaba, aprendí a reconocer esos momentos por la mirada en sus profundos ojos azules y el silencio en el que se encerraba. El dolor que se filtraba en sus perfectas facciones de vez en cuando me destrozaba el corazón y yo deseaba hacerlo desaparecer para siempre. Ni siquiera por lo mucho que nos amábamos, dábamos por sentado nuestro tiempo juntos, ya que habíamos visto lo precaria que podía tornarse la vida y cuánto nos necesitábamos el uno al otro.

Mi garganta se cerró cuando traté de hablar. Como de costumbre, él podía leerme como a un libro abierto. Mis emociones y pensamientos estaban desnudos ante él.

"Nunca más quisiera pasar por algo así otra vez." El dolor en su voz prevalecía cuando hablaba de eso y me preguntaba si se daba cuenta que de no haber tenido el accidente, ya tendríamos un bebé de un mes en este momento. A pesar de la felicidad que compartíamos, a pesar de que había recuperado mi memoria completamente, él sostenía ese dolor muy dentro de él. Ambos lo sufríamos, pero Ryan había aguantado tanto durante los meses en los que yo no recordaba el pasado, el bebé, o lo que él llamaba nuestro loco, loco amor. Todavía me afectaba; cómo yo había sido tan inconsciente de su sufrimiento.

Mi corazón golpeaba fuertemente en mi pecho cuando recordaba la noche en que todo llegó de pronto y él develó su dolor y yo el mío. Cada precioso momento nos acercó más. Parecía imposible que alguien pudiera amar así.

"Amor, lo sé. Te amo tanto." Mi voz tembló y mis ojos se humedecieron ligeramente. Luché contra las lágrimas que se formaban mientras conducía en silencio, con nuestras manos entrelazadas. Podía sentir su mirada clavada en mí y por eso volteé hacia él.

"Tengo una sorpresa para ti después," dije suavemente y sus ojos encontraron los míos mientras sus labios se levantaban en la sonrisa torcida que me dejaba sin aliento.

"¿Adicional a la lencería?" preguntó. Cuando asentí, su sonrisa se amplió. "Yo también tengo una para ti."

"De verdad? Dime qué es," dije ansiosamente, el humor se relajó ligeramente.

"Ni lo sueñes." Dijo cortante pero con una amplia sonrisa. "Si yo tengo que sufrir, entonces tú también."

"Mmmm."

"Julia, de verdad tenemos que reunirnos con los demás esta noche? No quiero. No esta noche."

"Ryan," sacudí la cabeza exasperada. "Sí. Están tus padres y los veremos junto a Aaron y Jenna en el bar por unos tragos. No tenemos que quedarnos tanto tiempo, pero sí tenemos que ir. No estás ansioso por verlos? Han pasado seis meses y tú eres el padrino."

"Supongo que debería, pero solo quiero estar a solas contigo y envolverme alrededor de ti toda la noche. Me importa un carajo si estoy siendo egoísta."

"Podemos tomar algo de vino. Te ayudará a relajarte para que puedas dormir bien esta noche. Cuando volvamos a la habitación te preparé un baño y te daré un masaje. Solo estaremos con ellos por un rato. Tendremos bastante tiempo para estar a solas."

"Okey," dijo gruñón, su labio inferior sobresaliendo ligeramente. Mi corazón saltó ante el adorable gesto y obviamente ante las emociones detrás de él. Su deseo de estar a solas juntos solo era un eco de mi necesidad de tener sus brazos alrededor de mí. "Pero estoy en desacuerdo. Nunca habrá suficiente tiempo para estar a solas contigo. Siento que no te he tocado en toda una eternidad."

"Me estás tocando justo ahora."

"Sabes lo que quiero decir, Julia. Quiero hacerte el amor. Necesito perderme dentro de ti." Inhalé profundamente mientras su voz dejaba olas de electricidad dentro de mí. Sí, sabía lo que él quería decir. Yo anhelaba su toque como al aire. "Te deseo. Cada segundo." El tono de su voz era bajo y ronco.

"Solo han pasado cuatro días," dije en un intento de ofrecerle consuelo. El hecho de que yo llevaba la cuenta de los días que habían pasado sin estar juntos no le pasó desapercibido y apretó mi mano.

Su horario era tan errático que raramente estábamos en casa al mismo tiempo y cuando lo estábamos, él estaba destruido. Yo tenía que insistir en que durmiera.

"Cuatro días demasiado largos."

Acerca de la Autora

Kahlen Aymes es una autora de los mejores vendidos del USA Today quien escribe intensas novelas de romance cruzando los géneros entre Jóvenes Adultos, Adulto Contemporáneo y Erótica.

Kahlen ha estado en varias listas de los mejores vendidos incluyendo Barnes & Noble, Amazon, Smashwords, Publisher's Weekly, IBook y el USA Today! Comenzó su carrera de escritora sin siquiera planearlo con una sencilla publicación y ganó múltiples premios en lo que es la segunda comunidad de fanáticos de la ficción más grande del mundo, incluyendo MEJOR Autor, MEJOR RPF, MEJOR Ser humano capaz de barrerte sobre tus pies, y otros! Sus lectores la animan y apoyan solicitando sus próximas publicaciones.

Sus intereses incluyen leer, tanto como escribir, artes teatrales, cocinar, patinar y dar largas caminatas. Es la orgullosa madre de su hija adolescente y dos Golden Retrievers, quienes básicamente gobiernan su mundo.

Con su fuerte amor por escribir y el romance, puedes contar con que ella va a crear fuertes y verosímiles personajes, profundas y detalladas tramas, sexys escenas de amor y desbordantes de emoción!

CONECTA:

Facebook:

www.facebook.com/kahlen.aymes.author?fref=ts

Goodreads:

www.goodreads.com/author/show/5768062.Kahlen_Aymes

Twitter:
@Kahlen_Aymes

Pinterest:
www.pinterest.com/kahlenaymes/

Visita la página web de Kahlen para mercancía, libros autografiados, las recetas de Julia, escenas escondidas, eventos, el Blog de Kahlen, y la lista de las canciones de la serie en: KahlenAymes.com

Noticias/Premios & Exclusivos Extractos/Discusiones Sobre El Libro.

Suscribete a: Kahlen's Newsletter:
app.mailerlite.com/webforms/landing/v7t7k0

Únete a: Kahlen's Book Babes en
FB:
www.facebook.com/groups/252301134873105/

Solicita un eBook autografiado en:
www.authorgraph.com/authors/Kahlen_Aymes

Representación literaria e información sobre los derechos en:
McIntosh & Otis Literary, Inc.
353 Lexington Avenue • New York, NY 10016
Tel: 1-212-687-7400 • Fax: 1-212-687-6894 • Email:
info@mcintoshandotis.com

www.ingramcontent.com/pod-product-compliance
Lightning Source LLC
Chambersburg PA
CBHW070759120726
47910CB00001B/232